DU MÊME AUTEUR

Aux Éditions Gallimard

VIE AMOUREUSE

MARI ET FEMME

THÈRA

CE QUI RESTE DE NOS VIES

Du monde entier

ZERUYA SHALEV

DOULEUR

roman

Traduit de l'hébreu
par Laurence Sendrowicz

nrf

GALLIMARD

Titre original :

כאב

(KE'EV)

À Vered Slonim-Nevo

Ce livre est le fruit de l'imagination de l'auteur. Toute ressemblance avec une histoire ou des événements réels, ainsi qu'avec des personnes vivantes ou mortes et des noms existants, ne pourrait donc être que totalement fortuite.

CHAPITRE PREMIER

Voilà qu'il revient et bien qu'elle l'ait attendu pendant des années, elle est étonnée, il revient, à croire que jamais il ne l'a lâchée, à croire qu'elle n'a pas vécu un seul jour, un seul mois, une seule année sans lui, pourtant dix ans exactement se sont écoulés. C'est Micky qui lui a demandé, « tu te souviens quel jour on est, aujourd'hui ? », comme s'il s'agissait d'une date anniversaire, alors elle a fouillé dans sa mémoire – ils se sont mariés en hiver, se sont rencontrés l'hiver précédent, les enfants sont nés en hiver, rien de remarquable ne s'est passé dans leur vie en été (malgré la longueur de cette saison qui, sous leurs latitudes, est certainement propice à tout un tas d'événements remarquables). Mais lorsqu'il a baissé les yeux vers ses hanches qui se sont pernicieusement épaissies depuis les faits, il est revenu d'un seul coup, ce mal, ce mal terrible et lancinant, et elle s'est rappelé.

Ou alors s'est-elle d'abord rappelé et le mal n'est-il revenu qu'ensuite ? Car elle n'a jamais oublié, ce n'est donc pas une réminiscence, c'est une plongée au présent, ici et maintenant, dans la seconde même, incandescente, faille de plus en plus béante, tourbillon fantomatique de frayeur, en suspens dans ce silence d'une solennité exceptionnelle : pas un oiseau ne pépie, pas un volatile ne vole, pas une vache ne mugit, les anges interrompent leurs louanges, les vagues cessent leur va-et-vient, les créatures ne parlent pas, c'est le monde dans une immobilité totale.

Ultérieurement, elle comprendrait qu'il y avait tout, là-bas, sauf du silence, c'est pourtant la seule chose qui se soit gravée dans sa mémoire : des anges muets qui s'approchent et la pansent en silence, des membres arrachés qui se consument sans bruit tandis que leurs propriétaires les regardent bouches scellées, de blanches ambulances mutiques qui arrivent, puis une étroite civière ailée descend vers elle, elle est soulevée, déposée dessus et c'est à cet instant, l'instant où elle est arrachée à l'asphalte brûlant, qu'elle le sent pour la première fois, ce mal abominable qui prend possession de son corps.

Elle a accouché de deux enfants, pourtant elle ne l'a pas reconnu quand il l'a frappée de toute sa puissance, lui a transpercé le nombril, scié et réduit les os en poudre, écrasé les muscles, arraché les tendons, piétiné les tissus, déchiré les nerfs, ce mal qui tord tout un magma interne dont elle n'a jamais eu conscience, de quoi est fait l'être humain. Elle qui s'est uniquement intéressée à ce qui se trouvait au-dessus du cou, le crâne et le cerveau qu'il contient, la conscience et l'intelligence, le savoir et la mémoire, le discernement, le libre arbitre, l'identité, la voilà à présent dépourvue de tout, sauf de ce magma et de ce mal qui la déchire.

« Qu'est-ce qui t'arrive ? a demandé Micky avant d'ajouter, penaud, que je suis bête, je n'aurais jamais dû t'en parler. »

Elle s'est adossée contre le mur près de la porte d'entrée parce qu'ils s'apprêtaient à partir au travail chacun de son côté, a essayé d'indiquer du regard les chaises de la cuisine, il s'est précipité dans cette direction mais en est revenu avec un verre d'eau qu'elle n'a pas réussi à saisir, la main tâtonnant le long du mur.

« Une chaise », a-t-elle murmuré et aussitôt il a obtempéré, a apporté une chaise, mais s'y est assis, lui, de tout son poids, comme si c'était lui que la douleur avait attaqué par surprise à cet instant précis, comme si c'était lui qui s'était trouvé là-bas ce fameux matin, dix ans plus tôt jour pour jour, au moment où elle passait à côté du bus qui avait explosé, dont la déflagration l'avait éjectée hors de sa voiture et projetée sur l'asphalte. D'ailleurs, s'il n'y avait pas eu ce changement de dernière minute, c'est lui qui aurait été à sa place, lui qui aurait été propulsé dans l'air enflammé tel un immense astéroïde et se serait fracassé au milieu des corps calcinés.

Oui, pourquoi n'avait-il pas emmené les enfants à l'école ce matin-là, comme d'habitude ? Elle se souvient d'un coup de téléphone affolé du bureau, une panne informatique, tout le système qui avait planté. Dire qu'il avait insisté pour les conduire quand même ! Mais Omer n'était pas encore habillé, il sautait en pyjama sur leur grand lit, alors elle avait préféré s'épargner les heurts et les remontrances, « laisse, je vais les conduire », avait-elle proposé, ce qui n'avait bien sûr évité ni la rituelle bagarre du matin – le garçon s'était enfermé dans les toilettes et refusait d'en sortir –, ni les larmes d'Alma qui serait en retard à cause de lui. Déjà épuisée, elle les avait déposés devant le portail de l'école, de là, elle avait accéléré pour remonter la rue bruyante, avait dépassé un bus arrêté à sa station, et soudain le pire bruit qu'elle ait jamais entendu avait frappé ses tympans, suivi d'un silence total. Assourdie non pas par la puissance de l'explosion – jaillissement quasi volcanique de matière inflammable, de vis, de clous et d'écrous mélangés à de la mort-aux-rats pour augmenter les saignements – mais par une autre voix, plus profonde, plus effroyable encore, celle des dizaines de passagers brutalement arrachés à la vie : les sanglots des mères qui laissaient de petits orphelins, les cris des fillettes qui ne grandiraient pas, les pleurs des enfants qui ne rentreraient plus chez eux et des hommes qui se séparaient de leur femme. Elle a entendu la lamentation des membres déchiquetés, de la peau carbonisée, des jambes qui ne marcheraient plus, des bras qui n'étreindraient plus, de la beauté enterrée sous les cendres, et cette lamentation-là, voilà qu'elle l'entend de nouveau. Elle se bouche les oreilles et tombe lourdement sur les genoux de Micky.

« Oh, Iris, je pensais qu'on en avait fini avec ce cauchemar », il la serre contre lui mais elle se dégage et murmure, les lèvres crispées, « ce n'est rien, j'ai dû faire un faux mouvement, je vais prendre un cachet et aller travailler », sauf que ça recommence comme à l'époque, chaque geste se décompose en une dizaine de petits gestes tous plus douloureux les uns que les autres, à tel point que malgré son souci de retenue permanent (souci qui lui a valu depuis toujours la réputation d'être une directrice d'école forte et autoritaire), elle lâche un gémissement.

Soudain, derrière son dos, couvrant ce gémissement qui l'a surprise, éclate un rire violent, explosif. Ils tournent la tête vers le bout du couloir, là où leur fils, grand et mince, debout sur le seuil de sa chambre, secoue les longues mèches qui lui couvrent le dessus du crâne aux tempes rasées, et lance entre deux joyeux hennissements, « hé, qu'est-ce que vous faites comme ça, mam'pa, assis l'un sur l'autre ? Vous avez l'intention de me fabriquer un petit frère ?

— Ce n'est vraiment pas drôle, Omer, grogne-t-elle, bien que le tableau qu'ils offrent à sa vue lui semble, à elle aussi, ridicule. Ma blessure me fait de nouveau souffrir et j'ai été obligée de m'asseoir. »

Il s'approche à pas lents, on dirait presque qu'il danse tant il porte avec grâce sa magnifique nudité uniquement protégée par un boxer tigré, comment un corps aussi parfait a-t-il pu sortir de leur accouplement ?

« Ce n'est pas le fait que tu sois assise qui me dérange, c'est… pourquoi sur papa ? se moque-t-il gentiment. Et pourquoi papa est-il assis ? Il a mal aussi ?

— Quand on aime quelqu'un, on sent sa douleur, répond Micky de ce ton didactique qu'Omer déteste (elle aussi d'ailleurs), un ton vexé d'avance par la raillerie prévisible qu'il s'attire.

— Apporte-moi un cachet, ou plutôt deux, il y en a dans le tiroir de la cuisine », et elle s'empresse de les avaler, encore persuadée que par la seule force de sa volonté elle arriverait à éradiquer cette douleur, que son mal disparaîtrait à tout jamais. Comment pourrait-il en être autrement, ce n'est pas quelque chose qui revient comme ça, sans raison et avec une telle puissance. Tout n'a-t-il pas été restauré, recollé, recousu, revissé au cours de trois opérations différentes, de mois d'hospitalisations successives. Dix ans se sont écoulés, elle s'est habituée à vivre avec des élancements aux changements de saison ou après un effort, jamais elle n'a récupéré l'aisance de mouvement d'avant sa blessure, mais elle était loin de s'attendre à un nouvel assaut de douleur, comme si, ce matin, tout recommençait à zéro, « tu m'aides à me lever, Omer ? » demande-t-elle, il s'approche, toujours un peu amusé, lui tend un bras ferme et délicat, la voilà sur pied et bien qu'elle doive s'appuyer au mur, elle ne cédera pas. Elle sortira de chez elle, atteindra sa voiture, roulera jusqu'à l'école, dirigera les réunions avec efficacité, honorera ses rendez-vous, s'entretiendra avec de nouveaux professeurs, recevra l'inspectrice, restera pour vérifier comment se passe l'étude, répondra aux mails et aux messages qui se seront accumulés pendant la journée, et ce ne serait que sur le chemin du retour en fin d'après-midi, tout en conduisant les lèvres crispées de douleur, qu'elle repenserait à Micky, resté assis sur la chaise de la cuisine à côté de la porte, la tête entre les mains alors qu'elle sortait déjà ou, plus exactement, qu'elle fuyait comme si elle lui laissait son mal, oui, il était resté assis là-bas comme si c'était lui qui avait eu le bassin fracturé ce matin-là, dix ans auparavant jour pour jour, comme si c'était lui dont la vie avait été brisée.

Piégée entre les dizaines de voitures qui avancent au pas dans les bouchons de fin de journée, elle se souvient qu'il était arrivé tout essoufflé en salle de déchocage et s'était approché de son lit, visage lugubre et coupable. Il n'était pas le premier à son chevet, avait été précédé par des tas de gens beaucoup moins proches (la rumeur s'était rapidement propagée), étrangement, les visiteurs s'étaient présentés dans l'ordre inverse de leur intimité avec elle, des plus éloignés aux plus proches – les derniers arrivés étant Omer, alors âgé de sept ans, et Alma de onze, tous deux accompagnés de sa meilleure amie Dafna, qu'elle avait vus juste avant d'être emmenée au bloc. À ce moment-là, elle s'était rendu compte avec horreur qu'ils étaient les seuls qu'elle avait oublié d'avertir. Elle avait en effet réussi à laisser un message sur le portable de Micky et sur le répondeur de sa mère, pressant les touches de ses doigts ensanglantés dont elle avait ensuite essuyé les traces rouges avec son tee-shirt, le seul endroit qu'elle avait oublié d'appeler, c'était l'école des enfants. Pour être vraiment sincère, toutes les heures écoulées jusqu'à ce qu'elle les voie avancer, main dans la main, d'un pas hésitant vers son lit, elle avait oublié leur existence, avait oublié que la femme qui venait d'exécuter un vol plané au-dessus de la rue en feu avant d'atterrir violemment sur la chaussée était mère d'un garçon et d'une fille.

Au premier instant, elle avait même eu du mal à reconnaître ce couple étrange qui approchait, un gamin trop grand et une gamine toute menue. L'un blond, l'autre brune, l'un bouleversé, l'autre silencieuse, deux contraires qui marchaient côte à côte, lentement et avec grand sérieux, comme s'ils allaient déposer une gerbe invisible sur sa tombe, si elle avait pu, elle les aurait fuis, mais elle était clouée au lit, alors elle avait fermé les yeux jusqu'à ce qu'elle les entende bêler à deux voix un « maman » qui l'avait obligée à se ressaisir aussitôt. « Quelle chance j'ai eue, avait-elle fanfaronné, ça aurait pu être bien pire. »

Plus tard, un médecin lui avait expliqué qu'elle avait le droit de leur montrer à quel point elle souffrait, « inutile de faire semblant, avait-il dit, en les laissant vous aider, vous leur apprenez aussi à surmonter leurs propres difficultés ». Mais pour elle, il était inconcevable qu'ils la voient dans sa faiblesse, c'était d'ailleurs la raison pour laquelle, pendant les longs mois qui avaient suivi et jusqu'à sa guérison, elle avait très mal supporté leur présence.

« Tout ça, c'est à cause d'Omer, entend-elle encore Alma décréter ce jour-là, avec calme, presque indifférence, comme si elle énonçait une évidence. S'il ne s'était pas caché dans les cabinets, on serait sortis plus tôt et tu n'aurais pas dépassé le bus au moment où il explosait », ce à quoi Omer, hors de lui, avait aussitôt répliqué en hurlant et en donnant des coups de pied à sa sœur, « c'est pas vrai ! Tout est de ta faute à toi ! Parce que tu as voulu que maman te fasse une tresse chinoise ! », mais lorsque Micky s'était approché pour le ceinturer, c'est lui que le petit avait soudain désigné du doigt avant de déclarer, avec la méfiance qui caractérisait toujours leur relation, « c'est de ta faute à toi ! ».

Et peut-être avaient-ils continué longtemps à s'accuser comme s'il s'agissait d'un événement d'ordre privé et non d'une catastrophe nationale, programmée, exécutée par des terroristes qui ignoraient tout de leur petite famille, elle n'en savait rien puisqu'on l'avait emmenée au bloc, effrayant dérivatif où on l'avait opérée pendant des heures, puis encore une fois opérée, puis avaient suivi les longs mois de rééducation et de convalescence qui avaient abouti à sa promotion en guise de récompense : certains pensaient, elle ne l'ignorait pas, que sans sa blessure elle n'aurait jamais été nommée, si jeune, à la tête d'un établissement scolaire si grand. D'ailleurs, elle aussi s'en étonnait quelquefois, par chance la lourdeur de sa tâche ne permettait pas les vaines pensées et elle avait passé dix ans sans vaines pensées, mais voilà, une fois sa voiture garée et tandis qu'elle se dirige vers son appartement d'un pas bancal, elle a l'impression de se réveiller seulement maintenant d'une opération qui aurait duré une décennie, et de pouvoir enfin, avec la grande expérience qu'elle a acquise depuis, se poser la question lancée le jour de l'attentat par ses enfants et trancher, une fois pour toutes – qui est le coupable.

CHAPITRE 2

L'ascenseur s'ouvre directement dans leur salon, ce qui y crée une ambiance impersonnelle de cage d'escalier et confère à chaque entrée une dimension théâtrale. Ce soir-là, lorsque les portes d'inox s'ouvrent et qu'elle avance dans son appartement, elle se sent furtivement comme une invitée, hôte indésirable qui se serait trompée de jour ou d'heure parce que personne ne l'attend et elle reste là, à examiner avec embarras la pièce spacieuse. Ils s'étaient éloignés du centre-ville pour quelques mètres carrés de plus, une chambre pour chaque enfant et une grande chambre pour eux avec un coin bureau, au dernier étage d'un immeuble sans caractère construit dans un nouveau quartier sans grâce. Effectivement, chacun avait trouvé son intimité, c'était l'espace commun qu'ils ne réussissaient pas à remplir, et lorsqu'elle le scrute à présent, que ses yeux passent sur le grand et le petit canapé, les deux fauteuils et la table basse au milieu, les fenêtres qui laissent pénétrer un paysage urbain saupoudré de sable du désert, la cuisine claire et propre, les deux casseroles qui attendent sur la gazinière étincelante, elle se demande un instant si de vraies personnes habitent là, tant il lui semble soudain que le lieu est vide, qu'il y manque l'essentiel.

Les questions de décoration ne l'ont jamais intéressée, Micky non plus – il leur suffit que l'agencement soit plaisant et confortable, que rien n'agace le regard, de toute façon ils rentrent tard. Après avoir dîné avec les enfants, elle passe encore des heures devant l'ordinateur à envoyer des mails à ses profs et aux parents, à régler des conflits, à fixer des rendez-vous et des réunions, à préparer son communiqué hebdomadaire, alors peu importe le carrelage du sol et la tapisserie des sièges, le principal c'est qu'elle ait un endroit où poser son corps fatigué.

La porte de la chambre d'Omer s'ouvre, elle se prépare à lui offrir son sourire forcé, pourtant ce n'est pas lui qui émerge mais une jeune fille mince aux cheveux roux, en débardeur moulant et minuscule petite culotte, une jeune fille embarrassée qui presse le pas vers les toilettes, elle suit des yeux son balancement de hanches tout en souplesse et lâche un soupir de contentement. Élever Omer a suscité tant d'inquiétudes aujourd'hui balayées et obsolètes, cette jeune personne en est une preuve supplémentaire, au moment où elle réapparaît, Iris essaie de reconnaître le visage qui se cache derrière le rideau de longs cheveux, l'a-t-elle déjà croisé ? Il arrive de temps en temps, depuis quelques mois, le matin quand elle vient réveiller son fils, qu'une jeune fille se lève de son lit même si la veille elle l'avait vu de ses propres yeux aller se coucher seul, se serait-il bouturé pendant la nuit ?

Avec satisfaction, Iris suit à nouveau des yeux les pas qui s'engouffrent dans la chambre, puis elle s'approche de la cuisine, elle doit manger quelque chose, ne serait-ce que pour pouvoir avaler un nouveau cachet. Du riz blanc et des lentilles aussi orange que les cheveux de la demoiselle mijotent dans leurs casseroles respectives. Depuis peu, elle demande à la femme de ménage de leur préparer des repas.

Son bel adolescent est affamé en permanence, elle n'a pas la force de se mettre à cuisiner en rentrant du travail, c'est indéniablement un plaisir de trouver sur la gazinière deux casseroles pleines, d'être débarrassée de cette corvée nourricière qui jamais ne se termine, alors pourquoi, depuis que les plats arrivent avec une telle facilité, leur goût lui semble-t-il avoir changé ? Comme si un sentiment latent de non-appartenance s'était soudain renforcé et avec lui la sensation de manger dans quelque modeste cantine ouvrière ou dans un hôtel impersonnel – partout, sauf chez elle.

Ridicule, des bêtises, des bêtises qui fermentent dans ta tête depuis ce matin, comme des ordures sous un soleil de plomb. Se sentir chez elle ou pas, quelle importance ? L'important, c'est de manger à sa faim, l'important, c'est d'avoir un toit au-dessus de sa tête, un travail, des enfants qui s'en sortent plutôt bien, si ce supplice la laissait tranquille, tout serait parfait, de nouveau elle avale deux comprimés pour repousser les assauts de la terrible douleur. Comme les contractions d'accouchement, ça la prend à une ou deux minutes d'intervalle, lui encercle le corps, lui scie l'enceinte du bassin os par os, alors elle s'affale sur le canapé et lâche un profond gémissement. Le vent chaud et menaçant de début d'été a beau balayer l'appartement, elle a toujours froid quand on la ronge ainsi de l'intérieur ! Si les débris osseux se dispersaient au vent, la douleur se dissiperait-elle ? Elle est prête à renoncer à son coccyx, et pas seulement à lui, elle est prête à renoncer à tout organe ou membre douloureux pourvu que ça cesse, elle est prête à vider son corps morceau par morceau. Elle ne peut pas se permettre de rester là sans rien faire, elle a des messages à écrire, des conflits à résoudre, elle doit se lever immédiatement et se traîner jusqu'à son bureau, elle doit s'asseoir devant son ordinateur, serrer les fesses et y aller, elle s'étonne de cette expression assurément inventée rien que pour elle, vu que les lancinements prennent racine juste là, au niveau des fessiers, entre ses hanches, par le passé aussi étroites que celles de la jeune fille qui entre à présent dans la cuisine. Cette fois, étonnamment, elle a enfilé le boxer tigré d'Omer, va-t-il apparaître, lui, dans la toute petite culotte qu'elle portait ?

Par-delà ses paupières closes, elle le regarde avec une appréhension familière, il a toujours été si imprévisible ! « Bonjour, dirlo ! » lance-t-il en accompagnant son exclamation d'un salut militaire et elle note, non sans soulagement, qu'il porte un short de gymnastique et semble d'excellente humeur, si un cœur doit être brisé dans les parages, ce ne sera vraisemblablement pas le sien. Les deux jeunes s'installent à la grande table, face à face, leurs assiettes se remplissent encore et encore, elle en profite pour les observer discrètement, « drôlement bon ! » grognent-ils la bouche pleine comme s'ils échangeaient des compliments, ils mâchent et lâchent des petits rires, elle s'étonne qu'ils parlent si peu. Est-ce à cause de sa présence ou bien n'ont-ils pas besoin de mots pour se sentir proches ?

Quelle différence avec nous, songe-t-elle. J'avais exactement l'âge qu'a Omer aujourd'hui, Ethan était un peu plus vieux, on n'arrêtait pas de parler et on riait bien peu. C'est vrai qu'ils n'avaient pas, à l'époque, beaucoup de raisons de rire, il voyait sa mère s'éteindre à petit feu, une mère dont lui, le fils unique, s'occupait avec dévouement, il restait pendant des heures à son chevet à l'hôpital puis venait rejoindre Iris chez elle, grand et maigre, les yeux clairs brûlant d'une triste incompréhension. Alors elle le nourrissait, le consolait, le réconfortait en l'enveloppant de son amour.

Que comprennent-ils, se révolte-t-elle, assaillie par une

rancœur soudaine tandis qu'ils continuent à mastiquer et à glousser l'un en face de l'autre, ils farfouillent dans le réfrigérateur puis reviennent à table avec quelque nouvelle douceur à avaler, essaient d'être précis à grand renfort de « super bon », s'effleurent du bout des doigts – elle détourne le regard, prise de nausée. Est-ce à cause de cette vision réjouissante ? À moins qu'il n'y ait aucun rapport avec eux, en fait, elle a la nausée depuis ce matin. Non, elle n'est pas jalouse de son fils, certainement pas, au contraire, elle est reconnaissante de ne pas le voir souffrir comme Ethan, ou comme elle à cause de leur rupture, car à la fin des sept jours de deuil qui avaient suivi la mort de sa mère, juste après le départ du dernier visiteur venu lui exprimer ses condoléances, il s'était empressé de lui annoncer froidement, comme s'il avait tout planifié depuis longtemps, qu'il avait l'intention de commencer une nouvelle vie, une vie sans chagrin, et qu'elle n'en faisait pas partie, « ça n'a rien de personnel, Irissou, avait-il magnanimement ajouté, c'est juste que j'en ai marre, c'est trop pesant », comme si le poids insupportable, c'était elle, elle qui n'avait cherché qu'à le soulager. « Tu dois me comprendre, je n'ai même pas dix-huit ans, je veux vivre, je veux oublier ces horribles mois et tu en fais partie. »

Elle avait été tellement choquée que des années plus tard elle frissonnait encore à ce souvenir, voyait et revoyait les mâchoires qu'Ethan remuait sans la moindre hésitation sous la peau lisse de ses joues.

« Je ne peux pas y croire, quoi, tu me punis parce que je suis restée avec toi, parce que je t'ai soutenu pendant tout ce temps ? avait-elle murmuré d'une voix abasourdie.

— Ce n'est pas une punition, Irissou, c'est une nécessité. Si je t'avais rencontrée maintenant, ça aurait été différent. Je serais tombé amoureux de toi, c'est sûr, et on se serait mis ensemble. Mais on s'est rencontrés trop tôt. Peut-être aurons-nous une deuxième chance, plus tard, qui sait ? Maintenant, je dois sauver ma peau.

— En me quittant ? avait-elle continué, toujours aussi stupéfaite. Qu'est-ce que je t'ai fait ? »

Il lui avait pris la main, un instant on aurait pu croire qu'il compatissait, qu'il était prêt à pleurer avec elle cette nécessité, mais il avait rapidement remis main et compassion dans sa poche et ça, elle ne le lui avait jamais pardonné, aujourd'hui encore elle lui en voulait, à Ethan Rozenfeld, son premier amour et d'une certaine manière son dernier, car elle n'avait jamais plus retrouvé cette évidence totale et absolue, impossible à remettre en cause. Et autre chose qu'elle ne lui avait pas pardonné : ne jamais les avoir regrettés, elle, leur amour et cette séparation cruelle, parce que même si cet arrachement lui paraissait, à lui, indispensable, il aurait dû le vivre à ses côtés, ne pas l'abandonner ainsi, seule avec le verdict qu'il lui avait assené, seule alors qu'elle avait perdu le goût de vivre, l'unique but de son existence, l'espoir, la confiance, la jeunesse, alors qu'elle portait un deuil aussi grave pour elle que pour lui la perte de sa mère. D'ailleurs, elle s'en était très difficilement remise.

« Qu'est-ce qui t'arrive, Mamouch ? Pourquoi tu restes allongée là comme un sac de patates ? Y a-t-il une grève dont je n'aurais pas entendu parler ? lui demande Omer en s'approchant, elle a sans doute lâché un nouveau gémissement sans s'en rendre compte, elle voit l'étroit rectangle de son torse, ramassé sur lui-même, aussi glabre que ses joues, il n'a presque pas de poils, comme Ethan.

— Une grève perso. J'ai juste très mal, tu veux bien aller me chercher un cachet dans le tiroir avec un verre d'eau ? » lui demande-t-elle, persuadée que dès que la douleur cessera, cessera aussi le souvenir, car voilà des années qu'elle s'interdit de penser à lui, voilà des années qu'elle ne s'est pas affalée ainsi sur le canapé, désœuvrée, c'est pour ça qu'elle n'a pas remarqué que son fils a presque atteint l'âge d'Ethan à l'époque, que sa copine la regarde avec les mêmes yeux curieux qu'elle avait levés vers Mme Rozenfeld lorsqu'elle l'avait vue pour la première fois, allongée sur le canapé de leur petit appartement.

Il était le seul enfant d'une mère qui l'élevait seule et n'avait qu'un seul sein. Il était petit lorsqu'elle était tombée malade et avait été opérée. Iris n'a pas oublié l'étonnement qu'elle avait lu dans ses yeux lorsqu'il l'avait déshabillée pour la première fois et découvert l'exacte symétrie de son buste. Elle se souvient aussi qu'en s'asseyant à côté de lui les fois où elle le rejoignait à l'hôpital elle louchait discrètement vers le décolleté du haut de pyjama usé de la malade. Le cratère irrégulier qui se révélait lorsque celle-ci se penchait en avant ne ressemblait à rien de ce qu'elle connaissait, de même que son grand crâne lunaire qui dodelinait au bout d'un cou très mince. Elle aimait le retrouver là-bas, caresser sa main libre tandis que de l'autre il tenait la main de sa mère. Elle aimait le silence qui régnait dans ce service, un silence sacré de lutte acharnée, d'attente de miracle, de vies qui se défaisaient, pelure après pelure, pour ne laisser que le noyau intérieur dénudé et tremblant, le pendule purifié qui refusait de lâcher, l'essence de l'existence. Elle s'imaginait sillonnant à ses côtés une forêt d'arbres de vies qui se fanaient, se brisaient peu à peu, comment aurait-elle pu penser que ce serait justement ce dévouement qu'elle leur offrait, à lui et à sa détresse, qui causerait ensuite son bannissement ? Ces heures étaient pour elle comme une mission sacrée, une vocation, quelque chose de spécial – elle et lui, ensemble, un garçon et une fille seuls au monde, qui essaient de soulager la souffrance. Il essayait de soulager la souffrance de sa mère, elle, sa souffrance à lui. Pendant des mois, elle avait senti que sa maison se trouvait au chevet de cette femme malade et digne, que là demeurait sa vraie famille et non aux côtés de la mère dure et exigeante qui était la sienne, une veuve de guerre qui donnait peu et exigeait beaucoup, pas non plus aux côtés de ses frères jumeaux, nés quatre ans et demi après elle et qui emplissaient la maison de bruit. Elle se sentait appartenir à l'autre mère, femme délicate qui souffrait en silence, à son fils unique et dévoué. Dire que si elle s'était moins mêlée à leur souffrance, si elle avait su garder ses distances, elle n'aurait pas été abandonnée ! D'où l'enseignement tiré à ses dépens : le rejet excessif était l'autre face de l'engagement excessif.

Un des premiers jours de l'été, elle était arrivée à l'hôpital après le lycée comme d'habitude avec, dans son sac, une pomme acide et une brique de cacao pour lui. Elle avait aperçu, par-delà le rideau du box, le crâne chauve qui oscillait de droite à gauche dans une sorte de refus agressif qu'elle n'avait jamais vu auparavant. Ethan, blême, l'avait repoussée en disant, « reviens plus tard, Irissou, ce n'est pas le moment », et elle avait reculé, glacée, jusqu'au bout du couloir, sachant que jamais plus elle ne reviendrait en ces lieux, mais incapable de partir.

Tout à coup, deux infirmières s'étaient précipitées dans la chambre d'où avait jailli un cri terrible, animal, comment croire qu'il sortait de la gorge de la plus délicate des femmes. Avec un respect sacré, elle avait suivi ce qui se passait là-bas, derrière le paravent, comme si elle assistait à quelque apparition divine, une vision merveilleuse et surnaturelle, de celles dont on parle en cours de bible, le buisson ardent, Moïse recevant les Tables de la Loi, jusqu'à ce qu'une infirmière lui fermé la porte de la chambre au nez. Elle s'était alors éloignée d'un pas mal assuré, s'était assise sur un banc dans le hall d'entrée, cette zone tampon qui sépare le pays des malades de celui des bien portants, à petites bouchées elle avait mangé la pomme qu'elle lui destinait, la nuit était tombée, Ethan était apparu les épaules basses, fixant du regard les dalles granuleuses du sol, guère surpris de la trouver là, ils avaient marché lentement, comme ils marcheraient le lendemain derrière le corps enveloppé d'un linceul blanc, à croire qu'ils étaient tous les deux devenus orphelins.

Elle avait ainsi marché à ses côtés durant les sept jours de deuil traditionnels, fidèle épouse de dix-sept ans qui avait accueilli les visiteurs, y compris sa propre mère et ses frères. Pendant la nuit, elle lui caressait le dos jusqu'à ce qu'il s'endorme, au matin elle se levait la première et préparait l'appartement pour une nouvelle journée de condoléances, à vrai dire, c'était ainsi qu'elle voyait leur avenir, éternelle veillée mortuaire dans l'agitation apaisante, douloureuse et parfois heureuse du deuil qui les fondait l'un dans l'autre, ensemble ils allaient éclore telles deux pousses plantées dans un même pot, sur une même couche.

Ce fut sa deuxième naissance et son deuxième deuil. Elle avait choisi de se recréer orpheline à ses côtés, elle était donc sa mère, sa sœur, sa femme et la mère de ses enfants, elle brûlait dans son jeune corps du désir de lui donner une fille qui porterait le prénom maternel, et la nuit, quand il sanglotait en dormant, elle sentait le crâne chauve qui émergerait d'entre ses cuisses. Elle seule pourrait ramener sa mère à la vie, dans sa singularité, elle seule pourrait le consoler, mais lorsque les sept jours de deuil s'étaient achevés, elle s'était retrouvée non seulement orpheline, non seulement veuve, mais aussi dépouillée de ses rêves.

Elle avait rassemblé toutes ses affaires dans deux grands sacs-poubelle et avait marché, raide et très droite, jusqu'à la station toute proche. Sans se retourner. Elle avait pris le bus dans le bon sens, était descendue au bon arrêt ; arrivée chez elle, elle s'était mise au lit sans se dévêtir, avec ses deux grands sacs-poubelle, et elle était restée allongée ainsi, yeux secs et grands ouverts, jusqu'à ce que sa mère rentre. Elle n'avait pas répondu à ses questions parce qu'elle ne les avait pas entendues, n'avait pas obéi à ses injonctions de se lever, de se doucher ni de venir manger. Yeux secs, corps figé qui avait gardé la même position pendant des jours et des jours.

« À une époque, je me suis retrouvée paralysée de chagrin, avait-elle raconté à Micky peu de temps avant leur mariage, ça a duré quelques semaines, mais maintenant je vais bien et ça ne se reproduira plus. » Il avait bien sûr voulu en entendre un peu plus, mais là aussi elle l'avait déçu. Ne restait que sa mère pour évoquer cette crise de temps en temps, révéler tel ou tel détail malgré les regards assassins qu'elle lui lançait, « oui, j'ai fait une petite déprime, mais qui ne connaît pas la déception amoureuse à dix-sept ans ? » concluait-elle pour dévaloriser ce souvenir à ses propres yeux, concentrant sa contrariété sur la trahison de sa mère davantage que sur la chose elle-même. D'ailleurs de quoi s'agissait-il ? se demandait-elle parfois. Du fait qu'elle avait failli mourir d'amour ? Et qu'est-ce qui était le plus surprenant, sa maladie ou sa guérison ? Son choix, finalement, de vivre ? Sa renaissance, seule et abandonnée, dans un vide qui s'était peu à peu rempli ?

À l'adolescence de sa propre fille, elle avait suivi avec appréhension ses aventures amoureuses, craignant une déception similaire, mais Alma s'était jusqu'à présent satisfaite de relations brèves et superficielles (ce qui, en soi, pouvait bien sûr alimenter toutes sortes d'inquiétudes, mais dans une moindre mesure). De toute façon, sa fille n'était pas du genre à s'épancher, quant à son fils, il paraît calme et à l'aise face à la demoiselle qui porte son slip, cette menace-là ne va apparemment pas se concrétiser dans un avenir proche, elle peut lever la surveillance du jeune couple qui se forme sous ses yeux. Le mal lancinant, qui s'est un peu atténué, lui rend un corps en état de choc, mais il reste tapi, elle sent qu'il l'observe de loin même s'il la laisse se lever lentement du canapé et s'asseoir devant l'ordinateur comme tous les soirs pour rédiger son communiqué hebdomadaire, envoyer messages et instructions, questions et réponses. Sur quoi écrira-t-elle cette semaine ? Et si elle essayait d'insuffler une nouvelle énergie à ce trimestre, à ces quelques semaines qui séparent le jour du Souvenir de la fête de Shavouot, période fatiguée qui vient après le gros de l'année scolaire mais avant la fin des classes et qui est beaucoup plus importante qu'on ne le pense, parce que si quelque chose peut encore changer, c'est à ce moment-là, dans la tension créée entre la commémoration du passé et la célébration du renouveau.

CHAPITRE 3

Voilà bien longtemps qu'elle n'a pas vu ces chiffres sur le réveil : trois heures quarante du matin. Insupportable. Depuis des années, elle veille sur son sommeil comme si sa vie en dépendait, un rituel de fin de journée qui commence dès vingt-deux heures. Contrarié, Micky lui demande parfois d'attendre un peu, « le film recommandé par Dafna et Guidi va commencer » ou « la série proposée sur cette chaîne est vraiment excellente, elle te plaira », parfois aussi il ne dit rien et se contente d'accompagner sa désertion d'un regard dépité.

« Je dois dormir, j'ai une dure journée demain et une réunion qui commence tôt, se justifie-t-elle machinalement, car même si elle n'a pas de réunion, elle est toujours la première à l'école, tous les matins, debout près du portail, hiver comme été, elle accueille les élèves, leur souhaite une bonne journée, se souvient du prénom de chacun, échange quelques mots avec leurs parents.

— Tu n'es pas la seule qui travaille dur, tu sais, ni qui se lève tôt, réplique-t-il sans se laisser impressionner.

— Désolée, je suis crevée, j'ai les yeux qui se ferment tout seuls », marmonne-t-elle en esquivant le bras qu'il tend pour la retenir. Il ne lui en veut pas uniquement parce qu'elle va se coucher tôt, elle en est consciente, mais surtout parce qu'elle a décidé, depuis qu'Alma a quitté la maison quelques mois auparavant, de récupérer la chambre abandonnée, « n'en tire aucune conclusion, Mouky, essayait-elle de l'apaiser, c'est juste que je dors mieux seule. Partager un même lit est une coutume primitive, on se dérange pour rien, il y a des études là-dessus. En plus, tu détestes que je te réveille si tu ronfles ! », mais lui qui avait sans doute espéré voir ses ronflements acceptés avec amour ne s'était certainement pas attendu à ce qu'elle s'exile dans le lit d'une place et demie d'Alma et lui ferme sa porte.

« Ce n'est pas contre toi, c'est pour mon bien. Il ne s'agit que de sommeil, ça ne doit pas avoir d'influence sur notre intimité », répétait-elle, sincèrement persuadée que cela n'aurait aucune incidence, pourquoi en aurait-ce ? Comme si on faisait l'amour en dormant, comme si on avait des discussions profondes en dormant, de toute façon, à chaque retour de leur fille, elle s'était engagée à réintégrer le lit conjugal. Qui aurait cru que la demoiselle viendrait si peu, à peine une fois par mois, et que tout l'attirail auparavant posé sur la table de nuit du côté d'Iris s'installerait définitivement dans la chambre vide, la crème pour les yeux, le verre d'eau, les chaussettes (elle a toujours froid aux pieds), la crème pour les mains, un ou deux livres, elle ajoute chaque fois quelque chose, si bien qu'Alma avait lâché lors de sa dernière visite, « bravo, maman, je vois que tu t'es approprié ma chambre ! Tu veux que je dorme à ta place avec Papouch ? ».

Elle s'était bien évidemment empressée de ramasser toutes ses affaires, de les remettre à leur emplacement initial et de se faire une raison, elle revenait dormir avec Micky, malheureusement, elle s'était rendu compte que tout ce qui la dérangeait auparavant la dérangeait encore plus maintenant qu'elle s'était habituée à la liberté. Après une nuit où elle n'avait pas réussi à fermer l'œil, elle s'était surprise à attendre avec impatience que sa fille libère le lit et s'en aille réintégrer la colocation qu'ils lui payaient à Tel-Aviv, ce qui, d'ailleurs, était arrivé le soir même. Elle était tellement fatiguée que, de tout ce week-end-là, elle n'avait pas réussi à nouer la moindre conversation sérieuse avec Alma, elle aurait pourtant aimé en apprendre un peu plus sur ce qu'elle faisait et sur ses projets. Bon, la gamine aurait sans doute réussi à éviter ce genre de discussion, fût-ce avec une mère bien plus éveillée : elle ne faisait rien, n'avait aucun projet, se contentait de travailler la nuit comme serveuse dans un restaurant au sud de la ville et dormait pendant la journée.

Comment avaient-ils engendré une telle fille, totalement dénuée d'ambition et de motivation ? Déjà toute petite, elle ne persévérait dans aucune activité, ne s'intéressait à rien, restait assise des heures devant la télévision ou le miroir – qu'est-ce qui était pire ? Toutes ces années, elle avait vu ses parents travailler dur et n'en avait absolument pas pris de la graine. Oui, même si Iris avait réussi à nouer le dialogue au cours de ce week-end-là, elle n'aurait obtenu qu'un rire moqueur et qu'un argumentaire du genre, tout va nickel, t'inquiète, Mamouch, je ne suis pas une de tes élèves, ou plutôt de tes soldates, parce que tu les fais tous marcher à la baguette, pas vrai ? Ce à quoi elle se serait hâtée de répliquer, alors pourquoi est-ce que j'ai tant d'inscriptions chaque année, si c'est tellement peu engageant ? Et la voilà à reconstituer exhaustivement une conversation qui n'a pas eu lieu, mais elles en ont tant eu de semblables au cours de ces dernières années ! Des conversations inachevées, tortueuses, des tentatives qui éloignaient au lieu de rapprocher, des éclaircissements qui ne servaient qu'à embrouiller. Loin de s'attendre à un tel mépris, elle avait naïvement espéré que sa fille serait fière d'elle, qu'elle admirerait sa grande œuvre : avoir pris la direction d'une très mauvaise école située en zone sensible et en avoir fait l'établissement le plus prisé de la ville. « Apparemment, ton enseignement leur convient, à eux, mais pas à moi », disait Alma qui devait lever les yeux vers elle pour la défier du regard, comment expliquer la petite taille de leur fille ? Toutes ses amies dépassaient leur mère, elle seule était restée petite alors que ses parents étaient grands.

Bébé, elle ne mangeait presque rien et n'avait que faire des prières ou des menaces dont l'abreuvait Iris qui n'arrivait parfois à la nourrir qu'en la mettant devant la télévision. Là, profitant de son inattention, elle lui fourrait dans la bouche un triangle d'omelette, une tranche de fromage jaune, une boulette de légumes. La fillette remuait alors les mâchoires sans s'en rendre compte, mastiquait et avalait, et puis tout à coup, elle se secouait comme si elle venait de se réveiller et protestait énergiquement.

À chaque gavage ainsi volé, son cœur de mère s'emballait comme si elle voyait son petit bout de chou au bord d'un toit très haut et qu'elle devait s'approcher discrètement par-derrière pour la rattraper avant qu'elle ne remarque sa présence ; comme si chaque triangle d'omelette ingurgité l'éloignait d'un pas de la chute fatale. Et puis, elle traduisait la maigreur d'Alma en accusation criante qu'elle devait infirmer par tous les moyens. Il en avait été ainsi jusqu'à la naissance d'Omer, dont la présence impétueuse l'avait tellement épuisée qu'elle avait abandonné toute velléité de manipuler-contrôler-appâter-supplier-menacer, ce qui avait bien sûr eu un effet bénéfique pour tout le monde, la preuve, Alma avait survécu. Elle mangeait apparemment assez pour vivre et, à l'adolescence, s'était même mise à manger correctement alors que toutes ses copines se torturaient en multiples régimes. Mais c'était trop tard pour qu'elle grandisse. Restée petite et maigre, on lui donnait douze ans, elle était cependant d'une beauté à couper le souffle, avec ses grands yeux de raisins noirs, ses longs cheveux raides et cette combinaison si séduisante entre un corps juvénile et une expression mature.

Mais qui précisément avait-elle envie de séduire ? Certainement pas ses parents, dont toutes les questions étaient repoussées avec agressivité.

Iris songe que depuis qu'elle a quitté Jérusalem, ils ont perdu toute possibilité de contrôle ou de collecte d'informations, tributaires du peu qu'elle daigne leur divulguer. Et si, parfois, elle laisse échapper une indication partielle, toute tentative pour essayer de creuser reste vaine, que ce soit si elle parle d'une fête où elle s'est rendue ou d'une serveuse avec qui elle a sympathisé, de plus, s'ils essaient de se servir de ces bribes pour nouer un dialogue à leur rencontre ou conversation téléphonique en milieu de semaine suivante, elle nie tout en bloc, elle ne leur a jamais dit ça, ce sont eux qui s'imaginent des choses.

« Elle nous punit », assure-t-elle parfois à Micky qui hausse les épaules, « pourquoi donc nous punirait-elle ? », et elle serait capable d'énumérer des tas de bonnes raisons mais à quoi bon – Omer qui lui avait volé l'attention de ses parents, et surtout après, tu le sais très bien, l'année terrible passée d'opérations en rééducation, des mois durant lesquels Alma avait une mère hors service et totalement dépendante, mais surtout une mère absente, car la plupart du temps, elle se trouvait à l'hôpital pour cause de coccyx et sacrum brisés, trous dans les membres inférieurs et éclats dans le thorax, tout cela ayant nécessité une stabilisation du bassin avec des plaques, la réduction des fractures au niveau des jambes, des greffes de peau, certaines zones étaient devenues insensibles, d'autres au contraire hypersensibles, il lui avait fallu réapprendre à marcher et à s'asseoir, se sevrer des antalgiques, surmonter sa peur de sortir, l'angoisse qu'éveillait en elle le moindre grondement de bus quittant sa station.

Lorsqu'elle avait repris le cours de sa vie, elle avait trouvé une fille différente, fermée et presque hostile, collée à son père et qui lui lançait des regards accusateurs, une fille qui, depuis, se satisfaisait de peu, que ce soit à l'école ou à table, elle mangeait avec parcimonie, sans curiosité, cherchant juste à ce qu'on la laisse tranquille. Et elle, Iris ? Elle venait d'être nommée à la direction de son école et se relevait de cette année pénible avec un appétit décuplé, plus occupée que jamais. Peut-être n'avait-elle pas assez pensé à sa fille. Omer avait toujours su exiger ce qui lui revenait de droit, mais Alma, comme son père, était de ceux qui attendent, perpétuellement déçus, d'ailleurs tous les deux avaient suivi son rétablissement et sa guérison avec le même dévouement mécanique, à la fois sec et désespéré, en les voyant, elle avait de temps en temps l'impression que son vol plané l'avait propulsée à une vitesse supersonique dans un autre pays d'où elle ne pourrait plus jamais les atteindre.

À intervalles irréguliers, Micky entrait dans la chambre où elle avait passé des mois clouée au lit, il lui apportait une assiette contenant quelque étrange préparation ou un verre de thé qui avait eu le temps de refroidir, lui demandait comment elle allait et ce dont elle avait besoin, mais les rares fois où elle avait cherché à se rapprocher de lui, « viens, assieds-toi à côté de moi une minute, raconte-moi ce qui se passe », il s'était esquivé comme si c'était au-dessus de ses forces. Bien sûr, il était écrasé par la tâche, épuisé de devoir s'occuper d'elle et des enfants tout en continuant à travailler, mais au-delà de tous les problèmes, elle le trouvait aussi froid que le thé qu'il lui avait versé et aussi étrange que le plat qu'il avait cuisiné, oui, son mari avait fui son regard pendant des mois, comme s'il était coupable de ce qu'elle subissait.

Elle en riait aussi parfois. Ils avaient emménagé dans cet appartement moins d'un an auparavant, l'ascenseur ayant conquis Micky, « pourquoi en avons-nous besoin, on n'a que trente-cinq ans », s'était-elle étonnée, d'autant qu'elle préférait un autre appartement, avec une vue jusqu'à la mer Morte et une grande terrasse, ce qui comptait beaucoup plus pour elle, mais lui, qui se vantait toujours d'anticiper, avait affirmé qu'on ne pouvait jamais savoir, « un ascenseur, on en a toujours besoin », ce qui s'était rapidement révélé d'une incroyable justesse – puisque, quelque temps plus tard, elle avait été blessée. Elle en avait plaisanté, décrétant qu'il aurait été plus utile aux forces de sécurité qu'à la haute technologie : apparemment, il avait des sources de renseignement très performantes.

Lui, ça ne l'avait jamais fait rire. Et maintenant, à trois heures quarante du matin ou un peu plus tard (elle n'ose pas regarder de nouveau le réveil), avec cette douleur qui l'empêche de se rendormir, voilà qu'elle se remémore, instant par instant, cette fameuse matinée et s'étonne une fois de plus des incroyables coïncidences de temps et d'espace qui conduisent aux pires catastrophes comme aux miracles les plus renversants.

Elle se souvient que la veille Micky était resté très tard au travail, qu'elle dormait déjà quand il était rentré, et qu'il était déjà habillé quand elle s'était réveillée le lendemain, on l'avait appelé du bureau et il était pressé, à cette époque-là, il était beaucoup moins présent que maintenant, oui, pendant toute la période où les enfants avaient eu le plus besoin de lui, il était aux abonnés absents. Dire qu'aujourd'hui, alors que ça indiffère tout le monde, il rentre tôt, reste pendant des heures sur l'ordinateur pour jouer aux échecs en blitz puis vient s'affaler devant la télévision en soupirant. Mais il était toujours avec elle le matin, même à l'époque, l'aidait avec les enfants, c'est-à-dire avec Omer, qui venait d'entrer au CP et souffrait tellement (d'après ce qu'il prétendait) qu'on arrivait difficilement à le tirer dehors, il s'enfermait dans les toilettes et rien n'y faisait, ni les menaces, ni les promesses, ni les bilans pédagogiques, ni les stickers.

Or justement, ce matin-là, Omer était plutôt content. Elle se souvient qu'il sautait comme un fou sur leur lit, quand elle avait ouvert les yeux, Micky était déjà habillé, il avait mis sa vieille veste fine couleur moutarde qu'elle n'aimait pas mais dont il refusait de se séparer, la matinée de ce début d'été s'annonçait limpide, un peu fraîche, leur fils chantait à tue-tête (ce qui les empêchait de s'entendre) en prenant un malin plaisir à détourner les paroles, « frère pipi, frère caca, crottez-vous ? Crottez-vous ? Sonnez les bassines… », vociférait-il, si bien qu'à son habitude il avait réussi à instaurer un climat électrique et tendu dans l'appartement.

« Ah bon ? Tu sors ? Mais personne n'est prêt, il n'est pas encore sept heures », s'était-elle étonnée et le petit avait aussitôt hurlé, « pas vrai, j'ai déjà sept ans, tu as oublié que j'ai sept ans ?

— Je viens de recevoir un coup de fil du bureau. Tout le système a planté, je dois aller voir ce qui se passe.

— À cette heure-ci ? avait-elle lancé comme si on était au milieu de la nuit.

— Omer, tais-toi ! » avait-il alors crié bien qu'à cet instant justement le gamin ait sauté en silence, un silence qui s'était aussitôt mué en sanglot strident avant de se transformer en provocation chantée, avec des « papa pipi, papa caca, qui m'engueule, qui m'engueule », propos qui l'avaient obligée à intervenir.

« Omer, ça suffit, je ne te permets pas de parler comme ça !

— Pas de problème, je reste avec toi et je les accompagne comme d'habitude », s'était aussitôt rétracté Micky, dont la volonté faisait toujours un pas en avant et un pas en arrière, et qui avait déjà commencé à rouvrir la fermeture éclair de sa veste.

C'était lui qui les conduisait le matin parce que leur complexe scolaire était sur son chemin, de plus, à l'époque, elle était en année sabbatique, terminait son master et appréciait grandement de prendre une douche tranquille et de boire son café après le départ des siens. Ce jour-là cependant, elle avait vu à sa tête que c'était important et que ce gros bug l'inquiétait particulièrement, alors elle avait décidé de renoncer pour lui à son confort matinal – histoire de se faire pardonner quelque chose de bien plus grave et qui éveillait toujours en elle un soupçon de pitié et cette pincée de culpabilité qui la rendait parfois furieuse, contre lui et contre elle-même.

Elle s'était assise dans le lit, face au miroir des portes de l'armoire, avait remarqué son visage blanc et fatigué, avait essayé d'aplatir un peu ses cheveux noirs ébouriffés tout en fixant le profil inquiet de son mari. Omer n'était plus là, il avait filé dans la chambre d'Alma où il s'en donnait à cœur joie, les cris habituels de leur fille n'avaient pas tardé à se faire entendre, « tire-toi de là ! Papa ! Maman ! », et Iris avait bondi hors du lit, « va t'occuper de ton plantage, je m'occupe du nôtre », avait-elle dit en passant devant lui, il jouait avec la languette de sa fermeture éclair, de bas en haut et inversement, un pas en avant, un pas en arrière, et ce léger mouvement de doigts avait décidé d'un verdict qui hésitait encore entre elle et lui, entre des dizaines d'autres foyers où l'on s'apprêtait à entamer une journée normale, où l'on lavait un corps qui allait être enterré, où l'on se penchait pour mettre des chaussures sur des pieds qui allaient être arrachés exactement une heure plus tard, où l'on étalait de la crème hydratante sur une peau qui allait brûler, où l'on se séparait rapidement d'un enfant qu'on ne reverrait plus, où l'on changeait la couche d'un bébé qui n'avait plus qu'une heure à vivre. Et elle, comme les autres, enfile un tee-shirt à rayures et un jean, s'attache négligemment les cheveux puisqu'elle va bientôt rentrer, promet à Omer une pizza s'il sort vite de sa cachette, prépare les sandwichs et les glisse dans leurs sacs à dos, elle a même le temps, ce matin-là, de faire à sa fille une tresse chinoise particulièrement réussie. Dans la voiture, elle entend la fin des infos de huit heures, Alma hurle qu'elle va de nouveau être en retard à cause de son frère mais en moins de dix minutes ils sont devant le portail, elle accélère dans la montée avec une agréable sensation de libération et double un bus à l'arrêt.

Pourquoi une telle sensation de libération, s'étonne-t-elle à présent, qu'y avait-il là-bas pour lui inspirer ce soulagement soudain, quelques instants avant que sa vie ne vole en éclats ? Et devait-elle vraiment accorder de l'importance à la seconde où elle avait dit à Micky qu'il pouvait partir au travail ? En y repensant, elle a l'impression que ce matin-là avait quelque chose de spécial, comme s'il augurait un changement radical, c'est maintenant seulement qu'elle le comprend, peut-être d'ailleurs est-ce la raison pour laquelle elle s'était entêtée à doubler ce bus qui clignotait déjà et allait repartir, à ne pas céder le passage, oui, elle s'était collée à lui et avait même klaxonné, ce qui ne ressemblait pas du tout à son habituelle bienveillance au volant, et son coup de klaxon avait été couvert par la terrible détonation.

Il était pressé et je lui ai dit qu'il pouvait partir, rien d'autre. Pourquoi y chercher plus de signification ? *A posteriori*, chaque détail semble décisif, or les choses doivent être examinées dans leur simplicité, en temps réel et non parées des vêtements que le futur leur aura cousus, elle essaie de se retourner dans le lit, s'aide de ses mains pour soulever ses hanches et aussitôt se souvient à quel point le moindre mouvement peut être douloureux. Elle s'étonne d'entendre du bruit en provenance de la cuisine, puis la chasse d'eau dans les toilettes. Ce n'est pas le pas rapide d'Omer, ça doit donc être Micky, étrange que lui non plus ne dorme pas. Il est cinq heures du matin, comment tiendra-t-elle demain, heure après heure, « Micky ? C'est toi ? gémit-elle.

— Tu m'as appelé ? » Il ouvre la porte et jette un coup d'œil à l'intérieur, son crâne rasé semble en suspens pendant une seconde et lui rappelle la tête chauve de la mère malade d'Ethan. Que lui arrive-t-il aujourd'hui, que lui arrive-t-il cette nuit, s'affole-t-elle, il faut que ça cesse, et tout de suite. C'est à cause de Micky, qu'avait-il besoin d'en reparler ce matin comme s'il s'agissait d'une date anniversaire, oui, à l'époque Omer avait raison de dire que tout ça, c'était la faute de son père.

« Qu'est-ce qui se passe ? demande-t-il d'une voix douce, pourquoi ne dors-tu pas ?

— J'ai mal, tu veux bien m'apporter un cachet ? », et lorsqu'il revient avec la boîte de médicaments, il lui fait remarquer qu'elle a vidé tout le tiroir, « tu n'exagères pas un peu avec ces antalgiques ?

— Ai-je le choix ? marmonne-t-elle tandis qu'il s'assied sur son lit.

— Je pense que oui, j'ai entendu parler de toutes sortes d'avancées récentes en matière de douleur, il faut qu'on se renseigne. Il y a le laser, les injections de cortisone, toute une gamme de traitements. Pourquoi ne prendrais-tu pas rendez-vous dans un centre antidouleur ?

— Un centre antidouleur ? C'est un peu prématuré, non ? » proteste-t-elle, lui et sa manie de toujours tout prévoir, comme avec l'ascenseur. Elle ne pensait qu'au lendemain matin et n'avait absolument pas envisagé que cette douleur puisse persister des jours et des semaines. « Tu crois que ça va durer longtemps ? soupire-t-elle. Ça me désespère parce que depuis que tu as prévu l'attentat, je prends tout ce que tu dis au sérieux.

— Mais oui, c'est ça, j'ai prévu l'attentat, lâche-t-il avec un petit rire amer. Encore heureux que tu ne m'accuses pas d'en être l'auteur. »

Elle avale le cachet et essaie de se redresser, prend appui sur le grand oreiller qu'Alma a reçu en cadeau de ses copines pour son départ à l'armée, « à propos, pourquoi étais-tu si pressé, ce matin-là ? En général, quand vous travaillez tard le soir, vous ne reprenez pas si tôt le lendemain matin.

— Tu ne te souviens pas ? Tout le système informatique avait planté, répond-il sans la moindre hésitation, à croire que la question l'a, lui aussi, réveillé.

— C'est étrange que ça ne se soit jamais reproduit, ni avant ni après, en tout cas pas à cette heure-là.

— Arrête, ça suffit, Iris, inutile de remuer le couteau dans la plaie, tu sais très bien que je m'en suis terriblement voulu. Si j'avais accompagné les enfants, j'aurais été blessé à ta place, en fait non, je pense que je n'aurais pas du tout été blessé parce qu'on serait sortis quelques minutes plus tôt. Tout aurait été différent si je n'avais pas été pressé ce matin-là. Peut-être aurions-nous fait un troisième enfant, peut-être nous serions-nous séparés.

— Séparés ? lui renvoie-t-elle, perplexe.

— Oui, peut-être que tu m'aurais quitté, tu as toujours eu le sentiment que tu méritais mieux que moi. À part que la manière exceptionnelle dont je me suis occupé de toi a coupé court à toutes tes velléités. »

Stupéfaite, elle fixe son crâne rasé, comme le cerveau d'autrui est mystérieux, plus encore que l'avenir !

« Qu'est-ce que tu racontes ? Tu t'es très mal occupé de moi ! Ta cuisine était infecte, tu ne cherchais qu'à me fuir, tu as eu un drôle de comportement à cette époque. Si j'avais voulu te quitter, ça n'aurait vraiment pas été un problème. C'est peut-être toi qui voulais me quitter mais n'as plus osé ? Dis-moi, continue-t-elle tandis qu'il approche sa grosse tête de plus en plus près, qu'est-ce qui débloquait dans ce fameux système ?

— Qu'est-ce qui débloque dans ton système ? la taquine-t-il en essayant de l'embrasser. Depuis que tu m'as abandonné tout seul dans le grand lit, j'ai oublié à quoi tu ressemblais la nuit.

— Ne fais pas diversion, Micky, insiste-t-elle sans se laisser faire. Qu'est-ce qui était si urgent ? Tu étais rentré au milieu de la nuit, peut-être même à l'aube. Pourquoi n'ont-ils pas contacté quelqu'un d'autre le matin ?

— Quelle mouche te pique ? Pourquoi est-ce que tu y repenses tout à coup ? Ça fait dix ans, Iris, c'est derrière nous depuis longtemps !

— J'ai aussi mal que si c'était arrivé hier, se lamente-t-elle.

— Montre-moi où », chuchote-t-il et il baisse sa chemise de nuit jusqu'à la taille, se penche vers elle, elle sent un souffle brûlant sur sa peau balafrée et tendue sur les plaques de platine, les greffes osseuses, les fils, les vis, les éclats restés dans son corps, tout ce qui, à présent, s'entrechoque pour refuser ses caresses, « ne me touche pas, Micky, ça fait mal ! lâche-t-elle dans un cri plus fort que ce qu'elle aurait voulu.

— Bravo, tu t'es trouvé un excellent prétexte ! Tu ferais mieux d'avouer que tu n'as jamais eu envie de moi », et il retire ses mains, les pose sur ses genoux et bizarrement reste les yeux fixés dessus, mais elle fulmine, « je n'en crois pas mes oreilles, tu exagères vraiment ! Tu trouves que c'est le moment de me demander des comptes ?

— C'est toi qui me demandes des comptes, toi qui veux tout à coup savoir pourquoi notre système a planté ! C'est toi qui m'interroges comme si j'étais pressé d'aller retrouver ma maîtresse.

— Ça ne m'est même pas venu à l'idée, déclare-t-elle d'une voix creuse. De quoi parles-tu ? Qu'est-ce que tu cherches exactement ?

— En fait pas grand-chose, murmure-t-il, juste un peu d'amour, un peu de chaleur, sentir que j'ai une femme à la maison.

— J'en ai assez de ton auto-apitoiement, le problème maintenant ce n'est pas toi, c'est moi, je souffre et tout ce que tu trouves à me proposer, c'est une partie de jambes en l'air ? Impossible d'espérer un peu d'empathie sans que ça passe par là ?

— Je ne te comprendrai jamais, proteste-t-il en se prenant la tête dans les mains. Quoi que je fasse, ce n'est pas bien ! Soit tu te plains que je t'évite, soit que je t'approche de trop près ! »

Il n'en faut pas davantage pour éveiller en elle la mauvaise conscience qu'il lui inspire depuis des lustres, « c'est juste une question de trouver le bon moment, Mouky, rien à voir avec ton comportement, dans un couple, parfois on a envie d'être tout proches et parfois on a besoin de distance, ça fait cent ans qu'on vit ensemble, ne me dis pas que tu ne comprends pas !

— Évidemment que je comprends, madame la chef, c'est juste que, malheureusement, tu as de moins en moins envie d'être proche de moi.

— Il y a des tas de manières d'être proches, dommage que tu n'en connaisses qu'une. »

Il se relève en soupirant, les fentes de lumière matinale strient finement son dos nu, on dirait qu'il a enfilé une peau de zèbre, « il y a toutes sortes de distances, dit-il, dommage que tu n'en connaisses qu'une. Je te souhaite une bonne journée ».

CHAPITRE 4

Elle n'avait pas imaginé que si vite elle retournerait dans cet endroit, comme si elle était condamnée à reconstituer intégralement l'épisode traumatique, parce que cette douleur qui lui est soudain revenue impose sa loi, perturbe autant les habitudes que l'arrivée d'un nouveau-né, voilà qu'ils lui paraissent bien éloignés, ancrés dans une autre époque, les matins où elle se levait tôt, se rendait en hâte à l'école et, debout sur le seuil, accueillait chacun de ses élèves. Dix jours qu'elle n'est pas sortie, dix jours qu'elle n'a pas visité son domaine ni vu ses petits sujets dociles, et c'est sans doute parce que son appartement ne peut plus contenir tant de douleur qu'elle se retrouve à l'hôpital, arpentant les couloirs familiers à vomir qu'elle espérait ne pas revoir pendant des années ou, mieux, jamais.

Elle pose la tête sur l'épaule de Micky, contente qu'il soit à ses côtés en ces lieux qui balaient d'un revers de main toute trace d'identité, tout ce que la douleur n'a pas réussi à effacer. Car qu'est-elle à présent sinon une femme qui a mal, c'est pour ça qu'elle est là et qu'elle attend d'entrer dans le cabinet du chef de clinique, heureusement que son mari l'accompagne, il pourra témoigner qu'elle a autre chose dans la vie que cette souffrance, du moins en apparence, c'est pourquoi, lorsque, enfin, leur tour arrive, elle s'appuie ostensiblement sur son bras et le laisse répondre à sa place aux premières questions, les plus simples, posées par un médecin qui n'a pas du tout l'air d'un chef de clinique.

Pas même d'un interne, on dirait un gamin. Micky s'est certainement précipité sur le premier rendez-vous qu'on lui a proposé, à moins qu'il ait choisi, comme à son habitude, la solution la plus économique, elle lui lance un regard réprobateur qu'il ne remarque pas et c'est le squelette accroché derrière son large dos qui lui renvoie le vide de ses orbites creuses. Elle remarque, effarée, qu'il lui manque une jambe, à ce squelette, elle l'examine avec horreur tant il paraît vrai, n'est-ce pas le corps aux membres arrachés qui se consumait à côté d'elle sur la chaussée ? Elle a très envie de protester, pourquoi accrochent-ils ici un squelette amputé, quoi, c'est si difficile pour vous de lui remettre le tibia manquant, je sais que vous arrivez à faire des choses bien plus compliquées ! Trop tard, le médecin s'adresse à elle directement, la prie, dans une espèce de gazouillis, de marcher à travers la pièce puis de s'asseoir sur le lit d'examen, de plier et de tendre les jambes. Après lui avoir donné un coup de marteau sur les genoux, il lui demande de s'allonger sur le dos, « pouvez-vous baisser votre pantalon, s'il vous plaît ? Dites-moi où vous avez mal quand je presse et essayez de quantifier votre douleur, de un à dix ». Son contact la brûle comme s'il avait des flammes au bout des doigts et elle lâche un cri.

Est-ce à cause de cette réaction ou a-t-il de toute façon besoin de l'aide d'un adulte ? Quoi qu'il en soit, à la fin de cette toute première auscultation et alors qu'elle est encore allongée, le bassin dénudé, il leur expliquera qu'il voudrait l'avis du chef de service. Aussitôt il pressera une des touches numérotées du vieux téléphone posé sur son bureau, « docteur Rozen, seriez-vous disponible par hasard ? » dira-t-il en hésitant. Un instant plus tard la porte s'ouvrira et dans la pièce entrera un homme de grande taille, un peu voûté, en blouse blanche, à la barbe et aux cheveux poivre et sel. En voilà un qui se couvre de beaucoup de poils, pensera-t-elle à la première seconde, surtout en comparaison de son mari, à qui les joues et le crâne rasés donneront tout à coup une allure de chat sans fourrure, oui, l'un à côté de l'autre, ils sembleront appartenir à des espèces différentes d'êtres humains. Il lui lancera à peine un regard, ce chef de service, n'examinera avec attention que ses radios projetées sur un petit écran, et se contentera d'écouter le jeune médecin lui retracer en détail tout ce qu'elle a enduré comme s'ils étaient de vieilles connaissances, lui décrire la blessure complexe, les opérations subies, les éclats restés dans son corps, les douleurs du bassin qui se diffusaient dans la jambe et avaient recommencé subitement, est-ce pour cela qu'il ne la reconnaîtra pas ?

Mais comment pourrait-il la reconnaître ? Elle avait dix-sept ans la dernière fois qu'ils s'étaient vus, quarante-cinq aujourd'hui, presque trente ans s'étaient écoulés. Et si, avant sa blessure, elle gardait encore son allure d'adolescente, avec de longs cheveux et une silhouette menue malgré les accouchements, après avoir été si durement éprouvée, elle avait donné à cette chevelure qui avait failli prendre feu une coupe banale et assez courte, quant à son corps, qu'elle sollicitait nettement moins, il s'était malheureusement épaissi et elle n'avait pas le temps d'en prendre soin. Le médecin-chef avait donc présentement sous les yeux une femme plus très jeune, aux cheveux négligés et grisonnants, au lourd bassin dénudé couvert de cicatrices. Reconnaîtrait-il le trio astral formé par son nombril et les deux grains de beauté sur le côté gauche de son ventre ? Le soleil, la lune et la terre, les avait-il surnommés, et c'était peut-être le seul détail de sa physionomie qui ne s'était pas altéré au cours de toutes ces années. D'ailleurs, lui aussi avait extrêmement changé. À dire vrai, elle ne l'avait pas reconnu sous sa parure pileuse, pas même ses yeux bleus que le contraste avec la blancheur des joues assombrissait, c'est juste que soudain elle avait été saisie d'un tremblement incontrôlable, Micky s'en était rendu compte, il lui avait demandé si elle avait froid et l'avait aussitôt couverte d'un drap au logo de l'hôpital public, comme s'il cherchait à masquer le soleil, la lune et la terre, furieuse, elle lui avait lancé un regard assassin, oubliant combien elle avait été heureuse de s'appuyer sur son bras à peine quelques minutes auparavant.

Pourquoi n'était-elle pas venue sans lui ? Comment pourrait-elle, en présence de son mari, révéler son identité à celui qui n'était autre que son grand amour de jeunesse ? Peut-être était-ce préférable ainsi, oui, peut-être qu'il valait mieux recouvrir les signes distinctifs et éviter que leurs yeux ne se croisent. Aucune chance qu'il la reconnaisse, elle a changé de nom et d'aspect. De toute façon, comme les grands pontes, il ne s'intéresse qu'à ses radios, pas à sa personne, si elle ne se présente pas, il ne la reconnaîtra pas, et elle ne se présentera pas, parce que Micky est à côté d'elle et aussi parce qu'elle n'est pas prête pour une telle rencontre, alors elle le regarde à la dérobée, tire le drap sous ses yeux, peut-être que ce n'est pas du tout lui, peut-être qu'il ressemble juste à Ethan, c'est-à-dire à la manière dont Ethan aurait pu vieillir.

Il a l'air plus vieux que l'âge qu'il est censé avoir, non, ce n'est pas du tout lui, peu probable qu'Ethan soit devenu médecin, il s'intéressait comme elle à la littérature bien plus qu'à la science et, contrairement à elle, il n'était pas bon élève. Si, elle sent que son corps s'entête à crier que c'est bien lui, elle l'observe en retenant son souffle, il s'adresse au jeune médecin comme s'il était le patient et pas elle, explique qu'à son avis il s'agit d'une douleur neuropathique, liée à une altération du nerf causée par la blessure, ce qui expliquerait pourquoi le système nerveux envoie au cerveau un signal de douleur sans aucune lésion réelle ni atteinte au niveau des tissus, « qu'elle aille faire une échographie du bassin, dit-il, même si je pense qu'ils ne trouveront rien. En attendant, prescris-lui le traitement de base et fixe-lui un rendez-vous pour dans un mois. Ce genre de douleurs peuvent parfois se réveiller avec du retard, espérons qu'elles passeront aussi vite qu'elles sont apparues », sur ces mots, le spécialiste sort sans lui jeter un seul regard, ne laissant dans la pièce que son diagnostic.

« Qu'est-ce que ça signifie ? » s'enquiert aussitôt Micky tandis qu'elle demande, « c'est qui ? », le jeune médecin les dévisage tous les deux de l'air contrarié d'un gamin qui a honte de ses parents un peu demeurés, « c'est le chef de service, le docteur Rozen », répond-il et elle enchaîne, « il ne s'appelait pas Rozenfeld avant ? », mais sa question est couverte par celle de Micky, « vous voulez dire qu'il s'agit d'une douleur fictive ? », et à cause de lui, l'interne ne l'entend pas, quant à elle, à cause de la violente perturbation qui secoue encore la pièce, elle n'entend pas non plus la réponse qu'il donne à son mari, d'ailleurs tous semblent, d'une manière ou d'une autre, en ressentir la puissance et ne pas arriver à se ressaisir.

« La douleur serait donc un processus de défense, lui répète Micky tandis qu'ils roulent sur la voie sinueuse vers le haut de la colline. D'une manière générale, le système nerveux produit une douleur pour prévenir que quelque chose ne va pas dans l'organisme, mais s'il est lésé, il agit comme le détecteur de fumée qui continue à sonner après que le feu a été éteint. Tu as compris, c'est passionnant ! Il a même dit que, parfois, c'est la guérison qui engendre le problème. Le nerf blessé qui guérit se réveille et commence à émettre des signaux de détresse. Ça s'appelle une douleur post-traumatique.

— Je suis contente que ça t'enthousiasme autant, susurre-t-elle, parce que moi, ça me déprime », et elle se tourne vers la fenêtre, le paysage par trop familier s'est soudain métamorphosé uniquement parce qu'il voit cet arbre-là tous les matins, qu'il emprunte ce virage-là, elle est saisie d'un tel désir de faire demi-tour qu'elle a toutes les peines du monde à ne pas dire, s'il te plaît, Micky, ramène-moi à l'hôpital, dépose-moi et va-t'en ou, à défaut, elle songe à ouvrir la portière en pleine course et à sauter de la voiture sans un mot. Cette brève rencontre, muette, aura suffi pour que sa vie lui apparaisse tel un corps usé, balafré et inutile. Elle ne s'en est pas sortie et ne s'en sortira jamais, elle fait juste semblant depuis presque trente ans, n'est-il pas temps de cesser ? Elle l'a revu aujourd'hui et en a été aussi ébranlée que si elle avait vu le terroriste responsable de l'explosion du bus, n'est-ce pas le genre de chocs qui ne débouchent que sur deux possibilités : mordre dans la vie à pleines dents, y planter ses ongles ou, au contraire, baisser les bras. Il n'y a pas de demi-mesure. Oui, elle allait ouvrir la portière et laisser son corps douloureux tomber sur le bas-côté, les voitures la dépasseraient, peut-être aussi celle d'Ethan qui, pressé de retrouver la famille qu'il a assurément fondée, ne s'arrêterait pas pour quelqu'un qui lui rappelait la pire année de sa vie et sa mère malade. N'était-ce pas pour ça qu'il l'avait rejetée à l'époque ? Pourtant, en devenant médecin, il avait de nouveau choisi de se consacrer à la maladie. Il était revenu sur le terrain qu'il avait fui mais pas vers elle, pourquoi ?

Avait-il cherché ne serait-ce qu'à la revoir ? Avait-il jamais essayé de la retrouver ? Aujourd'hui, on y arrive facilement, mais pas vingt ou trente ans auparavant, pourtant, s'il avait vraiment voulu, il aurait pu. Sans doute a-t-il épousé une femme rencontrée plus tard, une amoureuse qui ne lui rappelait pas l'adolescent malheureux qu'il avait été, une amoureuse avec laquelle il avait pu retourner dans le monde des malades, non en tant qu'orphelin impuissant, mais en homme capable d'intervenir, achevant ainsi peut-être un processus de réparation. Tandis qu'elle ? Avait-elle eu la possibilité d'en tirer quelque chose de bien, de transformer la faiblesse en force, le désespoir en exploit ? S'en était-elle donné la possibilité ? Apparemment oui. D'ailleurs, les premières années, sa mère n'arrêtait pas de l'en féliciter, et encore dernièrement elle lâchait parfois, dans les circonstances les moins adéquates évidemment, « j'étais persuadée que ce salopard t'avait bousillé la vie, je ne pensais pas que tu arriverais à fonder une famille et à faire carrière », puis elle ajoutait, totalement indifférente à la contrariété ostensible affichée par sa fille, « tu as une idée de ce qu'il est devenu ?

— Je ne cherche pas à savoir, répondait Iris avec une froideur non dissimulée, je n'ai gardé aucun contact avec les gens que je fréquentais ces années-là.

— Quel dommage ! lui reprochait la vieille dame, tu avais de si bonnes copines. Qu'est devenue Dina, et Ella ?

— Je n'en ai pas la moindre idée, maman, répétait-elle. Pourquoi ça t'intéresse tant ? »

Elle savait que si celle-ci replongeait volontiers dans cette époque, c'était parce que alors elle avait encore du pouvoir sur sa fille, c'est ce qui explique pourquoi elle se souvenait très bien des amies qui venaient dormir à la maison, des parents de ces amies, des professeurs du lycée et, avant de tomber malade, elle prenait beaucoup de plaisir à lui rappeler les événements fondateurs autant que les choses anodines, de préférence embarrassantes, lui rapportait avec enthousiasme ses rencontres fortuites avec telle ou telle ancienne connaissance et en profitait pour tirer de son sac un morceau de papier froissé avec un numéro de téléphone qu'elle n'avait pas manqué de demander, « Naama serait vraiment ravie que tu l'appelles, d'ailleurs, je lui ai aussi donné ton numéro », déclarait-elle avec satisfaction, bien qu'Iris n'ait cessé de la prier de ne pas lui imposer ces voix remontées du passé, et à présent qu'ils approchent de leur domicile, elle ne peut s'empêcher de ressentir une joie mauvaise en pensant à sa mère dont le cerveau se dégrade rapidement et qui n'est plus capable de lui tendre ce genre de pièges. En même temps, elle éprouve soudain un besoin impérieux de tout lui raconter, même si la vieille ne comprendrait pas : je l'ai vu, maman, j'ai vu ce qu'il est devenu, « tu sais quoi, Micky, puisque je suis déjà dans la voiture, je ferais bien un saut chez ma mère, ça fait deux semaines que je n'y suis pas allée, dit-elle au moment où il coupe le moteur dans le parking de leur immeuble.

— Tu es sûre de pouvoir conduire ? s'étonne-t-il comme si elle avait été mourante. D'accord, je viens avec toi », se hâte-t-il de proposer, et il remet aussitôt le contact sauf qu'il sera en trop là-bas, elle ne veut s'entretenir qu'avec sa mère, redevenir l'adolescente qui a un secret à ne partager qu'avec ses oreilles initiées, même si la pauvre n'est plus capable de comprendre quoi que ce soit.

« Non, ça ira. » Elle s'extirpe de la voiture et la contourne, avec lenteur et obstination, ses mains s'agrippent à la tôle tiède jusqu'à ce qu'elle arrive à la portière du conducteur, Micky sort avec sur le visage son habituelle expression de reproche et de jamais-je-ne-te-comprendrai, mais teintée cette fois d'un soulagement évident, bravo, tu te ressaisis, heureusement que nous n'avons pas payé le prix exorbitant d'une consultation chez un spécialiste… pourtant, c'est exactement ce qu'elle fera une ou deux secondes plus tard tandis qu'il s'engouffrera dans l'ascenseur, elle téléphonera à l'hôpital et essaiera de fixer un rendez-vous avec le chef de service, une consultation en privé qui coûte les yeux de la tête, pour le début du mois prochain, avec le docteur Ethan Rozen.

« Désolée, le docteur Rozen ne prend plus de nouveaux patients, lui répond-on d'une voix métallique.

— Je ne suis pas une nouvelle patiente, déclare-t-elle avant de continuer presque malgré elle, je suis sa première patiente, ou plutôt sa deuxième, après sa mère.

— Quel est votre numéro de dossier ? demande la secrétaire sans se montrer ébranlée par cette précision pourtant intime. Désolée, je ne vous trouve pas.

— Il m'a auscultée il y a une heure, insiste-t-elle, votre ordinateur n'est simplement pas actualisé », mais une fois son interlocutrice convaincue et le but atteint, c'est elle qui doute. Elle roule tout en se répétant que non, elle n'y retournerait pas au début du mois prochain, elle n'y retournerait jamais. Elle n'est plus une gamine amoureuse mais une femme mariée et occupée avec une vie bien remplie, presque trop remplie. La preuve, son portable explose de messages, sa boîte aux lettres est submergée de demandes qu'elle n'a même pas encore eu le temps de lire, des centaines de personnes attendent sa guérison, ses décisions, sa gestion des questions en suspens. Ce soir, elle avalerait les puissants cachets qui lui ont été prescrits et elle se reprendrait en main sans regarder en arrière. La flamme s'est éteinte depuis longtemps, même si le détecteur de fumée continue à sonner.

De nouveau, elle s'étonne que ce soit un homme qui lui ouvre la porte, l'appartement de sa mère est un endroit qu'aucun pied masculin n'a foulé depuis la mort du père pendant la guerre du Kippour, un endroit devenu le domaine de cette femme qui, après avoir perdu son mari, avait repoussé toute tentative de lui trouver un remplaçant, non pas à cause de l'amour immense qu'elle aurait pu éprouver pour lui ni d'une profonde fidélité, mais à cause d'une sorte de colère existentielle, de mépris fondamental pour ce que la vie pouvait lui proposer. Et voilà qu'à la fin elle était obligée de partager son quotidien avec un homme qu'elle n'aurait jamais regardé auparavant, un petit gros tout sourire, à la moustache noire et aux lèvres charnues qui s'ouvrent pour laisser sortir de son gosier des phrases bourrées d'erreurs, autant en hébreu qu'en anglais, et elle se demande pour la énième fois comment sa mère arrive à le supporter, elle qui avait tant veillé à s'exprimer dans un langage recherché et précis, elle qui n'avait cessé de corriger les fautes de ses enfants, même grands.

On t'a enfin dégoté le parti qui te convient, maman, pense-t-elle en le regardant, toi qui étais si pointilleuse, qui ne trouvais personne à ton goût après papa – même si lui non plus ne te convenait pas vraiment, d'ailleurs tu as continué à l'abreuver de reproches, même après sa mort. Peut-être est-ce là notre douce et amère vengeance, une manière de te faire payer ta fierté et ton entêtement excessifs. Iris se souvient qu'au début ils avaient fait venir des auxiliaires de vie féminines que sa mère avait renvoyées les unes après les autres, jusqu'au jour où un de ses frères avait proposé d'essayer un homme, et à leur grande surprise, cette idée, totalement saugrenue de prime abord, s'était révélée la solution idéale : la vieille dame s'était attachée à son Prashant, si gentil et si dévoué, comme jamais elle ne s'était attachée à qui que ce soit.

« Oh oh, maman triste toi pas venir, lance-t-il dès qu'elle entre, maintenant maman content Iris a venu !

— Iris est venue, Prashant, maman est contente, maman est une femme, pas un homme », dit-elle, incapable de renoncer à la rectification linguistique qui s'impose, même si, en s'approchant de sa mère assise dans le salon face au téléviseur qui diffuse un film indien sans le son, elle se demande s'il n'est pas un peu dans le vrai, tant celle-ci ressemble à un homme avec ses courts cheveux blancs, son corps maigre, sa poitrine plate, oui, tu as toujours été un peu masculine, avec l'âge et les différences qui se brouillent de toute façon, ton côté masculin a vaincu ton côté féminin. Et moi ? À moi aussi, il s'adresse au masculin, songe-t-elle, en passant dans le couloir elle jette un rapide coup d'œil au miroir qui lui renvoie, contrarié, un reflet terne, des années de négligence l'ont marquée de leur sceau mais il n'est pas trop tard, elle peut encore se laisser pousser les cheveux, les teindre, maigrir, se maquiller, mettre en valeur les grands yeux clairs qu'elle a hérités de son père, tellement différents des yeux bruns qui, plissés, la fixent à présent.

« Bonjour à la belle invitée ! l'accueille sa mère en criant à tue-tête.

— Bonjour à la belle hôtesse, lui répond-elle, gênée d'entendre, une fois de plus, le ton joyeux, réservé aux étrangers, qui l'accueille.

— Viens, entre, assieds-toi ! Ça fait combien d'années qu'on ne s'est pas vues ? Comment ça va chez vous ? Toujours en Amérique ? Vous venez vous ressourcer un peu au pays ? » Très curieuse, elle continue à l'assaillir de questions, Iris la regarde, impuissante, essaie d'identifier quel rôle l'imagination malade lui a octroyé. Parfois, dans l'espoir d'éclairer l'épais mystère de son monde intérieur, elle accepte d'entrer dans son jeu et évite des mises au point qui de toute façon ne sont jamais prises au sérieux. Pourtant, maintenant, en cet après-midi si particulier, elle a très envie d'être sa fille Iris, de partager avec elle des souvenirs d'une époque obscure, c'est pourquoi elle proteste énergiquement, « arrête, on ne vit pas en Amérique, on vit à Jérusalem, pas loin de chez toi, et on s'est vues il y a deux semaines. Écoute, maman, je dois te raconter quelque chose ! Tu ne devineras jamais qui j'ai vu aujourd'hui ! » lance-t-elle avec précipitation, mais sa mère éclate aussitôt de rire, lui fait signe d'approcher comme si elle voulait lui révéler un secret et déclare, « c'est toi qui ne devineras jamais qui, moi, j'ai vu aujourd'hui ! J'ai vu Prashant et il a de nouveau demandé ma main ! Qu'est-ce que tu en dis ? Il sait, lui, que c'est dans les vieilles marmites qu'on fait les meilleures soupes ! s'esclaffe-t-elle, un rien méprisante.

— Je te félicite », soupire Iris qui jette un œil distrait vers le film indien, là aussi, semble-t-il, une demande en mariage officielle est en préparation, quelles monstruosités nous guettent en fin de vie, peu de temps auparavant, dans un rare moment de lucidité, sa mère lui avait dit, « vous m'avez abandonnée, alors d'étranges créatures ont senti qu'il y avait de la place autour de moi et se sont faufilées à l'intérieur », et elle s'était empressée de rectifier, « ce n'est pas toi que nous avons quittée, maman, mais la maison. C'est dans l'ordre des choses, regarde, Alma ne vit plus chez nous », et la simple évocation de sa fille réveille son inquiétude habituelle, oui, Alma a quitté la maison et avance seule dans le monde. Quels paysages croise-t-elle le long de sa route ? Elle en raconte si peu, le plus facile étant pour eux de supposer que si elle ne les appelle pas, c'est que tout va bien. Qu'elle soit heureuse, c'est le principal, essaie-t-elle chaque fois de se convaincre, son bonheur est plus important que sa relation avec nous, mais est-elle vraiment heureuse ? Est-ce bien ce que signifie son silence ?

Iris, pour sa part, n'a jamais osé se couper aussi radicalement de sa mère, en dépit du profond ressentiment qu'elle éprouve intérieurement. La « parentification », c'est comme ça qu'on appelle le phénomène aujourd'hui, « une pauvre fille », c'est comme ça qu'on appelait alors une malheureuse gamine qui avait perdu son père à quatre ans et devait aider sa mère à élever les jumeaux nés après le décès de leur géniteur. Désormais, élever des enfants sans père est quelque chose de très courant, à tel point qu'on se demanderait presque, tant leur statut s'est dégradé, si les hommes ne sont pas devenus un fardeau, mais à l'époque, le père était le preux chevalier qui protégeait sa maisonnée, c'était le socle, le soutien, une famille sans père était comme une maison sans porte.

Elle se souvient combien elle aimait employer le mot « papa » à la naissance d'Alma. « Papa va arriver », « voilà papa », ne cessait-elle de répéter à sa toute petite fille qui ne comprenait encore rien. C'était peut-être la raison qui l'avait poussée à se marier si vite, à tomber enceinte si vite, juste pour le plaisir d'élever une enfant qui avait un père ; qui ne serait pas jalouse de ses petits camarades, comme l'avaient été ses frères ; une enfant qui ne demanderait pas à l'électricien venu réparer un court-circuit de lui apprendre à jouer aux échecs. Pendant ces années-là, elle avait cru qu'un père, c'était tout ce dont une enfant avait besoin pour être heureuse, apparemment elle s'est trompée, à en juger par sa fille qui a grandi crispée et angoissée malgré la présence d'un père, et ne semble soulagée que maintenant, loin d'eux.

« Maman, écoute-moi, s'il te plaît », elle revient à la charge mais la vieille femme suit avec intérêt les rebondissements qui défilent sur l'écran, la promesse de mariage n'a-t-elle pas été tenue, pourquoi la future mariée pleure-t-elle autant ? Cette fois, Iris n'a pas l'intention de céder, il doit bien y avoir un moyen de la ramener, ne serait-ce qu'un instant, peut-être pas dans le présent mais au moins dans le passé, elle s'approche, une forte odeur monte de sa peau, on la croirait récurée à l'eau de javel, « maman, devine qui j'ai vu aujourd'hui ! hurle-t-elle dans son oreille, Ethan Rozenfeld ! Tu te souviens d'Ethan ?

— Évidemment que je me souviens de cet odieux personnage », déclare-t-elle en émettant un grognement vainqueur, et elle se détache avec une étonnante facilité de l'écran pour continuer, « lui et sa pourriture de mère ! Celle-là, je l'ai rencontrée au centre de santé il n'y a pas longtemps. Elle s'est vantée de ce que son fils était devenu un célèbre médecin, marié à une femme médecin et père de trois enfants, mais je lui ai tout de suite rabaissé le caquet en lui racontant que ma fille à moi était directrice d'école, tu sais, n'est-ce pas, que mon Iris est déjà directrice d'école… mais peut-être que vous n'avez pas eu ces informations, là-bas, dans votre Amérique ?

— Pourquoi dis-tu ça, sa mère est morte depuis presque trente ans, proteste-t-elle d'une voix faible, tu n'as pas pu la rencontrer ! » Pourtant, elle a bien dû croiser quelqu'un qui connaît Ethan, puisqu'il y a au moins un renseignement de vrai dans tout ce flot de paroles, est-ce que cela veut dire que les autres le sont, eux aussi ? Pourquoi ne serait-il pas marié à un médecin, pourquoi n'aurait-il pas trois enfants, aucune raison qu'il ne l'ait pas oubliée, effacée. À quoi bon retourner lui montrer son bassin couvert de cicatrices et ses nerfs mal recollés qui la font tant souffrir ? Elle allait annuler le rendez-vous ou simplement ne pas y aller, qu'il l'attende pour rien, comme ça, elle aurait au moins une légère incidence sur ses revenus. Chaque semaine, elle pourrait prendre un rendez-vous qu'elle n'honorerait pas, peut-être même se ferait-elle enregistrer sous son nom de jeune fille, oui, elle éveillerait sa curiosité mais ne viendrait jamais. Ou alors, au contraire, elle viendrait tous les jours, s'assiérait dans le couloir parmi la file d'attente de ses patients, leur révélerait la vérité et ruinerait ainsi sa réputation. Ce médecin crée de la douleur dans le monde, leur chuchoterait-elle à l'oreille, comment ose-t-il prétendre la soulager ? Lentement, la rumeur enflerait et la file d'attente rétrécirait jusqu'à ce qu'il ne reste qu'elle, là-bas, dans le couloir. Au moment où il ouvrirait la porte, étonné que personne n'ait besoin de lui, il la verrait soudain, elle, son unique patiente, seule, la dernière qui lui resterait. Alors il la prendrait dans ses bras et la guérirait.

Un rire de défi jaillit de nouveau de la gorge de sa mère qui approche la bouche de son oreille, de nouveau se dégage une forte odeur de produit d'entretien – se brosse-t-elle les dents aussi à l'eau de javel ? « Ne le raconte pas à mon Iris, dit-elle avec un petit gloussement, personne ne le sait, mais cet odieux personnage a essayé de la revoir ! Tu te rends compte ? Quoi, tu as assassiné et maintenant tu prends possession ? Mais moi, je l'ai foutu à la porte, se vante-t-elle, je lui ai dit, “si tu essaies de la revoir, tu auras affaire à moi !”. »

Stupéfaite, Iris secoue la tête de droite à gauche, « non, maman, ce n'est pas vrai, tu dis n'importe quoi, marmonne-t-elle, ce n'est pas vrai, tu ne m'aurais pas fait une chose pareille », et aussitôt elle se ressaisit, la seule solution est d'endosser le rôle de l'amie américaine, « bravo, félicitations, c'est ainsi qu'il faut agir avec les ordures ! C'était quand ? » la flatte-t-elle, sa mère lui lance un coup d'œil méfiant mais continue, « il y a des années, avant le mariage de ma fille, il a essayé deux ou trois fois et ensuite il a arrêté. Il me semble qu'il est parti faire ses études chez vous, en Amérique, tu ne l'aurais pas vu là-bas, par hasard ? » et Iris secoue la tête, je ne l'ai pas vu, je ne savais pas et maintenant non plus je ne sais pas si je dois te croire, je ne sais même pas si je veux te croire, elle pose le front sur sa main tandis que le dragon de la douleur recommence à lui lacérer le corps.

Prashant se penche vers elle, « Toi verre de thé ?

— Je ne suis pas un verre de thé ! répond-elle agacée, mais elle se reprend aussitôt, non merci, Prashant, il fait trop chaud pour du thé. »

Il s'assied sur le canapé à côté de sa mère, à qui il passe un bras sur l'épaule et la tapote légèrement, « maman gentille fille, maman très sage », et celle-ci glousse en le regardant comme un bébé tout fripé, vêtue de son pantalon de toile clair et de sa chemise à carreaux, elle n'est pas seulement dépourvue de sexe mais aussi d'âge, et avec cette conscience qui s'effrite de plus en plus, elle est devenue désinvolte et beaucoup plus agréable que par le passé, « Prashant m'a demandée en mariage et j'ai accepté, déclare-t-elle avant de poser la tête sur l'épaule de son auxiliaire de vie dont la paire de seins pointe au-dessus d'un ventre proéminent, on va aller se marier au Sri Lanka, on ira là-bas en bateau ! ». Impuissante, Iris détourne le regard. Sa mère, amoureuse ! Même ce vieux rêve s'est soudain transformé en cauchemar, elle a perdu toute lucidité mais a gagné l'amour, non sans avoir, auparavant, grossièrement ruiné les chances d'amour de sa fille, comment a-t-elle osé sans lui demander son avis, elle doit absolument tirer cette histoire au clair et insister, « maman, Prashant a une femme et des enfants au Sri Lanka, l'informe-t-elle sur le ton mielleux de la vengeance lâche, ce n'est pas ton conjoint, il s'occupe de toi, c'est tout », et sa mère secoue la tête, ahurie, son visage blêmit, « c'est impossible, jamais il ne m'a dit qu'il avait une femme et des enfants ! C'est vrai ? lance-t-elle en se tournant vers lui, profondément choquée, est-ce que c'est vrai, ce que prétend mon invitée ? Dehors tout de suite, sors d'ici, tu n'es qu'un escroc malfaisant ! Tu as menti à une veuve de guerre !

— Peut-être maman salade ? propose Prashant qui se lève avec précipitation, peine visiblement à suivre ce qui se dit ainsi que le brusque changement de ton et continue, machinalement, peut-être maman soupe ? Maman soupe lentilles ? ». Iris ferme les yeux. Cette femme a élevé trois enfants au prix d'efforts surhumains et aucun d'eux ne s'occupe d'elle, quant à cet étranger qui l'appelle maman comme s'il était son quatrième enfant, qui lui donne à manger et à boire, voilà qu'elle le prend pour son amoureux. Quelles monstruosités nous guettent en fin de vie. Peu importe, à présent, ce qui la préoccupe davantage, ce sont les monstruosités du début de la vie, et elle la supplie presque, « maman, essaie de te concentrer, tu es sûre qu'il est revenu me chercher ? C'était quand exactement ? Comment as-tu pu ne pas m'en parler ? ».

L'espace d'un instant, le regard dur et familier réapparaît sur le vieux visage, « tu étais enceinte d'Alma, ta fille s'appelle bien Alma, n'est-ce pas ? Tu t'es retrouvée enceinte juste après ton mariage, n'est-ce pas ? Il ne fallait surtout pas que je te le dise, que tu ne regrettes rien, j'ai tort ?

— Non, admet-elle distraitement… pour se remettre aussitôt à douter, tout à l'heure tu as dit que c'était avant mon mariage. »

À sa grande surprise, un large sourire s'étire sur les lèvres desséchées de sa mère qui confirme en tendant des mains tremblantes vers l'assiette de soupe que lui apporte Prashant, « c'est vrai », Iris secoue la tête, c'est impossible, soit sa mère invente, soit elle ment, tout ça pour la torturer, elle se venge de l'immense amour que son père éprouvait pour elle et dont elle a toujours été jalouse, avec le grand âge, les choses se révèlent, sans frein ni artifice. Le ventilateur laborieux accroché au plafond grince au-dessus d'eux, brasse l'air brûlant à travers le petit salon et l'aiguillonne de ces mots confus mais aussi acérés que des dards de bourdon. Sa mère lui a également envié l'amour d'Ethan et elle n'appréciait pas du tout de la voir se dévouer pour la malade, « pourquoi est-ce que tu es tout le temps fourrée là-bas ? Laisse-les tranquillement se séparer. C'est sa mère, pas la tienne, Dieu merci ! », lui reprochait-elle à chaque occasion, refusant de comprendre qu'assister à cet adieu interminable lui permettait d'essayer de dire adieu à son père, parti à la guerre le jour de Kippour, à l'heure où, enfant obéissante, elle faisait paisiblement la sieste. Ce n'est que plus tard qu'elle avait compris la justesse des réflexions maternelles (bien que guidées par d'obscures raisons), car si elle l'avait écoutée et était restée, aux yeux de ce garçon, en dehors du cercle contaminé, peut-être qu'il ne l'aurait pas quittée. Avait-il vraiment cherché à la revoir ?

« C'est impossible ! Comment as-tu pu ne pas m'en parler plus tôt ? s'indigne-t-elle. Tu me l'as caché pendant plus de vingt ans ? », et sa mère la regarde avec sérénité par-dessus son bol, « allez, dîne avec moi, lui propose-t-elle pleine de mansuétude, je suis sûre que même chez vous, en Amérique, vous n'avez pas de soupe aussi bonne ».

Bien qu'elle n'ait pas faim, elle goûte et ne retient pas une grimace, c'est insipide, Prashant a certainement gardé pour lui la majeure partie de la somme généreuse dévolue à l'alimentation de sa mère, elle ne vérifie pas les factures, d'ailleurs elle aurait sans doute fait la même chose si elle avait eu des enfants affamés dans quelque pays lointain, mais elle lui demande quand même, « vous l'avez préparée quand, cette soupe, Prashant ? Vous faites la cuisine tous les jours ?

— Moi préparer le matin d'aujourd'hui, je jure, Iris, tu venir demain voir.

— Comment vont vos enfants ?

— Dieu merci, dit-il en levant le regard vers le ciel.

— Et comment vont tes enfants ? Rappelle-moi combien tu en as ? intervient sa mère qui claque une langue dubitative en entendant sa réponse. Tu es sûre que tu n'en as que deux ? Tu n'en avais pas trois ?

— C'est toi qui en as trois, maman », la raille-t-elle bien qu'elle ait toujours vu ses frères jumeaux presque comme un seul corps, et à son grand étonnement, sa mère se met à sangloter, « j'en avais trois, il ne m'en reste que deux ! Tu n'es pas au courant que ma fille, Iris, a été tuée dans un attentat il y a quelques années ?

— Arrête, maman, explose-t-elle en secouant son bras osseux, c'est moi ! Je n'ai pas été tuée, juste blessée, maintenant je vais bien, c'est moi, ta fille, Iris, arrête de ne pas me reconnaître ! », et sa mère, qui a toujours détesté l'expression exacerbée des émotions, la regarde avec contrariété puis réplique, « ça suffit ! Un peu de retenue, voilà bien la preuve que tu n'es pas mon Iris à moi. Ce n'est pas comme ça que je l'ai élevée.

— Oh, vraiment, c'est insupportable ! Je me demande pourquoi je prends la peine de venir ici si tu es persuadée que je suis morte ! » marmonne-t-elle, bien que, aujourd'hui au moins, elle ne soit venue que pour elle-même. Il fallait qu'elle partage son secret avec sa mère, et en échange elle en a reçu un nouveau, encore plus troublant et pesant. A-t-il vraiment cherché à la revoir ?

CHAPITRE 5

Elles sont toujours fatiguées, surtout le matin, à la première réunion de l'équipe enseignante. Elles bâillent, piquent du nez, petits oiseaux dépenaillés qu'elles sont. Il y en a qui boivent café sur café pour se réveiller, il y en a qui se goinfrent. D'ici à midi, les différentes composantes de leur visage auront retrouvé un équilibre, mais tôt le matin, on dirait que l'une a un œil qui tombe, une autre la mâchoire. Plus elles sont jeunes, plus elles sont fatiguées. Elle était pareille, même si maintenant elle a du mal à se souvenir pourquoi. Quel gâchis, et au nom de quoi, en fait ? Ces bébés qui vous réveillent la nuit deviendront en un rien de temps des adolescents furieux, cet appartement que vous vous efforcez d'arranger si joliment sera pour eux une prison, cette famille que vous faites tant d'efforts à fonder et à préserver deviendra pour eux un fardeau. Pire encore, pour vous aussi. Ce mari, pour qui vous sacrifiez votre temps afin qu'il termine ses études ou obtienne de l'avancement, vous quittera au bout de vingt ans pour une femme plus jeune ou, s'il ne vous quitte pas, vieillira sans doute en ingrat bougon, et vous vous retrouverez à aspirer à une autre vie, que quelques-unes d'entre vous essaieront peut-être de concrétiser, mais peu réussiront à obtenir une deuxième chance, laquelle d'ailleurs ne vaudra pas obligatoirement mieux que la première.

Hé, les filles, aimerait-elle leur dire au moment où elles s'installent autour de la grande table ovale dans son bureau, moi aussi j'ai été jeune et fatiguée, ce qui, *a posteriori*, me semble effroyablement injustifié. Nous ne cessons de nous mettre en situation d'échec pour tester jusqu'où nous arriverons à faire face et à prendre sur nous, un enfant de plus, du travail et un crédit en plus, ridicules Sisyphe que nous sommes ! Peut-être devrions-nous discuter de cela, mes chères consœurs, et non des problèmes de discipline du CM2-B, ni du nouveau projet multiculturel à mettre en place. Oui, parlons plutôt de la vanité des efforts féminins, certes semblable à celle des efforts humains en général, mais qui me saute aux yeux ce matin en vous voyant vous affaler, le regard embué, sur les chaises autour de moi, « on t'attend, Sharon, qu'est-ce qui se passe ? » demande-t-elle à l'une des institutrices qui chuchote fiévreusement dans son portable et qui, sa conversation terminée, leur explique que sa petite d'un an n'arrête pas d'être malade depuis qu'elle va à la crèche, « je suis obligée de la laisser tout le temps à la maison avec ma mère qui n'en peut plus.

— C'est comme ça au début, mais dans quelques mois, elle sera immunisée », la rassure Iris avec un sourire encourageant, étrange de penser qu'elle est la plus expérimentée et la plus âgée de toutes, elle qui a toujours été la plus jeune, la plus jeune mère de la maternelle, la plus jeune directrice d'école. Les premières années, elle était même plus jeune que la plupart de ses collègues, seulement voilà, ça s'est inversé, seules la secrétaire et la psychologue scolaire sont plus âgées qu'elle… oui, elle a vieilli, la preuve, il ne l'a pas reconnue.

Lorsque l'équipe enseignante libère son bureau, laissant

derrière elle des papotages familiers et presque tangibles, un mélange de doléances et d'espoirs, elle se recule sur son siège et pousse un soupir de soulagement. Elle a réussi à diriger la réunion comme si de rien n'était, comme si elle ne le voyait pas en permanence devant ses yeux, avec sa blouse et sa barbe blanches, tel un ange exterminateur. Non, elle ne le laissera pas anéantir tout ce qu'elle a construit depuis leur rupture, avait-il vraiment cherché à la revoir ? Épuisée par trop d'efforts, elle se lève et se traîne péniblement jusqu'au secrétariat qui jouxte son bureau, « auriez-vous quelque chose contre la douleur, Ofra ? J'ai déjà terminé ma réserve journalière », et sa fidèle secrétaire lui tend une boîte de cachets accompagnée d'un regard inquiet, « qu'est-ce que vous allez faire, vous ne pouvez pas continuer comme ça, ce n'est pas possible qu'il n'y ait pas de solution !

— Pourquoi pas possible ? répète-t-elle avec un petit rire. Quoi, tous les problèmes ont une solution ? Si seulement le monde fonctionnait comme ça ! En général, il faut simplement s'habituer », elle prend un verre d'eau et regagne son bureau en boitant, sa table de travail est presque totalement couverte de post-it jaunes, chacun correspondant à une tâche différente, fixer la date de la journée d'initiation à la défense civile, obtenir une subvention de la mairie pour le voyage scolaire des CE2, convenir d'un rendez-vous avec des parents qui menacent de retirer leur enfant de l'école, trouver une nouvelle femme de service à la place de celle qui vient de démissionner malgré l'engagement qu'elle avait pris de rester jusqu'à la fin de l'année scolaire, envoyer un mail au sujet d'un accueil de shabbat sous le signe du partage et du vivre ensemble, réfléchir avec les enseignants des grandes classes sur le programme « La langue comme passerelle interculturelle », écrire son communiqué hebdomadaire, conclure la discussion de principe sur les bulletins, et cela en plus des tâches quotidiennes inscrites sur l'immense calendrier qui couvre presque tout le mur à sa droite.

Sa semaine commence systématiquement par une réunion avec l'équipe enseignante d'une classe en particulier – à tour de rôle –, on y parle de chaque élève, on examine son comportement émotionnel, social et scolaire. Le mardi après-midi, réunion avec toutes les institutrices afin de discuter des programmes pédagogiques, et le soir, elle a aussi une réunion avec les parents délégués, sans compter une réunion pédagogique hebdomadaire, les journées de formation pour les directeurs d'établissement et les séminaires. Sur ce calendrier, il n'y a pas de place pour les journées de douleur et il n'y en a jamais eu, mais elle attrape le chiffon et lutte contre l'élan qui la pousse à tout effacer, à laisser un emploi du temps vierge et à tout recommencer. Si effectivement il a cherché à la revoir, si effectivement il voulait lui revenir, elle ne peut pas continuer comme avant. Parce que ça change tout le tableau, tout le calendrier.

A-t-il vraiment cherché à la revoir ? Elle retourne à sa chaise en soupirant, arrache et recolle ses post-it jaunes, l'a-t-elle vraiment raté ? Des relents acides montent le long de sa gorge, depuis trois semaines, elle n'avale presque rien à part des antalgiques. A-t-il vraiment regretté leur rupture, a-t-il voulu la récupérer, lui rendre son amour ? Même si elle allait se marier, même si elle allait accoucher, elle serait retournée vers lui. Quelle information maudite sa mère vient-elle de lui instiller, sciant la branche sur laquelle elle avait péniblement construit un nid sans fondement. Elle pose la tête sur sa table, ses yeux se ferment, ses paupières collent autant que ses post-it, mais voilà qu'on frappe à la porte, le concierge vient se plaindre que du matériel a été dégradé, deux garçons en pleine bagarre entrent juste après lui (en l'absence de référents, c'est chez elle qu'ils viennent déposer leurs frictions), ensuite c'est le tour d'un élève qui ne se sentait pas bien et que son père (qui en profite pour proposer de les aider à installer leurs nouveaux ordinateurs) est venu chercher. Dès que sa porte est ouverte, c'est l'affluence, ce qui aujourd'hui lui convient parfaitement, même si Ofra proteste, comme d'habitude.

« Laissez la directrice tranquille ! s'écrie-t-elle en entrant d'un pas énergique et en faisant évacuer le bureau. Vous ne me croirez pas, mais je nous ai fait économiser cinq cents shekels, continue-t-elle, aussi radieuse que s'il s'agissait de son propre argent. J'ai été remboursée sur la facture d'eau qu'on a déjà payée !

— Ofra, vous êtes la meilleure, qu'est-ce que je ferais sans vous ? » dit-elle et ses yeux suivent avec plaisir l'aisance, la vitalité des mouvements de cette femme. Elle s'est entourée de bons collaborateurs, tout le monde se sent impliqué ici, parfois elle se dit que, malgré la surcharge de travail, diriger une école avec trois cents élèves et quarante enseignants est plus facile que de diriger une famille de quatre personnes.

C'est quand son bureau se vide qu'elle n'arrive pas à s'apaiser, alors elle sort dans le couloir et passe lentement devant les portes fermées des classes. Pour l'instant, tout est calme, ses jours d'absence n'ont pas ébranlé la structure solide qu'elle s'est évertuée à mettre en place. Un élève revient des toilettes et, sans s'attarder au coin jeux, se dirige sagement vers sa classe, quand la porte s'ouvre, un verset biblique de la leçon du jour se faufile jusqu'à elle. C'est Sharon qui lit à voix haute des passages de la fin de la Genèse : « Joseph ne put se contenir, malgré tous ceux qui l'entouraient. Il s'écria : "Faites sortir tout le monde d'ici !" Et nul homme ne fut présent lorsque Joseph se fit connaître à ses frères. Il éleva la voix en pleurant. Les Égyptiens l'entendirent, la maison de Pharaon l'entendit, et il dit à ses frères : "Je suis Joseph ; mon père vit-il encore ?" Mais ses frères ne purent lui répondre, tant ils étaient frappés de peur. Joseph dit à ses frères : "Approchez-vous de moi, je vous prie." Et ils s'approchèrent. Il reprit : "Je suis Joseph, votre frère que vous avez vendu aux Égyptiens. Et maintenant, ne vous affligez point, ne soyez pas irrités contre vous-mêmes de m'avoir vendu pour ce pays ; car c'est pour le salut que Dieu m'y a envoyé avant vous." »

Elle s'arrête derrière la porte restée entrouverte et se met imperceptiblement à frissonner en entendant ces phrases. Oui, pendant des années, elle aussi avait espéré découvrir que c'était pour son bien qu'elle avait été jetée dans le puits, d'ailleurs nombreux étaient les moments de sa vie qui la confortaient dans cette idée, qui lui prouvaient que tout, finalement, avait été pour le mieux. Mais elle ne peut y ajouter le moment présent. Son regard erre le long du couloir, se heurte à la grande plaque de marbre sur laquelle sont gravés les noms des anciens élèves de l'école tombés au cours des guerres d'Israël. Non loin de là, sur une autre plaque de marbre, est gravé le nom de son père, Gavriel Segal, le premier élève de l'établissement à être tombé pour la patrie. Son premier mort à elle. Sera-t-il son dernier ? Plus Omer grandit, plus l'image de son nom gravé sur une plaque commémorative la poursuit. Omer Eilam, ces lettres se rassemblent pour elle, belles et harmonieuses, elles baissent la tête dans une tristesse très digne, Iris détourne des yeux humides et tombe sur la nouvelle affiche qui évoque Eliezer Ben Yéhouda, l'homme qui a ressuscité la langue hébraïque. Elles sont accrochées face à face, cause et effet, avec une directrice d'école debout au milieu. Est-ce pour toi que nous mourons, hébreu ? Nous enterrons nos jeunes pères et nos fils à peine sortis de l'adolescence uniquement pour que leur nom soit écrit en hébreu sur de fraîches plaques de marbre à travers tout ce pays bouillant ?

Quelle pensée taboue, se reproche-t-elle, avons-nous le choix ? Ce n'est pas la langue, c'est notre existence même que nous défendons, ne nous a-t-on pas inculqué que nous ne pouvions pas vivre ailleurs bien que parfois on en ait l'illusion, pourtant Iris a de plus en plus l'impression que justement l'existence ici, dans le pays de l'hébreu, est une illusion qui sera bientôt dissipée, bon, espérons que ni sa génération, ni celle de ses enfants ne connaîtront ce temps-là. De nouveau elle voit le nom de son fils gravé sur une plaque commémorative, Omer Eilam, et de nouveau elle détourne le regard, arrête, il n'a même pas encore reçu son premier avis de mobilisation, peut-être aurait-on pitié d'elle, n'est-elle pas une orpheline de guerre doublée d'une victime du terrorisme, n'est-ce pas suffisant pour que l'on raie son fils de la liste des futurs appelés. Jusqu'à l'arrivée du premier avis, elle peut encore espérer, oui, jusque-là, il n'appartient encore qu'à elle, ou plutôt qu'à lui-même.

Plus loin dans le couloir, une affiche dont elle est particulièrement fière la regarde, *L'AUTRE C'EST MOI*, un projet pédagogique autour de la tolérance pour lequel elle a engagé de gros moyens, mais à cet instant précis, c'est le coin archéologie qui l'attire, elle dépasse les portes fermées des classes et s'en approche à pas lents. *LE PASSÉ ASSURE L'AVENIR*, c'est elle qui a trouvé l'intitulé en début d'année, et voilà qu'il lui apparaît maintenant totalement erroné. *Le passé assure l'avenir* ? Le passé désagrège l'avenir, le passé réduit l'avenir en poussière, rageusement elle arrache la banderole du mur, regarde autour d'elle pour s'assurer que personne ne l'a vue, entend déjà la voix ronchonnante du concierge qui viendra se plaindre d'une nouvelle dégradation de matériel, mais elle a trouvé ce qu'elle écrirait en regagnant son bureau : « *Chers parents, cette semaine, les CM1 étudient l'épisode biblique des bouleversantes retrouvailles de Joseph avec ses frères, eux qui lui ont fait subir la pire des injustices, qui l'ont arraché à un père aimant, à un foyer, à un avenir tout tracé et l'ont condamné à l'esclavage et à l'exil. Les injustices quotidiennes font partie intégrante de nos vies ainsi que de celle de nos enfants et de nos élèves. Tous les jours, je reçois dans mon bureau des enfants qui se font du mal et mon rôle est d'essayer d'éveiller leur conscience afin que chacun voie ce qu'il inflige à l'autre.*

Mais comment Joseph peut-il pardonner en toute sincérité à ceux qui lui ont porté un tel préjudice ?

Lorsque quelqu'un nous fait du mal, nous attendons de lui qu'il reconnaisse sa responsabilité et sa culpabilité dans ce qu'il nous a infligé. Humiliés par son acte, nous voulons qu'il s'humilie à son tour devant nous, qu'il implore notre pardon, et surtout, nous espérons voir en son repentir un tel changement de personnalité que nous ne devrons plus craindre de récidive.

Joseph impose à ses frères diverses épreuves afin de s'assurer qu'ils ont effectivement changé, on peut même penser qu'il les punit pour le mal qu'ils lui ont fait. Et lorsqu'il finit par se réconcilier avec eux, ne manque-t-il pas l'essentiel : la demande de pardon ? Les lourds contentieux qui n'ont pas été réglés entre Joseph et ses frères expliquent pourquoi, dès la mort de Jacob, ils se mettent à se soupçonner les uns les autres, laissant aux générations suivantes le soin de réparer ce qui devait l'être.

Les générations suivantes, c'est-à-dire nous et nos enfants, vos enfants. Et vous avez choisi de les confier à un établissement scolaire qui croit que "justice" signifie "pardon". Le pardon – en tant que processus qui implique pareillement les deux parties – commence par la reconnaissance de notre souffrance et de celle d'autrui, par la capacité à mettre les deux points de vue côte à côte. Le pardon, c'est avoir suffisamment d'humilité pour considérer l'autre comme une entité à part entière et non comme la résultante de notre volonté et de nos actes ; c'est l'engagement de s'aider à éviter tout nouveau heurt, et la prise de conscience qu'un réel changement ne peut être obtenu qu'ensemble.

C'est pourquoi, chers parents, je vous engage à inciter vos enfants à demander pardon aux petits camarades qu'ils ont blessés, et donnez-leur aussi un exemple personnel en vous excusant, vous, devant eux si besoin. Aidez-les à comprendre que la capacité à pardonner permet à la guérison de s'enclencher et à la douleur de cicatriser. Bien cordialement, Iris Eilam. »

Et ce sera ce verset biblique qui l'accompagnera tandis qu'elle pénétrera dans sa voiture bouillante quelques heures plus tard.

Après avoir rédigé son communiqué hebdomadaire, elle avait réussi à convaincre la femme de service de rester jusqu'à la fin des classes, était allée observer le cours de la remplaçante et avait elle-même remplacé une institutrice pour son heure d'éducation civique. « Joseph ne put se contenir, malgré tous ceux qui l'entouraient. Il s'écria : "Faites sortir tout le monde d'ici !" Et nul homme ne fut présent lorsque Joseph se fit connaître à ses frères. »

Au lieu de rentrer chez elle, elle prendra vers l'ouest en direction de l'endroit où elle l'a vu. Serait-il là-bas ? Et s'il était là-bas, pourrait-elle entrer dans son cabinet alors qu'elle n'a pas de rendez-vous ? Et si elle entrait, enlevait son tee-shirt pour exhiber ses grains de beauté comme preuve irréfutable, le soleil, la lune et la terre, que pourrait-il bien se passer ?

Se jetterait-il à son cou en pleurant comme Joseph au cou de son frère Benjamin, lui attraperait-il la main pour qu'ils se lamentent ensemble sur leur jeunesse, serait-il au contraire froid et distant, reprendrait-il la conversation là où il l'avait laissée, oubliant que la majorité de leur vie était passée depuis, affirmerait-il encore qu'il lui fallait la fuir parce qu'il voulait vivre, que pour vivre, il devait l'oublier ? Peu importe, la seule chose qu'elle veut, c'est vérifier s'il a effectivement cherché à la revoir, et pourquoi. Ne voulait-il que lui demander pardon ou bien regrettait-il leur rupture et voulait-il lui proposer de rester toute leur vie ensemble, une vie qui tourbillonne à présent devant ses yeux, plus le soleil baisse, plus elle est aveuglée, car la vie avec lui brille si fort que tout ce qui s'est passé depuis lui paraît horriblement terne, un temps dénaturé. Petit, Omer qualifiait cette heure d'été de « tempête de soleils » et elle s'émerveillait de l'originalité d'une telle expression mais, à présent, même les enfants qu'elle a mis au monde lui semblent, en cet instant pénible et cuisant, du gâchis de semence.

Micky s'amusait parfois à évaluer la compatibilité des couples en fonction de leur progéniture, « en voilà qui n'auraient jamais dû s'assembler, regarde la tête de leur rejeton », décrétait-il souvent avec autorité, inutile de préciser qu'alors leurs enfants lui apparaissaient comme l'absolue perfection, même Omer, dont pourtant il se plaignait souvent. Mais maintenant, c'est elle qui est prête à douter de leurs enfants, même d'Omer, qu'elle a toujours défendu et dont le prénom apparaît sur l'écran de son téléphone juste au moment où elle a enfin trouvé une place à côté de l'hôpital et est arrivée, presque par miracle, à se garer entre deux véhicules qui ne lui ont laissé que très peu d'espace, apparemment même sa voiture est sensible à sa volonté féroce et s'est recroquevillée pour qu'elle puisse arriver à ses fins.

« Qu'est-ce qui se passe, mon chéri ? lance-t-elle dans le vide de l'habitacle.

— Tu es où, Mamouch ?

— Pourquoi ? Tu as besoin de quelque chose ? » demande-t-elle pour gagner du temps, étrange que l'adolescence d'Omer les renvoie à la case départ, à l'époque où, bébé, il ne se préoccupait que de ses besoins élémentaires, le rôle de sa mère ne consistant qu'à les satisfaire, car elle en est de nouveau là avec lui, à devoir satisfaire des besoins qui sont, en majorité, restés basiques : besoins alimentaires et financiers, accompagnement en voiture, à la rigueur aide pour les devoirs. En revanche, il ne lui dira pas, comme quand il était petit : « je veux qu'on aille se promener ensemble, ma Mamouch à moi », ce qui ne pose aucun problème à Iris, contrairement à plusieurs de ses amies, surtout Dafna qui ne cesse de regretter que ses enfants aient grandi. Ainsi va le monde, et puis, ces sorties avec lui étaient pénibles tant il était agité, rageur et tyrannique. Elle le préfère aujourd'hui, plus distant, plus calme, et qui lui demande quelques services clairement définis.

« Je n'ai besoin de rien, Mamouch, tu rentres quand ? », et à peine a-t-elle le temps de s'étonner d'une telle réponse qu'elle entend la mauvaise nouvelle fondre sur elle au galop, un galop qu'elle reconnaît tout de suite parce qu'il a laissé dans son âme une empreinte indélébile la fameuse nuit où on leur a annoncé la mort de son père, elle revoit sa mère se frapper et se refrapper le ventre, là où se lovaient déjà, sans que personne ne l'ait su sauf elle, les jumeaux Yariv et Yoav. D'ailleurs, pendant des années, Iris était restée persuadée que c'étaient ces coups violents qui lui avaient rempli l'utérus, que c'était cette nuit-là que sa mère était tombée enceinte. Elle se souvient de discussions enflammées avec ses copines, lesquelles avaient déjà eu vent d'une rencontre mystérieuse entre un spermatozoïde et un ovule, alors qu'elle leur soutenait *mordicus* qu'il s'agissait d'une fausse rumeur et qu'il suffisait de se frapper très fort le ventre pendant une nuit entière pour avoir un enfant. Elle avait même raconté l'anecdote à Ethan et il en avait bien ri tout en couvrant son ventre de baisers, bon, elle racontait tout à Ethan, sans réfléchir, ils étaient tellement proches que cela revenait à se parler à elle-même.

« Quoi, qu'est-ce qui se passe, Omer ? Vas-y, dis-moi, le presse-t-elle. Il est arrivé quelque chose à Alma ? À ton père ?

— Du calme, il n'est rien arrivé du tout, c'est juste que j'ai quelques potes qui étaient hier dans le bar où Alma travaille.

— Et qu'est-ce qui s'est passé ? Elle s'est trompée dans l'addition ? essaie-t-elle de plaisanter.

— On en parlera quand tu seras à la maison, pas par téléphone, dit-il, mais comme il ne peut pas se retenir, il laisse échapper presque malgré lui, ils m'ont juste raconté qu'elle était bizarre.

— Bizarre ? Comment ça, bizarre ? Qu'est-ce qu'ils ont dit exactement ?

— Arrête, Mamouch, n'insiste pas, on en parle quand tu seras là », décrète-t-il tandis qu'elle est déjà en train d'essayer de s'extraire, à contrecœur, de la place de parking qu'elle a eu tant de mal à trouver, « j'arrive dans un quart d'heure, attends-moi, d'accord ? Surtout, ne bouge pas ! ».

Mais il lui faudra plus d'une heure pour rentrer parce que

sa voiture, qui semble avoir repris ses dimensions réelles (peut-être même avoir grossi), refuse de perdre ce qui a été si durement acquis, et Iris a toutes les peines du monde à sortir de cette minuscule enclave, une fois tirée de là, elle découvre à son grand dam que toute la côte n'est qu'un long embouteillage dont elle ne voit pas la fin, « s'il y a un accident, mieux vaut que ce soit ici, à deux pas de l'hôpital, non ? » lui lance en riant un conducteur rondouillard qui sort de sa voiture et va voir ce qui se passe, mais quand il revient, son sourire s'est effacé, « il y a un mort là-haut, incroyable, quelqu'un a été tué ! ». Elle secoue la tête avec froideur et lui ferme la vitre au nez, affolée un instant à la pensée que c'est peut-être Ethan, que peut-être elle vient de rater la dernière occasion de le revoir, qu'après avoir survécu à un nombre incalculable d'accidents de voiture au cours de ces trente dernières années, il lui échappait juste avant qu'elle ne se révèle à lui.

Comme c'est étrange d'ajouter soudain Ethan à la liste des gens pour lesquels elle s'inquiète, elle qui, pendant des années, lui a souhaité tout le mal possible et toutes les morts qu'elle était capable d'imaginer. Heureusement, lorsque la circulation redevient fluide, elle découvre que la voiture accidentée au sommet de la côte, entourée de véhicules de police et d'ambulances, est tournée vers l'hôpital, or à cette heure on ne va pas travailler, on repart chez soi, on se dépêche d'aller retrouver femme et enfants, pensée qui l'emplit de colère, comme si elle était restée célibataire, comme si elle l'avait attendu toutes ces années. A-t-il un fils, un beau et grand garçon un peu voûté ? Un fils qui peut-être un jour croiserait Alma afin qu'ensemble ils concrétisent l'amour dont leurs parents ont été privés ? Elle essaie de placer sa fille maigre et brune, qui ne lui ressemble pas du tout, à côté de l'adolescent qu'elle a tant aimé, ah, il serait surpris de découvrir que c'était sa fille, mais à cette évocation, c'est l'information préoccupante qui l'assaille, Alma était bizarre.

Qu'est-ce que ça signifie, bizarre ? La gamine a toujours été du genre normal, jamais elle n'a fait montre d'attirance particulière pour quoi que ce soit, aucun enthousiasme ni talent particuliers. Certes, en soi, c'était bizarre, pour ne pas dire décevant, de même que cet intérêt exagéré pour son apparence, principalement pour ses cheveux. Elle restait des heures devant le miroir à se coiffer, mèche par mèche, et ne sortait jamais avant d'être satisfaite, parfois même elle faisait demi-tour et rentrait si le reflet qu'elle avait capté par hasard dans la rue ne lui plaisait pas. Combien de fois s'étaient-elles disputées à ce sujet, Iris la houspillait avec impatience, « qu'est-ce que tu cherches à rester collée au miroir ? Quelle importance ? Tu vas être en retard ! », et Alma lui claquait la porte au nez. Est-ce de cela dont parlait Omer ? Examinait-elle son reflet dans la glace au lieu de servir les consommateurs ?

Inutile de te perdre en conjectures, tu vas bientôt savoir de quoi il s'agit, décrète-t-elle à voix haute, dans un instant tu seras chez toi et tout se clarifiera, mais dans l'appartement, elle ne trouve que le petit mot laissé par son fils, rédigé de son écriture distraite, « *suis à mon cours de conduite* ». Elle froisse dans son poing le papier décevant, voilà, elle s'est dépêchée pour rien, elle aurait pu être à cet instant précis assise en face d'Ethan, elle aurait pu lui demander, tu te souviens que je croyais dur comme fer que si on se tapait fort le ventre, ça faisait des bébés ?

Mais peut-être est-ce mieux ainsi, peut-être est-il préférable d'attendre le rendez-vous fixé pour le début du mois prochain, aucune raison de se hâter, d'ailleurs, elle prendrait son temps avant de lui dire qui elle était, elle entrerait dans son cabinet mais elle attendrait de voir s'il la reconnaissait.

Ainsi, elle aurait un avantage sur lui, comme Joseph sur ses frères, comme celui qu'il avait eu sur elle à l'époque, après avoir pris la décision de rompre alors qu'elle n'y avait jamais songé, aussi naïve que le poulet sacrificiel de Kippour, il l'avait prise, fait tourner au-dessus de sa tête et sacrifiée, telle est mon expiation.

Et pourtant, quelques minutes plus tard, elle appelle le centre antidouleur et s'entend demander s'il est possible d'avancer son rendez-vous avec le docteur Rozen. Pendant qu'elle attend, les ailes argentées de l'ascenseur s'écartent, Micky s'en extrait lourdement, lui et l'immense polo bleu qu'il porte, on dirait toujours que l'espace entre les portes est trop étroit pour lui, elle coupe la communication et repose le téléphone avant d'avoir obtenu une réponse.

Il va prendre un verre d'eau et examine, déçu, le contenu des casseroles, « quand est-ce que tu as parlé avec Alma ? lui demande-t-elle, car leur fille appelle plus souvent son père.

— Hier. Pourquoi encore du riz avec des lentilles ?

— Tu n'as qu'à faire toi-même la cuisine si ça ne te convient pas.

— Ce qui m'irait très bien, tu le sais parfaitement. Le problème, c'est que ni toi ni Omer n'aimez ce que je prépare, il n'y a qu'Alma qui apprécie mes recettes.

— Tu parles ! Elle les aime tellement qu'elle en est devenue anorexique », réplique-t-elle pour le regretter aussitôt, pourquoi a-t-elle parlé d'anorexie, elle est juste mince, beaucoup d'adolescentes auraient échangé avec elle, et pourquoi le blesser uniquement parce qu'il est entré au mauvais moment, uniquement parce que leur fille le préfère à elle, uniquement parce que, au moment où elle l'a épousé, elle ne se doutait absolument pas qu'Ethan avait cherché à la revoir, mais était-ce vrai ? « Tu l'as trouvée comment ? reprend-elle.

— Très bien, elle m'a demandé de lui renflouer un petit découvert, elle était charmante.

— Charmante ? Tu ne l'as pas trouvée bizarre ?

— Bizarre, pourquoi ? s'étonne-t-il. Qu'est-ce que tu veux dire par là ? Pourquoi serait-elle bizarre ?

— Je n'en ai aucune idée, Micky, soupire-t-elle en s'asseyant face à lui à la grande table. Omer m'a dit quelque chose qui m'inquiète. Il va bientôt rentrer et on en saura davantage. Il était de combien, son découvert ? Peut-être qu'elle achète de la drogue ?

— Si c'est le cas, ça doit être quelque chose de très doux, s'amuse-t-il, quatre cents shekels, si seulement on pouvait avoir le même découvert !

— Tu es sûr qu'elle ne parlait pas comme une toxicomane ? insiste-t-elle.

— Pourquoi veux-tu qu'elle se drogue ? Tu ne connais pas ta fille ? Elle n'a jamais été attirée par ce genre de choses, au contraire, elle a toujours critiqué ses amies qui buvaient et fumaient. Tu ne te rappelles pas qu'on en riait, on la traitait d'oie blanche effarouchée ?

— Les choses changent, Micky, s'entête-t-elle, maintenant qu'elle vit seule à Tel-Aviv, on ne sait plus où elle traîne ni avec qui, on lui a laissé trop de liberté.

— Eh bien moi, je lui fais confiance ! D'ailleurs on n'a pas le choix. Moi, je lui fais confiance », répète-t-il comme pour se convaincre lui-même, et tous deux tendent l'oreille vers le grincement de l'ascenseur qui se hisse si péniblement d'un étage à l'autre qu'on dirait qu'il contient une charge particulièrement lourde, mais c'est leur fils qu'il mène à bon port et avec lui les renseignements tant redoutés.

« Salut mam'pa, qu'est-ce qui se passe ? Vous n'êtes pas en train de divorcer, j'espère ?

— Pourquoi on divorcerait ? lui demande-t-elle, étonnée.
— C'est que vous m'attendez assis à table, comme si vous aviez quelque chose de dramatique à m'annoncer.
— Tu as oublié que c'est toi qui as quelque chose à nous raconter, qu'est-ce que tes amis t'ont exactement dit au sujet d'Alma ? »

Il a beau faire semblant d'avoir oublié, elle reconnaît la tension dans son rire, « c'est pas grave, il ne faut pas en faire un plat, la fifille est partie à la conquête de la grande ville et, apparemment, elle est chaude chaude.
— Chaude chaude ? sursaute Micky qui répète les mots avec dégoût. C'est comme ça que tu parles de ta sœur ? », et Omer s'approche de toute sa hauteur, les obligeant à lever les yeux vers lui comme s'ils étaient deux gamins contrits, et rétorque, « tu peux appeler ça comme tu veux, papa, mais si elle s'assied sur Yotam pour le peloter, ensuite pareil avec Ido et ensuite elle propose à Yonathan de la rejoindre dans les toilettes – et il s'agit de garçons qu'elle connaît depuis le CP –, à mon avis, elle est sacrément chaudasse.
— Ou droguée, suggère Iris d'une voix froide, métallique, celle du couteau qui se retourne dans ses entrailles. Je peux parler avec un de tes copains, pour avoir plus de détails ?
— Laisse tomber, maman, ils ne m'ont rien dit d'autre et même ça, ils étaient très gênés. T'inquiète, ils n'ont pas profité de la situation, mais j'imagine que d'autres si. Voilà les dernières nouvelles de Tel-Aviv. Et maintenant, je dois aller bosser, j'ai un bac blanc après-demain », lâche-t-il avant de s'engouffrer dans sa chambre. Elle tourne la tête vers Micky mais s'étonne de le voir se lever avec la même précipitation, comme s'il avait aussi un bac blanc le surlendemain, et disparaître vers son bureau, au bout du couloir. Elle entend l'ordinateur se réveiller et au bout d'une ou deux secondes,

quand elle arrive enfin à se rassembler et à le rejoindre, il est déjà au milieu d'une partie, pas plus de cinq minutes, il a toujours joué aux échecs mais est devenu complètement accro au blitz.

« Micky, allons à Tel-Aviv, je dois la voir.

— Pas maintenant, je suis occupé. Attends une minute. »

Par-dessus son épaule, elle suit sur l'écran le damier qui lui paraît bien vieillot. Elle se souvient à quel point son père aimait les échecs, lui aussi. Excellent joueur, il avait eu le temps de lui apprendre quelques coups. Elle n'a récupéré qu'une seule photo en noir et blanc qui l'immortalise, elle, assise face à lui, il y a l'échiquier entre eux, elle a le visage tendu et on ne voit pas celui de son père qui est de dos. C'est ce qui l'avait attirée vers Micky, à la cafétéria de l'université, elle était en train de boire un café brûlant quand elle avait vu du coin de l'œil un homme de grande taille penché sur un petit échiquier, il était très concentré, bougeait les pions de temps en temps, les noirs et les blancs, parce que, en face de lui, il n'y avait personne. Elle avait aussitôt pensé à son père, dans sa mémoire il était devenu immense même si en réalité il n'était pas très grand, aucun doute qu'Alma, avec ses membres fins et délicats, tient de lui. Quasi ensorcelée, elle s'était approchée de ce large dos, s'était assise sur la chaise vide en face de lui et, une fois là, elle avait senti avec une certitude inexplicable que cette place n'était destinée qu'à elle, elle qui ne savait pas jouer, après la mort de son père, il n'était resté personne pour continuer à lui apprendre.

« Je ne sais pas jouer, s'était-elle empressée de prévenir le jeune homme qui la regardait d'un air interrogateur.

— Aucun problème, lui avait-il répondu en souriant, je préfère jouer contre moi-même », une phrase qui *a posteriori* avait pris une signification qu'aucun d'eux n'aurait pu prévoir à l'époque, parce que vivre avec une femme qui a failli mourir d'amour, c'est jouer contre soi-même et cela n'augure rien de bon. Elle s'était alors mise à parler du joueur compulsif qu'était son père, de sa mère obligée d'aller le chercher au club d'échecs et de le ramener de force à la maison. S'il perdait, il était sinistre et irritable toute la soirée, s'il gagnait, il prenait sa fille dans ses bras, s'amusait avec elle comme un fou, tellement heureux qu'on ne pouvait pas lui en vouloir. Le grand jeune homme l'avait écoutée patiemment, et ses yeux noirs, qu'elle avait trouvés un peu hermétiques au début, s'étaient encore obscurcis en apprenant que cet amateur d'échecs était mort très jeune, laissant une fille bien petite.

« Tu veux que je t'apprenne à jouer ? avait-il proposé d'une voix circonspecte, comme s'il craignait de faire un faux pas.

— Non, je me contente de regarder », et ainsi elle l'avait observé en silence jouer contre lui-même, avait suivi les expressions qui défilaient rapidement sur son visage hâlé, un peu pâteux, et passaient de la tension à la satisfaction, de la fierté à la frustration, puis elle avait songé que si son père avait joué contre lui-même, cela aurait épargné à sa mère ces incursions humiliantes au club d'échecs, elle-même aurait passé plus de temps avec lui, ce temps qui leur avait été donné avec une telle parcimonie. Tout en dévisageant cet inconnu qui, malgré sa corpulence, dégageait beaucoup de délicatesse, elle avait essayé de comptabiliser le nombre d'heures paternelles auxquelles elle avait eu droit durant les quelques années où leurs vies s'étaient croisées et elle était tellement absorbée par ses calculs, comptant sur ses doigts et marmonnant du bout des lèvres, qu'elle n'avait pas remarqué qu'il s'était mis à son tour à suivre les expressions qui défilaient sur son visage à elle. Lorsqu'elle s'en était aperçue,

Iris avait lâché un petit rire gêné (sans doute la trouvait-il bizarre), avait posé ses mains blanches à côté de l'échiquier, et, en regardant les siennes qui étaient très foncées, elle s'était fait la réflexion que s'ils croisaient leurs doigts, cela ressemblerait à un corps-à-corps de pièces d'échecs. Elle avait eu tellement envie de joindre le geste à la pensée qu'elle s'était entendue lui dire soudain, « toutes ces années, j'ai conservé l'échiquier de mon père, si tu veux, je te le donne », très surpris, il s'était exclamé, « waouh, merci beaucoup ! Mais je ne peux pas t'en priver, il doit rester chez toi.

— Tu as raison, avait-elle dit songeuse, ça doit rester chez moi, mais j'aimerais vraiment qu'il t'appartienne, parce que moi, je ne sais pas jouer.

— Alors la solution, ce serait d'habiter ensemble », et ils avaient éclaté de rire comme si c'était une bonne plaisanterie, laquelle s'était pourtant concrétisée, et bien plus vite qu'ils ne se l'étaient imaginé. Elle avait été conquise par son ardeur et par le fait qu'il n'avait eu aucun doute, à aucun moment, sur leur relation. Comment aurait-elle pu deviner que tandis qu'ils préparaient l'union grâce à laquelle elle pourrait donner à Micky le jeu d'échecs de son père sans s'en séparer, Ethan Rozenfeld grimpait les escaliers de son ancien immeuble, essayait de la retrouver et se faisait renvoyer par sa mère comme un malpropre.

Aurait-elle pu deviner qu'au fil des années la chose qui l'avait tant attirée chez Micky deviendrait ce qu'elle haïssait le plus, exactement comme sa mère, même si les clubs d'échecs avaient été remplacés par un écran d'ordinateur et les longues parties par des parties éclair, courtes et nerveuses. L'addiction qui le coupait du monde extérieur n'avait fait qu'empirer, à tel point qu'elle ne pouvait presque plus s'adresser à lui en fin de journée ni le soir, il n'y en avait que pour le blitz, et même pendant ses heures de travail, elle le soupçonnait, les fois où elle lui téléphonait au bureau, d'entendre dans sa voix l'agacement caractéristique des accros.

« Pas maintenant, je suis occupé », lâchait-il avec impatience quand un des enfants le sollicitait pour se faire déposer quelque part en voiture ou aider dans ses devoirs, et elle se consolait à la pensée que si tel était le père qui lui avait été enlevé, alors la perte n'était pas si grande, « on dit que la tendance à l'addiction est génétique, elle a vu son père accro aux échecs, elle s'est tournée vers la drogue, instille-t-elle à son dos, ce même dos vers lequel elle avait marché, hypnotisée, vingt-trois ans auparavant.

— Pas maintenant, je suis occupé », marmonne-t-il, mais elle continue, « peut-être que si tu n'étais pas si occupé Alma irait beaucoup mieux aujourd'hui », elle sait pourtant qu'Alma est la seule à avoir droit à son attention, même au milieu d'une partie, la seule qui acceptait de venir regarder le coup brillant qu'il était en train de concocter et se réjouissait avec lui en cas de victoire, la seule aussi à le consoler en cas de défaite, moins ses résultats avaient de signification dans le monde réel (la plupart du temps, il ne savait ni contre qui il jouait, ni le nombre de points avec lesquels il gagnait ou perdait parce que ça n'intéressait personne), plus la défaite lui était insupportable, et c'est ce qui arrive précisément à cet instant sur l'écran en face d'elle, « ne recommence pas une nouvelle partie pour prendre ta revanche, on y va, déclare-t-elle sans même essayer de masquer sa joie mauvaise.

— On va où ? » Il se lève et avance d'un pas lourd vers la cuisine comme s'il émergeait d'un profond sommeil.

« Voir notre fille.

— Tu ne crois pas que tu en fais trop, Iris ? lui demande-t-il en bâillant. Elle a voulu prendre du bon temps, rien de plus », et elle relève aussitôt l'expression vieillotte sur un ton moqueur, « prendre du bon temps ? Où vis-tu ? Draguer les meilleurs amis de son frère, les uns après les autres, tu trouves ça normal ?

— Qui suis-je pour juger de ce qui est normal et de ce qui ne l'est pas ? susurre-t-il. Au moins maintenant, je sais qu'elle a une sexualité, pas comme sa mère. »

Elle a un sursaut de recul, c'est aussi violent que si elle avait reçu une gifle et elle se dirige vers la chambre dans un silence stupéfait. Pas de sexualité, elle ? D'où est-ce qu'il sort ça, tout à coup ? Jamais il ne lui a parlé en ces termes ! Certes, il est vexé parce qu'elle a déserté le lit conjugal, depuis quelques années effectivement le sexe ne l'enthousiasme plus vraiment, ce qui est le lot de la plupart des amies de son âge, mais qu'il lui envoie de tels propos à la figure ? Sans doute est-il plus inquiet que ce qu'il est prêt à admettre, elle s'assied sur le lit, décide d'avaler un nouveau comprimé et de se rendre à Tel-Aviv sans prévenir Alma, oui, elle allait arriver directement au bar et la prendre par surprise. Sa fille lui en voudrait terriblement pour cette incursion, mais elle serait obligée de supporter sa présence, sauf s'il y avait une possibilité de la surveiller de l'extérieur, sans attirer son attention, peut-être une vitrine, mais penser à ce qu'elle risquait de voir en cachette lui donne la chair de poule.

Car que verrait-elle ? La vie sexuelle de sa fille – une chose que les parents ne doivent pas voir. Au fond, Micky avait peut-être raison, pour le bon ordre des relations, les parents ne sont-ils pas censés être dénués de sexualité pour leurs enfants et inversement ? Sinon, c'est la gêne qui s'installe, mais ces arguments passent au second plan pour l'instant, parce que si Alma se conduit d'une manière bizarre, sa mère doit l'aider, malgré elle s'il le faut. Elle se déshabille, s'attarde devant l'armoire, en général, elle ne fait pas trop attention à son aspect mais ce soir elle se doit d'être bien habillée, c'est important, il ne faut pas que sa fille ait honte d'elle, alors elle choisit une jupe noire moulante qui la serre moins qu'avant (depuis que la douleur est revenue, elle mange à peine) et le chemisier blanc à pois noirs qui l'a toujours mise en valeur, elle est en train d'étaler en vitesse du rouge sur ses lèvres, quand il entre dans la chambre, portable à la main et sourire provocateur sur le visage.

« Ta mère s'est déjà pomponnée en ton honneur, ma chérie, ironise-t-il dans le téléphone d'où s'échappe un gazouillis rieur, elle veut qu'on vienne te voir, elle est inquiète.

— Aucune raison de vous faire du souci pour moi, Papouch, je vais vraiment bien, entend-elle sa fille répondre avec précipitation. En plus, j'enchaîne deux services aujourd'hui, alors pas la peine de vous déplacer, je serai tout le temps debout en train de courir, je n'aurai pas une minute pour vous. Sans compter que c'est moi qui assure la fermeture, tu comprends ?

— À peu près, je comprends surtout que tu n'es pas pressée de nous voir, la taquine-t-il avant d'enchaîner sous le regard incendiaire d'Iris, à propos, il paraît que les copains de ton frère étaient dans ton bar, hier. Comment ça s'est passé ?

— Si tu savais ! Ce sont des petits morveux qui ne tiennent pas l'alcool, se plaint-elle. Un shot de vodka et ils se mettent à essayer de peloter tout ce qui bouge, j'ai été obligée de les virer, ils m'ont foutu la honte, et en plus, j'avais menti en disant à Boaz qu'ils avaient dix-huit ans ! Préviens Omer, je ne veux plus qu'il m'envoie ses potes. »

Micky l'écoute avec un large sourire de satisfaction, « c'est qui Boaz, le patron ? veut-il s'assurer.

— Oui, c'est mon patron, si tu savais comme il me kife, la semaine prochaine, je passe responsable.

— Et quand est-ce que tu reviens ? Pourquoi pas ce week-end ? Ça fait presque un mois qu'on ne t'a pas vue.

— Mais Papouch, couine-t-elle, c'est le week-end qu'on fait le plus de pourboires, ça m'embête vraiment de rater ces services-là. Tu sais quoi ? Et si je venais dimanche, ça irait ? C'est le jour le plus calme.

— Bien sûr, ma chérie, viens quand ça t'arrange, bisous », et il fronce sa bouche charnue vers l'appareil qui lui répond par un nouveau gazouillis. « Au revoir, ma chérie, prends soin de toi.

— Bye, mon petit papa. »

Dans le silence qui envahit la pièce, Iris sent sa colère (comment a-t-il osé trahir son plan secret ?) être tempérée par l'immense soulagement que lui inspire la voix ferme et joyeuse de sa fille, par le doute rassurant qui plane sur les informations accusatrices, par l'obligation de reconnaître que malgré ses jeux d'ordinateur, c'est lui qui a les meilleures relations avec Alma, par une sensation d'échec si cuisant qu'elle couvre un instant la douleur envoyée par son bassin le long de sa jambe, par le ridicule de son accoutrement recherché (elle s'est préparée comme pour un mariage), et enfin par la découverte que tout ce temps, elle n'a cessé de passer et de repasser le tube de rouge sur ses lèvres au point de les avoir tapissées d'une épaisse couche de substance poisseuse, c'est ce qu'elle voit dans le miroir au moment où elle y croise aussi le sourire de Micky, fier et satisfait. Il attend ses cris de surprise et de joie, comme s'il venait de lui apporter un beau cadeau.

« On fait quoi, maintenant ? » lâche-t-elle la bouche durcie de rouge, il lui répond avec son efficacité habituelle, « si on sortait un peu ? Allons dîner, ça fait longtemps qu'on n'a pas dîné dehors, en plus, tu es déjà habillée », alors elle renonce à tous ses faux-fuyants car bien qu'elle ait mal, bien qu'elle n'ait pas faim, bien qu'elle doive se lever tôt le lendemain et bien qu'il l'ait vexée, elle sait que c'est un moment qu'elle n'a pas le droit de gâcher.

« Tout sauf du riz aux lentilles, la taquine-t-il en regardant le menu. Qu'avez-vous qui ressemble le moins à du riz aux lentilles ? » demande-t-il à la serveuse qui ne comprend pas la subtilité de la question, et Iris le regarde avec bienveillance, c'est tout de même son Micky à elle, son mari qui l'aime à sa façon, qui aime leurs enfants, qui les a vus naître, qui déçoit mais parfois surprend agréablement, qui s'est occupé d'elle avec dévouement lorsqu'elle a été blessée, qui l'a soutenue lorsqu'elle a décidé de présenter un dossier de candidature et qui est tellement fier de sa réussite. Elle est chez elle à proximité de son corps massif, comme si elle était une tortue et lui sa carapace, à chaque minute qui passe elle se sent plus proche de lui, au point d'être à deux doigts de lui révéler que le médecin à barbe blanche est apparemment son grand amour de jeunesse, Ethan Rozenfeld, et que depuis qu'elle l'a revu, elle ne fait que penser à lui, les mots sont déjà prêts au bord de ses lèvres alourdies mais elle les ravale avec la soupe de poivrons froide et épicée. Quel intérêt de parler d'une chimère, car à cet instant précis, elle est en train de décider de ne pas retourner à l'hôpital, non, elle n'essaierait pas de le revoir, elle ne lui ouvrirait pas les portes de sa vie. Le mal qu'il lui a fait appartient à une époque révolue et même s'il se jetait à son cou ou s'agenouillait à ses pieds pour implorer son pardon, il ne pourrait défaire ce qui a été fait. Sa mère avait eu raison de se débarrasser de lui, comme il s'était, lui, débarrassé d'elle, et elle ferait bien de ne pas laisser le réveil de son ancienne douleur la ramener à lui, de toute façon, jamais il ne pourrait la guérir et elle ne lui permettrait pas de la contaminer de nouveau.

CHAPITRE 6

Exclu, décide-t-elle de nouveau le lendemain et le surlendemain, exclu qu'elle essaie de le revoir, exclu qu'elle lui révèle son identité. Au lieu de s'attarder sur les restes de sa propre jeunesse, elle ferait mieux de s'occuper de celle de sa fille et soudain elle se demande si c'est à cause de la jeunesse dont elle a été privée qu'elle a inconsciemment choisi le prénom de son aînée – le mot Alma, en hébreu, ne signifie-t-il pas « jeune fille » ? Peut-être a-t-elle ainsi voulu lui assurer une jeunesse éternelle. Assise à son bureau, les yeux fixés sur les dessins d'élèves accrochés au mur, elle pense que non seulement elle n'a pas eu de jeunesse, mais pas d'enfance non plus, confrontée aux lourdes responsabilités qui lui étaient tombées dessus en une nuit. Oui, la mort de son père l'avait directement projetée du premier âge à l'âge adulte. Est-ce pour ça qu'elle se sent si vieille parfois, elle qui est devenue une grande personne à quatre ans ? Est-ce pour ça que ces derniers temps elle est sujette à une sorte de lassitude de vieux qui se manifeste par un sourd agacement ? Peu importe maintenant, se secoue-t-elle, aujourd'hui elle va rentrer tôt parce que Alma a enfin promis de venir, et bien que rien ne soit moins sûr, elle ferait comme si cette visite était certaine, elle préparerait pour sa fille le gâteau aux biscuits qu'elle aime tant, alternance sucrée de couches de crème à la vanille et de crème au chocolat. Il fut un temps où, tous les vendredis, elles le préparaient ensemble, le minois de la fillette se couvrait alors de taches du menton jusqu'au front, joie qui, après la naissance d'Omer, était devenue rare et principalement réservée aux anniversaires.

Qu'elle avait été pénible, l'enfance d'Omer ! songe-t-elle avec rancœur, face au sourire que son fils affiche sur l'ancienne photo de famille accrochée au mur. Comme si, dès l'instant où il était venu au monde, il avait décidé de tout bouleverser, les nuits et les jours, et même un petit rituel domestique aussi simple que la préparation d'un gâteau hebdomadaire se heurtait à un nombre incalculable d'obstacles. Soit il hurlait de rage parce qu'on ne lui proposait pas de participer et cachait les ingrédients à travers l'appartement, soit, si on finissait par l'associer, il discutaillait chaque point pour marquer son pouvoir ; si on ne lui accordait pas ce qu'il demandait, il se vengeait sur les proportions, transformait la partie de plaisir en cauchemar, et finalement Alma, en larmes, jetait l'éponge. Elle se souvient qu'une fois elle s'était crue maligne et avait fait venir une baby-sitter pour emmener le garçon au parc pendant qu'elles préparaient à deux le gâteau d'anniversaire pour les huit ans de sa fille. À son retour, il avait tout de suite découvert la tromperie, une expression d'amoureux trahi et suspicieux s'était peinte sur son visage et il avait profité d'un instant d'inattention pour, de rage, jeter le gâteau à terre. Alertée par le bruit du moule qui explosait et projetait partout sa délicieuse bouillie, elle avait regardé son petit bonhomme de fils avec un effroi où se mêlait presque de l'admiration, donc voilà, avait-elle frissonné, tu es vraiment capable de tout, c'est bien ce que je pensais, c'est bien ce que je craignais.

Depuis le début, ses amies essayaient de la rassurer, « c'est pareil pour tous les garçons, toi, tu t'étais habituée à une fille, et en plus, la tienne est tellement calme ! Les garçons sont des sauvages, ton fils est comme les autres, il n'a aucun problème particulier ». Elle, bien sûr, se laissait facilement convaincre par ces paroles de réconfort, pourtant chaque fois démenties par la réalité. Il est différent, il n'est pas comme les autres, il est plus violent, plus sauvage. Ce jour-là, devant Alma qui pleurait à fendre l'âme, elle avait compris que l'ère du déni était révolue, qu'il fallait se préparer à vivre de sombres moments et que le prix serait sans doute payé par la fillette dont le gâteau d'anniversaire venait d'être méchamment gâché.

Cela dit, après cette douloureuse prise de conscience, Iris avait décidé de relever le défi. N'avait-elle pas choisi de travailler dans l'enseignement ? Si elle y arrivait avec ce gamin qui était le sien, elle y arriverait avec tous ceux qui lui ressemblaient, tous ces cas difficiles, éparpillés à travers la ville et qui inspiraient à tant de parents, d'éducateurs, de professeurs un sentiment d'impuissance et de frustration. Et elle avait plutôt bien réussi, au bout de quelques années d'efforts constants, son fils était devenu plus gentil et plus obéissant, l'indomptable s'était métamorphosé en gamin comme les autres, même s'il restait encore un peu agité et exalté. Mais pendant tout ce temps, Alma avait été négligée et il est clair qu'aucun gâteau ne lui revaudrait celui qui avait été rageusement détruit, pas plus celui qu'elle avait préparé en hâte la nuit suivante que celui d'aujourd'hui, pourtant Iris presse le pas vers l'épicerie où elle rassemble les ingrédients dans une espèce de joie émue, cette fois, se promet-elle, les retrouvailles familiales se passeraient bien.

Mais les biscuits achetés dans l'euphorie ramolliront, oubliés dans le récipient, parce que le grincement de l'ascenseur la surprendra en train de les imbiber de lait et de les disposer dans le moule. Elle se retournera avec un sourire ravi mais la personne qui apparaîtra sera si différente de sa fille qu'elle aura du mal à la reconnaître, un instant elle aura même l'impression de voir un garçon débarquer tant les cheveux ont été coupés court, de plus, Alma ne s'est pas contentée de se séparer de sa somptueuse crinière auburn, elle a teint ce qui restait sur son crâne en noir, un noir corbeau particulièrement agressif, qui souligne disgracieusement les traits hérités de sa grand-mère paternelle et confère à son visage une expression totalement nouvelle.

Aussi ébahie qu'inquiète à la vue de ce changement, Iris renoncera aussitôt à sa ridicule tentative pâtissière, laissera les biscuits sombrer dans la piscine de lait légèrement bruni par la petite cuillère de nescafé qu'elle y a ajoutée.

« Alma ! Qu'est-ce qui t'est arrivé ? » demande-t-elle en essuyant ses mains poisseuses sur un torchon, mais aussitôt elle se précipite vers sa fille comme si celle-ci allait s'effondrer et qu'il fallait la rattraper, bien sûr ce n'est pas la bonne question, puisque la réponse prévisible ne tarde pas, prononcée sur la défensive et d'un ton froid, « qu'est-ce qui t'arrive à toi, Mamouch ? Ne me regarde pas comme si tu voyais un fantôme, je n'ai fait que me couper les cheveux !

— Non, ce n'est pas que la coiffure, c'est la couleur, ça te change complètement, tu ressembles tout à coup tellement à ta grand-mère Hannah », essaie-t-elle de rectifier, saisissant tout de suite, rien qu'au ton employé, qu'Alma regrette déjà d'avoir fait le déplacement. Lorsqu'elle la serre dans ses bras, elle sent la crispation de ce corps si menu, à croire qu'une tension nouvelle s'est ajoutée à sa maigreur habituelle. Que cachent ces muscles et ces tendons, qu'est-il en train de vivre, ce corps qui a grandi dans son ventre et est sorti de sa chair, ce corps qui maintenant s'écarte vivement d'elle, a-t-il peur que dans cette étreinte elle découvre son secret ?

« Eh ! Ça va, sœurette ? lance soudain Omer qui déboule de sa chambre. C'est quoi, cette boule à zéro ? Tu peux m'expliquer pourquoi tu me fais penser à mamie Hannah ? » C'est drôle, avec son frère, elle n'a aucun problème pour rire alors qu'il a si méchamment écrabouillé son gâteau d'anniversaire il y a treize ans, et elle lui répond, sur un rythme saccadé, qu'à Tel-Aviv les filles font tout pour être belles et que, du coup, elle a eu envie d'aller à contre-courant, de ne faire aucun effort pour s'embellir ou plutôt de faire des efforts pour ne pas s'embellir, genre le contraire du contraire ? Elle termine sur un léger point d'interrogation, et il réplique, amusé, « génial… si ça te plaît.

— Évidemment que ça me plaît », rétorque-t-elle en jetant un coup d'œil vers le miroir accroché au mur. Elle ébouriffe un peu ses cheveux avec un sourire à la fois provocateur et gêné, le même que sa grand-mère paternelle. Le malaise va croissant car Iris, qui suit ses gestes avec anxiété, sait ce qu'Omer et sa sœur ignorent – la pauvre Hannah, emportée par une grave maladie alors qu'ils étaient encore petits, avait été, pendant des années, une femme battue.

On verra ce qu'en dira Micky, songe-t-elle tandis que ses enfants continuent à rire et à papoter agréablement, on verra s'il reste serein et continue à prétendre qu'elle s'inquiète pour rien, lui qui a vécu avec la souffrance de sa mère, secrète et niée, toute son enfance et toute son adolescence, malgré les efforts que la malheureuse faisait pour protéger son fils d'un époux beaucoup plus âgé qu'elle et qu'une jalousie maladive rendait violent. Il avait fallu attendre son mariage avec Iris pour que, à deux, ils réussissent à la convaincre de quitter son bourreau, ce qui n'avait pas servi à grand-chose car, peu de temps après, elle était tombée malade et au lieu de jouir de sa nouvelle vie de femme libre, elle avait plié l'échine sous un autre joug, celui des traitements et de la douleur. Elle était morte épuisée, presque avec un soupir de soulagement. En revanche son ex-mari vivait toujours, il s'était remarié, mais ils avaient coupé les ponts et ne savaient donc pas si le sort de la seconde épouse était meilleur que celui de la première. Face aux explosions de colère d'Omer, Micky avouait parfois d'une voix désolée que le garçon lui rappelait son père, « à croire que ça a sauté une génération et que c'est tombé sur ce gosse », mais le pire pour lui serait de sentir ce qu'elle sentait à cet instant précis : leur fille, qui habitait désormais dans la grande ville et ne revenait qu'en coup de vent, trimbalait avec elle un relent, connu et menaçant, de servilité.

« Salut, ma beauté ! Comment va mon Alma chérie à moi ? » lance joyeusement Micky tandis que l'ascenseur le projette directement dans les bras de leur aînée. Il n'est pas logé à meilleure enseigne, Iris remarque aussitôt que la gamine se dégage rapidement de l'étreinte de son père dont elle fuit le regard avec la gaieté feinte qu'elle a adoptée depuis son arrivée, se dirige rapidement vers le plan de travail de la cuisine, attrape les biscuits qui n'ont pas encore été plongés dans le lait et se met à les grignoter nerveusement, les uns après les autres.

« Ne te bourre pas, on a beaucoup de choses à manger, lui lance-t-elle en bonne mère parce que c'est certainement ce qu'on est censé dire en de telles circonstances, et d'ajouter avec un sourire contrit, j'étais en train de te préparer ton gâteau préféré ». Oui, une bonne mère, c'est-à-dire une mère normale, dans une famille normale, avec deux parents et deux enfants, en l'occurrence avec un fils qui arrache quelques biscuits des mains de sa sœur et s'affale sur le grand canapé bleu, Alma s'assied à côté de lui, Micky se sert un verre d'eau et les rejoint, on n'attend qu'elle semble-t-il, pourquoi tarde-t-elle à venir s'installer avec eux sur le canapé fleuri et à se laisser gagner par un peu de bien-être, un peu de fierté d'avoir réussi à construire cette famille normale avec quelqu'un qui était autant éclopé qu'elle, pourquoi n'arrive-t-elle pas à profiter du bonheur ambiant. L'aspect de sa fille la heurte tellement qu'elle est incapable de la regarder et de faire semblant d'être ravie, alors, sous prétexte de préparer la salade, elle leur tourne le dos.

« Ça va ? » lui lance Micky avant d'expliquer à Alma que les douleurs sont revenues, qu'elles se diffusent du bassin vers la jambe, que sa mère souffre de nouveau beaucoup ces derniers temps, mais Iris intervient aussitôt et les rassure, « tout va très bien », elle s'en voudrait de trouver des excuses dans l'événement dont sa fille a tant souffert par le passé, elle sort toutes sortes de crudités du réfrigérateur et les coupe en gros morceaux, dans l'espoir de se calmer. Que lui arrive-t-il, à cette petite ? À moins qu'elle ne soit, elle, le problème et que la question lui ait été retournée à raison, que t'arrive-t-il à toi, maman, car dans la pièce, personne ne semble inquiet, ils paraissent tous contents, il n'y a qu'elle dont le cœur s'accélère sous l'effet d'une sourde frayeur dont elle n'arrive pas à identifier la cause.

Bon, donc elle a changé de coiffure, elle a jeté dans la poubelle de quelque salon les magnifiques cheveux dont elle prenait tant soin (à en juger par la maladresse du résultat, on peut même imaginer qu'elle s'en est chargée elle-même), elle a aussi remplacé sa belle couleur auburn par du noir corbeau, ça non plus ce n'est pas une catastrophe, mais ce changement a perturbé l'équilibre de son visage, sans compter qu'avec les vêtements qu'elle a choisi de porter, un tee-shirt noir usé et un jean gris, elle n'a vraiment pas l'air attirante, personne ne tournerait la tête sur son passage, ce qui lui arrivait souvent à l'époque où elle se promenait avec ses robes courtes et sa chevelure en cascade. Mais pourquoi paniquer ? N'avait-elle pas, pendant des années, critiqué l'importance que sa fille donnait à son apparence ? Oui, elle devrait être contente de ce soudain revirement, le problème, c'est qu'il ne s'agit pas du renoncement temporaire à la beauté qui l'inquiète mais d'un autre renoncement capté dans son expression, celui de sa liberté peut-être ?

Difficile bien sûr de définir ce que dégage un visage. S'inquiète-t-elle tant de ce changement à cause de la soudaine ressemblance qu'elle lui trouve avec sa belle-mère Hannah ? Pourtant, il n'y a aucun parallèle à faire entre la vie laborieuse de cette pauvre femme mariée contre son gré à un homme tyrannique et violent et celle de la jeune adulte qui vient de prendre son indépendance dans la grande ville et a encore tout l'avenir devant elle. Iris respire profondément, saupoudre la salade de gros sel, presse un citron, la quiche qu'elle a mise dans le four paraît cuite, alors elle les appelle, « venez manger, Omer, où est la *mjadra** ? Ne me dis pas que tu as terminé le plat !

— Chez nous, au resto, on en fait une exceptionnelle, déclare aussitôt Alma en s'asseyant à sa place habituelle. On la sert avec du beurre de brebis fondu.

— Eh bien, essaie-t-elle en se forçant à sourire, on dirait que tu te plais vraiment à ton nouveau travail.

— Sûr ! J'y suis comme chez moi, on est toutes copines

* La *mjadra* est un plat oriental à base de lentilles et de riz. (*Toutes les notes sont de la traductrice.*)

entre serveuses et Boaz me kife grave, la semaine prochaine, je passe responsable », précise Alma avant de se jeter sur son assiette, elle mange avec un bel appétit, *a priori* aucune raison de s'inquiéter, c'est juste la manière dont elle a prononcé le nom du patron qui résonne à ses oreilles de mère longtemps après que d'autres mots ont suivi, deux syllabes lâchées sur un drôle de ton, un mélange de fierté et de cachotterie.

« Quel âge il a, ce Boaz ? » demande-t-elle comme si elle avait juste oublié un détail connu, mais sa fille esquive, « je ne sais pas exactement, plus ou moins votre âge.

— Il est sympa ? Il vous respecte suffisamment ? » continue-t-elle avec affabilité pour n'éveiller aucun soupçon. Réussite totale, sa fille tombe dans le piège, « c'est quelqu'un de très spécial, le resto, c'est juste pour gagner sa vie, ce qui l'intéresse vraiment, c'est le travail intérieur. Il a déjà sauvé plusieurs filles qui travaillent avec moi.

— Sauvé de quoi ? » relève-t-elle tandis que sa main se crispe autour de sa fourchette qui commence à trembler, réaction qui ne passe pas inaperçue puisque Alma tente aussitôt de noyer le poisson, « de rien, tu sais, c'étaient des nanas paumées, genre qui se cherchent, alors il les a aidées à trouver leur voie grâce à tout un processus intérieur.

— Toi aussi, il t'aide ? » rebondit-elle dans l'espoir d'arriver à stabiliser sa voix et sa main, mais la question ne lui vaut qu'une réponse railleuse, « pourquoi est-ce que j'aurais besoin d'aide, à ton avis ? Je viens d'une famille équilibrée, j'ai des parents qui s'occupent de moi, j'ai besoin de personne ».

Elle ne pourra s'empêcher de reprocher à Micky sa crédulité lorsqu'il rentrera après avoir accompagné Alma à la gare routière, Alma qui avait catégoriquement refusé de dormir à la maison, Iris avait pourtant pris soin de débarrasser toutes ses affaires de la chambre, elle avait changé les draps et vraiment insisté pour qu'elle reste, « tu pourras faire la grasse matinée et quand tu te lèveras, je viendrai te retrouver, on prendra le café ensemble », apparemment, cette proposition, loin de la tenter, avait résonné comme une menace à en juger par l'affolement qui l'avait accueillie, « non, non, j'aime mieux dormir à la maison » (« à la maison » ne se traduisant plus par leur appartement familial de Jérusalem), oui, avait continué Alma, elle préférait rentrer la nuit et non le lendemain midi dans la chaleur et les embouteillages, alors, après un rapide câlin, elle s'était engouffrée dans l'ascenseur à côté de son père qui avait proposé de la déposer au bus, laissant sa mère figée devant les portes en inox qui s'étaient refermées, à attendre Micky pour enfin pouvoir lui répéter cette phrase, qui avait été lâchée sur un ton d'une aveuglante méchanceté, « pourquoi est-ce que j'aurais besoin d'aide, à ton avis ? Je viens d'une famille équilibrée, j'ai des parents qui s'occupent de moi, j'ai besoin de personne », mais à son retour, il lui répond, perplexe, après avoir pris un verre d'eau glacée et s'être assis en face d'elle à la table débarrassée, qu'il n'y avait aucun double sens dans ces paroles, « elle s'est bien rendu compte que tu étais inquiète, alors elle a dit ça pour te rassurer, de quelle ironie parles-tu ? Quoi, ses parents ne s'occupent pas d'elle ? Regarde-toi, tu ne fais que ça, t'inquiéter pour elle ! Écoute, Iris, ajoute-t-il d'un ton particulièrement sérieux, je me demande si tu ne souffres pas d'une altération de tes capacités à appréhender la réalité, ce qui serait dû à la quantité d'antalgiques que tu ingurgites, ce genre de produits cause toutes sortes de troubles qui peuvent aller jusqu'aux hallucinations, c'est connu. Je pense qu'il faudrait qu'on retourne au centre antidouleur pour commencer un vrai traitement. Et j'aimerais qu'on s'adresse directement au chef de service, même s'il a l'air d'un pervers.

— D'un pervers ? Pourquoi tu dis ça ? » s'étonne-t-elle tandis qu'une étrange euphorie la submerge. A-t-il raison, souffre-t-elle d'hallucinations, doit-elle vraiment aller consulter le chef de service en personne, évidemment qu'elle doit ! Oui, malgré tous ses engagements et ses serments, comment renoncer à une telle occasion, alors qu'elle n'est même pas capable de renoncer à l'occasion de dénigrer Ethan avec son mari, puisqu'elle redemande, « pourquoi trouves-tu que c'est un pervers ?

— Tu n'as pas remarqué qu'il était bizarre ? explique Micky tout en lâchant un petit rire. Tu n'as pas vu comme il s'est enfui de la pièce, sans nous regarder, c'est quelqu'un qui a peur de son ombre, ce type.

— Ou de la nôtre. »

Pour la première fois, elle envisage la possibilité qu'il l'ait reconnue et se soit enfui, du coup, c'est au tour de Micky de s'étonner, « pourquoi aurait-il peur de notre ombre ? » et aussitôt il tente une réponse, « c'est sans doute un ours mal léché, mais il paraît que c'est un bon médecin, il a vraiment aidé une femme qui travaille avec moi.

— Ah bon, qui ? s'empresse-t-elle de rebondir, incroyable, voilà des révélations qui lui arrivent d'une source pour le moins inattendue.

— Une nouvelle, tu ne la connais pas, marmonne-t-il avant de se lever. C'est elle qui me l'a conseillé dès que tes douleurs sont revenues, mais les délais pour avoir un rendez-vous m'ont paru trop longs, en plus, il coûte la peau des fesses.

— Et encore, tu n'as pas idée à quel point il est cher », murmure-t-elle dans un soupir. Elle le suit jusqu'à leur chambre, jusqu'à ses affaires qui ont retrouvé leur place pour rien, ses boules Quies, sa lotion démaquillante, sa chemise de nuit, son livre ouvert. Dans le petit miroir de l'armoire à pharmacie, elle voit pointer son propre visage, tout près de l'oreille de Micky, front haut, cheveux raides et ternes. Côte à côte, ils se brossent méticuleusement les dents, mais au moment où elle s'apprête à recracher le contenu de sa bouche dans le lavabo, elle est arrêtée par un embarras soudain, nouveau, gênée à la pensée d'exhiber devant lui ce qui va sortir d'entre ses lèvres, une mousse répugnante teintée de rose par des saignements de gencives et de muqueuses, alors elle attend qu'il crache le premier, mais lui aussi paraît gêné car il continue à manier sa brosse à dents jusqu'à ce qu'elle se détourne et crache dans la cuvette des cabinets. Doit-elle en déduire quelque chose sur eux deux, sur leur intimité ? se demande-t-elle tandis qu'il en profite lui aussi pour se débarrasser de la mixture qu'il gardait en bouche et qu'il évacue par la bonde du lavabo à l'aide d'un puissant jet d'eau. Presque malgré elle, elle se souvient de celui qu'elle avait tellement aimé adolescente, leur relation était si fusionnelle que rien ne les séparait, ni au lever ni au coucher, elle s'endormait entre ses bras, elle s'emplissait les poumons de son souffle.

Elle soupire, on n'était que des enfants, comment comparer ? En examinant avec contrariété ses cheveux grisonnants, elle se demande pourquoi elle n'irait pas le lendemain chez le coiffeur à côté de l'école pour se faire teindre du même noir corbeau que sa fille. Peut-être que cette ressemblance artificielle entre elles deux induirait, sur le tard, une réelle affinité qui se concrétiserait le soir où elle lui ferait une visite surprise au restaurant, parce que, non, elle n'est pas rassurée, non, elle ne s'est pas laissé convaincre.

« Que me vaut cet honneur, ironise Micky au moment où

elle s'allonge près de lui dans le lit, je me suis habitué à dormir seul, jure-moi que tu ne t'es pas mise à ronfler pendant tout ce temps ! » Elle se colle à lui, pose la tête sur son torse glabre dont elle a toujours aimé le contact, doux et dur à la fois, « dis-moi, commence-t-elle en étirant la dernière syllabe le temps de formuler la suite de sa phrase, qu'est-ce qu'elle t'a raconté d'autre, ta collègue de bureau ? Elle avait mal où ? Qu'est-ce qu'il lui a fait précisément ? » Et quelle n'est pas sa surprise de l'entendre lui répondre sur un ton soudain très éveillé, « elle souffrait terriblement des lombaires, c'était l'horreur, elle ne pouvait plus rien faire, et elle a une petite fille qu'elle élève seule. Rien ne la soulageait jusqu'à ce qu'elle frappe à sa porte, il lui a prescrit des infiltrations de cortisone qui l'ont sauvée.

— Dis donc, tu es drôlement bien renseigné ! Je ne savais pas que tu t'intéressais autant à ton entourage.

— Ce n'est pas que ça m'intéresse outre mesure, mais quand on pleure à côté de toi toute la journée, tu ne peux pas rester insensible.

— Maintenant je comprends que tu aies pensé à ce centre antidouleur, j'avoue que ça m'étonnait », et aussitôt elle essaie d'orienter la conversation sur le médecin et non sur la patiente, elle se fiche de la patiente, mais Micky apparemment pas, ce qui explique pourquoi il s'empresse de contre-attaquer, « qu'est-ce qui t'arrive ces derniers temps ? On ne peut rien te dire ! Chaque mot aiguise ta méfiance, d'abord tu me poses des questions sur le matin de l'attentat, maintenant sur cette pauvre fille que j'ai essayé d'aider.

— D'aider ? En quoi, exactement ?

— En rien de particulier, je l'ai conduite à un de ses rendez-vous avec ce médecin parce qu'elle ne pouvait même pas s'installer au volant tant elle souffrait.

— Bravo Micky, ironise-t-elle, j'ignorais que j'avais épousé un saint ! Alors pourquoi quand Omer te demande de l'accompagner quelque part tu t'énerves tout de suite ? » Elle s'en veut de dévier ainsi, ce n'est pas ce qui la préoccupe pour l'instant, alors elle revient à la charge, « qu'est-ce qu'elle t'a dit d'autre à son sujet ?

— Rien de particulier, depuis qu'il la suit, son état s'est nettement amélioré.

— Elle en a de la chance », soupire-t-elle. Au lieu de l'information qu'elle attendait, elle vient d'en recevoir une autre, un peu dérangeante, en tout cas pour lui, puisqu'il se relève du lit et lâche, furieux, « je vais à l'ordinateur, je n'ai plus sommeil.

— Quelle susceptibilité, Micky ! Tu fais ta crise d'adolescence ou quoi ? Il faut croire que tu as vraiment quelque chose à te reprocher », lance-t-elle dans son dos, mais il s'est déjà rabattu sur ses échecs et ne l'entend pas, ce qui est peut-être mieux, oui, chez nous, pense-t-elle, la parole s'est mise à dérailler ces derniers temps, on s'en sert pour dissimuler et non pour révéler. Nous avons trahi les mots, ce qui est peut-être pire que de trahir l'autre, nous avons trahi les mots, quoi d'étonnant à ce qu'ils nous punissent.

CHAPITRE 7

« Noir noir, dit-elle au coiffeur, le plus noir que vous ayez », et tandis que la couleur imprègne ses cheveux qui ont bien poussé, elle se regarde dans le miroir pleine d'espoir, jamais elle n'a fait de folies en matière de coiffure, ni même de folies tout court, mais ce matin elle a soudain l'impression d'être rattrapée par la jeunesse, un vent de révolte s'est engouffré par la brèche secrète qui vient de s'ouvrir sans qu'elle y ait prêté attention, alors voilà, aujourd'hui, elle ne retournerait pas travailler, non, elle se permettrait une petite fantaisie. Pendant trop d'années elle n'a été guidée que par son devoir, il est temps qu'elle écoute ses envies. Une fois la couleur rincée, elle se regarde avec curiosité, pas mal du tout, ses cheveux foncés arrivent presque aux épaules et mettent en valeur sa peau blanche, ses yeux verts ; elle a récemment maigri, ce qui souligne ses pommettes saillantes, quant à la robe en lin bleue qu'elle a achetée quelques jours avant l'attentat et n'a jamais portée, elle se place à présent sur son corps avec naturel – rien à dire, elle n'est plus la même. « Regardez-moi ça, vous avez dix ans de moins ! » s'émerveille le coiffeur, elle sourit, en toute sincérité, elle ne s'attendait pas à un tel changement, alors elle fait une chose qui ne lui ressemble pas du tout, elle envoie un selfie à Alma, laquelle à son tour fait une chose qui ne lui ressemble pas du tout, elle répond tout de suite : « *Trop bien !* » Iris profite du succès de son appât pour embrayer : « *Tu es libre tout à l'heure ? J'ai un rendez-vous à Tel-Aviv, je pourrais passer te voir après ?* » mais la déception ne tarde pas, « *non, non*, écrit la gamine qui la repousse sans la moindre hésitation, *suis occupée toute la journée ! J'enchaîne deux services aujourd'hui plus la fermeture* ».

Qu'est-ce que tu croyais, qu'il suffirait de te teindre les cheveux de la même couleur pour tout dissoudre dans ce nouveau noir ? Tu pensais l'acheter à si peu de frais ? Enfin, si peu, c'est tout de même assez cher, pour moi et certainement pour elle aussi, pense-t-elle au moment de régler. Combien d'heures de travail a-t-elle dû assurer pour s'enlaidir à ce point, car si cette nouvelle couleur lui va très bien à elle, ce n'est pas du tout le cas de sa fille, tant leur physique et leur teint diffèrent.

« Salut, Dafna », dit-elle dès que l'habitacle brûlant de sa voiture s'emplit de la voix de son amie, une voix épuisée et irritée qui s'éveille aussitôt, « Iris, excuse-moi, je ne t'ai pas reconnue ! Eh bien, il est temps ! Que me vaut cet honneur ?

— Qu'est-ce qui vous prend tous avec cette question idiote ? lui renvoie-t-elle gentiment. Comment vas-tu ? Comment ça s'est passé à Barcelone ?

— J'ai tellement de travail que c'est déjà oublié, soupire son amie. Et toi ? Tu en es où ? Tes douleurs se calment ?

— Je les supporte avec des cachets. Écoute, je crois que j'ai compris pourquoi j'ai été blessée.

— Tu es une des nombreuses victimes d'un conflit vieux d'au moins cent ans, s'il te plaît, laissons la politique de côté !

— Rien à voir avec la politique, Dafna, j'ai été blessée

parce qu'à l'époque Micky avait une liaison. C'est à cause de ça qu'il n'a pas emmené les enfants à l'école ce matin-là.

— Micky ? N'importe quoi ! s'exclame aussitôt Dafna. Impossible ! Qui donc t'a fourré cette drôle d'idée dans le crâne ?

— J'ai l'impression que maintenant aussi il a une liaison, et s'il en a une maintenant, ça veut dire qu'il peut en avoir eu une à l'époque. C'est toujours le présent qui éclaire le passé. » Et elle continue sur sa lancée lorsqu'elles se retrouvent un peu plus tard dans un café à côté du bureau de Dafna, « il n'a fait qu'aider une pauvre fille, pourquoi lui chercher des poux ? dit celle-ci, tandis que sur son visage si expressif se peint une protestation bouleversée. Qu'est-ce qui t'arrive ? Ça fait deux semaines qu'on ne s'est pas parlé et on dirait que le ciel t'est tombé sur la tête ! Je ne peux pas croire que tu m'as tirée du boulot, le jour de l'année où je suis le plus occupée, pour me raconter une telle ânerie !

— Tiens, Alma aussi est très occupée aujourd'hui », lâche Iris, qui se rabat sur leur sujet de conversation récurrent, son Alma et la Shira de Dafna, leurs filles respectives se sont liées en maternelle et ont entraîné leurs mères dans le sillage de leur amitié. Si elle hésite encore à lui raconter le plus important (figure-toi que j'ai revu Ethan, tu te souviens que je t'ai parlé de lui, c'était mon premier petit copain), c'est parce que sa confidente et meilleure amie a parfois du mal à ne pas répéter certaines choses à son mari, et lui, qui ne sait pas tenir sa langue, serait capable de laisser échapper un indice devant Micky, lors d'une rencontre à quatre. Non, elle ne dirait rien, il faut d'abord qu'elle parle à Ethan, il s'agit d'un secret qui ne les concerne que tous les deux, oui, les voilà déjà, après presque trente ans de rupture totale, avec un secret en commun, et même s'il n'est pas encore au courant, ce secret les lie l'un à l'autre, d'ailleurs peut-être est-il au courant, peut-être est-ce pour cela qu'il s'est enfui du cabinet de consultation avec une telle précipitation, peut-être l'attend-il depuis cette visite, peut-être espère-t-il la voir revenir seule, peut-être lit-il la liste des patients en y cherchant son nom, peut-être sort-il de temps en temps scruter le couloir. Il venait parfois l'attendre après les cours et le voir dès qu'elle émergeait de sa classe lui causait un plaisir à nul autre pareil, elle avançait vers lui telle une fiancée émue qui va rejoindre son promis sous le dais nuptial. Elle en oublie de respirer un court instant et sent qu'elle ne pourra pas se retenir, exactement comme Joseph juste avant qu'il ne dévoile son identité à ses frères, faites sortir tout le monde d'ici.

« Je dois filer », déclare-t-elle abruptement, et Dafna en reste bouche bée, « c'est un peu fort, non ? Tu m'obliges à sortir du bureau et maintenant c'est toi qui dois partir ? Qu'est-ce qui t'arrive ?

— Excuse-moi, j'ai oublié que j'avais un rendez-vous très important, je suis vraiment désolée, je te revaudrai ça », prétexte Iris qui, déjà debout, voit le regard désolé de son amie se baisser vers l'énorme salade qu'on vient de lui servir.

« Eh bien, je vais leur dire de me l'emballer, je te jure que je ne te comprends pas. Tu me racontes que Micky te trompe mais ça fait des années que je ne t'ai pas vue aussi belle… à moins que ce ne soit toi qui aies une liaison ? Il est avec qui, ce rendez-vous si important ?

— Avec mon passé. J'ai rendez-vous avec ce qui fut. »

Elle l'embrasse sur la joue, mais Dafna, qui a mal compris, sursaute, « ce tissu ? Quel tissu ? Tu vas chez une couturière ? Qu'est-ce que tu racontes ? », essaie encore de la retenir par la main, mais Iris éclate de rire, « laisse tomber, je t'expliquerai plus tard, je dois y aller avant que le courage ne m'abandonne ».

En fait, plus le temps passe, plus son courage semble se renforcer au contraire, aurait-elle été ensorcelée au cours de la nuit précédente parce qu'elle a dormi seule dans leur grand lit, tandis que Micky, de l'autre côté de la cloison, s'était glissé dans celui d'Alma ? Pour la première fois depuis des lustres, ils avaient échangé les chambres et pour la première fois depuis des lustres elle s'est vraiment penchée sur le cas de son mari, utilisant la même technique qu'avec les plus difficiles de ses élèves, les plus mystérieux, elle en choisit un et s'y accroche, essaie de cerner ses motivations, de trouver par quel biais l'atteindre. Tout au long de cette nuit solitaire, elle a réfléchi à son conjoint en termes similaires jusqu'à ce qu'elle arrive à le remodeler en une image qui lui paraisse adéquate, mais dès cet instant, dès que cette image s'est parfaitement clarifiée, elle est allée rejoindre tout un tas d'autres images sur terre, s'est ajoutée à celles qui ne la concernent pas particulièrement, qui ne l'engagent pas particulièrement, celles pour lesquelles elle ne ressent rien de particulier.

Parce que la seule chose qu'elle ressent, c'est l'urgence de retourner là où elle a retrouvé Ethan, une urgence familière car remontée de sa jeunesse et qui implique de ne pas encore avoir rencontré Micky, la journée où elle a revu son premier amour appartient à une époque antérieure et s'est soudain faufilée dans sa vie présente, la projetant, elle, avant sa rencontre avec celui qu'elle allait épouser, logique donc qu'elle ne se sente concernée ni par son mari, ni par ce qu'il a vécu.

Mais alors, par quoi est-elle concernée ? La musique qui jaillit de ses haut-parleurs l'enveloppe, elle frissonne sous ces sons vibrants qui s'enroulent autour d'elle, le violoncelle et le piano s'accompagnent le long d'un chemin rocailleux, se répondent et se confondent, elle arrive au sommet de la côte, sous ses yeux apparaît l'image d'un jeune homme et d'une jeune fille ailés qui circulent le long d'une échelle dont le haut touche les cieux, quand l'un monte, l'autre descend, si bien qu'ils ne se croisent qu'un court instant avant de continuer dans les directions opposées qu'on leur a imposées. Il est la vie, elle est la mort, il est la mort, elle est la vie, qui donc les a condamnés à une séparation éternelle ? La vie et la mort ne sont-elles pas imbriquées, elle se souvient de ces longues semaines passées dans son lit d'adolescente, sans pleurer, sans bouger, sans sentir ni la faim ni la soif, prostrée dans sa petite chambre obscure. L'inclinaison et la puissance des rayons du soleil avaient beau varier à travers les fentes de son volet, peu lui importait : si elle ne pouvait plus voir Ethan, elle ne voulait plus rien voir, si elle ne pouvait plus parler avec Ethan, elle ne voulait plus rien dire, si elle ne pouvait plus entendre sa voix, elle ne voulait plus rien entendre. Parfois, elle croyait qu'il l'appelait, qu'il lui revenait, mais ce n'était de toute façon plus lui, car le garçon qui avait été capable de la quitter aussi brutalement n'était pas l'Ethan qu'elle connaissait et qu'elle avait perdu à tout jamais, ne lui restait donc qu'à se coucher sur le dos, rétrécir de plus en plus, avalée par le matelas avalé par le lit avalé par le sol avalé par la terre, le plus important étant de ne rien faire, c'est là que tôt ou tard elle arriverait, il ne faut que de la patience pour disparaître totalement.

Parfois, des éléments étrangers faisaient irruption dans sa chambre, la dérangeaient, essayaient de saboter son plan : leur médecin de famille, la psychologue du lycée, sa prof principale, toutes s'asseyaient à son chevet et tentaient une conversation sincère, mais elle ne les entendait pas car leur voix n'était pas celle d'Ethan. Ces visites se soldaient par des chuchotements de l'autre côté de la cloison, on proposait une hospitalisation que sa mère refusait systématiquement, avec une énergie égale. Elle se souvient aussi vaguement que les jumeaux étaient terrorisés et que Yoav, le plus sensible des deux, se faufilait jusqu'à son lit pour la supplier de guérir, mais elle se fichait de ses jérémiades autant que de sa propre guérison.

Laissez-moi partir, voilà ce qu'elle voulait leur dire, abandonnez-moi comme je vous abandonne, ça vous paraît difficile alors qu'en réalité rien de plus aisé. Seule la grande imposture permet à l'humanité de perdurer, elle cache aux êtres humains que le renoncement est plus facile que l'entêtement, mais dès qu'on l'a compris, cela revient à avoir mordu en cachette dans le fruit de la connaissance, on découvre le goût abominable de la vanité de toutes choses et à partir de là, le retour n'est plus possible : à quoi bon manger, boire, se laver et s'habiller, à quoi bon partir et revenir, travailler, étudier, à quoi bon se marier, à quoi bon faire des enfants.

En fait, même aujourd'hui, elle ignore précisément comment elle s'en était sortie. Dans la perfusion qu'on lui avait posée alors qu'elle était déjà trop faible pour résister, le médecin avait sans doute mis quelques gouttes d'un élixir de vie qui avaient finalement réussi à la tirer des abysses de son chagrin et à lui procurer, fût-ce artificiellement, le minimum nécessaire à la guérison. Tel un bébé qui apprend à marcher, elle avait apprivoisé des fonctions vitales presque toutes perdues et était revenue lentement et prudemment vers le monde. Sauf que dans ce monde-là, il n'y avait plus d'Ethan Rozenfeld, si bien que pour elle il ne s'agissait pas d'un retour mais de la découverte d'une réalité neuve, assez terne à vrai dire, qui la laissait presque indifférente, seule une énergie basique l'avait poussée chaque jour à remplir ses obligations, puis à s'en acquitter avec excellence, jusqu'à ce que, patiemment, cette énergie s'étoffe de nouveaux contenus, que son univers se repeuple, mais à présent qu'elle se glisse, au prix d'un gros effort, dans la même place de parking minuscule qui semble l'avoir attendue depuis sa précédente venue, toute cette reconstruction lui paraît n'être qu'une vaste illusion.

C'est pourquoi elle avance le long des couloirs en serrant les mâchoires comme si elle traversait des fleuves déchaînés, elle escalade des volées de marches, son cœur bat la chamade, elle marche vite malgré la douleur, surtout ne pas être en retard, elle jette de temps à autre un coup d'œil sur sa montre comme si elle avait un rendez-vous. Bientôt midi, regarde-t-il lui aussi sa montre en se demandant quand elle viendrait ? Et que fait-elle, coincée face aux collines boisées dans cet étrange couloir brûlant qui ne mène nulle part alors qu'elle est si pressée ? En nage, elle est obligée de faire demi-tour et de s'enquérir de la bonne direction, la fois précédente, Micky l'avait guidée et le chemin avait été beaucoup plus court, d'ailleurs comment avait-elle pu avoir la naïveté de ne pas s'étonner qu'il s'oriente si bien, enfin une flèche lui indique de continuer tout droit, alors elle continue tout droit, de tourner, alors elle tourne, ça y est, c'est là, elle l'a rejoint, essoufflée, en sueur, hors d'elle, mais que faire, n'est-ce pas dans cet état que l'on arrive à un rendez-vous avec son passé ?

La porte est fermée et il y a beaucoup de monde devant, de nombreuses personnes attendent l'aide du médecin, comment briser cette barrière de douleurs, comment d'ailleurs pénétrer dans le cabinet, aucun des patients assis là ne lui cédera une si désirable consultation, et son propre rendez-vous est dans longtemps, dans presque deux semaines. Devant l'expression sévère d'une secrétaire qui surveille les allées et venues, elle hésite à baisser la poignée, la situation est plus compliquée que prévu. Et si elle tentait de se faufiler en vitesse dès que quelqu'un sortirait, juste le temps de lui dire qu'elle était là, ou plutôt de lui dire qui elle était ? Inenvisageable, tout le monde lui sauterait dessus, les gens qui souffrent ne sont pas très patients, elle examine les premières personnes de la file, une jolie fille rondouillarde est assise tout près de la porte, elle a une abondante chevelure brune et frisée et les yeux braqués sur une tablette qu'elle effleure du bout des doigts, Iris se penche vers elle et chuchote, comme si elles ourdissaient quelque complot contre tous les autres, « c'est vous la suivante ? Accepteriez-vous de me laisser entrer avec vous, je ne resterai qu'un court instant, je n'ai qu'un mot à lui dire, après je ressors, il s'agit de quelque chose de très grave, vous voulez bien ? ».

La jeune femme lève les yeux et fronce les sourcils pour marquer qu'elle est interloquée par un tel culot, pourtant elle accepte d'un bref hochement de tête agacé, on dirait qu'elle s'en veut de ne pas pouvoir refuser autant qu'elle lui en veut d'en profiter, « d'accord, à condition que vous ne restiez pas plus d'un instant », marmonne-t-elle avant de se concentrer de nouveau sur sa tablette, sourde aux remerciements chaleureux d'Iris qui s'adosse au mur et scrute la porte ainsi que le nom inscrit dessus. Quelle incroyable coïncidence, qui eût cru un tel miracle possible : elle, debout devant une porte sur laquelle était inscrit le nom d'Ethan… mais soudain son assurance vacille, parfois, ils échangent leur planning sans daigner en informer les envahisseurs du couloir, ça lui est arrivé à plusieurs reprises, « dites-moi, c'est bien la consultation du docteur Rozen ? » demande-t-elle en se penchant vers la jeune fille qui, arrachée à ses occupations, regarde le nom sur la porte puis de nouveau sa tablette comme si la réponse y figurait, « je pense que oui », répond-elle sereinement, ça n'a pas l'air de la préoccuper outre mesure, Iris la remercie et au moment où elle louche discrètement vers l'écran lumineux, elle n'en croit pas ses yeux et discerne, perplexe, l'échiquier familier, ce damier vieillot, alternance de cases crème et brunes, qui ressemble tant à celui de son père. Comment ne pas y avoir pensé plus tôt ? C'est d'elle que Micky lui a parlé la veille, elle, sa collègue de travail, c'est-à-dire peut-être sa maîtresse, bien qu'en la regardant cette hypothèse paraisse infondée, cette fille est trop jeune et trop jolie avec sa courte robe à rayures, pourquoi voudrait-elle de Micky ? Pourtant, ils ne doivent pas être très nombreux à jouer au blitz dans un couloir d'hôpital, serait-ce ridicule d'imaginer que Micky lui a refilé son virus si peu commun ? Cela expliquerait aussi la facilité avec laquelle elle a accepté de la laisser entrer, quelques minutes avec le médecin en contrepartie d'un emprunt de mari, « ça alors, vous jouez au blitz ! Mon mari aussi. Il n'arrête pas ! » tente-t-elle sur un ton anodin, mais l'autre lui renvoie un regard hermétique, très proche de celui de Micky quand elle le dérange au milieu d'une partie.

« Pas maintenant, je suis occupée », répond la jeune femme qui déplace les pions du bout des doigts, ses boucles recouvrent l'écran et Iris la détaille, inquiète, est-elle au goût de Micky ? Que sait-elle du goût de Micky en matière de femmes ? Est-il attiré par les maigres, les rondes, les petites, les grandes, les blondes, les brunes ? Quand ils se sont rencontrés, elle était très maigre avec des cheveux longs, au bout de quelques années, elle avait totalement changé d'aspect sans que l'attirance qu'il éprouvait pour elle en soit affectée. Avant elle, il avait eu une petite amie totalement différente, une rousse pulpeuse et excitée. Apparemment, le physique n'entrait pas trop en ligne de compte pour lui, donc pourquoi ne serait-il pas attiré par cette fille-là, aux yeux aussi bruns que les cheveux, à la peau lisse et qui a glissé ses pieds aux ongles vernis de rouge dans des sandales dorées. Si ce n'est qu'un instant plus tard elle oubliera toutes ses cogitations parce que la porte s'ouvrira, une petite vieille aux cheveux blancs en sortira les mains si pleines de papiers que l'un d'eux tombera sur le seuil, Iris se penchera pour le ramasser et au moment où elle se redressera, elle le verra debout devant elle, la fixant d'un regard en point d'interrogation tandis qu'entre ses deux yeux sa ride se creusera de plus en plus.

Lentement, elle s'approchera d'un pas, peut-être de deux, cela durera très longtemps – parce qu'elle ne sait pas marcher, elle vient, aujourd'hui même, de se relever de son lit d'immobilité, c'est la première fois et elle doit tout réapprendre –, elle tendra les bras vers lui et, frissonnante, s'accrochera à son cou malgré la porte restée ouverte, malgré la jeune patiente qui a bondi, prête à défendre jalousement son tour.

Quelle surprise de constater qu'il lui répond aussitôt, la plaque contre lui, « c'est bien toi, n'est-ce pas ? » chuchote-t-elle parce que, dans cette étreinte, elle ne voit pas son visage, il ne confirme ni n'infirme, « attends-moi », c'est la seule chose qu'il dit avant de la raccompagner à la porte.

Elle s'assied comme dans un rêve sur la chaise tout juste libérée par la brunette qui s'engouffre à présent dans le cabinet du docteur, elle sent, sur sa peau qui continue à frissonner, le contact des doigts froids qu'il y a posés, alors elle croise les bras sur sa poitrine et cache de ses mains ce précieux contact.

Les heures suivantes, elle recommencerait encore et encore, elle remarcherait vers lui lentement et retendrait les bras vers son cou, elle lui redemanderait, « c'est bien toi, n'est-ce pas ? », seul le dénouement changerait parfois, a-t-il dit « attends-moi » ou au contraire « ne m'attends pas », l'a-t-il accompagnée ou expulsée comme à l'époque, « j'en ai marre, c'est trop pesant, je veux vivre ».

Elle reste assise, immobile, la fille qui lui a permis d'entrer est déjà ressortie (non sans lui avoir lancé un regard intrigué), c'est maintenant au tour d'un homme d'une effroyable maigreur qui porte des chaussures de sport à la blancheur éclatante bien qu'il ait du mal à marcher (alors courir ?), lui aussi ressort avec des papiers à la main, une femme se précipite ensuite à l'intérieur, elle semble avoir le même âge qu'Iris mais un crâne chauve qui doit assurément lui rappeler la maladie de sa mère, la mettra-t-il à la porte en prétextant qu'il veut vivre ?

Eh bien non, celle-là reste justement plus longtemps que les autres, et quand elle finit par réapparaître, un sourire blême étire encore ses lèvres, lui succède un vieil homme accompagné de sa fille qui ne cache pas son impatience. Tout ce temps, Iris ne bouge ni les bras ni les jambes et n'ouvre pas son sac, malgré les protestations émises de temps en temps par son portable. Elle l'attend, comme il le lui a ou non demandé, peu importe, elle l'attend, d'ailleurs ce n'est peut-être pas lui qu'elle attend, mais leur passé commun. Car elle sent qu'aucun des actes qu'elle a accomplis depuis leur histoire, aucune expérience vécue, aucun sentiment éprouvé n'a été à la hauteur de ce passé-là.

Il y a des vies qui se construisent pas à pas, brique par brique, atteignent leur point culminant, se stabilisent, puis lorsque vient le déclin, il est annoncé et naturel, mais il y a d'autres vies qui ont commencé à décliner presque dès le début pour cause d'apogée précoce, la sienne par exemple, et même si cette évidence ne lui a pas sauté aux yeux plus tôt, elle le savait aussi à l'époque, c'est pour ça qu'il n'y a pas vraiment de lien entre l'adolescente qu'elle a été et la femme qu'elle est devenue, ou alors un lien si ténu qu'il ne peut tenir une vie entière, d'autant qu'il y manque une pièce maîtresse. Comment a-t-elle eu la naïveté de croire qu'elle bâtirait une ossature solide sans cet élément central et qui se trouve présentement assis derrière la porte fermée, alors elle garde les yeux braqués dessus sans oser relâcher la tension, elle a trop peur de rater une nouvelle occasion de le voir, d'entendre sa voix, ne serait-ce que fugitivement.

Étrange qu'il ne sorte pas de son cabinet, aurait-il peur d'elle ? Elle pensait l'apercevoir de temps en temps, le suivre discrètement des yeux quand il passerait dans le couloir pour aller donner un conseil urgent à quelque collègue, comme il l'avait fait pour elle. Dire qu'elle s'était retrouvée allongée sur cette table d'examen, offerte à son regard ! Était-ce parce qu'il l'avait reconnue qu'il s'était enfui si précipitamment ? Ce soir-là, en rentrant chez lui, avait-il raconté à sa femme qu'il avait revu son amour de jeunesse ? Tu ne devineras jamais qui j'ai croisé aujourd'hui à l'hôpital, ma première petite amie, celle que j'ai quittée, j'ai eu du mal à la reconnaître tant elle a changé.

Penser à celle qu'il a épousée la contrarie, elle scrute, inquiète, la file d'attente qui ne diminue pas, de nouveaux patients remplacent ceux qui s'en vont, le monde est plein de douleurs qui convergent toutes dans ce couloir. Est-ce ainsi que le Créateur assis dans les cieux voit le cycle de la vie, les anciens s'en vont, les nouveaux arrivent, difficile de les différencier, ils se ressemblent tous parce qu'ils souffrent tous, comment l'homme qui lui a fait tant de mal prétend-il soulager le mal ? Quel paradoxe ! Est-ce une manière de se racheter ? Tu te trompes de cible, lui dirait-elle, on ne peut demander réparation qu'à la personne qu'on a blessée, il n'y a ni substitution, ni contournement possibles, Dieu ne peut pas absoudre ce genre de péchés, alors comment un simple mortel le pourrait-il ?

D'un autre côté, pourquoi l'accuser ou attendre un réel repentir ? Il n'était qu'un enfant, à peine plus vieux que son Omer aujourd'hui, un gosse livré à lui-même, perdu et terrorisé. Il n'y est pour rien si elle a tant souffert, et elle ne peut pas lui reprocher de l'avoir fuie comme on fuit l'ange de la mort. C'était la façon qu'il avait trouvée pour surmonter la perte de sa mère. Fou de chagrin, il voulait échapper au deuil et le lui a laissé, à elle, en dépôt. Sinon, jamais il n'aurait disparu aussi cruellement et pendant aussi longtemps, avait-il vraiment cherché à la revoir ?

Une femme au visage jauni par la maladie, la tête couverte d'un foulard, s'assied à côté d'elle en poussant un profond soupir, elle porte un tee-shirt imprimé de petits cœurs souriants, le fossé entre les vêtements et ceux qui les portent est encore plus criant ici qu'ailleurs. Le matin de l'attentat, elle portait une simple marinière, tenue parfaite pour un pique-nique champêtre, elle avait effectué un vol plané comme si elle ne pesait presque rien, mais lorsqu'elle avait atterri entre les corps déchiquetés, les bris de verre, les éclats d'obus, les objets tombés des sacs, les belles rayures de son tee-shirt s'étaient couvertes de sang et, bien qu'elle ait explicitement demandé à sa mère de laver et de conserver son tee-shirt, celle-ci s'était empressée de le jeter à la poubelle : elle qui avait toujours critiqué les tee-shirts marins de sa fille, trop jeunes pour elle à ses yeux, avait profité de l'occasion pour en éliminer au moins un. Depuis, Iris aussi en avait perdu le goût et les avait tous donnés (avec la plupart de ses vêtements qui, après sa blessure, ne lui allaient plus) à une association pour femmes battues. Elle repense à la robe rayée que portait la jeune joueuse d'échecs, de nouveau des éléments fortuits s'assemblent en une image provocatrice et menaçante, étrange comme des vies parallèles se heurtent soudain alors qu'elles n'auraient jamais dû se croiser, mais doit-elle vraiment y lire une menace ? La rencontre qu'elle attend avec tant d'impatience n'aurait jamais dû se produire elle non plus, à moins qu'au contraire ce soit la rupture d'alors qui n'aurait jamais dû se produire.

Jusqu'à quand attendre ? Au moins dix malades sont sortis du cabinet depuis qu'elle est là, elle s'est déjà familiarisée avec la répétitivité de cette consultation, chaque patient reste à l'intérieur environ un quart d'heure, parfois plus, Ethan en voit donc des dizaines par jour. Combien d'entre eux arrivera-t-il à soulager ? Et pour combien de temps ? Personne ne repart les mains vides, ils reçoivent tous des ordonnances sur papier blanc, tous paraissent plus détendus et le gratifient, en partant, d'un sourire reconnaissant – c'est du moins ce que porte à croire l'expression qui imprègne encore leur visage au moment où ils réintègrent le couloir et leur vie. Ressortira-t-elle, elle aussi, en souriant ? Recevra-t-elle, elle aussi, des ordonnances sur feuille blanche ?

Elle se surprend à sourire parce qu'elle se revoit assise avec lui sur son lit, cernée de feuilles blanches, en train de l'aider à réviser. Elle avait un an de moins, n'était qu'en première, mais réussissait à le faire travailler même sur les sujets qu'elle n'avait pas encore étudiés, grâce à la patience de son amour total. Il avait du mal à l'écouter, manquait d'attention, comment donc a-t-il réussi ses études de médecine, lui qui n'aurait jamais décroché son bac sans elle ? Autant elle avait des facilités scolaires, autant il n'arrivait pas à se concentrer, le temps lui manquait toujours pendant les contrôles et à l'époque le système était beaucoup moins compréhensif qu'aujourd'hui. Un garçon qui s'occupait seul de sa mère malade n'avait droit à aucun traitement de faveur, pas même à ses propres yeux. Qu'est-ce qu'il s'en voulait de ne jamais finir, d'oublier une question, de perdre des points par étourderie, le pire étant qu'il n'arrivait plus à se rappeler les réponses qu'elle lui avait données la veille. Assise à côté d'Ethan sur le lit encore couvert de feuilles de cours, elle devenait alors source de réconfort, arrête de te culpabiliser, tu as d'autres choses à penser, alors évidemment que tu as du mal à mémoriser, tu as des circonstances atténuantes.

Il s'allongeait sur le dos, rajustait l'oreiller derrière sa tête, sollicitait tous les muscles de son beau corps pour intérioriser ce qu'elle expliquait et réexpliquait, elle avait révisé avec lui les systèmes d'équations, les guerres mondiales, l'histoire du sionisme, le pouvoir législatif et le pouvoir exécutif, les règles de grammaire, un des derniers romans d'Agnon et un des premiers poèmes de Bialik, mais justement la biologie n'était le point fort ni de l'un ni de l'autre. Elle se souvient du soulagement qu'elle voyait se peindre sur son visage chaque fois qu'il comprenait quelque chose, comme il était mignon, il l'embrassait avec enthousiasme et claironnait la réponse. Elle avait pris tellement de plaisir à l'aider scolairement que c'était peut-être ces moments d'enseignement, de transmission des savoirs dans la joie et l'amour qui l'avaient inspirée lorsque, une fois sortie de sa dépression, elle avait dû se choisir une vie, une voie. Pendant son service militaire, elle était devenue soldate enseignante, puis avait étudié les sciences de l'éducation (au grand dam de sa mère qui espérait pour elle une carrière juridique). Dire que lui, son tout premier élève, ce gosse lent et bouché, avait miraculeusement réussi sa médecine sans qu'elle l'ait aidé, sans même qu'elle n'en ait rien su !

La porte s'ouvre, en sort le gamin à béquilles qui boite

légèrement, il est resté presque une demi-heure à l'intérieur, le suivant va bientôt entrer, un homme ventripotent qui bondit de sa chaise avec impatience, mais quelque chose s'est enrayé dans ce cycle, car un autre homme émerge du cabinet et referme la porte derrière lui sans que personne ne le remplace. Débarrassé de sa blouse blanche, il ressemble à un patient, mince, un peu voûté, le visage fatigué, la chemise fripée, un patient qui sort du cabinet les mains vides et le cœur gros, parce qu'il ne sourit pas et lui dit juste, « viens ».

Avec ses longues foulées, il marchait toujours plus vite qu'elle, et maintenant aussi, elle court presque derrière lui dans les couloirs. Au moment où il l'a extraite, elle et personne d'autre, de cette rangée humaine rassemblée près de sa porte, elle n'a ressenti qu'une vive exaltation, mais le suivre à présent dans les escaliers qu'il dévale au pas de course, un étage après l'autre, comme s'il la fuyait, la met mal à l'aise, ils débouchent dans le service glacial de chirurgie qu'elle reconnaît, là il se retourne pour la première fois, s'assure qu'elle est bien derrière lui et indique de la main une des salles d'attente.

Pas de fenêtre dans cette pièce, personne ne pourra les surprendre, personne ne pourra voir qu'il se jette à son cou, la serre dans ses bras, « Irissou, chuchote-t-il, Irissou », des mains, il lui caresse les cheveux, lui palpe le visage en aveugle, contact à la fois étranger et familier, elle aussi ferme les yeux, se plaque contre lui, c'est bien Ethan et ses mains s'en souviennent, c'est bien elle et son corps le sait, ce sont bien eux et leur amour amputé qui, hors de l'espace et du temps, est resté éternel, palpitant depuis presque toujours.

Jusqu'à ce qu'il s'écarte un peu, la pousse vers le fauteuil inconfortable pour qu'elle s'y assied, place en face d'elle un autre fauteuil de sorte que leurs genoux se touchent, s'y installe et, les yeux dans les yeux, lui dise d'une voix douce, « tu m'as retrouvé, Irissou, je me sens comme un coupable qui vient de se faire attraper.

— Ne t'inquiète pas, je te relâche tout de suite », se hâte-t-elle de répondre, vexée, perplexe aussi car ces mots ne conviennent pas aux gestes émus qu'il a eus, « non, ne me relâche pas, je suis content que tu m'aies attrapé, ça fait des années que je veux te demander pardon ».

De nouveau elle se vexe, quoi, ce n'est que pour ça qu'il est content de la voir, ravi à la pensée qu'il pourra ensuite vaquer à ses occupations en n'ayant plus rien sur la conscience, alors elle réplique froidement, « ça fait longtemps que je t'ai pardonné, tu n'étais qu'un enfant, un pauvre orphelin », elle détaille chaque ride, chaque tache sur son visage, même sa barbe n'est pas fiable, presque tous les poils en sont gris mais elle paraît blanche, et que dire de ses yeux, si jeunes, si clairs mais dont les paupières tombent un peu, des yeux entre lesquels se creuse un profond sillon alors que son front est resté lisse. Tantôt elle le voit tel qu'il est maintenant, tantôt tel qu'il était à l'époque, est-ce ainsi qu'il la voit, de ces yeux qui la scrutent, étrangement elle n'est pas du tout embarrassée, à croire que sa peau est aussi ferme qu'avant.

« On était tous les deux des orphelins, dit-il, mais maintenant que j'ai une fille de ton âge, je sais que si quelqu'un la traite comme je t'ai traitée, je le tuerai », et elle le raille, « de mon âge ? Je vais bientôt avoir quarante-cinq ans.

— Bien sûr. De l'âge que tu avais à l'époque.

— Et moi, malheureusement, je n'avais pas de père pour venir te tuer, tu es donc toujours en vie. Comment s'appelle ta fille ?

— Myriam », il prononce le nom avec une telle tristesse qu'elle hoche la tête, évidemment, jamais il n'aurait pu lui donner un autre prénom que celui de sa mère, la sublime Myriam Rozenfeld est devenue Myriam Rozen, une adolescente sans doute mince, élancée, aux yeux clairs.

« Elle lui ressemble ? demande-t-elle en chuchotant sans raison.

— Moins que je ne l'espérais. Je ne l'ai pas faite tout seul, comme tu t'en doutes, elle est beaucoup plus blonde que ma mère mais il y a quand même une certaine ressemblance », et cette réponse lui noue la gorge car elle pense soudain à la fille qu'ils auraient dû avoir ensemble, leur petite Myriam à eux, avec des cheveux bruns et des yeux bleu-vert, une Blanche-Neige taillée sur mesure. Est-ce pour ça qu'Alma lui en veut tant, elle qui, depuis sa naissance, sent qu'elle n'est pas la fille que sa mère attendait ?

« Tu n'as rien à regretter. Toi aussi tu as des enfants, non ? J'ai lu dans ton dossier, mariée, deux enfants, dit-il, le regard mouillé d'une sombre émotion.

— Tu m'as tout de suite reconnue ?

— Quelle question ! » et il cite le roman d'Agnon qu'elle lui faisait travailler à l'époque, « un corps tel que le tien peut-il s'oublier ? ». Elle sourit, reconnaissante, « je pensais que j'avais totalement changé », il secoue la tête, encore et encore, un sourire juvénile lui étire les lèvres, « pour moi, tu es restée la même, mon Irissou à moi », et ses doigts confirment ses dires, qui lui caressent le visage comme s'ils n'avaient jamais cessé de le faire.

« Dois-je te croire ? » proteste-t-elle, heureuse, tandis qu'elle aussi voit le visage actuel d'Ethan se brouiller et, autour du sourire familier, se recréer le visage de l'adolescent qu'il était, son adolescent à elle. Elle sent son corps se remplir d'amour comme si elle n'avait été jusqu'alors qu'un puits vide qui enfin retient une pluie bénie, un puits fendu qui vient d'être réparé et se transforme en réceptacle, convergent en elle toutes ces grandes eaux qui ne peuvent éteindre l'amour, ces fleuves qui ne peuvent le noyer et lui font oublier le temps, ressoudent la fracture. Elle se souvient d'un dicton qu'elle a entendu, le mal d'amour ne sera guéri que par celui qui l'a causé, elle pose les doigts sur ceux d'Ethan, il lui caresse toujours le visage, elle a des tas de phrases et d'adages qui lui viennent soudain à l'esprit, tout est bien qui finit bien, mieux vaut tard que jamais, nous vivions tous les deux ensemble, on n'oublie rien de rien.

« Je dois retourner à ma consultation, on m'attend », dit-il après avoir jeté un coup d'œil sur le portable vibrant qu'il sort de sa poche. Une fois debout, il l'attire de nouveau contre lui, elle lève le menton et leurs lèvres se rencontrent, tremblantes et haletantes comme si jamais elles n'avaient été embrassées, elle ne sent pas le contact des poils de barbe, mais celui des joues glabres de l'adolescent qu'il était, et même si, à l'époque, il avait une bouche plus charnue, elle dégageait déjà cette odeur d'hôpital, de détergent et de médicaments.

« Merci de m'avoir pardonné, il parle d'une voix rauque, lui souffle ces mots à l'oreille comme si tel était le but de leur rencontre. Irissou, je dois vraiment y aller. » Il la lâche avec une soudaineté abrupte, franchit le seuil de la pièce, « Ethan, attends un instant », lance-t-elle, il s'arrête mais dans le couloir un jeune médecin en tenue bleue de chirurgien l'interpelle, elle le regarde, ça y est, il n'a plus le même visage, a retrouvé son expression sévère et distante, quand il se tourne vers elle, elle dit juste, « Ethan », en fait, elle est capable de répéter ce prénom du matin au soir, pendant des jours et des jours, jusqu'à ce qu'ils se revoient, et c'est ce qu'elle s'entend lui demander, « Ethan, quand est-ce qu'on se revoit ?

— Quand tu voudras », répond-il comme s'il n'y avait rien de plus simple, elle en reste stupéfaite, comment expliquer que ce qui était de l'ordre du souvenir, ce chapitre de sa vie hors de portée, presque interdit même à la pensée, obscur, effrayant, malsain, se soit soudain rouvert, et le voilà inondé de soleil, rafraîchissant et accueillant, une salle de torture métamorphosée en maison de repos. Il tire de sa poche une petite carte de visite, la lui tend, lui dit, « appelle-moi », et déjà son dos disparaît en haut de la volée de marches, elle retourne sur ses pas, longe le couloir bruyant, retrouve la porte qu'il a ouverte pour elle, la pièce fraîche dépourvue de fenêtre, les deux fauteuils face à face qui se désirent, et elle, ici et maintenant, frémissante d'émotion, passe la main sur ces lèvres qui ont été embrassées, sur ce visage qui a été caressé, se rassied à la même place, pose les pieds sur l'autre siège et ferme les yeux. Le visage de l'adolescent qu'il était se fait de plus en plus proche, bouche entrouverte, cils drus ombrageant les yeux, joues rosies par le soleil comme des joues de bébé, si elle rouvrait les yeux, elle verrait la cime du mûrier au-dessus d'eux. Ils étaient descendus dans le vallon, derrière l'immeuble d'Ethan, jusqu'à la source protégée par l'arbre, c'était la plus belle journée de l'année, la plus dorée, celle qui se glisse dans l'étroite fente d'après la froidure et d'avant la chaleur. La floraison de la fin de l'hiver était à son apogée, l'air gorgé de miel, peut-être que cela fut le seul jour où ils s'étaient vraiment autorisés à se comporter en amoureux, sans rien chercher d'autre, et ce fut aussi, Iris doit se l'avouer, le jour le plus heureux de sa vie, plus heureux que celui de son mariage ou de la naissance de ses enfants. Le contact du sol chaud et rocailleux sous son dos, le bel adolescent qui lui caressait les seins au bout desquels se dressaient des mamelons tout roses, elle qui s'accrochait à lui dans cet antique paysage en terrasses, forte de la certitude que rien, jamais, ne les séparerait. Elle se souvient qu'elle avait arraché des feuilles de mûrier pour les vers à soie que ses frères élevaient dans une vieille boîte à chaussures, qu'elle avait trempé les pieds dans la source tandis qu'il s'y plongeait, il lui avait crié de venir le rejoindre dans l'eau et elle avait demandé, pas très convaincue, « elle n'est pas trop froide ? ».

Si, la climatisation est de plus en plus froide et elle se ressaisit, non seulement trente ans ont passé mais aussi les courts moments de leurs brèves retrouvailles qu'elle veut revivre ne font plus partie du présent. Quelles ont exactement été les paroles échangées et qu'en déduire, que sait-elle de lui, presque rien en fait, qu'il a une fille de son âge, c'est-à-dire de dix-sept ans, qu'il a besoin de son pardon, qu'elle n'a pas changé à ses yeux, c'est presque trop beau pour être vrai, ou plutôt très mauvais, parce que par la brèche qui vient de s'ouvrir, c'est toute sa vie qui se déverse telles des eaux usées, elle ne veut plus rentrer chez elle, la seule chose qui lui importe, c'est de le revoir, trois décennies ne se sont pas écoulées, elle va rester là, dans cette pièce, elle lui envoie un message pour lui dire qu'elle n'a pas bougé de la minuscule salle d'attente connue des seuls initiés.

Sur l'écran bleuté qu'elle remarque pour la première fois se succéderont les initiales des patients opérés, peut-être les siennes devraient-elles s'y ajouter, I.E., elle ne s'est pas encore remise de la longue opération qui dure depuis presque trente ans et qui, à présent, se révèle avoir été totalement vaine, oui, en vain les équipes médicales se sont démenées pour séparer leurs deux corps : il aura suffi d'une seconde pour qu'Ethan se coule de nouveau dans son vide intérieur que personne n'arrivait à combler, ni Micky, ni ses enfants, ni son travail, un vide qui était resté béant, blessé, berné.

Elle fixe l'écran, tend un peu les jambes, même si les fauteuils sont durs elle cherche la meilleure position comme si elle se préparait à une longue attente et suit les informations laconiques mais capitales qui clignotent sur l'écran : les initiales, l'année de naissance, le sexe, le temps que dure l'intervention, voilà que M.D., né en 1938, est emmené en salle de réveil, il a exactement l'âge qu'aurait son père s'il était resté en vie. Aurait-il tué Ethan s'il était resté en vie ? Serait-elle moins morte si elle avait eu un père ?

Elle remarque que l'opération de R.L., une femme de son âge, s'éternise, elle est sur le billard depuis cinq heures du matin, où donc attend la famille ? Cette question la renvoie à sa propre famille qui l'a attendue dans une de ces salles il y a dix ans, Micky, les enfants et sa mère encore en bonne santé, du moins apparemment, la maladie avait commencé à donner ses premiers signes juste à ce moment-là, quand ils avaient dû mobiliser la grand-mère dont l'aide s'était transformée en fardeau, voire en danger, elle avait failli passer sous une voiture avec les enfants, une fois parce qu'elle s'était entêtée à traverser au vert, une autre parce qu'elle avait regardé du mauvais côté dans une rue à sens unique, sans compter les fois où elle leur avait préparé du bouillon de poule, oubliant qu'ils étaient végétariens – bref, chacune de ses interventions s'était terminée en catastrophe. Une famille en mille morceaux, voilà ce qu'ils avaient été pendant toutes ces heures et tous ces jours, ces semaines et ces mois où ses propres morceaux avaient été recollés grâce à des vis et des clous, où elle n'était plus qu'un Pinocchio désarticulé, une pitoyable marionnette en bois. La cassure et la découverte de leur vulnérabilité les avaient marqués d'un sceau indélébile et jamais ils n'étaient redevenus la famille d'avant sa blessure.

Ils paraissaient unis dans leur dévouement à s'occuper

d'elle mais, en profondeur, la cellule avait volé en éclats, comme son bassin : en un seul jour, ils étaient passés d'une insouciance pleine de vitalité à une maturité amère qui a perdu ses illusions et n'attend plus rien. Elle ne le comprend que maintenant, dans son sommeil, parce que, de ses yeux fermés, elle voit enfin la réalité. Il faut qu'elle parte, tout de suite, mais elle dort encore, comment s'enfuirait-elle aussi vite qu'une biche au fond des bois, ses paupières froides ne veulent pas s'ouvrir, ses bras entourent ses côtes glacées, le climatiseur devient à chaque instant plus agressif, quoi, elle a été transportée vivante à la morgue ?

C'est pour congeler le temps qu'il l'a guidée jusqu'à cette pièce, pour les ramener tous les deux à ces années-là, car ils ne peuvent pas s'aimer de nouveau, le monde a changé, de nouvelles histoires ont été contées, de nouvelles expressions créées, de nouvelles personnes sont nées, comme Omer et Alma, comme sa fille Myriam, des personnes qui se dressent à présent entre eux, oui, même au moment où il l'enlaçait, elle a senti des présences étrangères, son Micky et la femme d'Ethan, leurs adresses respectives, leurs crédits bancaires et leurs amis, tout ce qu'ils ont accumulé depuis tant d'années, mais c'est en vain qu'elle essaie d'imaginer l'endroit où il habite, sans doute une villa spacieuse et bien entretenue non loin d'ici, elle ne peut le voir que chez sa mère, dans le petit rez-de-chaussée de banlieue, là où il s'était planté devant elle à la fin des sept jours de deuil et lui avait annoncé sa décision sans appel. Allait-elle enfin libérer les pleurs si longtemps cachés sous ses yeux secs ? Affolée, elle se secoue, tremblante de froid, elle a le bout des doigts gelé et la gorge en feu, soudain un torrent de larmes se rapproche d'elle, s'engouffre par la porte dans sa salle d'attente secrète, elle est cernée par des bouches grandes ouvertes et comprend, terrorisée, que tous ces envahisseurs inconnus n'attendent rien car ils sont en deuil, que c'est justement dans cette pièce que se rassemblent ceux qui n'ont plus rien à attendre de l'écran d'information. « Maman, reviens, maman ! » hurlent-ils. Elle regarde de nouveau la liste des patients et constate que R.L. n'y figure plus, partie comme elle était venue, en laissant derrière elle un nombre incroyable d'endeuillés perdus qui se serrent à présent autour d'elle, ne lui reste qu'à faire semblant d'attendre, elle lève des yeux inquiets vers l'affichage numérique et les laisse se lamenter sur leur défunte.

« Les médecins sont tous des bouchers ici, l'avertit un homme d'environ son âge coiffé d'une kippa noire. Ils ont tué ma femme, c'est un meurtre perpétré de sang-froid. Elle n'avait rien, une opération bénigne, voilà comment ils détruisent les familles ! Votre mari est au bloc en ce moment ? Tirez-le de là tant qu'il est encore vivant, cet endroit, c'est l'enfer ! » Dès l'instant où ils ont remarqué sa présence, tous se pressent autour d'elle, croient-ils qu'elle a le pouvoir de les sauver ? Ils l'abreuvent de détails comme s'il y avait encore un moyen de réparer le dysfonctionnement fatal, on dirait ses petits élèves qui viennent lui demander, en pleine action, de régler un conflit et de désigner le coupable. « Je lui ai dit, à ma femme, que je la trouvais très jolie comme ça, pourquoi avoir besoin de cet anneau dans l'estomac ? », l'homme se balance d'avant en arrière comme s'il priait, « elle voulait maigrir, elle avait pris du poids à cause des grossesses et voulait maigrir, maintenant ses enfants sont orphelins, Dieu ait pitié ! », et il éclate en sanglots. À côté de lui, une femme épaisse avec un foulard noir sur la tête, sans doute la mère de la défunte, prend le relais en criant, « huit enfants ! Sa dernière grossesse, c'étaient des jumeaux ! Ils auront trois ans dans deux mois ! », et Iris les écoute, abasourdie, s'attendent-ils à ce qu'elle prenne les orphelins sous son aile ?

Le veuf continue, il bégaie un peu mais s'obstine à décrire les heures précédentes, Iris ne sait plus très bien si c'est à elle qu'il s'adresse ou aux autres, il explique comment ils ont compris qu'il y avait des complications et que plus rien ne serait comme avant, alors ils avaient commencé à lire les psaumes sans s'arrêter, « donne la victoire au roi et réponds, que du sanctuaire Il t'envoie du secours et que de Sion Il te soutienne », leur présence a fait monter la température dans la pièce et elle sent son corps se réchauffer un peu, elle voudrait s'éclipser le plus vite possible, mais comment les abandonner à leur chagrin. De temps en temps un parent se tourne vers elle et lui donne une précision supplémentaire, est-elle censée chroniquer leur drame ? En fait, c'est surtout le mari qui retient son attention, il s'appelle Tsion et continue à hurler, de plus en plus révolté, « un anneau ! Un anneau dans le ventre ! Qui a inventé un truc pareil ? Te voici sanctifiée à moi par cet anneau ! Mourir pour un anneau ? Maigrir, c'est ce qu'elle voulait, eh bien, voilà, tu vas beaucoup maigrir, quand les vers t'auront mangée, tu ne pèseras plus rien ! », il sanglote, imité par ses frères et ses sœurs, par les frères et les sœurs de la défunte aussi, par les plus grands de ses enfants, tous redoublent de sanglots jusqu'à ce que la colère contre les médecins les assaille de nouveau, « des assassins, ils l'ont tuée, ils détruisent des familles, tirez vite votre mari de là, avant qu'il ne périsse ! » la préviennent-ils, elle se raccroche à leur conseil qu'elle fait semblant de vouloir suivre en hâte, marmonne quelques formules de condoléances et d'empathie, sort précipitamment de la pièce, et ce n'est qu'en remontant au rez-de-chaussée qu'elle découvre que la nuit est déjà tombée, ne reste plus grand monde, le couloir devant le cabinet d'Ethan est vide, la secrétaire n'est plus là, et quand elle essaie de pousser la porte, elle la trouve verrouillée.

Plus personne ne traîne dans le service à part elle, comme si la douleur avait été éradiquée pendant qu'elle dormait, il n'y a que des urgences, toutes proches, que lui parvient un brouhaha effrayant. Ne devrait-elle pas s'y rendre au lieu de prendre la direction du parking, elle a l'impression d'être bouillante, sa gorge est douloureuse, elle claque des dents et son corps a transformé le froid emmagasiné en violents frissons qui tantôt la glacent, tantôt la brûlent, elle titube jusqu'à sa voiture, met le contact, allume le chauffage et reste là, les yeux fixés sur les fenêtres obscures. Une chaleur noire l'enveloppe, la chaleur d'une nuit d'été qui n'a pas de matin, de son sac elle tire son portable qu'elle a mis sur silencieux depuis des heures, tous ces appels auxquels elle n'a pas répondu, messages vocaux et SMS, des dizaines de mails, son adjointe a tenté de la joindre presque toutes les heures, Rachel de la mairie et Arié du ministère n'ont pas arrêté de téléphoner, plus des professeurs, des mères et des pères, l'inspectrice, Dafna, Prashant-de-la-part-de-maman, Micky laconique avec son : « *Tu es où ?* », et Omer qui voudrait qu'elle l'emmène chez Yotam et vienne le chercher ensuite, Micky qui redemande, « *tu es où, tout va bien ?* » puis qui se contente de lui envoyer un point d'interrogation, mais elle ne satisfait personne, si elle commence, elle n'en finira pas, ce n'est pas satisfaire qu'elle veut mais être satisfaite, alors elle prend la carte de visite qu'il lui a donnée quelques heures auparavant, recopie les chiffres dans ses contacts mais, au lieu de le noter sous son prénom ou son nom de famille, elle écrit : Douleur.

CHAPITRE 8

Que croyais-tu, qu'il te répondrait en plein dîner ? Qu'il dirait à sa femme, désolé, c'est mon ancienne amoureuse, se lèverait de table et irait s'isoler avec toi sur la terrasse, à l'abri d'oreilles indiscrètes ? Qu'il dirait à sa fille Myriam, c'est une femme que j'ai aimée et quittée quand elle avait ton âge, si quelqu'un te traite comme ça, je le tue ? Peut-être a-t-il aussi des enfants encore petits à qui il lit maintenant une histoire ou qu'il met au lit, il est donc dans l'impossibilité d'entendre son appel qui aimerait tant une réponse, alors elle laisse un message vague et lance le téléphone sur le siège passager.

Pourquoi avoir attendu qu'il soit si tard, comment as-tu pu t'endormir dans ce réfrigérateur mortifère, à croire que tu n'as pas dormi depuis des années, car même si te revoir l'a bouleversé, il s'est certainement ressaisi, a pesé le pour et le contre et a décidé de couper court à cette relation renouvelée, s'il t'a quittée quand tu avais dix-sept ans, en plein épanouissement et en plein amour, quoi de plus facile que de te quitter maintenant, à quarante-cinq ans et bien fanée malgré tes cheveux teints en noir vif, elle soupire, elle aurait dû battre le fer tant qu'il était chaud, l'appeler tout de suite et convenir d'un rendez-vous, ou alors guetter dans le couloir le départ de son dernier patient, mais voilà, le fer s'est tellement refroidi en salle d'attente qu'elle-même en tremble, elle a aussi l'impression d'avoir des piques dans la gorge, elle doit rentrer chez elle au plus vite et se mettre au lit, Micky s'inquiète et même Omer doit sentir son absence, elle lui a promis qu'ils réviseraient ensemble son bac blanc d'anglais, pourtant ce n'est pas vers eux qu'elle roule avec les dents qui claquent de plus en plus, mais vers l'appartement qu'elle a vu en dormant, l'appartement de la mère d'Ethan. Elle a sans doute de la fièvre, sa tête lourde dodeline comme celle de la malade d'antan, tu sais très bien que tu ne les trouveras pas là-bas, ni elle ni lui, le petit rez-de-chaussée a certainement été vendu ou mis en location, ce n'est pas là-bas que vos retrouvailles se poursuivront, seule votre rupture est restée en la demeure, tout comme ton corps brûlant qui continue à se consumer.

Des dizaines d'années qu'elle n'a pas osé s'approcher de cet endroit, maintenant elle conduit trop vite et les yeux presque fermés, croit-elle que quelqu'un l'attend dans le deux pièces mal entretenu situé au rez-de-chaussée de l'immeuble d'un quartier qui, à peine construit, avait déjà l'air vieux. Sa voiture semble se souvenir d'un trajet qu'elle n'a jamais emprunté, Iris se gare en face de l'arrêt du bus où ils s'asseyaient tous les deux enlacés, après leurs nuits de rêves enamourés et d'amour rêvé, ils allaient au lycée ou à l'hôpital, parfois aussi elle était obligée de rentrer pour aider sa mère avec les jumeaux, en général il attendait avec elle, lui tenait la main ou lui entourait les épaules, jeunes corps qui se mêlaient l'un à l'autre sans avoir à y réfléchir.

Aujourd'hui le bus passe plus fréquemment, elle en a déjà compté deux devant l'arrêt désert, mais à l'époque, si elle en ratait un, le retard était difficile à combler. Parfois aussi, quand elle se retrouvait là, le matin, à attendre toute seule, elle revenait sur ses pas pour un adieu supplémentaire, se glissait dans le lit s'il dormait encore et le temps qu'elle ressorte, elle avait loupé le bus suivant – ce qui ne la désolait pas car elle avait gagné encore quelques minutes avec lui. C'est aussi de là qu'elle était partie ce fameux matin où il l'avait répudiée, à la fin de la semaine de deuil, et ce jour-là, le bus était tout de suite arrivé, se souvient-elle soudain, alors qu'elle n'avait plus où aller.

Une haie vive, très haute et très épaisse, encercle le rez-de-chaussée, l'immeuble semble avoir été retapé au fil du temps, les années lui ont conféré un certain cachet, elle s'approche de l'entrée, essaie de trouver un passage qui lui permettrait de s'introduire dans le jardinet et de regarder à l'intérieur de l'appartement. À part les caroubiers et le prunier, rien n'a poussé sur ce petit bout de terre aride et négligé, sauf durant la semaine de deuil, où il s'était tout à coup réveillé : les invités s'asseyaient dehors par petits groupes pour profiter de l'agréable vent nocturne de ce début d'hiver. Certains avaient allumé des bougies, d'autres jouaient de la guitare, et elle se voit encore passer entre eux, recueillir les condoléances à sa place et prélever sa dîme au passage. Ethan, lui, ne se levait presque pas, c'était elle qui venait discuter avec les amis et les proches assis autour des tables rondes prêtées par les voisins, secrètement ravie de ce rôle à tenir. De temps en temps, elle le rejoignait, s'asseyait sur ses genoux s'il n'y avait pas de chaise libre, lui encerclait les épaules de ses bras, « comme vous vous ressemblez, on dirait un frère et une sœur ! » s'exclamait-on parce qu'ils étaient tous les deux grands et minces, avec des cheveux bruns et des yeux clairs, mais lui avait le nez un peu busqué et elle tout droit. Iris le trouvait beaucoup plus beau qu'elle, même si, en se regardant dans le miroir accroché au mur de l'entrée, elle était presque satisfaite de l'adolescente lascive qui s'y reflétait, longue liane à la chevelure abondante et aux yeux brillants telle une mariée le jour de ses noces. Oui, elle vient de mettre le doigt dessus et en frissonne, c'est en ces jours-là qu'elle a commis son péché originel, celui pour lequel elle a été punie, car cette semaine de deuil, dans le jardinet, elle l'a vécue comme sept jours de fiançailles gorgés de bonheur et de plaisir, et ils lui sautent à présent à la figure à travers la haie, l'aspergent comme le jet d'un arrosage automatique qui ne serait dirigé que sur elle. Elle les entend presque, tous les invités, chanter et jouer de la musique, rire et pleurer, boire et fumer, jour après jour et nuit après nuit, nous étions ensemble, tout le reste, je l'ai oublié depuis longtemps.

À quoi ça rime d'y retourner maintenant, de regarder par les fenêtres d'un appartement où il n'est sans doute pas revenu depuis des années. Ça ne rime à rien, pourtant elle n'y renoncera pas, c'est le seul bout de fil qu'elle possède, elle le tirera ou se laissera tirer par lui, une force inconnue la pousse vers les buissons, l'exhorte à y chercher une brèche. Une branche hérissée de piquants lui griffe la joue mais elle plonge dedans, devient chair de sa chair, voilà pourquoi on appelle ça une haie vive. Elle s'affole en entendant soudain des pas approcher dangereusement, un père et son fils à en juger par la voix aiguë qui, un court instant, lui paraît familière. Et si c'était un de ses élèves ? songe-t-elle catastrophée. Elle en a quelques-uns domiciliés dans ce quartier, faites qu'ils ne la remarquent pas, la rumeur sur les extravagances de madame la directrice se propagerait comme un feu de paille. Le garçon babille, « dis papa, les voleurs, est-ce qu'ils portent des habits blancs ? Dis papa, et c'est vrai qu'ils ne vont que dans les rez-de-chaussée ? », le père hoche la tête distraitement, s'attarde dans l'entrée, fouille dans sa boîte aux lettres, jamais elle ne pourra expliquer sa présence au milieu des buissons, ouf, ils montent enfin au premier étage se mettre en sûreté tandis que l'enfant continue à égrainer ses angoisses, « dis papa, c'est vrai que les voleurs font beaucoup de bruit ? », première question à laquelle le père prête réellement attention, et au lieu de rassurer il tient justement à préciser que non, « certainement pas, les voleurs s'efforcent d'être très silencieux pour ne pas se faire attraper.

— Pas vrai ! proteste le petit, terrorisé. T'y connais rien ! » Heureusement pour lui, la porte se referme sur ces mots exactement au moment où une branche casse bruyamment sous son poids, elle atterrit, étonnée, dans les profondeurs d'un gros arbuste et de là essaie de se frayer un passage vers l'extérieur, c'est-à-dire vers l'intérieur du jardin. Elle pourrait rester prisonnière de ces branchages pour l'éternité, mais le fil qu'elle tient la tire, alors elle tend les jambes, agite les bras, donne des coups de tête dans cet enchevêtrement vert et touffu tel un bébé qui essaie de s'expulser du ventre maternel. Elle sent son visage se couvrir d'égratignures, ses cheveux s'accrochent aux ronces mais elle ne peut s'arrêter, s'agrippe aux branches et les repousse jusqu'à ce qu'enfin elle se tire de là et que son corps soit projeté vers l'avant, de l'autre côté de la haie.

Jamais elle n'avait pensé qu'il était si difficile de vaincre des broussailles, elle ne sait pas du tout comment elle ressortira, à moins que les habitants du rez-de-chaussée ne découvrent sa présence et appellent la police qui, dans ce cas, se chargerait de la faire déguerpir, ou alors ce seraient les voisins du premier étage, car le cri du petit garçon affolé résonne soudain à ses oreilles, « papa, tu as entendu ce bruit ? Il y a des voleurs par ici ! », heureusement que le père a d'autres chats à fouetter, il se contente de houspiller son fils qui doit terminer ses corn flakes au lieu de dire des bêtises. Elle se redresse prudemment, se plaque à la façade, entreprend de contourner le bâtiment le plus silencieusement possible pour atteindre la grande baie vitrée du salon.

Pas de chance, la pièce est plongée dans l'obscurité, de même que le jardinet en cette nuit sans lune, elle continue jusqu'à la fenêtre de la chambre, là elle découvre une lumière feutrée qui passe par le volet à moitié relevé, mais seul le bruit de l'eau qui coule indique avec certitude qu'il y a bien quelqu'un, elle attend, les yeux rivés sur cette lueur comme précédemment sur l'écran de la salle frigorifique, toute une journée à attendre, toute une vie à attendre. Que fait-elle ici d'ailleurs ? Transie de froid, l'haleine brûlante, le visage griffé et la robe déchirée, agrippée aux barreaux de cette fenêtre comme si elle était devenue folle. Aurait-il toujours le pouvoir de la déstabiliser au point que bientôt, lorsqu'elle rentrerait chez elle déçue, elle se mettrait au lit et resterait immobile comme à l'époque, une déception amoureuse à quarante-cinq ans, qui l'eût cru.

Que cherche-t-elle en ce lieu ? L'appartement est sans doute loué à un couple d'étudiants ou à une jeune famille, bien qu'il n'y ait, dans ce jardin, aucun jeu ni balançoire indiquant la présence d'enfants, mais il n'y a, dans ce jardin, aucun élément indiquant la présence de qui que ce soit, ni la durée du temps écoulé. Sous le faible éclairage, rien ne semble avoir changé entre les caroubiers épuisés et le prunier dont elle se souvient parfaitement. Ils avaient décidé qu'une fois la semaine de deuil terminée ils commenceraient à s'en occuper, qu'ils y planteraient des fleurs, peut-être même des légumes, mais au lieu de cela, il l'avait quittée, tout comme il avait bien sûr quitté cet endroit qui lui rappelait trop la maladie. Sans doute a-t-il planté des fleurs et des légumes dans un autre jardin, là où il vit maintenant avec sa famille, sa fille Myriam, la femme qui l'a mise au monde et peut-être aussi un ou deux autres enfants, alors même s'il lui a caressé le visage et embrassé les lèvres, il renoncera à elle, parce qu'un amour de jeunesse n'a rien à voir avec une relation adulte, parce qu'ils ne sont plus ce qu'ils étaient. Toute la vie est passée, tous les choix cruciaux ont été faits, les rendez-vous avec le passé sont stériles, à l'exemple de ce jardin où rien ne pousse, de toute façon le bel âge est derrière eux et on ne peut pas revenir en arrière, elle va regagner sa voiture et rentrer chez elle comme si de rien n'était, espérons juste que les branches lui soient clémentes, ceux qui habitent aujourd'hui dans cet appartement n'ont pas connu la femme sublime et son unique fils qui y ont vécu, ils ne pourront pas projeter un jour nouveau sur l'histoire ancienne, ils ne peuvent rien, ni pour son passé ni pour son avenir, et elle rebrousse lentement chemin, aidée par les caroubiers.

Elle ne s'est pas encore éloignée qu'elle sursaute, persuadée d'être prise dans le faisceau d'une torche, mais ce n'est que la lumière qui s'est allumée dans la chambre. À sa grande surprise, elle distingue un homme barbu et plus très jeune, le voilà qui lui offre son dos, il est très maigre, ne porte qu'un slip, elle secoue la tête, incrédule, à moins que ce ne soit la violence des frissons qui la secouent. Non, c'est impossible, inconcevable, pourtant si, on dirait bien que c'est lui, il habiterait donc ici, il aurait donc fini par revenir ici. Où est sa fille Myriam, où est sa femme, personne d'autre n'a l'air de se trouver dans l'appartement, vont-elles bientôt rentrer ? Est-il envisageable qu'il vive seul et l'attende, elle ? De l'extérieur, elle le suit dans le salon dont la lumière s'allume, le voit s'éloigner vers la cuisine, ouvrir le réfrigérateur et en sortir une bouteille de bière, s'il la surprend il n'en croira pas ses yeux, comment est-elle revenue sur les lieux d'où elle a été bannie ?

Il n'a presque pas changé, cet appartement, aussi terne et mal entretenu que dans son souvenir, aucune trace de présence féminine. Est-il vraiment seul, disponible, prêt pour elle, prêt pour retrouver son ancien deuil ? Elle l'observe, il enfile un short clair et une chemise grise qu'il va laisser ouverte, elle le sait, des gouttes d'eau tomberont de ses cheveux et en moucheteront le tissu. Il s'assied face à un ordinateur posé sur la table de la cuisine, tape rapidement sur le clavier, profil sévère et dos un peu voûté, sera-t-il content ou effrayé de la voir, lui qui n'a même pas répondu au message qu'elle a laissé sur sa boîte vocale. À moins que, l'ayant prise pour quelque patiente importune, il n'ait pas écouté son appel, oui, elle doit ressayer, maintenant qu'elle l'a sous les yeux. Elle va ressayer et saura à quoi s'en tenir en temps réel, il se lève paresseusement, on dirait qu'il cherche son portable, disparaît dans la chambre et elle entend sa voix deux fois, une à travers l'appareil et une à travers la fenêtre, une voix qui la caresse avec la brise du soir, « Allô ? », et comme elle ne répond pas, il continue, « c'est toi, Irissou ? J'hésitais à te rappeler à une heure pareille, au cas où tu serais en famille », elle remarque le ton banal sur lequel il a prononcé ce dernier mot et chuchote d'une voix rauque, « je ne suis pas en famille, Ethan, je suis ici, avec toi, dans ton jardin », et il s'exclame, surpris et tout sourire, « dans le jardin ? Non ! ».

Elle se laisse tomber sur la terre sèche, entend ses dents s'entrechoquer, il va maintenant ouvrir la baie vitrée du salon, elle le sait, descendre les quatre ou cinq marches inégales, portable à la main et lui dira, à la lumière bleutée de l'écran, « te voilà ».

Mais au lieu de la guider vers son appartement de toujours, il se laisse tomber à côté d'elle, « qu'est-ce que tu fais là, Irissou, je n'arrive pas à y croire », il examine son visage à la lumière du téléphone, « tu n'as pas l'air dans ton assiette, continue-t-il avant de lui poser une main sur le front, tu es brûlante et tu as des griffures sur tout le visage, ta robe est déchirée, pourquoi n'es-tu pas entrée par la porte ? D'ailleurs comment savais-tu que j'étais là ?

— Je ne le savais pas, bafouille-t-elle. Je ne savais pas qui vivait ici », et il lâche gaiement, « tu as toujours eu beaucoup d'intuition, tu as toujours su ce qu'il fallait faire et ce qui allait advenir.

— Vraiment pas, proteste-t-elle. La preuve, je ne me suis pas doutée que tu allais me quitter.

— Moi non plus je ne m'en doutais pas », cette réponse la surprend mais il poursuit, « comment vas-tu arriver à rentrer chez toi ? Qu'est-ce que tu diras à ton mari ?

— Que j'ai été agressée », chuchote-t-elle, et il émet un petit rire sceptique, « vraiment ? Qu'est-ce qu'ils t'ont pris ?

— Tout, ils m'ont tout pris, toute ma vie. Je leur ai tout donné pour qu'ils me laissent partir.

— Tu as bien fait. Tu penses qu'il te croira ?

— Bien sûr, je ne mens jamais. »

Là, il éclate d'un rire franc, « oui, c'est ça, petite fille modèle tu étais, petite fille modèle tu es restée ». Il lui plaque sa bouteille de bière contre le front pour essayer de le refroidir, « quand je t'ai vue cet après-midi, tu n'avais pas de fièvre. Est-ce moi qui t'ai rendue malade ?

— Évidemment ! Te voilà donc dans l'obligation de me guérir.

— Je vais faire ce que je peux. » Il lui propose une gorgée de sa boisson qu'elle avale goulûment puis elle s'allonge, toute molle, au pied du prunier, et quand il se soulève sur son coude pour la contempler, il lui humidifie le visage avec les gouttelettes qui tombent de ses cheveux encore mouillés par la douche.

Elle est mieux sur ce sol desséché que dans sa propre chambre, mieux parce que si près de ce corps familier, mieux parce que cette parcelle de terre est à elle, l'empreinte de ses pas semble y être encore incrustée, à l'instar de celles du premier homme qui a marché sur la lune, des empreintes restées intactes car en l'absence de vent et de pluie, en l'absence d'atmosphère, rien ne change, alors la voilà à présent de retour sur sa lune personnelle, elle est là, le sol en dessous lui enlace la taille, au-dessus le ciel, c'est ici chez elle, elle appartient au prunier dont les fruits étaient toujours un peu trop verts ou un peu trop mûrs, parfaits sans doute un seul jour dans l'année et pourtant elle se goinfrait de ces prunes gorgées de soleil. Elle plisse les yeux et voit, entre les branches, des petites taches sombres, « elles se sont bonifiées avec le temps ? » lui demande-t-elle, il lance un bref coup d'œil indifférent à l'arbre, « pas vraiment, elles ont un goût d'olives, à mon avis, cet arbre est un croisement entre un prunier et un olivier. À propos, moi non plus, je ne me suis pas bonifié », lance-t-il en riant, et elle fixe, éblouie, les yeux enfoncés qu'ombragent des sourcils toujours aussi épais, « tu n'avais pas à te bonifier, chuchote-t-elle, je te trouvais parfait tel que tu étais.

— C'est drôle qu'aucune femme après toi n'ait pensé la même chose », avoue-t-il, et elle en profite pour le titiller, « tu vois, tu aurais dû rester avec moi.

— Oh, Irissou, tu crois que je ne le sais pas ? » lâche-t-il en même temps qu'un profond soupir, et soudain un hurlement perçant jaillit de l'appartement du dessus, « papa, il y a des voleurs dans le jardin ! Je les entends ! J'entends des voix !

— Arrête de dire n'importe quoi ! maugrée son père. Chaque nuit, tu inventes un autre prétexte, tout ça pour ne pas dormir !

— Je veux retourner chez maman, chez elle au moins, y a pas de voleurs ! » réplique l'enfant avant d'éclater en sanglots, et Ethan se désole, « pauvre petit, qu'est-ce qu'il est angoissé ! Il me fait penser à mon fils.

— Tu as un enfant si petit ? demande-t-elle, étonnée. De quel âge ?

— Neuf ans.

— Au fait, combien en as-tu ? » lui demande-t-elle soudain, sur le ton officiel qui sied à ce genre de questions, « j'ai deux enfants et deux femmes, répond-il et il rectifie aussitôt, je veux dire que j'ai deux enfants de deux femmes différentes et aucune ne vit avec moi ». Elle pousse un soupir de soulagement, comme si elle avait vraiment cru que non seulement il n'était pas libre, mais qu'en plus il était doublement pris. Elle trouve cette nouvelle information merveilleuse, malgré la légère inquiétude qu'éveille ce qui apparaît comme une vie sentimentale particulièrement ratée, mais elle n'a pour l'instant pas le temps de s'y attarder, l'heure n'est ni à la suspicion, ni à l'exigence, l'heure est à la joie, cette rencontre est inespérée, elle ne s'y attendait pas, ne s'y est pas préparée, ne l'a pas prévue, n'en a pas même rêvé, mais à présent elle a l'impression de n'avoir vécu jusque-là que pour cette minute, de n'avoir fait que donner le change entre-temps, ses études, son mariage, ses enfants et son travail n'étant qu'un pis-aller pour satisfaire aux convenances.

Il se relève et lui tend la main, « viens, soyons charitables avec le petit du dessus, entrons dans l'appartement », alors elle aussi se relève, lourdement, la nuit noire lui obscurcit le regard et elle ne voit presque plus rien, s'il ne la soutenait pas elle tomberait, mais il la guide, la porte presque dans ses bras tel un mari qui franchit avec sa fraîche épouse le seuil de la maison qu'il lui a préparée, il la ramène en ce lieu d'où elle a été chassée quelque trente ans auparavant, et exactement comme elle voit en regardant Ethan son visage en même temps que celui qu'il avait avant, elle voit s'ouvrir devant elle l'appartement à la fois comme il est et comme il était, image double et si profonde qu'elle se dit que c'est la seule manière valable de voir. De là où elle se trouve, elle englobe tout le petit salon, le canapé a été changé mais se trouve exactement à la même place, la première fois qu'elle était venue, elle avait vu un dos étroit enveloppé d'une couverture, surplombé d'une abondante chevelure noire, raide et soignée, Ethan avait dit tendrement, « maman, je te présente Iris », la couverture avait pivoté dans un lent mouvement douloureux, le visage orienté vers le mur s'était tourné vers elle et l'avait scrutée de ses immenses yeux bleus, étonnamment jeunes.

« Bienvenue, Iris, avait dit la voix douce et délicate de la malade qui s'était redressée sur son coude, soutenant sa tête d'une main tout en lui tendant l'autre. Enchantée, je suis Myriam, excuse-moi de ne pas me lever en ton honneur mais j'ai mal aux jambes. » Iris avait serré avec émotion cette main tendue, déjà gagnée par un amour profond pour cette femme, « vous ne devez pas vous lever, avait-elle dit, je serai très contente d'aider votre fils à s'occuper de vous.

— Si tu t'occupes de lui, ça suffira, avait alors répondu la mère en souriant, savoir qu'il n'est pas seul me soulage beaucoup », au moment où elle avait essayé de se redresser encore un peu, la belle chevelure s'était soudain détachée, laissant apparaître un crâne chauve, humilié, et la mère, rouge d'embarras, avait marmonné, « je ne me débrouille vraiment pas bien avec ce truc », elle avait secoué la perruque avant de la poser sur son oreiller et effectivement ne l'avait plus portée depuis. Au moment où les yeux d'Iris se heurtent à son reflet dans le miroir du couloir qui n'a pas bougé, elle passe une main émerveillée sur ses propres cheveux qui sont restés raides et brillants malgré leur passage dans la poussière. « Tu te souviens de sa perruque ? » demande-t-elle, et il comprend aussitôt de quoi elle parle, « j'allais justement te dire que tu lui ressembles, pas uniquement à cause des cheveux, incroyable à quel point tu lui ressembles maintenant !

— Elle est morte exactement à l'âge que j'ai aujourd'hui, tu crois que ça signifie quelque chose ?

— Qui vivra verra, comment savoir ? » Il lui caresse la tête et, étrangement, elle frissonne comme si ces paroles contenaient une menace latente. « Tu trembles, reprend-il, tu as de la fièvre, viens, il est temps qu'on s'occupe de toi. Je ne sais pas par quoi commencer, tu veux t'allonger ? » Il indique le canapé de la main, « ou prendre une douche, peut-être ?

— Les deux, mon général.

— Eh bien, commençons par la douche », il la guide en douceur jusqu'à la salle de bains d'où elle l'a vu sortir moins d'une heure auparavant, « tiens-toi pour ne pas tomber, et appelle-moi si tu as besoin », dit-il en lui indiquant les barres en aluminium auxquelles sa mère s'agrippait, ensuite il sort et revient avec une serviette, elle est déjà presque nue, il se hâte de s'esquiver alors qu'elle s'étonne de n'éprouver aucune gêne, il ne cherche pas à l'examiner sous toutes les coutures (traces de vergetures sur le ventre, cicatrices des opérations successives, relâchement général du corps), il ne voit en elle que l'adolescente qu'elle était et, par-dessus, c'est l'image de sa propre mère qu'il voit, pour le meilleur et pour le pire, qui vivra verra.

Si bien qu'elle n'est pas surprise lorsque, au moment où elle sort de la douche enveloppée de la serviette, il lui tend une robe de chambre à fleurs usée dont elle se souvient vaguement, elle s'est vite savonnée, très vite, soudain terriblement attristée par la pensée qu'elle gâchait le peu de temps, si précieux, qu'elle passait avec lui. « Enfile ça », lui propose-t-il et elle se glisse dans le tissu qui dégage une odeur agréable, on dirait qu'il vient de laver ce vêtement spécialement à son intention, elle s'allonge sur le canapé et boit le thé qu'il lui a préparé, avale le cachet qu'il lui donne, quoi de mieux que de s'en remettre totalement à cet homme. Il lui apporte de la pastèque coupée en dés, pose une serviette fraîche sur son front, lui sert un verre d'eau, comme s'il lui rendait en condensé tout ce qu'elle avait fait pour lui à l'époque, ne manque plus qu'il s'asseye à côté d'elle et lui fasse réviser son bac.

« Pourquoi tu ris, Irissou ? demande-t-il d'une voix douce.

— Je viens de me rappeler à quel point j'ai sué pour te faire réviser ton bac, qu'est-ce que c'était pénible ! Comment as-tu réussi médecine ?

— Il y a toujours eu des filles qui ont cru que le jeu en valait la chandelle, ironise-t-il.

— Comme moi, rétorque-t-elle avec une moue exagérée.

— La vérité, c'est qu'au bout de quelques années mon cerveau s'est comme désembué. Après l'armée, j'ai découvert que j'aimais apprendre, lui explique-t-il avant de s'allonger à côté d'elle sur le canapé. Ne me juge pas trop sévèrement, je sais que j'étais complètement nul, mais j'avais des circonstances atténuantes, tu le disais toi-même.

— Bien sûr, d'ailleurs, je ne te juge pas du tout,

sourit-elle, sans savoir s'il parle de ses difficultés scolaires ou de leur rupture, peu importe, elle ferme les yeux, lui prend la main et soudain se sent fondre de chaleur, fondre et se mélanger à lui, ils deviennent une seule et même chair, on ne pourra plus jamais les séparer, qu'est-ce que tu m'as donné, de la morphine ? demande-t-elle, hilare. Du cannabis thérapeutique ? J'ai l'impression d'avoir des hallucinations.

— Rien que du Doliprane », rit-il en retour, mais elle proteste, « j'ai du Doliprane à la maison, je n'ai pas besoin d'un monsieur Antidouleur pour avaler un Doliprane. Pourquoi avoir choisi cette spécialité ?

— Ceux qui ne croient pas en la thérapeutique se tournent vers le palliatif, c'est une conception du monde totalement différente. Pour la plupart des médecins, le sujet, c'est la maladie, alors que pour nous, ce n'est qu'un complément indirect. Nous n'essayons pas de guérir mais de contenir la souffrance. Tu es bien placée pour le savoir, tu étais avec moi là-bas.

— Oui. Elle a terriblement souffert », confirme-t-elle tandis que résonnent encore à ses oreilles les effroyables gémissements qui s'élevaient de derrière le rideau le jour de la mort de sa mère. Un instant, elle a l'impression que c'est elle qui gémit de la sorte, lui aurait-il inoculé la même maladie pour pouvoir s'occuper d'elle avec le même dévouement, soulager une douleur dont il était la cause ? Elle serait prête à l'accepter, à condition de rester là avec lui jusqu'au jour où elle mourrait. À condition de ne plus jamais rentrer chez elle. Elle a besoin de passer du temps avec lui, elle a tellement de questions à lui poser, elle ne sait toujours rien sur sa vie, par exemple qu'a-t-il fait après l'avoir chassée, le jour même, le lendemain et d'ailleurs tous les autres jours du calendrier, si elle pouvait, elle l'interrogerait sur chaque instant, chaque heure depuis leur séparation et jusqu'à maintenant, dussent-ils y passer presque trente ans, elle voudrait reconstituer sa chronologie, avec les grands et les petits détails. Qu'a-t-il fait à l'armée où a-t-il étudié qui a-t-il épousé où a-t-il habité quand a-t-il divorcé avec qui s'est-il remarié où habitent ses enfants quand les voit-il aime-t-il toujours les pommes acides… mais la sensation d'avoir l'éternité à disposition tournoie autour d'elle avec la brise nocturne, elle n'a aucune idée de l'heure, son temps est autre, elle a émigré vers une autre contrée, sur la face intérieure de la terre, là où se rassemblent les années perdues. « Tu dors ? » lui demande-t-il en chuchotant, elle secoue la tête et quelle n'est pas sa surprise de s'entendre dire, « je suis heureuse ». Il passe les doigts sur son bras nu, puis lui effleure les seins par-dessus la robe de chambre, « Irissou, ta famille ne t'attend pas ? Ils ne sont pas inquiets ?

— Qu'ils s'inquiètent ! » rétorque-t-elle, mais il insiste, « envoie-leur au moins un SMS. Où est ton portable ? Je ne veux pas que tu aies des ennuis à cause de moi », quand il lui glisse l'appareil dans la main elle découvre qu'il n'est que vingt-deux heures, elle peut rester encore, d'ailleurs comment pourrait-elle s'arracher de nouveau à lui, elle envoie à Micky quelques mots laconiques, « *suis à Tel-Aviv, rentrerai tard, ne t'inquiète pas* », il lui demande en retour, « *qu'est-ce que tu fais à Tel-Aviv ?* », elle envoie un message urgent à Dafna, « *je suis avec toi à Tel-Aviv, d'accord ? Je t'expliquerai demain* », et ce n'est qu'après avoir eu confirmation de son amie qu'elle écrit à son mari, « *j'ai accompagné Dafna, ne m'attends pas* ».

Avec quel talent elle organise tout cela, on dirait que sa vie conjugale est jalonnée de mensonges alors qu'elle n'a jamais trompé Micky, qu'elle ne lui a jamais menti, toujours étonnée d'apprendre que telle ou telle de ses connaissances avait une liaison, ce genre d'écart lui a toujours paru une charge inutile qui pesait sur le corps et sur l'esprit, d'autant que jusqu'à présent elle n'avait pas rencontré d'homme qui justifie de telles complications. Certes, de temps en temps, un père d'élève s'attardait dans son bureau plus que nécessaire, elle croisait quelques regards poisseux au cours de réunions au ministère (regards qui, depuis sa blessure, avaient nettement diminué), mais jamais elle n'y avait prêté attention, pas tant par souci de fidélité envers Micky et la famille qu'ils avaient construite que parce que, intuitivement, elle savait qu'aucun de ceux-là ne pourrait rien contre son inextinguible manque. Mais à présent qu'elle a atteint cette autre contrée, celle où il n'y a plus de famine, son Égypte à elle, elle mentira sans ciller même à ses enfants, la preuve, pour assurer ses arrières, elle envoie aussi un SMS à Omer : « *suis à Tel-Aviv, on révisera demain* », il lui répond aussitôt par un smiley auquel il ajoute : « *amuse-toi bien, Mamouch* », il s'en fiche complètement de savoir où tu es, tant que son linge est lavé et son assiette pleine.

Pendant tout ce temps, Ethan s'affaire dans la cuisine, la laisse à son intimité bien qu'elle n'ait rien demandé, et tandis qu'elle tisse la toile de ses mensonges, il prend une deuxième bouteille de bière dans le réfrigérateur, s'assied de nouveau devant son ordinateur, elle le suit du regard comme si elle était restée dans le jardin à l'épier par la fenêtre, il tape vite, on dirait presque qu'il a oublié sa présence, sourcils plissés au-dessus de ses yeux assombris, cheveux gris déjà secs lui découvrant le front, lèvres foncées qui se froncent, expression sérieuse, elle ferme les yeux, écoute le cliquètement du clavier jusqu'à ce qu'elle finisse par demander, « qu'est-ce que tu écris ?

— Je réponds aux questions de mes patients, soupire-t-il

avant de se lever et de s'approcher d'elle en étirant ses bras de gamin vers le haut puis vers l'arrière. Ça n'en finit pas, tous les soirs je reste des heures à m'occuper des mails », elle lui tend les bras, « moi aussi j'ai des questions, chuchote-t-elle, mais je veux des réponses de vive voix », il éteint toutes les lumières, revient s'allonger sur le canapé, ne reste que la lueur bleutée de l'écran d'ordinateur, par la fenêtre passent les doigts du vent frais de cette soirée d'été à odeur de prunes qui caresse les collines de Jérusalem. « Puis-je te répondre de vive voix mais sans mots ? demande-t-il, soudain enroué.

— Comment ?

— Comme ça », et il plaque ses lèvres sur les siennes, elle a l'impression qu'il déverse en elle par un long baiser fervent toute l'essence de la vie qu'il a vécue jusqu'à présent sans elle, encore plus seul qu'elle, oui, elle sait déjà tout, elle n'a plus de questions, ou peut-être juste une, ne craint-il pas d'attraper son angine ?

Sous la robe de chambre fleurie qui a enveloppé le corps de la malade, c'est son corps qui en cet instant se couvre de baisers, sa peau s'éveille, elle est un prunier en fleur, elle est une haie vive, par une métamorphose miraculeuse elle n'est plus faune mais flore, la voilà devenue plante aux besoins simples, enracinée dans cette terre, comme il est dit : car l'homme est l'arbre du champ. Le souvenir de ces journées où elle l'obligeait à réviser ses cours de bible pour le bac remonte soudain, il n'arrivait pas à comprendre cette phrase, car l'homme est l'arbre du champ, et elle s'était épuisée à lui exposer les exégèses contradictoires, peut-on dire que l'homme équivaut à l'arbre du champ ? Apparemment oui puisqu'il sort, lui aussi, d'une graine minuscule, pousse puis est arraché, tout comme un arbre, cependant, le verset du Deutéronome dont est extraite cette citation traite des règles de la guerre et induit une signification contraire, à savoir : doit-on, pendant un siège, s'en prendre à l'arbre du champ comme on s'en prend à l'homme ? Car l'homme peut fuir alors que l'arbre non, l'homme peut attaquer alors que l'arbre non, et de conclure qu'il faudra épargner l'arbre.

C'est à cette même table qu'ils révisaient ensemble, il donnait des coups de pied dans sa chaise, s'énervait, les yeux humides de frustration, il avait toujours eu la larme facile, bien plus qu'elle, à part le jour où il l'avait rejetée sans en verser une seule, mais à présent il ne pourra plus la rejeter, elle a pris racine ici comme le prunier, jamais elle ne s'est sentie autant chez elle, dans aucun des appartements où elle a habité elle n'a éprouvé un sentiment d'appartenance aussi fort. Voilà qu'il la porte jusqu'à la chambre, la déshabille, il n'y a plus de barrière entre la peau fraîche de cet homme merveilleux et la sienne, brûlante. Rencontre entre deux climats, deux continents pris dans une même tempête, sous un même nuage lourd d'épaisses vapeurs et de grêlons qui s'entrechoquent, un nuage traversé par des courants électriques qui éclatent en milliers d'étincelles lumineuses. C'est le choc qui crée l'éclair, le tonnerre gronde dans le ciel, exactement comme sa voix qui ne cesse de répéter, « mon chéri, mon amour », elle a une infinité de mots à lui dire, chaque mot devant être dit une infinité de fois, en une seule phrase aussi longue que sa vie, mais soudain il lui répond, et elle s'étonne de l'entendre se mettre à lui parler à l'oreille alors que leurs corps sont imbriqués l'un dans l'autre, il lui raconte les années qui ont suivi leur rupture, sa voix devient de plus en plus rauque, elle boit avidement ses paroles en craignant qu'il ne devienne aphone avant d'avoir tout révélé, « j'étais si seul, Irissou, est-ce que tu imagines ce que c'est que de n'avoir personne au monde ? Je me suis jeté à corps perdu dans le service militaire, j'ai demandé à être incorporé dans une unité combattante, je voulais mourir. Les week-ends, j'étais chaque fois invité chez un autre copain, je les choisissais en fonction de leur distance par rapport à Jérusalem. Le plus loin possible. Je ne voulais voir ni cet appartement, ni mes grands-parents qui étaient eux-mêmes dévastés, je pense ne pas avoir remis les pieds dans cette ville pendant à peu près trois ans.

— Moi non plus, tu ne voulais pas me voir ? » Voilà de quoi ramener brutalement l'histoire racontée par sa mère à une hallucination supplémentaire de cerveau affaibli, faut-il s'en réjouir ou s'en désoler, et il pose la tête sur ses seins, « bien sûr que si, charmante idiote, tu étais la personne qui m'était le plus proche, mais c'est justement ce qui me faisait peur, je t'ai fuie, j'ai été le plus loin possible en espérant ne plus rien ressentir. Celui qui ne ressent rien ne souffre pas. Telle a été ma quête pendant des années, endormir le sentiment, pourquoi crois-tu que j'ai choisi l'anesthésie comme spécialité ? J'ai couché avec des femmes sans rien ressentir, je me suis marié sans rien ressentir, ce n'est qu'à la naissance de Myriam que le monde affectif m'est revenu.

— Et comment s'est passé ton réveil ? » Soudain, les quelques mois de souffrance qu'elle a traversés et dont il ne sait rien lui paraissent ridicules et insignifiants en comparaison des longues années qu'il décrit. Elle ne lui en parlera peut-être pas, surtout s'il ne pose pas de questions. Que pourrait-elle dire ? Je suis restée couchée, immobile, figée dans une même position pendant des jours et des jours ? Sans manger, sans boire, sans parler, sans entendre ? J'étais devenue un végétal, l'homme n'est-il pas l'arbre du champ ? Comment avait-elle pu lui en vouloir, lui qui l'avait fuie parce qu'il l'aimait trop et qu'il avait trop mal. « C'était comment ?

répète-t-il. C'était merveilleux, horrible et, surtout, ça a bousillé mon mariage.

— Vraiment ? Pourquoi ?

— Parce que alors j'ai aussi compris que je n'aimais pas ma femme, ce qui n'a pas été une découverte particulièrement réjouissante. J'ai quitté le domicile conjugal assez rapidement. Myriam a payé les pots cassés de mon retour affectif.

— Je suis sûre qu'elle a aussi beaucoup gagné », réplique-t-elle, retrouvant son rôle consolateur, exactement comme dans leur jeunesse, lorsqu'elle se hâtait de le délester de sa souffrance, « pas assez, malheureusement, répond-il, j'avais tellement de boulot, plus toutes les gardes à l'hôpital et l'hostilité de mon ex-femme, ça a été très dur de construire une relation sur de bonnes bases. Elle était trop petite quand on s'est séparés. Ensuite je suis parti étudier à l'étranger et je l'ai à peine vue ». Iris s'imprègne avec avidité de toutes ces informations étonnantes, qu'elle n'aurait jamais pu imaginer. Chaque fois qu'elle pensait à lui, bizarrement, elle le voyait marié avec bonheur à une femme qui avait mieux réussi qu'elle, une femme qu'on ne quittait pas et qui élevait avec lui de magnifiques enfants, tous plus brillants les uns que les autres. À aucun moment elle n'avait pensé lui accorder un divorce. Dire qu'en fait il était seul pendant tout ce temps-là ! Il parle en lui faisant l'amour, parle avec toutes les cellules de son corps, elle avait oublié qu'il était comme ça, qu'ils étaient comme ça, tant elle s'est habituée aux gestes efficaces de Micky qui sépare les mots et les caresses. Ici, entre eux deux, tout se mêle, et elle reconstitue son propre parcours en parallèle à ce qu'il lui raconte, la petite Myriam est née quelques mois avant son Omer, donc au moment où il quittait sa femme, elle était déjà enceinte pour la deuxième fois et se demandait si cette grossesse était vraiment nécessaire, question qui avait trouvé toute sa pertinence après la naissance du garçon (il l'épuisait tant), mais qu'elle avait évité de se poser parce qu'elle n'avait pas le temps d'une vraie réflexion et aussi parce que, malgré tout, elle lui était reconnaissante, à ce bébé nerveux et agité aux fréquents accès de colère, de l'empêcher de penser à autre chose. En revisitant ses propres étapes face à celles d'Ethan, elle s'étonne de constater qu'elle a sans doute été plus heureuse que lui, au moins pendant ces années-là et malgré le sourd échec qui n'avait cessé de peser sur elle, car après s'être relevée de la longue dépression où elle s'était sentie happée par le gouffre, la vie dans sa simplicité lui avait globalement suffi, une vie à bas régime, et puis, le jour où elle risquait d'avoir oublié la leçon, un terroriste était venu sous les traits d'un policier palestinien originaire de Bethléem, et lui avait rappelé que le néant n'était jamais très loin, que mieux valait être que ne pas être, mais voilà que tout cet enchaînement de circonstances se pare d'une nouvelle signification et d'un nouveau visage, celui de l'adolescent qu'elle aimait et qui est devenu cet homme plus très jeune, et apparemment pas très facile non plus. Épais sourcils noirs, magnifiques yeux, lèvres qui ne se révèlent dans leur totalité que quand il l'embrasse, de nouveau elle s'étonne de cette image double, deux couches qui se superposent, est-ce ainsi que nous nous voyons, nous et nos proches, si ce n'est qu'elle n'a pas vu ses joues se piquer de poils de barbe que déjà ses cheveux blanchissent, elle n'a pas vu sa silhouette atteindre sa taille définitive que déjà il se courbe, ils ont tellement d'années à rattraper, eux qui ont été privés de presque trois décennies.

Ils doivent à présent vivre leurs vingt ans ou leurs trente ans ensemble, se marier et avoir des enfants de l'amour, de cet antique amour, profond, qui est le leur, donner naissance à leur Myriam, parce que sa semence inonde à présent les cavités de son corps, inconcevable que quelque ovule oublié ne l'y attende pas, il se balance au-dessus d'elle comme s'il priait, avec sa barbe et la ferveur de son visage émacié, on dirait un chantre en train de clore l'office de Kippour, un instant avant que ne tombe la sentence, Ouvre pour nous les portes en cette heure où elles se referment car ce jour tend vers sa fin / La journée se termine, le soleil nous quitte et nous voulons entrer en Tes portes. / Nous T'en supplions, notre Dieu, pardonne, efface, prends pitié et sois clément pour que soient annulées toutes nos fautes et nos iniquités, elle se joint à cette prière, de tout son corps qui palpite de plaisir contre lui, bénie est-elle, béni est-il, ta prière a été exaucée, ma prière a été exaucée, notre prière a été exaucée.

CHAPITRE 9

Et elle se sent toujours bénie en ouvrant les yeux le lendemain matin, malgré son mal de gorge et sa forte fièvre. Lentement et progressivement, les images se clarifient dans sa tête. Son histoire amputée se ressoude en une guirlande multicolore, comme celles qu'on préparait dans son enfance pour la fête de Soukkot. À l'époque, elle découpait et collait des bandes et des bandes de papier crépon, persuadée que plus l'ornement fait main qu'elle proposerait à ses voisins serait long, plus volontiers ils l'accueilleraient dans leur cabane traditionnelle, elle en rêvait parce que chez elle il n'y avait personne pour en construire une. Alors elle s'évertuait à couper et à coller, puis enfilait ses plus beaux habits mais, sur le trajet, elle se prenait les pieds dans la guirlande trop longue qui se déchirait, l'obligeant à rebrousser chemin en larmes et voilà qu'elle recommence à coller, un morceau de papier rouge à un bleu, un bleu à un vert, chacun se raccroche à celui qui suit et en modifie la nuance ou plutôt en change totalement la couleur, de même qu'elle a changé au contact d'Ethan, de même que le simple fait de penser à lui suffit à changer tout son vécu, d'ailleurs, en le quittant la veille en bas de chez elle, elle savait déjà que rien ne serait plus comme avant. Il avait eu tellement peur de la laisser conduire seule qu'il l'avait suivie avec sa voiture dont les phares, tels deux yeux brillants, l'avaient caressée tout le chemin, la couvant de leur fougueuse sérénité, et elle l'avait guidé jusqu'à son immeuble, jusqu'à sa vie.

Il s'était garé à côté d'elle dans leur parking, l'avait aidée à sortir du véhicule et soutenue jusqu'à l'entrée de l'ascenseur qui s'ouvrirait quelques secondes plus tard dans son salon, de là, elle s'était dirigée, seule et à pas prudents, vers la chambre d'Alma, découvrant à quel point elle se sentait étrangère à cet appartement et à ses habitants. La porte de Micky étant fermée, aucun risque qu'elle se heurte à lui ou qu'il la prenne en flagrant délit d'appartenance à un autre homme et à un autre temps, Omer aussi dormait déjà, elle avait donc pu s'affaler avec un profond soupir sur le lit de sa fille comme si elle rentrait d'un long périple, arrivée non pas chez elle mais à quelque étape à la croisée des chemins, dans une sorte d'auberge, parce que même si elle revenait de loin, le voyage ne faisait que commencer.

À présent, elle garde les yeux clos pour écouter les bruits de la maisonnée, des pas précipités dans le couloir, le réfrigérateur ouvert et refermé, l'ascenseur dont les battants d'acier s'ouvrent et se referment eux aussi. Elle attend que le silence revienne pour émerger de la chambre avec la précaution d'une invitée qui préfère ne pas croiser ses hôtes. Ils sont sortis en même temps, semble-t-il, Micky pour le bureau et Omer pour le lycée, pourtant elle inspecte les lieux afin de ne pas être prise au dépourvu, examine les traces matinales qu'ils ont laissées derrière eux, ravie de constater qu'elle, pour sa part, n'en a laissé aucune de sa soirée : tous les objets compromettants, elle les a gardés à portée de main, ses vêtements, son sac et bien sûr son portable, adoptant en une nuit les règles de prudence requises, maintenant elle se hâte de laver sa robe, puis sa peau, de faire mousser le shampoing sur ses cheveux et le savon sur son corps, de cacher sous du fond de teint les griffures des branches et d'enfiler une chemise de nuit propre. La voilà prête à les affronter, prête et aux aguets, car celui qui a quelque chose à cacher doit toujours être aux aguets, même pendant son sommeil, mais comment le savon effacerait-il la vérité, une vérité qui n'a rien à voir avec telle ou telle tache puisqu'elle touche à son essence même, tout a changé en elle, le bourgeon qu'elle portait en son sein éclot soudain violemment, et ça, aucun maquillage ne pourrait le cacher, elle se remet au lit avec une tasse de thé bouillant, une tartine de miel, et reste là à coller et recoller sa guirlande en papier crépon.

Elle se repasse le film, lui qui est là, debout devant elle, qui la scrute d'un regard interrogateur tandis que la ride entre ses yeux se creuse de plus en plus, elle qui marche vers lui lentement, passe des bras tremblants autour de son cou et s'étonne qu'il y réponde, qu'il la plaque contre lui, elle qui dit, « c'est bien toi, n'est-ce pas ? » parce qu'elle ne voit pas son visage, lui qui chuchote « attends-moi » et la raccompagne jusqu'à la porte, elle qui attend des heures pour qu'il réapparaisse enfin, elle qui le suit au pas de course jusqu'à cette pièce glaciale où enfin ils se reconnaissent, tels Joseph et ses frères, et plus tard, elle qui le rejoint dans l'appartement de sa mère, lui qui s'allonge à côté d'elle sous le prunier, elle qui retrouve son corps familier, précieux, comme si elle n'en avait jamais été écartée, lui qui la suit en voiture vers chez elle, les phares qui l'accompagnent tels deux yeux étincelants, dire que tout cela est arrivé en un seul jour, à supposer que ce soit arrivé, n'est-ce pas trop merveilleux, trop facile, en totale contradiction avec ce que la vie lui a appris par la suite ?

Mais voilà que son portable vibre et, le cœur battant, elle lit le message qui vient d'être envoyé, « *comment vas-tu mon amour ?* » lui demande Douleur, elle effleure des yeux et des doigts chaque petit caractère qu'il lui a adressé, « *malade et heureuse* », écrit-elle.

« *Tu es seule ? Je peux faire un saut ?* » Cette possibilité la transporte tellement qu'elle répond aussitôt, avec tous les mots dont elle dispose, « *évidemment, assurément, naturellement, certainement, forcément, viens* », surtout qu'il ne sente pas la moindre hésitation, la moindre réticence de sa part (justement parce qu'elle a un peu peur), mais oui, elle est seule, elle l'attend, elle l'attend depuis presque trente ans, Micky est au bureau et Omer au lycée, il y a aussi peu de chance pour qu'ils reviennent tout à coup, en cette fin de matinée, que pour elle de l'avoir retrouvé, elle se hâte de passer ses cheveux au fer à lisser qu'elle réserve pour les grandes occasions, ajoute en vitesse une couche de maquillage et tandis qu'elle cherche dans l'armoire une robe qui la mettra plus en valeur que sa vieille chemise de nuit, la sonnette retentit et elle frissonne de plaisir. Il est là, il est arrivé, elle tousse dans l'interphone, « Ethan ? Je t'envoie l'ascenseur », mais personne ne répond alors que la sonnette continue à striduler, elle hésite, perplexe, jusqu'à ce qu'elle comprenne que c'est celle de la porte d'entrée qui insiste, une sonnette dont ils ne se servent presque pas, elle va ouvrir les mains tremblantes et lui tombe dans les bras, le corps brûlant de fièvre et le cœur battant d'émotion.

« Tu as monté les six étages à pied ? Pourquoi ne pas avoir pris l'ascenseur ? » s'étonne-t-elle, la joue posée sur son épaule, comme si elle n'avait rien de plus important à partager avec lui, « je ne prends jamais les ascenseurs, ils sont pleins de microbes », pourtant il n'a pas l'air d'avoir peur des microbes qui pullulent dans sa bouche à elle au moment où il lui soulève le menton et plaque ses lèvres contre les siennes, les avale littéralement, il va bientôt lui avaler tout le corps avec sa bouche affamée, avec ses mains qu'il pose sur ses seins encore couverts de la fine chemise de nuit, des seins qui ont allaité les deux enfants qu'il ne lui a pas faits mais qu'aucun homme n'avait touchés avant lui. Elle est de nouveau entre ses bras, de nouveau à lui, bas-ventre en feu, elle se fond dans le corps d'Ethan, don total de soi comme avant, comme elle ne l'a plus jamais ressenti depuis, elle halète sous ses doigts, tressaille de chaque pore de sa peau sous les caresses de cet homme, elle ne tient plus à être sur ses jambes mais sur celles d'Ethan qui la soulève, l'oblige à creuser le dos et lui suce les mamelons à travers le tissu, le plaisir est si violent qu'elle oublie où elle est. Même si Micky entrait à cet instant, elle ne s'arrêterait pas, même si Omer sortait soudain de sa chambre et la regardait, ahuri, elle continuerait, elle ne renoncerait pas à ce plaisir absolu, elle ne lâcherait pas le corps attaché au sien de la pointe de ses cheveux jusqu'au bout de ses orteils. C'est la force d'attraction universelle, ainsi avons-nous été créés, deux particules d'un même champ magnétique, encore un phénomène planétaire contre lequel on ne peut rien, un phénomène parmi tant d'autres, il en est de pires, s'entend-elle se justifier, haletante. « Qu'est-ce que tu dis ? » lui glousse-t-il dans le creux de l'oreille et elle chuchote, « rien, la fièvre me fait délirer, asseyons-nous un instant, tu veux ? », elle le guide vers le canapé et au moment précis où ils s'installent, elle n'a pas encore eu le temps de lui lâcher la main qu'elle reconnaît le soufflement familier de l'ascenseur qui stoppe à son étage et qui, devant son visage décomposé, s'ouvre pour éjecter Shoula, leur femme de ménage.

Shoula, qui vient toujours très bien habillée au travail, se change, hauts talons et minijupe aussitôt remplacés par des sabots et une vieille tunique, Iris ne manque jamais de la complimenter sur sa tenue vestimentaire, et elle le fait aussi à présent, par habitude, son cerveau abasourdi cherche une gentille remarque à faire sur son chemisier rouge, « comme la couleur vous va bien ! » s'exclame-t-elle et ce n'est que l'expression surprise et offusquée du visage de Shoula qui la réveille en sursaut, comme si elle venait de recevoir un seau d'eau froide sur la tête. Elle se lève avec précipitation, « si vous saviez comme je me sens mal ! Par chance le médecin qui s'occupe de moi au centre antidouleur passait dans le coin et il a accepté de venir m'examiner, je vous présente le docteur Rozen, c'est lui qui dirige le service », caquette-t-elle tandis que la femme de ménage, toujours ahurie, s'approche, le respect que lui inspire la profession citée tempère un peu le choc, propose même une explication salvatrice à la vision équivoque, surtout que le respectable médecin se lève aussi et lui serre la main avec gravité. Iris a beau savoir qu'elle a les lèvres gonflées et les cheveux ébouriffés, que les taches humides sur sa chemise de nuit sont plus que révélatrices, elle continue, « alors qu'est-ce que vous préconisez, docteur ? Que je prenne des antibiotiques ? demande-t-elle d'une voix officielle tandis que Shoula va se changer dans une chambre.

— La vérité, c'est que je n'ai aucune idée de ce que vous avez, je ne m'y connais qu'en maladies incurables », et ils éclatent tous les deux d'un rire qu'elle n'arrive pas à maîtriser, pas même lorsque l'intruse réapparaît dans le salon vêtue de sa tunique et lui demande, « vous voulez que je commence par la chambre d'Alma, comme ça vous pourrez vous remettre au lit ? ». Elle répond par un hochement de tête enthousiaste puis ajoute en direction du dos qui s'éloigne déjà, « merci, il n'y en a pas deux comme vous.

— J'espère que tu n'avais pas l'intention de la licencier, te voilà maintenant à sa merci, demain, elle va te demander une augmentation.

— N'importe quoi, proteste-t-elle, ce n'est pas son genre, jamais elle ne cherchera à me nuire. » Pourtant, au moment où il jette un coup d'œil à sa montre, elle se sent menacée par une nouvelle réalité, « je dois retourner à l'hôpital, dit-il, j'espère ne pas t'avoir mise dans une situation désagréable, Irissou, mieux vaut que ce soit toi qui dictes les règles, je n'ai rien à perdre alors que toi, si.

— Et moi, je n'ai rien à perdre à part toi », affirme-t-elle en le raccompagnant jusqu'à la porte.

Elle ira malgré tout retrouver Shoula dans la chambre pour évaluer la gravité de ses soupçons et, se laissant tomber sur son lit pendant que la femme de ménage sera occupée à passer l'aspirateur, elle lâchera, « j'en ai de la chance, je me sentais tellement mal que je n'avais pas la force de me traîner jusqu'au centre de santé, et tout à coup je me suis souvenue que le docteur Rozen était avec moi au lycée, alors je lui ai téléphoné et comme il passait par là…

— Quoi ? Vous étiez ensemble au lycée, ça alors ! » la coupe Shoula. Il semble qu'un tel état de fait justifie à ses yeux une intimité qu'elle ne peut pas ne pas avoir remarquée, d'autant qu'elle continue à arborer l'expression de contrariété qu'Iris connaît pour l'afficher, elle, chaque fois qu'elle découvre qu'Omer a de nouveau laissé une serviette mouillée sur le tapis de sa chambre. La femme de ménage remet les écouteurs sur ses oreilles, elle est toujours branchée à la radio et ravie de partager les infos avec ceux qui se trouvent à côté d'elle, ce qu'elle ne tarde pas à faire, « ça alors ! lance-t-elle de nouveau. Ils disent que le pourcentage des adultères en Israël a presque doublé en dix ans ! Je me demande comment ils le savent, s'étonne-t-elle tout haut, en général, les gens cachent leurs infidélités, non ? », heureusement l'aspirateur couvre de son ronflement ce qui est dit et ce qui ne l'est pas, Iris ferme les yeux. Pas de doute, elle a maintenant un problème, mais elle y ferait face ultérieurement, quand elle serait guérie, parce que ce problème-là n'est qu'une petite babouchka dans le ventre d'un problème beaucoup plus grand et c'est celui-là qu'elle devrait résoudre en premier, pas si simple, voilà pourquoi elle attendra et ne réfléchira pas tout de suite au mot qui vient d'être lancé dans la chambre dépoussiérée, quel dommage qu'on ne puisse pas l'aspirer lui aussi – adultère.

Est-ce vraiment un adultère alors que pour elle il s'agit, sans l'ombre d'un doute, d'un miracle ? Est-ce une infidélité alors qu'elle sait que jamais elle n'a été aussi fidèle à elle-même ? Se retrouvent-ils vraiment, elle et Micky, de part et d'autre d'un mur, opposés au point qu'elle le trompe en étant honnête avec elle-même ? Et si tel est le cas, est-ce que ça ne signifie pas que dès le début leur union était une erreur ? Qu'il est laid ce mot d'adultère, comment peut-on ainsi qualifier une rencontre si belle, si heureuse ? C'est un bonheur et pas un adultère, proteste-t-elle en silence, Shoula n'est plus là, elle se balade dans l'appartement avec l'aspirateur qui répand partout un nouveau mot, hôte indésirable, quand Micky rentrera à la maison, il sentira une présence étrangère, un envahisseur remonté du passé, et elle, que fera-t-elle ?

« Mieux vaut que ce soit toi qui dictes les règles », lui avait dit Ethan, debout sur le seuil, grand et un peu voûté, ses longs cils noirs baissés vers elle, ça a beau paraître raisonnable, c'est impossible, parce qu'elle sait à présent que jamais elle ne pourra le repousser, jamais elle ne pourra renoncer au moindre rendez-vous avec lui, fût-il bref, fût-il aussi risqué qu'aujourd'hui, il lui a trop manqué, il lui est trop précieux, il n'y a pas de règles qui tiennent, à bas tous les obstacles, voilà ce qu'elle a envie de crier. Peut-être que, une fois guérie, elle réussirait à gérer cette liaison avec la même dextérité qu'elle a géré jusqu'à présent son établissement scolaire, c'est juste que pour l'instant elle se sent faible et aussi incontrôlable que l'eau d'un bassin prête à se faufiler par la moindre fissure. Elle a très soif mais n'arrive pas à se lever, boit goulûment le thé qui a refroidi à côté de son lit, elle va appeler Shoula, lui demander un verre d'eau et en profiter pour lui suggérer de ne rien dire à Micky de la visite du médecin. Vous savez comment il est avec l'argent, médirait-elle sans scrupules, je préfère qu'il ne sache pas que je me suis payé une consultation à domicile au lieu d'aller au centre de santé, mais elle s'endort avant d'avoir le temps de mettre en application ce plan qu'elle juge malin quoiqu'un peu méchant.

Lorsqu'elle rouvre les yeux, la nuit est déjà tombée, une obscurité bleutée couvre sa fenêtre ouverte tel un rideau et elle entend le générique rythmé du début des infos. Faites juste qu'on n'évoque pas les statistiques dont Shoula lui a parlé, le pourcentage d'adultères qui aurait doublé dans leur pays ces dernières années, une information qui risquerait de pousser Micky à lui demander où elle avait passé la nuit précédente. La veille encore, elle formulait des soupçons à son encontre et maintenant c'est sur elle que la méfiance va planer, peut-être d'ailleurs se trompent-ils, peut-être sont-ils la cause de ce grand bond statistique, elle tend l'oreille pour essayer de capter les gros titres, en vain, les commentaires diffusés sont couverts par le cliquètement bruyant d'une fourchette ou d'une cuillère contre une assiette, une intimité se noue ainsi avec l'élégante présentatrice qui semble, elle aussi, manger dans leur salon.

Tout en contemplant sa fenêtre de plus en plus sombre, elle se souvient comment, clouée au lit après l'attentat, elle écoutait les bruits autour d'elle en ayant l'impression de suivre une dramatique à la radio, quelque chose sur la vie de famille datant de l'époque où les voix étaient plus accessibles que les images, une histoire qui ne la concernait pas particulièrement, c'est ce qu'elle ressentait, on y parlait d'un père et de ses deux enfants qui essayaient de continuer à vivre normalement tout en se cramponnant à l'espoir illusoire (que les auditeurs ne partageaient d'ailleurs pas vraiment) du retour au foyer de la mère blessée.

« C'est infect, ce que tu as cuisiné, je veux ce que maman a l'habitude de préparer », entendait-elle Omer pleurnicher, « eh bien ne mange pas, tu n'es pas obligé ! » rétorquait Micky agacé, pour aussitôt le regretter et essayer de calmer le jeu, « nous voulons tous que maman se rétablisse au plus vite, mon chéri, mais en attendant, on est obligés d'être un peu souples ».

Alma, en revanche, n'avait pas de problème de souplesse, débarrassée des yeux angoissés de sa mère, elle mangeait avec appétit les étranges recettes de son père, Micky aimait mélanger des ingrédients qui n'allaient pas ensemble et réchauffer les restes de soupe dans la même casserole que les pâtes fraîches ou le riz de l'avant-veille, c'est du moins ce qui ressortait des compliments échangés dans leur salon. Tous les soirs Iris retrouvait son feuilleton radiophonique, arrivait à suivre les divers événements dont elle analysait le développement, mais une indifférence nouvelle la séparait des protagonistes, comme un écran de fadeur qui les empêchait de l'atteindre. Trouve-t-on toujours fade une structure que l'on regarde de loin après en être sorti ? Elle se demandait parfois si ce profond sentiment d'appartenance jamais remis en question était le seul et l'unique mobile qui nous poussait à nous attacher, à tomber amoureux d'un minuscule bébé, à nous abandonner à un conjoint. Car il suffisait qu'un choc fortuit en coupe soudain la continuité pour lui faire perdre tout son goût.

Après le repas et la douche, Omer et Alma entraient dans sa chambre, lui souhaitaient une bonne nuit, elle s'efforçait de se concentrer sur ce qu'ils lui racontaient et s'évertuait à leur sourire, même quand elle souffrait le martyre. Jamais elle n'avait versé la moindre larme devant eux, toujours à prendre sur elle pour ne pas être un poids, si bien qu'au fond elle aurait préféré n'avoir personne à ses côtés durant ces mois pénibles, en tout cas pas ses enfants. À l'hôpital, elle se sentait beaucoup plus en confiance, après sa troisième et dernière opération, elle les avait même carrément suppliés de la garder encore quelques jours dans le service, ce qui lui avait valu une visite du psychiatre qui était venu s'assurer que tout allait bien chez elle. Comme à son habitude, elle ne s'était pas épanchée, se contentant d'assurer qu'il n'y avait aucun problème à la maison, « c'est juste que je suis plus à l'aise ici.

— Vous leur en cachez trop, montrez-leur à quel point vous souffrez, laissez-les vous aider », avait-il tenté de lui expliquer de son accent anglo-saxon, mais elle avait rétorqué avec orgueil, « ça va à l'encontre de ma conception du monde », sans s'arrêter sur le regard lourd qu'il lui lançait. Quoi d'étonnant à ce qu'il n'ait plus osé s'approcher de son lit.

Avait-elle aussi empêché Micky de l'aider ? À première vue, elle ne cessait de le solliciter, incapable de se tenir debout seule, aussi dépendante de lui qu'elle l'avait été de sa mère à l'époque de sa dépression, peut-être d'ailleurs de là lui était venue la facilité avec laquelle elle s'était adaptée à être ainsi limitée, peut-être aussi était-ce pour cela que la présence des enfants l'avait tant dérangée. Micky faisait le maximum, mais le café qu'il lui préparait était toujours froid, les plats qu'il cuisinait toujours bizarres, lui aussi d'ailleurs était froid et bizarre, lui qui maintenant ouvre la porte un bol de soupe à la main, introduisant dans la pièce un rayon de lumière désagréable.

« C'est donc là que tu es ? » lui sourit-il entre deux gorgées de soupe. Étrangement, il paraît de bonne humeur, peut-être a-t-il réussi à vaincre quelque adversaire anonyme aux échecs. « Shoula doit être amoureuse, à en juger par la quantité de sel qu'elle a versé dans ce potage, d'ailleurs, quelle drôle d'idée de préparer un potage quand il fait si chaud ? » bougonne-t-il sans se départir de son sourire un peu niais. Iris l'observe, les yeux mi-clos, il ne lui a pas encore demandé comment elle allait, n'a pas remarqué qu'elle était malade, ne semble préoccupé que par le goût qui envahit son palais et pense sans doute qu'elle partage sa conclusion, il lui parle sans vérifier si elle dort ou pas, l'a-t-elle choisi pour ça, elle qui, dès le début, avait des choses à cacher ? Est-ce pour ça qu'elle a préféré un homme dont la capacité à observer son partenaire était moindre ?

« Micky, je ne me sens pas bien », elle ouvre un œil et le regarde, la lumière qui filtre du couloir le transforme en silhouette abstraite, gomme ses traits, « de nouveau cette satanée douleur ? » demande-t-il, elle sursaute mais la question est totalement innocente, « non, ça n'a rien à voir, j'ai dû prendre froid à Tel-Aviv à cause des climatiseurs, j'ai de la fièvre.

— Qu'est-ce que tu as été faire là-bas ? » s'enquiert-il après un soupir, et comme Dafna et elle n'ont pas eu le temps de se concerter, elle improvise une réponse vague, « Dafna m'a demandé de l'accompagner à un rendez-vous, s'il te plaît, apporte-moi un peu de soupe ».

Plan efficace, puisqu'il s'empresse de revenir sur le sujet qui semble le préoccuper depuis son retour, à savoir pourquoi préparer de la soupe par une telle chaleur, « peut-être parce que je suis malade ? suggère-t-elle. Apporte-m'en un bol, je n'ai rien mangé depuis ce matin ». Il se tourne enfin vers la cuisine et elle lâche un soupir de soulagement. Il a sûrement des soupçons, mais il est trop centré sur lui-même pour pousser ses investigations ou tirer quelque conclusion que ce soit, c'est épuisant, et il n'est pas du genre pugnace. Il préfère de loin retourner à ses affaires, à ses échecs et ne remarquera donc pas qu'elle garde son portable à son chevet, lui qui n'a même pas encore remarqué sa nouvelle couleur de cheveux, ni les griffures sur son visage. Il ne l'observe jamais avec attention, de toute façon, elle préfère rester dans la pénombre, si bien que lorsqu'il revient avec le bol de soupe, elle lui demande tout de suite de ne pas allumer la lumière, « ça me fait mal aux yeux, prétexte-t-elle dans un chuchotement qui enclenche une nouvelle idée, regarde ce qui m'arrive, je n'ai plus de voix ». Elle est la première surprise par ce qu'elle vient de dire, comme si, au fil de ses années d'enseignement, elle avait gardé en mémoire tous les mensonges de ses élèves et parfois aussi de ses collègues, et qu'elle pouvait à présent s'en servir à volonté, « retourne à ton ordinateur, j'ai trop de mal à parler », le libère-t-elle, magnanime, utilisant un mot neutre pour ce qu'elle qualifie en général de « tes foutus échecs », alors il reste là à hésiter, debout entre le lit et la porte, sans savoir comment interpréter cette générosité inattendue, craignant de décevoir au cas où il s'agirait d'un piège qui serait inscrit à sa charge et utilisé ultérieurement contre lui.

« Pas question, proteste-t-il finalement, tout gentil. Je ne vais pas aller jouer si tu te sens mal, je vais rester assis à côté de toi », et elle prend une grande inspiration, toutes leurs disputes au sujet de son addiction au blitz lui paraissent soudain tellement minables. Pourquoi l'avoir tant enquiquiné, de toute façon, jamais il ne pourra lui donner ce dont elle a besoin, même s'il restait collé à elle vingt-quatre heures sur vingt-quatre, elle est soudain submergée de pitié pour ce pauvre grand dadais, n'est-il pas, lui aussi, son fils, son fils aîné, trop vite poussé et maladroit mais qui, à la différence de ses deux autres enfants, ne quitterait jamais la maison. Comment a-t-elle pu le soupçonner d'infidélité ? Dafna a raison, ça ne lui ressemble pas du tout, il est naïf, droit, rien n'est sa faute dans leur couple, c'est juste qu'il ne la satisfait pas et il ne la satisfait pas parce qu'il n'est pas Ethan, voilà pourquoi elle continuerait à s'occuper de lui comme elle s'occupe d'Omer, mais sa vie sentimentale, elle la garderait pour elle, telle est la déontologie maternelle : une mère a le droit de tomber amoureuse tant qu'elle ne néglige pas ses petits, et elle ne négligerait pas les siens. Elle resterait ici avec eux, veillerait à ce que leur cadre ne change pas mais, de temps en temps, elle s'éclipserait discrètement dans son autre vie, on ne peut même pas appeler ça une double vie, parce qu'il n'y a rien en double dans son système : là-bas, elle serait femme, ici, elle serait mère, ce sont les deux moitiés d'un tout, cette solution découle de son histoire personnelle d'une manière quasi naturelle.

Car si Ethan Rozenfeld ne l'avait pas abandonnée dans leur jeunesse, elle aurait vécu avec lui jusqu'à présent, avec lui et les enfants qu'ils auraient eus ensemble, elle aurait été comblée, mais il en a été décidé autrement et elle se retrouve face à trois êtres humains envers qui elle a des obligations – qu'elle respecterait à condition qu'ils respectent ses besoins, ses sentiments, sa fidélité à l'adolescente qu'elle était et à la femme qu'elle est devenue.

« Pourquoi me regardes-tu comme ça ? » lui demande-t-il et elle se secoue, « moi ? Comment est-ce que je te regarde ?

— Comme si tu me voyais pour la première fois… ou pour la dernière, à toi de préciser », une quinte de toux embarrassée la saisit, « je vais mourir de cette grippe, Mouky, alors c'est peut-être effectivement la dernière fois, il y a toujours des gens qui meurent de la grippe, répond-elle pour tourner ses paroles en dérision et brouiller ce que son intuition aiguisée a saisi.

— En général, ils sont plus vieux, réplique-t-il avec un sérieux étrange.

— C'est que je ne suis plus toute jeune », se hâte-t-elle de lui rappeler, mieux vaut qu'il pense à elle en ces termes, il la soupçonnera moins et peut-être aussi la désirera-t-il moins. Car qu'est-il en train d'espérer, debout sur le seuil de la chambre, que sa passivité de malade lui permettra une approche libidineuse ? Penser qu'il pourrait la toucher fait monter en elle un relent de dégoût, ce serait pervers, comme les caresses d'un fils déjà pubère. Une irritation impatiente la saisit et elle chuchote, « je veux dormir.

— Tu n'as pas goûté à la soupe que je t'ai apportée.

— Maintenant j'ai la nausée, je mangerai tout à l'heure, ferme la porte et bonne nuit », ajoute-t-elle afin d'éviter tout malentendu. Au moment où il sort, elle masque difficilement le sourire qui pointe sur son visage, aussi involontaire que ceux des bébés.

En fait, cette maladie lui plaît, une chance que la climatisation l'ait complètement anéantie, là-bas, dans la salle des morts. Elle y gagne le repos, la solitude, la liberté, tout ce dont une femme infidèle a besoin, parce que, malgré elle, ce mot, jailli du gosier de Shoula, erre toujours dans l'appartement tandis qu'elle continue à se surprendre, se découvrant des ressources d'efficacité et de créativité insoupçonnées qu'elle peaufine d'instant en instant, à croire que depuis sa plus tendre enfance elle était prédestinée à l'adultère, aux cachotteries. Pourquoi ne pas proposer un stage en la matière, ironise-t-elle, où j'expliquerais à des hommes et à des femmes comment tromper leur conjoint de la meilleure manière possible, sans éveiller de soupçons, je commencerais bien sûr par initier les parents d'élèves, de là ma notoriété se répandrait et je deviendrais un professeur très prisé. Elle s'émerveille de ses progrès rapides parce que le lendemain matin il reviendra, et même si ce n'est pas le jour de la femme de ménage, elle aura mis son expérience de la veille à profit, l'introduira directement dans sa chambre, fermera la porte à clé et, sur le petit lit de sa fille, elle aura droit à la plus merveilleuse des rencontres, son corps qui commençait à se ratatiner ces derniers temps retrouvera petit à petit les formes de celui de l'adolescente qu'elle était, et avec le corps viendra l'âme, l'âme non brisée, pleine de désir, rassasiée, elle en voudra encore, « ne t'en va pas, reste avec moi », mais il n'aura plus le temps, ses patients l'appellent, il essaierait de venir le lendemain.

Le lendemain, il ne pourra pas se libérer aux heures où elle est seule à la maison, déçue, elle se tournera et se retournera dans son lit, avec une peau qui aura besoin de lui autant qu'on a besoin d'un manteau chaud en hiver et d'un souffle de vent frais par temps de canicule. En a-t-il déjà assez d'elle ?

Cette fois, elle n'y survivrait pas. Mais le surlendemain, il vient, très tôt, débarque à peine quelques minutes après le départ de Micky et d'Omer, il a une odeur fraîche et les yeux brillants, « je ne peux plus passer une journée sans toi, je suis totalement accro », chuchote-t-il et elle avoue, heureuse, qu'elle non plus, qu'hier elle a eu du mal à tenir le coup, elle ferme la porte à clé et le déshabille, pose ses vêtements sur le dossier de la chaise d'Alma, devant le bureau sur lequel la gamine préparait ses devoirs, à côté de son aquarium où il n'y a plus de poissons. Elle le caresse de ses mains et de ses pieds, qu'a donc ce corps-là pour l'affamer autant ? Long, sensible, émacié, il la fait pleurer de plaisir et rire de douleur, il n'arrête pas de lui parler, il la veut tout entière, en bloc, dans un don de soi total, pincements sucrés de désir et de passion. Les murs nus de la chambre les observent, n'ont gardé que les contours de ce qui les ornait, des décorations dont les dimensions avaient varié au fur et à mesure qu'Alma grandissait, fillette puis adolescente puis jeune femme : des photos de famille, ses dessins, les posters des stars de ses séries préférées. « Ça me rappelle ta chambre, dit-il tout à coup, toi aussi tu avais un lit comme ça, trop grand pour une personne, trop petit pour deux, on trouvait que ta mère devait échanger avec nous, puisqu'elle dormait seule. Qu'est-elle devenue ? Elle est toujours vivante ? » demande-t-il, il s'intéresse à sa mère mais pas à sa fille qui pourtant, elle, lui offre son lit, mais Iris aussi arrive à repousser toutes les pensées préoccupantes liées à Alma. Pas quand il est là, s'intime-t-elle l'ordre, pas non plus quand il s'en va parce qu'elle veut pouvoir penser à lui, se remémorer chaque instant et décupler le plaisir, le miracle du retour d'Ethan dans sa vie, pas non plus l'après-midi, quand Micky revient du travail et qu'elle s'efforce d'être le plus gentille possible, pas non plus quand

Omer rentre du lycée et que, installé sur une chaise en face d'elle au-dessus d'une assiette pleine, il bavarde, à la différence de sa grande sœur il aime l'associer à ce qui lui arrive, en l'occurrence comment dire à sa copine qu'il a besoin d'un peu d'air, ni quand elle répond avec apathie à ses dizaines de mails, essayant d'en transférer un maximum à son adjointe, une jeune femme qu'elle a formée, qui déborde encore d'enthousiasme et se sent reconnaissante à la moindre marque de confiance de sa directrice.

Après avoir terminé l'examen de la chambre, Ethan demande, « tu es en quarantaine ici parce que tu es malade ?

— Non, parce qu'il ronfle », répond-elle, il a un rire soulagé légèrement teinté de joie mauvaise. Jusqu'à présent, il a peu posé de questions et elle a peu raconté, elle ne lui a même pas encore parlé de la profonde dépression qui avait suivi leur rupture. Inutile de gâcher un temps si compté avec des choses qu'elle connaît déjà, elle préfère l'écouter parler de ce qu'elle ignore ou simplement être avec lui, reprendre contact, car cet ancien amour qui s'est renouvelé avant qu'elle ne fasse connaissance avec l'homme qu'il est devenu l'a ramenée vers un temps oublié, le temps du sentiment dont la puissance emplit tous les vides et ne laisse pas le moindre interstice pour autre chose que lui, lui et encore lui.

À l'époque, leur relation s'était bien sûr construite dans l'ordre, elle avait d'abord appris à le connaître, avait eu le temps de s'habituer à sa présence puis était tombée amoureuse de lui. Ils ne s'étaient pas fréquentés car il était en terminale et elle en première, jusqu'à cette fameuse dernière année de lycée pour Ethan, où sa classe avait été chargée de préparer la cérémonie de commémoration des soldats tombés au champ d'honneur. Aujourd'hui, elle les voit avec terreur, ces adolescents de terminale bientôt incorporés à l'armée et qui récitent des passages de la prière du souvenir comme s'ils préparaient leurs proches à leur propre mort, mais à l'époque, cela lui paraissait aussi normal que sa participation aux festivités. Dans son lycée, quelques parents avaient perdu un fils au combat, mais elle était la seule orpheline de guerre, si bien qu'elle montait sur scène chaque année pour parler de son père, narrer sa mort héroïque dans un tank qui avait pris feu sur les bords du canal de Suez, une histoire qui, évidemment, ne changeait que très peu d'une fois sur l'autre, à la différence des deux chansons (qui, elles, n'étaient jamais les mêmes) qu'elle dédiait à sa mémoire et interprétait de sa plus douce voix. Cette année-là, Ethan, avec sa belle stature, ses yeux bleus et le sérieux particulièrement adéquat de son expression, avait naturellement été choisi comme maître de cérémonie, si bien qu'elle s'était retrouvée à passer beaucoup de temps avec lui pendant les semaines de répétitions. Il était en permanence entouré d'un essaim de filles de sa classe, mais c'était elle, finalement, qu'il avait préférée.

Elle avait tout de suite senti, sans encore savoir pourquoi, que son état d'orpheline l'intriguait, alors elle essayait de donner des réponses intéressantes aux questions qu'il lui posait, les souvenirs pâlissaient-ils avec le temps, en voulait-elle à cet homme de l'avoir abandonnée, à la patrie de le lui avoir pris, aux soldats égyptiens de l'avoir tué ? Afin d'être à la hauteur, elle avait puisé dans tous ses souvenirs, même ceux qui n'étaient pas très valorisants pour son père, comme la phobie des insectes qu'il lui avait communiquée, il l'attrapait, malgré les protestations énergiques de sa mère, et l'écartait de la moindre bestiole, la soulevait de terre à la vue d'un cafard ou d'une minuscule araignée. Elle avait aussi parlé à Ethan du mauvais goût paternel en matière de femmes, celle qu'il avait épousée en étant l'incarnation, et elle lui avait même révélé qu'elle le soupçonnait d'avoir été contraint et forcé pour cause de grossesse imprévue, c'est-à-dire de fille non désirée, elle, Iris, en l'occurrence, sûr qu'il avait choisi de mourir pour échapper à cette femme qui ne lui convenait pas. « En plus, c'est à cause d'elle que je n'ai pas pu lui dire adieu. Elle ne l'a pas laissé me réveiller au moment où il a reçu l'ordre de partir, sous prétexte qu'il ne fallait pas perturber notre sacro-sainte routine ! » Surtout, elle avait décrit à Ethan comment sa vie avait brutalement changé après la mort de son père, c'était comme s'ils avaient immigré dans un autre pays ou s'étaient soudain métamorphosés, le pire ayant été pour elle de devoir arrêter d'attendre, parce que subitement elle n'avait plus personne à attendre alors que jusque-là les heures de la journée convergeaient vers le retour du père : le soir, quand il la prenait sur ses genoux et qu'elle se lovait entre ses bras, elle posait sur le monde un regard victorieux. Perdre cette attente avait été plus difficile que de perdre son père qui, lui, n'était avec elle que deux ou trois heures par jour : l'attente, elle, l'accompagnait tout au long de la journée, et lorsque Iris en avait été privée, elle était devenue une petite fille appliquée et sinistre, une petite fille qui aidait sa mère à élever sans joie deux bébés inutiles, et dont toutes les prières se formulaient par la négative, faites qu'ils ne se réveillent pas la nuit, qu'ils ne tombent pas malades, que maman ne se mette pas en colère.

Elle aimait la manière qu'avait Ethan d'incliner la tête pour l'écouter, il la regardait avec un intérêt auquel elle n'était pas habituée, elle aimait les questions matures et directes qu'il lui posait, le fond étincelant de ses yeux, ses lèvres charnues, mais jamais elle n'aurait osé espérer qu'il soit intéressé par sa personne et elle s'attendait, une fois passée la commémoration, à ce que leur relation redevienne aussi distante qu'auparavant. Quelle n'avait pas été sa surprise, et son bonheur, de constater son erreur et de l'entendre lui demander, à la fin de la commémoration, juste après les dernières notes de l'*haTikva*, si elle avait un plan pour la soirée, veille de la fête de l'Indépendance, sinon, il lui proposait de se joindre à sa bande de copains qui se réunissaient près d'une source derrière chez lui, une source que personne ne connaissait, sous un magnifique mûrier.

« *Elle existe encore, notre source ?* » lui demande-t-elle par SMS alors qu'il vient de partir et il répond au bout d'un certain temps, « *non, tout un quartier a poussé dans le vallon et ils l'ont bouchée. Il me semble que maintenant ils essaient de la retrouver, j'irai voir samedi, à vélo* », elle sait déjà que les week-ends où ses enfants sont chez leurs mères respectives, il fait des balades en VTT ultrasophistiqué, elle frissonne en pensant qu'il retournerait à l'endroit où elle avait connu le bonheur le plus total alors elle écrit, « *attends-moi, je veux y aller avec toi* ». Deux heures plus tard il lui répond, « *j'attendrai* ».

Ce soir-là, comme il est plus libre qu'elle, il lui adresse de longues phrases, mélange de souvenirs, de désirs, de propositions et de faits, « *ma mère t'aimait tellement qu'avant de mourir elle m'a dit que je devais t'épouser. Quel idiot j'étais. Et si on allait se marier sur sa tombe ?* » mais déjà elle entend Micky qui rentre à la maison, lui répond quelques mots précipités, cachée sous la couverture, « *on était censés se marier à la source, tu as oublié ?* », auxquels il répond aussitôt, « *je n'ai pas oublié* », et il ajoute que cette nuit c'était impossible parce qu'il avait son fils chez lui et qu'ils faisaient présentement une partie de jeu d'échelles, ce à quoi elle réagit en écrivant, « *je dois le voir* », et il se hâte de lui envoyer une photo. Elle replonge, tête la première, sous sa couverture pour le détailler, qu'il est petit, cet enfant, elle en a le cœur serré, il a neuf ans mais en paraît six, une lueur malicieuse brille dans ses yeux, il ne ressemble pas du tout à son père, elle ne sait encore rien de sa mère, toutes leurs conversations passent du coq à l'âne et sont sans cesse coupées par des caresses, des souvenirs, des rires. « *Qu'est-ce qu'il est mignon, si je pouvais être avec vous maintenant* », « *viens* », répond-il avec la même simplicité qu'il lui avait dit, quelques jours auparavant, « appelle-moi ». Micky passe une tête dans la chambre, « qu'est-ce que tu fabriques sous la couverture ? » s'exclame-t-il et elle en ressort aussitôt, cramoisie et exaltée, « rien du tout, la lumière me dérange.

— Quelle lumière ? Il fait complètement noir ici ! s'étonne-t-il avant de continuer sur un ton de reproche, pourquoi tu ne vas pas voir un médecin ? Ça fait une semaine que tu traînes cette grippe qui a l'air de se compliquer.

— C'est que je n'ai pas la force d'aller jusqu'au centre de santé, Mouky, soupire-t-elle, je suis trop faible.

— Eh bien, on va demander à un médecin de passer à la maison, peu importe le prix », propose-t-il plein de générosité et elle lui fait mentalement des excuses pour avoir eu l'intention d'invoquer son avarice aux oreilles de Shoula. À moins que ce ne soit justement la femme de ménage qui lui ait parlé de la visite du chef de service. Peut-être est-il en train de la tester… mieux vaut fermer les yeux et faire semblant de dormir jusqu'à dissipation du sujet, son portable vibre dans sa main, elle crève d'envie de ramper de nouveau sous la couverture pour voir ce qu'il a écrit mais son mari est encore là, à l'observer avec inquiétude : une semaine qu'elle n'est pas sortie de ce lit devenu carrément son camp retranché, ce lit où elle ne le convie pas, ce lit qui les sépare puisque c'est dans ses profondeurs qu'elle cache son corps et le secret qu'il renferme, son portable et le secret qu'il renferme, oui, le pauvre Micky a de quoi être mécontent. À travers la fente de ses paupières, elle le voit s'éloigner puis elle l'entend qui, de la cuisine, lui demande si elle veut un peu de la *shakshouka** qu'il prépare, elle ne répond pas, pourquoi lui propose-t-il de manger alors qu'elle est censée dormir, de nouveau son portable vibre, incapable de se retenir elle y jette un coup d'œil et sa main tremble au moment où elle lit, « *je prépare de la* shakshouka, *tu en veux ?* ».

Doit-elle y voir quelque signification mystérieuse ? s'inquiète-t-elle, Micky aurait-il pu capter le message avant qu'il ne soit arrivé dans son portable à elle, lui qui est un expert en haute technologie ? Peut-être existe-t-il un programme secret qui permet d'attraper les messages dans l'air, comme les papillons ? Ridicule, essaie-t-elle de se rassurer, ce n'est qu'une coïncidence, beaucoup de familles sont certainement en train de préparer une *shakshouka* pour le dîner, et pourtant, cette fois, elle attend avant de répondre. Sous la couverture, son cœur bat si fort qu'elle en vient à se demander si elle est vraiment faite pour être une femme infidèle. Peut-être que ça ne lui convient pas du tout de mentir, de cacher, de chercher un sens à chaque mot et à chaque geste. Trop pesant, trop perturbant, trop humiliant aussi, quand elle serait guérie et de retour à l'école, ça l'empêcherait assurément de bien travailler. Pourquoi ne pas se lever maintenant, aller s'asseoir à table en face de Micky et tout lui avouer pendant qu'il mange ? Il n'y est pour rien, elle n'y est pour rien, personne n'y est pour rien. Elle a le droit de tomber amoureuse et il a le droit de savoir. Les gens mariés aussi sont des individus

* Plat oriental à base d'oignons, poivrons, tomates rissolés dans une poêle auxquels on ajoute des œufs au plat.

libres. Il serait libre de choisir comment continuer sa vie et elle serait libérée des mensonges. Elle s'assied lentement sur le lit, ses pieds touchent le sol, elle est un peu vaseuse mais avance vers lui, « Micky ? », elle voit son dos au bout du couloir, il est assis à l'ordinateur, une assiette vide posée à côté de lui, « pas maintenant, je suis occupé », marmonne-t-il distraitement.

Elle a un sursaut de recul, tant mieux, il sera toujours temps de dire la vérité, tout est encore si frais, elle ne connaît pas Ethan, ne se reconnaît plus elle-même, sa vie a été chamboulée en une semaine, c'est trop tôt pour des décisions irrévocables, et pourtant, elle retourne au lit avec la sensation d'avoir raté le coche.

« *J'ai failli tout raconter à Micky* », écrit-elle, « *dommage* », répond-il aussitôt et elle se demande à quoi il fait allusion. Dommage qu'elle n'ait rien dit ou dommage qu'elle ait failli parler et mettre avec une telle insouciance son mariage en péril (ce qui n'est pas du tout la même chose). Et si elle lui demandait ? Non, s'il n'a pas jugé bon de préciser, c'est qu'il suppose qu'elle comprendra toute seule, et si elle ne comprend pas toute seule, ça veut dire qu'elle ne le connaît pas assez, ce qui, peut-être, justifie qu'elle n'ait rien révélé à Micky. Alors pourquoi ce sourd malaise, cette sensation diffuse que l'occasion ne se représentera plus et qu'elle risque de regretter de ne pas les avoir traités, elle, Micky, les années qu'ils ont passées ensemble et les deux enfants qu'ils ont eus ensemble, avec le respect qu'ils méritaient en ne leur donnant pas le droit de savoir.

CHAPITRE 10

« Chers parents, l'amour a de multiples facettes – certaines douces et d'autres dures, certaines ouvertes et d'autres fermées, certaines permissives d'autres punitives, certaines larges d'autres étroites. Conscients de notre mission éducative, nous choisissons à chaque instant quelle facette utiliser selon les circonstances. C'est souvent au moment où nos enfants grandissent et commencent à conquérir leur indépendance que, soucieux de leur apprendre à faire la différence entre étranger et connu, ami et ennemi, nous leur imposons une frontière nette qui sépare la famille du monde extérieur.

Quand et comment ces délimitations claires se métamorphosent-elles et se retournent-elles contre nous pour devenir des pièges qui se referment sur leurs initiateurs ? La réalité de la société israélienne nous lance un défi permanent : comment se comporter face à l'autre, le différent, l'étranger en la demeure. Dans une ville où se mélangent Juifs et Arabes, séfarades et ashkénazes, pratiquants et athées, réfugiés et clandestins, tout parent qui cherche à protéger et à éduquer son enfant doit repenser ses définitions et ses démarcations. La décision d'inscrire dans notre établissement des enfants de travailleurs étrangers ainsi que l'élaboration d'un programme fondé sur le pluriculturalisme participent d'un projet de plus grande envergure que nous développons et avons intitulé : L'autre, c'est moi.

Dans ce cadre, nos élèves participeront, l'année prochaine, à des rencontres avec des élèves de leur âge scolarisés en secteur arabe, ensemble nous célébrerons les fêtes juives, musulmanes et chrétiennes, nous rechercherons aussi des traditions communes, le but étant de leur apprendre à se connaître sans intermédiaires. S'il reste un espoir en cet endroit du monde, il ne viendra que de la rencontre. »

Épuisée, elle pose son ordinateur à côté d'elle et ferme les yeux. Elle n'est pas assez concentrée et reprendra demain, de toute façon personne ne lit jusqu'au bout ses ennuyeuses professions de foi, toujours dégoulinantes de bonnes intentions ; de toute façon, ça ne sert à rien, le pouvoir de la rue est toujours plus fort, et la rue se radicalise terriblement. Il est plus facile de haïr que d'aimer, même si, dans son cas personnel, elle a depuis quelque temps de plus en plus de facilité à aimer. Elle est la première à appliquer son programme, à prendre au pied de la lettre sa devise : « L'autre, c'est moi ». L'autre, c'est elle et inversement ; l'autre est devenu chair de sa chair, l'ennemi est devenu amant, elle a accueilli l'étranger en son sein, oui, son amour a de multiples facettes et elles sont toutes tournées vers un seul homme.

Elle s'étonne en pensant aux années où l'école était le centre de sa vie car à présent son travail est relégué en périphérie et elle ne fait qu'éviter les catastrophes, en l'occurrence essayer, de son lit, d'éteindre plusieurs incendies en dirigeant les tuyaux vers les différents foyers problématiques. Les vacances approchant, la pression est double : il faut continuer à gérer l'année en cours tout en commençant à s'occuper de la prochaine, il y a beaucoup de malades dans l'équipe enseignante et pas assez de remplaçantes, sans compter le débat au sujet des bulletins qui n'est toujours pas clos, elle avait lancé une grande concertation qui lui paraissait encore très importante quelques semaines auparavant : selon quels critères évaluer les enfants, fallait-il ou non y introduire une dimension personnelle ? Depuis des années, elle cherche comment augmenter la portée pédagogique de ces bilans mais maintenant elle a l'impression d'avoir raté le bon moment, ça ne l'intéresse plus, qu'ils continuent les discussions sans elle. Il faut aussi recruter de nouveaux professeurs, rencontrer de nouveaux parents, son adjointe, qui semble rapidement évoluer vers la fonction de direction, justifie la confiance qu'elle lui a accordée et la remplacera certainement avec plaisir, voilà une idée qui lui plaît, bien plus que la possibilité de sortir du lit.

Comment sortirait-elle du lit puisqu'elle n'est toujours pas guérie. Elle a l'impression que, suite à quelque opération chirurgicale complexe, sa vie a été ressoudée, de sorte que les journées qu'elle passe dans la chambre de sa fille sont la continuation directe des journées où elle était couchée chez sa mère quasi immobile, oui, toutes ses prières d'alors s'exaucent aujourd'hui, le temps d'alors s'est plaqué au temps présent, les années entre ces deux moments ont disparu, n'existent pas, exactement comme si on lui avait recousu la tête directement sur les jambes en laissant tout le reste hors de son nouveau corps. Tout le reste, c'est-à-dire Micky, les enfants et son travail, tout le reste, c'est ce qu'elle a construit dans sa vie d'adulte et qui lui paraît soudain si fade, un ersatz sans goût de la vraie vie. Celui qui est enfin revenu est évidemment revenu vers la jeune fille qu'elle était, l'adolescente qui attendait ce miracle-là nuit et jour, sur son lit dans l'appartement maternel : reviens et dis-moi que tu t'es trompé, reviens et dis-moi que notre séparation est terminée, que tu ne peux pas vivre sans moi comme je ne peux pas vivre sans toi. Car nous sommes inséparables depuis toujours, comme le sable et la mer, comme l'éclair et la foudre, comme le nuage et la pluie, comme l'arc et la flèche, comme la voix et l'écho. Pendant des heures, elle écoutait à contrecœur les bruits de l'intérieur et de l'extérieur, les jumeaux qui se disputaient et sa mère qui les grondait, le début ou la fin des infos à la télé, les voisins qui discutaient sur le balcon, des pas précipités dans la rue. Viens prendre de mes nouvelles, priait-elle, comment peux-tu ne pas t'inquiéter, ne pas chercher à savoir si je suis vivante ou morte, elle répétait en boucle les deux syllabes de son prénom, et voilà qu'il a tout de même fini par l'entendre, voilà qu'il lui est revenu, il revient, il arrive quand l'appartement est désert, maman est au travail et les jumeaux à l'école, il frappe discrètement à la porte, une vague de bonheur et d'espoir la submerge, toutes ses souffrances sont effacées, toutes ses peines oubliées.

« Aujourd'hui, on reste assis dans le salon, le prévient-elle en l'attirant vers le grand canapé, Omer ne se sentait pas bien ce matin et il risque de débarquer, alors on va boire un café et discuter en vieux amis que nous sommes », il lui offre un sourire juvénile qui illumine son visage, « je ne peux pas te parler sans te toucher, cette punition est insoutenable », alors elle le sermonne avec une sévérité feinte, « tu as tenu le coup presque trente ans sans me toucher.

— Ce qui a effectivement été insoutenable.

— Pauvre petit chou, comme je te plains ! » réplique-t-elle en lui caressant les cheveux, mais il se hâte de protester, « c'est que, à ma manière, je te suis resté fidèle, la preuve en est que je n'ai persévéré avec aucune autre femme. Ce qu'on ne peut pas dire de toi, qui as fondé une famille en terre d'Israël », d'un large geste, il indique le salon autour d'eux et elle a l'impression de saisir une nuance railleuse dans sa voix, « tu ne m'as pas vraiment laissé le choix, mon chéri, n'oublie pas que c'est toi qui m'as quittée.

— Crois bien que je ne l'oublie pas un seul instant, quel idiot j'étais, soupire-t-il pour aussitôt l'attirer à lui, mais tu me pardonnes, pas vrai ? Je vais t'embrasser jusqu'à ce que tu me pardonnes », et la voilà sur ses genoux, sa courte robe d'intérieur remonte sur ses cuisses, « non, je ne te pardonnerai pas pour que tu n'arrêtes pas de m'embrasser ». A-t-elle prononcé ces mots ou les a-t-elle juste pensés ? Les frontières se brouillent, quelle importance, plus rien n'a d'importance, ni l'âge ni la situation familiale, ils se comportent comme des gamins insouciants et irresponsables, comme Omer et sa copine rousse, mais en se souvenant d'Omer, elle se détache tout de même de lui, se dirige vers la cuisine, en revient avec deux tasses de café et du raisin sur une assiette.

« Je ne t'ai pas encore vu manger, pas encore vu dormir, montre-moi des choses de toi », mais de nouveau il est appelé, l'hôpital a besoin de lui et il doit partir, demain c'est vendredi et après-demain samedi, des heures et des heures passeront avant qu'elle le revoie. « Il est temps que tu guérisses, dit-il, comme ça, on ira chez moi. On a assez joué au docteur, je pense qu'on peut pousser plus loin, non ?

— Plus loin ? Dans quelle direction ?

— Bonne question, Irissou, soupire-t-il.

— As-tu une bonne réponse ? » Il s'arrête face à elle, s'adosse à la porte, la regarde avec un tel sérieux que la ride entre ses yeux se creuse, « en général, dans cette vie, on n'a pas droit à une seconde chance, chuchote-t-il, mais nous, si. Et cette fois, c'est à ton tour de décider, Irissou. La première fois, j'ai foiré, alors essaie de faire mieux », il dépose un baiser sur le bout de son index, le lui plaque sur les lèvres comme on embrasse une mezouza, ouvre la porte et sort. Elle reste là, médusée, ces paroles sans ambiguïté la bouleversent à tel point qu'elle n'entend pas l'ascenseur s'arrêter à leur étage, pas plus que le hennissement railleur d'Omer derrière son dos, « *Oïe*, Mamouch, qu'est-ce que tu regardes là-bas, un fantôme ? ». Elle se tourne lentement vers lui et le dévisage avec des yeux qui picotent, comment son garçon s'est-il transformé en jeune homme ? Elle voit nettement se dessiner le creuset dans lequel ils ont été brassés ensemble toutes ces années, lui et elle. Maintenant qu'ils vont devoir s'arracher l'un à l'autre, lui pardonnera-t-il ? S'identifiera-t-il à son père délaissé et la punira-t-il ? Cette matinée-là sera-t-elle consignée dans sa mémoire comme celle où sa vie a basculé ?

« Qu'est-ce qui t'arrive ? Tu as vu quoi ? Un voleur ? Un violeur ? » la taquine-t-il, mais il n'attend pas de réponse, par chance l'intérêt pour autrui est limité à cet âge, un âge d'où nombreux ne sortent pas indemnes.

« Tu m'as refilé ta grippe, marmonne-t-il, je me sens super mal.

— Va t'allonger et prends ta température, je t'apporte un thé », s'empresse-t-elle de dire, rien de plus apaisant que de retrouver des rôles traditionnels. De ses lèvres qui viennent d'avoir été embrassées, elle effleure le front de son bel adolescent, car c'est lui maintenant son bel adolescent, pas Ethan, elle n'a pas le droit de se tromper d'époque, même si tout est tellement déconcertant. Elle lui apporte un thé au citron, lui prépare sa bouillie de flocons d'avoine préférée. Se souviendra-t-il, au moment où il sera furieux contre elle, à quel point elle a été une mère dévouée ? L'élever avait été difficile, avec ses crises de rage fréquentes et ses réactions exacerbées, avec son agressivité, son débit de parole fiévreux, cette attitude de défi permanent et le peu de soutien qu'elle avait reçu de Micky qui baissait systématiquement les bras.

Elle avait presque accompli l'impossible, pugnace et inébranlable, aidée par des professionnels ainsi que par tout le savoir et l'expérience qu'elle avait acquis, elle avait tout mis en œuvre afin de lui apprendre à se contrôler, à développer son empathie et son respect envers autrui. Elle n'avait pas cédé, ni à lui ni à elle-même, et voilà, elle avait réussi au-delà de toute espérance, même son adolescence se déroule paisiblement, il est charmant, aucune dérive ni autodestruction. Prête à plaider sa cause aux oreilles du garçon qui s'est endormi, elle s'assied au bord de son lit, contemple ses joues rougies par la fièvre, sa bouche charnue grande ouverte, ses cheveux plaqués par le gel.

Sur le mur derrière lui est accrochée une photo de l'enfant qu'il a été, il rit avec plusieurs dents en moins et agite une coupe gagnée dans un tournoi de basket au centre aéré. Il a beaucoup changé depuis, et il va encore beaucoup changer, elle essaie de l'imaginer adulte, l'ombre entre ses beaux sourcils deviendra une ride, ce qui est encore un duvet sur ses joues s'épaissira et deviendra, dans quelques dizaines d'années, quand elle ne sera plus là, gris comme la barbe d'Ethan. Quel souvenir gardera-t-il d'elle ? Celui de la femme qui a détruit sa famille et saccagé son adolescence ? Certes, il n'est plus un gamin et de toute façon il quittera le foyer et poursuivra son chemin, mais l'aspect du foyer qu'il quittera ne dépend que d'elle, de sa décision. Grâce ou à cause d'elle il décollera d'une base solide et bien structurée ou d'une famille en morceaux, et elle a l'impression que cette question épineuse se dresse entre elle et lui, et non entre elle et Micky, comme si elle devait choisir entre deux adolescents et deux avenirs, celui familier et tranquille qui l'attend sous ce toit et un nouvel avenir, passionné et déchirant, elle caresse le bras brûlant de son fils, on dirait un gros poêle tant il dégage de chaleur, il la réchauffe elle aussi, on dit que c'est bon d'avoir de la fièvre, que ça détruit les microbes, peut-être, mais au cours de sa maladie à elle, les microbes de l'adultère se sont nettement multipliés.

Elle se souvient à quel point, petit, il avait peur des microbes et refusait systématiquement de boire l'eau d'une bouteille où elle avait bu. Si, par inadvertance, elle posait la main sur un de ses copains, il sortait de ses gonds, autoritaire et jaloux, « ne me touche plus jamais de la vie ! » s'écriait-il, mélangeant une angoisse à une autre. Comment réagira-t-il ? Ces dernières années, il était beaucoup plus calme, mais une crise de cette ampleur risquait de réveiller tous ses vieux démons, surtout en cette passe difficile, avec l'armée qui l'attend, impatiente et menaçante, autant pour lui que pour elle. Et Alma ? Il est clair qu'elle prendrait sans hésitation le parti de son père, qu'elle lui tournerait le dos avec froideur, de toute façon elle a le dos froid, se souvient Iris en pensant aux étreintes rigides de sa dernière visite, de toute façon elle lui en veut, elle lui en veut *a priori*, et Micky, à quoi ressemblerait sa vie ? Il ne resterait pas seul, elle en est persuadée, mais serait blessé à jamais et jamais il ne lui pardonnerait, elle secoue la tête, essaie de se débarrasser du poids de cet avenir-là et de son lourd tribut. Pourquoi tant de précipitation, il n'y a pas le feu, ce n'est pas le moment de prendre de grandes décisions ! Que sais-tu de lui, rien, sauf qu'il n'est plus l'adolescent qu'il a été, et d'ailleurs l'adolescent qu'il a été, tu ne l'as pas vraiment connu, la preuve, regarde comme il t'a prise au dépourvu en tranchant votre amour à la hache, sans le moindre doute, sans la moindre hésitation, il a abattu le couperet sur ton cou, crois-tu pouvoir lui faire confiance ?

Elle est en nage et se lève, furieuse. « Une seconde chance », avait-il dit les yeux embués de larmes, mais cette fois aussi, c'est elle qui en paierait le prix, exactement comme avant. Il a dit, « j'ai vécu en espérant ne plus rien ressentir », et maintenant ? S'il se fatigue d'elle, chercherait-il à ne plus rien ressentir, lui qui n'aurait rien perdu alors qu'elle aurait détruit ceux qui lui étaient le plus chers ? Il a dit, « cette fois, c'est ton tour », comme s'ils jouaient aux échelles, à toi maintenant, si tu tombes sur une échelle tu monteras très haut, si tu tombes sur un serpent tu descendras très bas.

Pour toi c'est simple, rage-t-elle, qu'est-ce que tu risques ? Mais moi, comment oses-tu vouloir me convaincre que cette décision est facile ? Elle se douche rapidement, ses forces reviennent en même temps que sa colère et ses angoisses, elle défait le lit dans la chambre d'Alma et passe à la machine tous les signes de sa maladie. Je suis guérie, décrète-t-elle, je suis guérie de toi. J'ai une famille, une école à diriger, je suis ravie que tu aies daigné réapparaître, mais pour moi c'est trop tard. Avec des gestes secs elle remet le raisin au réfrigérateur et s'acharne à frotter les tasses de café contaminées par les microbes de l'adultère avant de les poser dans le lave-vaisselle qu'elle met en marche bien qu'il soit presque vide.

En général, le ronronnement des appareils électriques l'apaise, mais là rien n'y fait, elle reste debout devant la fenêtre de la cuisine, plisse les yeux pour obliger son regard à se frayer un chemin entre les immeubles, sur les traces du désert. À son grand regret, la mer Morte est restée chez les voisins, elle et sa famille n'ont hérité que du côté occidental et urbain de la vue, là où il n'y a rien d'intéressant. Elle se souvient que justement Alma l'avait soutenue dans son combat contre Micky et elle s'était tellement réjouie de cette rare entente entre mère et fille qu'elle en avait fait un peu trop, rien que pour en profiter. « À quoi bon vivre à Jérusalem si, de la fenêtre, on ne voit rien de vraiment typique ? Dans ce cas, mieux vaut habiter à Tel-Aviv », s'étaient-elles acharnées à lui rebattre les oreilles pendant toute la période où ils hésitaient entre plusieurs possibilités, mais la différence de prix était importante, il voulait un ascenseur, quant à sa belle union avec Alma, elle s'était intégralement dissoute après sa blessure, ils venaient de s'installer dans ce nouvel appartement, et aujourd'hui encore Iris ne comprend pas pourquoi sa fille s'était écartée d'elle en ces jours si noirs, comme si elle l'avait tenue pour responsable de ses absences hospitalières et du handicap qui la clouait au lit. Depuis, elle n'a cessé de prendre ses distances et a finalement poussé jusqu'à Tel-Aviv où elle s'est fixée (et pas seulement parce qu'on ne voyait plus la mer Morte de leur fenêtre). Là-bas elle a coupé ses magnifiques cheveux, a teint ce qui restait en noir, l'expression de son visage dégage quelque chose d'inconnu et de malsain, comme si elle pourrissait de l'intérieur, rien que d'y penser, Iris est de nouveau incommodée par des picotements d'angoisse, d'angoisse et de colère contre sa fille qui ne lui a pas pardonné d'avoir été victime d'un attentat terroriste, contre elle-même qui n'a jamais tiré les choses au clair, ne s'est pas battue pour la récupérer, l'a laissée s'éloigner, contre Ethan qui a tout à coup débarqué et qui, non content de lui avoir fait oublier ses inquiétudes pour sa fille, lui demande maintenant d'oublier toutes ses responsabilités et de devenir sa maîtresse, une femme qui n'aurait rien d'autre que lui dans la vie.

Étonnée de constater qu'elle est de plus en plus énervée,

elle se rabat sur l'ordinateur et passe en revue les mails qu'elle a juste survolés ces derniers jours tant il l'accaparait. Quel culot, s'imagine-t-il que, s'il est libre, elle l'est forcément, que si pour lui c'est facile, ça l'est forcément pour elle ? « Tu as fondé une famille en terre d'Israël », a-t-il dit sur un ton railleur en indiquant de la main son salon bourgeois, mais la famille qu'elle a fondée n'est pas un sujet de raillerie et n'a pas vocation à être démantelée uniquement parce qu'à présent monsieur est disposé à partager sa vie avec elle, pour une courte période d'essai qui se terminera quand il en aura envie, n'a-t-il pas agi ainsi avec ses deux épouses, dire qu'elle ne lui a naïvement rien demandé, n'a exigé aucune explication, dire qu'elle a cru bêtement qu'il n'attendait qu'elle, que ce n'était qu'à cause d'elle que ses mariages avaient échoué alors que les vraies raisons sont sans aucun doute bien moins flatteuses, autant pour lui que pour elle.

Dupe, dupe, dupe, s'entend-elle scander, non, elle ne cédera plus à la tentation, elle va lui envoyer un message sur-le-champ, arrêtons avant qu'il ne soit trop tard. J'ai été contente de te revoir et je te souhaite de ne jamais connaître la douleur. Oui, elle allait lui envoyer un message dans ce sens et mettre fin à cette pure folie, elle avance d'un pas résolu vers son portable pour écrire les mots qui s'imposent, mais elle y trouve un message qui l'attend, comment est-ce possible, il continue à sentir ce qu'elle pense, exactement comme à l'époque, tant leur relation était fusionnelle. « *Je ne veux pas faire pression sur toi, mon amour, je suis prêt à t'attendre trente ans de plus s'il le faut* », elle jette le téléphone sur le tapis, on dirait Omer petit dans ses crises de rage, faites qu'il se casse, faites qu'il se casse et que plus jamais je ne retrouve le numéro d'Ethan, mais elle se précipite pour le ramasser et s'assure avec soulagement qu'il fonctionne correctement.

« *Je ne veux pas faire pression sur toi, mon amour* », elle lit et relit son message, mémorise les mots avant de les effacer, « *je suis prêt à t'attendre trente ans de plus s'il le faut, je ne veux pas faire pression sur toi, mon amour* », elle a du mal à s'en séparer mais pas le choix, elle doit rester prudente pour pouvoir, au bon moment, prendre la bonne décision, à supposer qu'il y en ait une.

CHAPITRE 11

« Maintenant tout s'éclaire, déclare Dafna avec une légère moue. Je comprends enfin pourquoi tu étais injoignable ces derniers temps. Retrouver son amour de jeunesse ! Je suis presque jalouse », et Iris lui renvoie dans un éclat de rire, « moi aussi, je suis jalouse de moi-même, c'est dingue, parce que non seulement je l'ai retrouvé lui, mais toute ma jeunesse me revient, l'amour me revient, le temps s'est soudain arrêté, jamais je n'ai vécu un truc pareil ! ». Elle pourrait continuer à s'émerveiller ainsi jusqu'au petit matin, à décrire chaque détail aux oreilles de son amie (jusqu'à cet instant, elle n'en avait parlé qu'avec elle-même, se racontant et se reracontant son propre miracle). Elle pensait que Dafna boirait ses paroles, elle qui l'avait toujours encouragée à s'écarter de sa laborieuse routine, qui lui reprochait parfois de vivre comme une fourmi, pourtant ce soir, sa réaction est bizarre, elle paraît inquiète et ne partage pas sa joie. « Qu'est-ce qui t'arrive, tu t'es de nouveau disputée avec Guidi ? » demande Iris, mais son amie ne se déride pas et baisse les yeux vers le menu, « pas du tout, on n'en a plus la force, bon, qu'est-ce que tu veux manger ? et enchaîne sans attendre de réponse, à vrai dire, j'ai recherché mon premier flirt sur Facebook il n'y a pas longtemps, et ça n'a rien donné. Il s'est complètement volatilisé, ajoute-t-elle, les yeux braqués sur le menu comme s'il allait surgir de là.

— Pourquoi tu réfléchis tellement, de toute façon, tu ne commanderas qu'une salade », la houspille Iris et Dafna la regarde, « c'est que je crève de faim, ma chérie, tout le monde ne vit pas comme toi d'amour et d'eau fraîche, d'ailleurs, tu ne serais pas en train de devenir anorexique ? lâche-t-elle avant de continuer en souriant, je prendrai comme toi, peut-être que ça me portera chance. Allez, raconte encore, à quoi ressemble-t-il ? Est-ce qu'il a beaucoup changé ? Comment vous êtes-vous retrouvés ? Il est marié ? Vous avez déjà couché ensemble ? » Dafna a beau la bombarder à présent de questions, Iris n'a pas l'air prête à l'écouter pour de bon et constate que, au-dessus du sourire, ses yeux étroits restent fuyants, « pas vraiment », s'entend-elle lui mentir (au cas où, tout à coup elle ne se sent pas en confiance).

« Pas vraiment ? Qu'est-ce que tu attends ? D'avoir quatre-vingts ans ? Dépêche-toi de coucher avec lui, démystifie ton prince charmant et passe à autre chose. La vie avance, ma belle, elle ne recule pas !

— Arrête, tu me stresses ! Je ne comprends pas pourquoi tu tenais à me voir d'urgence si tu n'as pas une once de patience. Qu'est-ce qui se passe ? Je me rends bien compte que tu as la tête ailleurs, c'est le boulot ?

— La vérité c'est que je voulais vérifier si toi, tu n'avais pas la tête ailleurs, lâche enfin Dafna. Tu ne me rappelles pas, tu ne réponds pas à mes textos, mais jamais je n'aurais imaginé que tu avais un amant !

— Je n'ai pas d'amant, se hâte-t-elle de rectifier, Ethan n'est pas un amant, c'est l'amour de ma vie ! C'est la personne qui m'est le plus proche au monde. J'ai failli mourir quand il m'a quittée. Et maintenant tout se réveille, tu comprends ?

— Je comprends surtout que tu es complètement à côté de tes pompes, décrète-t-elle à voix basse. Ethan est un amour de jeunesse, mais ça n'en fait pas l'amour de ta vie. D'autant que tu as vécu des années sans lui ! Tout le chemin que tu as parcouru depuis tes dix-sept ans n'a rien à voir avec lui. Tu n'es plus la gamine que tu étais. C'est la ménopause qui t'attend, chérie, pas une puberté luxuriante.

— Qu'est-ce que tu es en train de me dire ? marmonne Iris mal à l'aise, je ne te comprends plus... mais viens, commandons d'abord. » Par les fenêtres ouvertes se dessine la muraille brune et illuminée de la vieille ville, comme il est beau, ce nouvel établissement que son amie, toujours aussi branchée, a choisi, pourra-t-elle un jour s'asseoir ici avec lui sans se cacher ?

« Je te dis simplement de t'envoyer en l'air mais de ne pas faire de bêtises. Vis cette aventure avec intelligence, sans que ça cause de gros dégâts, sans blesser qui que ce soit », précise-t-elle en se penchant un peu en avant tandis qu'une mèche de cheveux clairs danse sur son haut front. Mais ces mots, en cette soirée, ne font que révolter Iris qui maugrée, « pourquoi ? Je suis d'accord avec toi, je dois prendre mon temps avant de décider, mais si, dans quelques mois, je me rends compte que c'est effectivement l'amour de ma vie, je serai obligée de faire la révolution. Tu l'as dit toi-même, je ne vais pas attendre d'avoir quatre-vingts ans.

— Ça ne me plaît pas. Et ce n'est vraiment pas le moment », réplique Dafna qui secoue énergiquement la tête, mais Iris l'interrompt, « toi, tu n'as pas hésité et ta fille n'avait que quatre ans, c'est beaucoup plus grave. Moi, Alma et Omer sont déjà grands, ils ont chacun leur vie. D'ailleurs, beaucoup de couples se séparent au moment où ils en ont terminé avec l'éducation des enfants.

— On n'en a jamais terminé. Shira me téléphone encore vingt fois par jour, tu te trompes, la famille compte toujours énormément pour nos ados. À l'armée, ton fils aura besoin d'un milieu familial stable, quant à ta fille, elle aussi cherche à se raccrocher à quelque chose de solide. Beaucoup plus que tu ne le penses.

— Qu'est-ce que tu sous-entends ? » Elle se redresse, piquée au vif, exactement au moment où la serveuse s'approche, la bouche pleine de précisions concernant les spécialités de la maison, son amie semble la retenir volontairement en lui posant des questions inutiles, tout pour ne pas terminer la phrase qu'elle a laissée en suspens et qui résonne, beaucoup plus que tu ne le penses, beaucoup plus que tu ne le penses.

« Est-ce que tu sais quelque chose que je ne sais pas ? » crie presque Iris au moment où la jeune femme tourne enfin les talons, et Dafna la réduit au silence, « du calme, je ne sais pas grand-chose, c'est juste qu'elle et Shira se sont un peu éloignées ces derniers temps, Alma a annulé tous leurs rendez-vous, ce genre de choses, et ma fille est un peu inquiète.

— C'est pareil avec moi, laisse-t-elle rageusement échapper. Depuis qu'elle a déménagé, ça va de mal en pis. Elle revient aussi de moins en moins. Tu vois, elle n'a pas besoin de moi, ni de sa famille. Je lui ai donné tout ce que j'ai pu mais elle repousse tout, quant à Omer, il est concentré sur lui-même, si je quitte le domicile, il sentira à peine mon absence. La vérité, même Micky s'en rendra à peine compte.

— Que tu crois ! Une famille, ça va bien au-delà de ses éléments mis côte à côte, Micky, Alma, Omer et leur situation à un moment donné. Le tout est supérieur à la somme des composants. Quand j'étais jeune, je ne comprenais pas ça, mais maintenant, c'est clair. Et l'alternative aussi m'est beaucoup plus claire maintenant. Combien de temps tiendra cette passion ? Un an maximum. Et après, il te restera à vieillir avec lui et tous vos problèmes familiaux, auxquels viendront s'ajouter la culpabilité et la déception. C'est ridicule et pathétique, exactement comme les vieilles bonnes femmes qui s'entêtent à porter des vêtements de jeunes.

— Comment peux-tu être aussi catégorique ? proteste-t-elle de nouveau. Il y a beaucoup de couples qui se sont formés sur le tard et marchent bien, de même qu'il y a des milliers d'hommes et de femmes qui détruisent leur famille pour moins que ça ! Tu ne comprends pas de quel amour il s'agit, c'est l'amour le plus profond qui soit, et il a ressuscité de ses cendres. C'est comme rencontrer soudain quelqu'un que tu croyais mort, dont tu as porté le deuil pendant des années. Tu saisis l'importance du miracle ? » Plus elle parle, plus elle a l'impression de découvrir, elle aussi, l'ampleur de la chance qui s'est présentée sur sa route, elle s'essouffle d'exaltation, inquiète soudain de ne pas avoir compris tout cela plus tôt, d'en avoir déjà raté une partie à cause de cette familiarité qui leur a très vite donné, à tous les deux, la sensation que c'était normal, oui, quoi de plus normal pour elle que de parler avec Ethan, que de faire l'amour avec lui, cette normalité a rendu le miracle presque banal et elle repense à cet autre miracle que, petite, elle attendait tant, s'il avait été exaucé et que son père était revenu à la maison, s'y serait-elle aussi habituée trop vite ? Rien à voir, car le retour du père ne lui aurait rien coûté tandis que celui d'Ethan a un prix, ce qui explique l'expression sinistre du visage de Dafna qui fronce des sourcils contrariés tout en l'écoutant s'épancher avec tant d'émotion.

« Je ne crois pas aux miracles, lui assène-t-elle, et je ne crois plus au grand amour. Bien sûr, il est important de ressentir quelque chose de puissant envers l'autre mais, finalement, il ne s'agit que d'un dur labeur. Et dans ce sens-là, Micky te convient parfaitement. Il a quelque chose de stable, de rassurant, je ne renoncerais pas à lui si vite que ça.

— Tu parles ! lâche Iris d'une voix moqueuse, déterminée à le dénigrer. La moindre petite blatte, monsieur refuse de l'écraser même si je le supplie et que je suis sur le point de défaillir, c'est rassurant, ça ? Et si tu voyais la douceur avec laquelle il essaie de pousser les insectes vers la fenêtre. Ce que tu qualifies de stable, pour moi, c'est de l'apathie.

— Inutile de discuter avec une femme amoureuse, mais que sais-tu de ton miracle ambulant ? Est-il, lui, un grand pourfendeur de blattes ? Je te parle de faits, pas de sensations. Il est marié ? Il a des enfants ? À quel point est-ce sérieux de son côté ? » Iris essaie de donner des précisions factuelles, mais Dafna secoue la tête, dubitative, « à première vue, c'est pratique qu'il soit libre, mais est-ce bon signe ? Excuse-moi, ça me paraît trop parfait, je me trompe peut-être, c'est totalement subjectif. Bon, ce n'est pas une raison pour nous couper l'appétit, où en est notre commande ?

— Tu as tellement retenu la serveuse avec toutes tes questions qu'elle vient à peine d'atteindre la cuisine. Chaque fois qu'il arrive quelque chose de beau, ça éveille aussitôt la méfiance, tu ne trouves pas ça désespérant ? Comme si, dans cette vie, on ne croyait plus du tout à nos chances de bonheur ! » Mais Dafna n'a pas le temps de méditer, elle se saisit de son énorme sac et y cherche fébrilement son téléphone qui hurle, « bonsoir Shira, sourit-elle au portable qu'elle a enfin réussi à extirper. Alors, que se passe-t-il ? Il t'a répondu ? Non, surtout ne lui envoie pas un autre message, évidemment qu'il a reçu ton texto, il n'y a aucune panne de réseau ce soir. Tu dois absolument te retenir ! À propos, ma chérie, dit-elle pour interrompre le flot de paroles enfiévrées si caractéristique de sa fille, je suis avec Iris, tu veux bien lui dire un mot ? » demande-t-elle avec une insistance bizarre, et Iris lui renvoie un regard étonné, que se passe-t-il, qu'est-ce qu'elles complotent toutes les deux ? Elle tend la main vers l'appareil, mais découvre alors que la conversation est terminée, Shira a apparemment écourté, ce qui ne lui ressemble pas. Un aboiement crispé lui échappe et elle se couvre la bouche d'une main, « de quoi Shira devait-elle me parler ? insiste-t-elle, énervée.

— C'est pour ça que je tenais absolument à te voir, avoue enfin Dafna, je viens de t'expliquer que ma fille est inquiète. Hier, elle est allée au bar, et ta fille l'a carrément mise à la porte sous prétexte que le patron n'aimait pas les visites de copines pendant le service. Elle m'a dit qu'Alma avait un drôle d'air, mais tu la connais, ma gamine, elle exagère toujours tout.

— Qu'est-ce que tu es en train de suggérer ? Que je n'ai pas le droit de penser à moi, ne serait-ce qu'un instant ? s'entend alors chuchoter Iris, très agressive. Tu crois que si, un instant, j'oublie que je suis une mère, ça va me coûter très cher ? Je suis censée faire quoi maintenant ? Envoyer un détective privé pour suivre Alma ? Renoncer pour elle à ma seule et unique chance d'aimer et d'être aimée ?

— Oh, mais tu dérailles complètement, et c'est quoi, ce pathos ? s'étonne son amie qui la dévisage d'un air désapprobateur. Tu n'es censée ni renoncer à l'amour, ni embaucher un détective privé, juste ouvrir l'œil. C'est comme dans ton école, il faut s'occuper de tout le monde, tout le temps. Ce que, soit dit en passant, tu fais à merveille, tu as été récompensée par l'Éducation nationale l'année dernière, je me trompe ?

— J'en ai marre de l'éducation, il n'y a que l'amour qui m'intéresse.

— Eh bien alors va le faire au lieu d'en parler ! Pourquoi perds-tu ta nuit avec moi ? Vas-y, je suis ton alibi jusqu'à demain matin.

— Mais toi aussi je t'aime, Dafna, et en plus il est avec ses enfants ce soir.

— Tu vois que ce n'est pas si simple ! C'est pour ça que tu veux faire du mal à ton fils et à ta fille ? Pour aller maintenant préparer une *shakshouka* à des enfants qui ne sont pas les tiens ?

— Qu'est-ce que vous avez tous avec la *shakshouka* ces derniers temps ? Tu ne comprends pas, je suis tellement amoureuse que je serais prête à changer leurs couches, s'il le fallait.

— Tant mieux, parce que bientôt ce seront ses couches à lui que tu devras changer, combien de belles années vous reste-t-il à passer ensemble ? Ce n'est plus un jeune homme et les hommes qui vieillissent, c'est la plaie.

— Comme si Micky ne vieillissait pas ! As-tu récemment croisé sa bedaine ? Et ton Guidi, tu crois que c'est le genre éternel don Juan ? », Dafna éclate de rire, « sûrement pas, mais on s'est habituées à eux, tu ne vois pas la différence ?

— Je vois surtout que j'ai eu droit à un miracle et que je ne peux pas y renoncer.

— Ne crois pas que je ne te comprends pas, convient son amie du bout des lèvres, j'étais moi aussi tellement dingue de Guidi qu'au bout d'un mois j'ai pris Shira et j'ai quitté le domicile conjugal. C'est précisément pour ça que je suis plus lucide que toi. Parce que finalement, je me demande si ça valait le coup, toute cette souffrance. L'amour passion ne dure pas, par définition, alors si ça ne pose pas de problème, eh bien prends ton pied avec ma bénédiction ! Mais devenir folle à cause de ça, quitter mari et enfants, le jeu n'en vaut vraiment pas la chandelle.

— Avec tout le respect que je dois à ton expérience, tu n'as pas le monopole de ces situations », marmonne Iris qui avait toujours considéré comme une erreur l'amour de son amie pour l'homme bruyant et autoritaire qu'était Guidi. Elle espérait même secrètement qu'ils se séparent, ce qu'ils manquaient de faire presque une fois par mois à la suite de quelque terrible dispute, le problème, c'était qu'ils se rabibochaient tout aussi vite, l'un comme l'autre ayant oublié la raison du désaccord. Évidemment, celle qui avait payé les pots cassés était Shira : elle avait habité soit chez sa mère, soit chez son père qui, lui aussi, s'était remarié, si bien que dans chacun de ses appartements elle vivait avec un beau-parent qui n'appréciait pas particulièrement sa présence. Est-ce que cela explique pourquoi la jeune adulte qu'elle est devenue n'arrivait toujours pas à se détacher de sa mère… et voilà qu'elle rappelle et parle d'une voix si exaltée qu'on l'entend comme si le haut-parleur était enclenché, « il m'a répondu ! Il m'a proposé qu'on se voie demain soir, je réponds quoi ?

— Que demain tu ne peux pas ! » décrète catégoriquement sa mère qui joue les mentors, mais la fille proteste, « si, je peux ! Je suis libre demain soir ! », ce qui lui vaut une réprimande impatiente, « sûr que tu peux et sûr que tu te prépares encore beaucoup de soirées libres si tu continues à montrer à quel point tu es demandeuse », mais Shira se rebiffe, « je lui dis d'accord pour demain, lance-t-elle dans un défi, il va se vexer si je refuse et ce sera fini ». Dafna hausse les épaules, « fais comme tu veux, mais ne viens pas pleurnicher après que lui aussi t'a fait faux bond », à cet instant Iris tend un bras agacé et prend l'appareil des mains de son amie qui ne résiste pas, « Shirélé, pardon d'intervenir, se hâte-t-elle de s'excuser, fais ce que tu sens et arrête de demander conseil à ta mère !

— Donc, je lui fixe rendez-vous pour demain ? s'enthousiasme aussitôt la gamine.

— Évidemment ! S'il est sincère, inutile de jouer, et s'il ne l'est pas, aucun artifice ne t'aidera. Et maintenant, je veux que tu me dises toute la vérité sur hier. Qu'est-ce qui s'est passé avec Alma sur son lieu de travail ?

— Eh bien, rien, se met à bafouiller Shira, juste cet endroit a mauvaise réputation. C'est pour ça que j'y suis allée, mais elle m'a mise à la porte.

— Quelle réputation exactement ? lui demande-t-elle d'une voix incisive. Tu dois me dire tout ce que tu sais.

— C'est peut-être n'importe quoi, lâche la jeune femme mal à l'aise, mais on dit que ce Boaz a beaucoup trop d'ascendant sur ses serveuses, genre gourou, tu vois ? Et qu'il fait tout pour les couper de leur environnement habituel… Un peu comme une secte. »

En entendant le mot explicite, Iris laisse échapper le téléphone que Dafna ramasse par terre puis elle reprend la conversation avec sa fille qui regrette déjà d'avoir donné un renseignement aussi inquiétant. « C'est bien que tu lui aies dit la vérité, la réconforte sa mère. Alma a des parents qui doivent savoir, c'est le rôle d'une véritable amie, ne pas écouter une fidélité aveugle mais user de discernement, à part ça, pour demain soir, je te conseille quand même de bien réfléchir », insiste-t-elle de nouveau, Iris entend leur échange d'adieux dans une sorte de semi-conscience tandis que sous ses yeux défilent des images qui s'imbriquent les unes aux autres : les deux fillettes sur scène pour un spectacle de danse classique devant une salle bondée, Shira, peau claire, un peu maladroite, dépasse d'une tête Alma, mince et brune, aucune des deux n'est particulièrement gracieuse et toutes les deux quitteront bientôt le cours de danse, mais dans cette éternité qui suit les mots effrayants, elles continuent à tournoyer, leur corps n'a pas encore arrondi leur taille, pas encore gonflé leurs seins, elles échangent un sourire et essaient d'être précises, un instant Iris a l'impression de pouvoir figer le tableau, elle et Dafna assises côte à côte, Omer bébé dans ses bras, Dafna enceinte, Shira n'est pas encore cette jeune adulte perturbée et Alma n'a pas encore été embrigadée dans une secte. Une secte ! Elle s'affole de nouveau, qu'est-ce que ça veut dire exactement ? Est-ce Boaz qui l'a obligée à se couper les cheveux, à les teindre en noir, à séduire les copains de son frère, qu'est-ce qu'il l'oblige encore à faire ? La nausée lui noue la gorge, elle serre les lèvres, les bras de son amie lui entourent les épaules et elle chuchote des mots réconfortants, « ce n'est pas la fin des haricots, Shira exagère certainement un peu, et si vraiment elle s'est laissé embobiner, tu la sortiras de là.

— Comment ? suffoque-t-elle tant l'air a du mal à passer. Elle n'est pas comme ta fille qui te dit tout et écoute tes conseils, c'est une sacrée tête de mule, la mienne ! Fermée comme une huître, si tu crois que j'arrive à lui parler ! Je n'ai aucune influence sur elle ! Et Micky non plus, même s'il est persuadé d'avoir avec elle une relation idyllique. Et qu'est-ce que je fais maintenant avec cette information, comment est-ce que je peux la vérifier ? Je ne sais même pas par où commencer.

— D'abord tu vas dormir, tu n'es pas en état de faire quoi que ce soit cette nuit, mais demain tu en discutes avec Micky et vous mettez au point une stratégie. Il y a des spécialistes pour ce genre de choses, même si moi, je te fais confiance. Le principal, c'est de ne pas l'agresser, de ne rien faire qui puisse l'éloigner encore plus. Tu dois l'approcher en douceur.

— Oui. On va y aller, ça fait longtemps que je veux voir comment elle vit à Tel-Aviv. Demain après le travail on prend la voiture, on va rencontrer ce fameux Boaz, et surtout il va nous rencontrer, nous, qu'il comprenne qu'Alma n'est pas une gosse paumée qu'il peut manipuler à l'envi, elle a des parents qui la surveillent, un toit, une famille en terre d'Israël, pour reprendre les termes d'Ethan. »

CHAPITRE 12

« Je ne vais pas sauter dans la voiture à cause d'une rumeur hystérique, marmonne-t-il avec rage en lui tournant le dos. Quelle mouche t'a piquée ? Les cachets que tu t'enfiles t'ont rendue complètement folle ! » Il croit apparemment qu'en la rabaissant il neutraliserait les mots qu'elle lui assène dès le lendemain matin ; qu'en résistant il éradiquerait toutes les informations inquiétantes dont elle est porteuse.

Elle a passé la nuit à se tourner et se retourner (chaque mouvement entraînant une douleur aussi mordante que si du gravier avait été répandu sur son matelas) avant de venir le réveiller avec les renseignements donnés par Shira, je t'apporte le premier scoop du jour, qu'en dis-tu, qui est le bon et qui est le méchant dans cette histoire où une jeune fille est aux abois, mais force lui est de constater, une fois de plus, qu'il a du mal à se réveiller, elle enrage, ta fille a des ennuis et toi tu dors, ta fille est prise dans les rets d'un dangereux gourou et toi tu dors, n'est-ce pas révélateur de ce que tu es devenu ? Il traîne, incapable de se lever le matin, il se bat tous les jours contre la sonnerie du réveil, c'est peut-être d'ailleurs pour ça qu'il a raté sa vie, pour ça qu'il n'a pas évolué professionnellement comme il aurait dû, lui, le brillant étudiant en informatique qui n'a jamais réussi à atteindre le sommet de la hiérarchie. Debout face à ce dos silencieux qu'il lui offre, elle songe, énervée, que le seul matin de sa vie où il s'est levé tôt, c'est celui où, sans le faire exprès, il l'a envoyée au-devant de la bombe qui a explosé sur son passage.

Elle le revoit, déjà habillé au moment où elle émergeait du sommeil, debout devant elle avec sa veste moutarde, à croire qu'il ne s'était pas du tout dévêtu, peut-être même n'avait-il pas dormi à la maison cette nuit-là. Au fait, pourquoi avait-il enfilé cette veste, alors qu'ici, à la différence de l'Europe, il ne risque jamais de pleuvoir en été. Dans ce pays de soleil sec qui n'en finit pas, on peut éventuellement avoir besoin d'une telle veste la nuit à Jérusalem, mais pas en journée.

« Elle est où, cette veste, ça fait des années que je ne l'ai pas vue ». À sa grande surprise, il comprend tout de suite et répond sans hésiter, « je ne rentre plus dedans depuis longtemps, je l'ai donnée à Shoula pour son mari », elle se détourne, va vers la cuisine et se prépare un deuxième café, qu'il est difficile d'isoler un seul instant de vie, celui-ci par exemple, car aussitôt s'y ajoute un instant supplémentaire. La colère s'ajoute à la colère, l'inquiétude à l'inquiétude, les événements s'enchaînent dans une continuité acérée et impitoyable sous la lumière de cette transparence matinale, se punaisent les uns aux autres. Il portait cette veste moutarde, il se dépêchait d'aller au travail à cause d'un gros problème informatique, Omer n'était pas encore prêt, il sautait en pyjama sur leur grand lit, elle l'avait libéré en proposant d'emmener les enfants à sa place, Omer s'était caché dans les toilettes et Alma avait voulu sa tresse chinoise, à cause de tout ça, ils étaient sortis un peu en retard et elle était arrivée au mauvais endroit au mauvais moment, avait été grièvement blessée, Alma ne s'en était jamais remise et arrivait à son tour au mauvais endroit, mais on pouvait aussi dérouler les événements dans une continuité différente qui leur donnerait un sens différent.

Un profond sentiment de communauté de destin et de gratitude l'avait poussée à épouser ce garçon dégingandé qui lui était profondément dévoué, trop marquée pour tomber amoureuse, elle ne lui avait jamais donné réellement sa chance, à Micky, pire encore, elle n'avait jamais eu l'intention de lui donner sa chance, quoi d'étonnant à ce qu'il ait essayé de trouver l'amour à un autre moment et à un autre endroit, par malchance il l'avait fait précisément le jour où, en ville, rôdaient des individus transformés en bombes humaines qui avaient décidé de lier leur mort à un maximum de gens – à elle, entre autres. Ce n'est pas le prix de la violence du conflit centenaire qu'Alma (qui, ce matin-là, ne pensait qu'à sa coiffure) avait payé, mais celui de la violence avec laquelle Ethan Rozenfeld avait rompu, car c'est la fille d'Ethan Rozenfeld qu'Iris aurait voulu mettre au monde, ce qui explique pourquoi elle n'avait pas plus donné de chance à la fille de Micky qu'à Micky lui-même, ne laissant à la petite que la solution de s'éloigner de sa mère, voilà ce qui l'avait rendue incapable de se protéger, mais on pouvait proposer une continuité encore différente, qui commencerait par la mort de son père ou même plus tôt, par le couple parental qui s'était formé à cause d'une grossesse imprévue et terminé par une mort imprévue, un coup du destin qui avait obligé l'aînée des enfants à grandir aux côtés d'une mère à la vie et au cœur durs, incapable de répondre à ses besoins affectifs, si bien que cette gamine était devenue une mère manquant de maturité, ce qui avait jeté l'aînée de ses enfants dans les bras d'un homme, comment avait dit Shira, le genre gourou ? Un peu comme une secte ?

Par la fenêtre ouverte, elle reçoit la gifle d'un vent poussiéreux et se hâte d'aller la fermer, l'heure est à l'action, pas à l'analyse. Elle entend les pas de Micky derrière elle, il se verse du café et s'assied de l'autre côté de la table, boxer à carreaux, large torse nu un peu lourd, ventre hâlé proéminent, il a effectivement grossi ces derniers temps, à moins qu'elle ne se soit déjà habituée à la maigreur d'Ethan, elle détaille les rondeurs de son mari avec une certaine perplexité voire un léger dégoût, comme si elle les découvrait. « On va à Tel-Aviv après le travail, répète-t-elle, on doit absolument être plus présents.

— Je refuse de tomber dans ton catastrophisme », entêté, il passe la main sur son crâne rasé qu'il penche un peu en avant comme s'il était prêt à foncer tête baissée. « Shira est une hystérique, elle prend toujours un malin plaisir à exagérer et tu le sais très bien, je ne vais pas foncer en voiture jusqu'à Tel-Aviv à cause d'une vague rumeur. Qu'est-ce qui t'arrive ? Ça ne te ressemble pas de réagir comme ça. Une secte, mais c'est n'importe quoi ! Un gourou ? Je parle tous les jours avec Alma, elle va très bien !

— Pourquoi aller à Tel-Aviv te pose un tel problème ? C'est à peine à une heure de route ! Il y a des gens qui font le trajet tous les jours ! » réplique-t-elle d'une voix éraillée par la colère, l'argument est un coup bas, qui les renvoie à un de leurs vieux différends, une alléchante proposition de travail avec un bien meilleur salaire à la clé, qu'il avait refusée quelques années auparavant uniquement parce que c'était à Tel-Aviv et qu'il aurait dû se lever tôt le matin, « je n'ai aucun problème avec Tel-Aviv, se défend-il aussitôt, c'est une question de principe ! Moi, je fais confiance à notre fille et pas toi, moi je crois en elle et pas toi !

— Ça suffit, cette compétition ridicule ! lui souffle-t-elle à la figure, tu sais quoi ? Ça ne marche pas avec moi ! C'est bien pratique de choisir le déni ! Monsieur préfère jouer aux échecs avec des gens qu'il ne rencontrera jamais plutôt que de régler le problème de sa fille. Tu prétends lui faire confiance, mais c'est juste que tu t'en fiches, tu veux qu'on te laisse tranquille. Tu en as le droit, mais ne me prends pas de haut, s'il te plaît !

— Comment oses-tu dire ça ? s'échauffe-t-il. Moi, je m'en fiche ? Qui, de nous deux, a préféré consacrer sa vie aux enfants des autres plutôt qu'aux siens, toi ou moi ? Tu as toujours eu plus de patience pour le dernier de tes élèves que pour tes propres gosses !

— Tu me reproches de me dévouer à mon travail ! susurre-t-elle, tremblante de rage, espèce de sale macho ! Jamais tu n'aurais parlé comme ça à un homme. Tu es jaloux parce que j'ai mieux réussi que toi dans ma vie professionnelle, c'est ça ?

— Vraiment pas, moi, je ne suis en compétition avec personne ! Ma réussite me suffit amplement, je n'ai pas besoin d'être le meilleur pour être satisfait, je ne passe pas mon temps à me retourner pour voir si quelqu'un n'est pas en train de me doubler », elle prend une gorgée du café qui est aussi amer que ces mots-là, aussi amer que la manière dont il la voit, que la crasse accumulée par leurs années de vie commune ! Seule une fine écorce sépare la routine quotidienne des monceaux d'ordures qu'elle produit, songe-t-elle. Peut-être devrait-elle en faire le sujet de son prochain communiqué hebdomadaire ? Nous nous leurrons, nous qui croyons veiller à la propreté de notre intérieur en jetant tous les jours notre sac-poubelle dans de grandes bennes, nous qui croyons être propres en nous douchant tous les jours, car la vraie saleté, celle qui est nocive, s'accumule sous la peau et on ne peut pas s'en débarrasser, même si on se la jette à la figure comme il le fait présentement ; au lieu de disparaître, elle prolifère au contraire, elle va la contaminer elle aussi, chaque être humain est un minuscule univers qui se salit de plus en plus, on a beau se laver et se parfumer, se parer de beaux atours et sortir au restaurant, au théâtre, à l'opéra, on a beau discuter poliment et même faire l'amour, on n'en est pas moins deux tas d'ordures qui, à la première occasion, se révèlent dans toute leur laideur, comme maintenant, quand, refusant de céder, il boutonne sa chemise gris clair sur sa bedaine et continue, « je n'ai aucun problème avec ta réussite, je déplore juste qu'elle se fasse au détriment d'Alma et d'Omer.

— Comment ça, au détriment d'Alma et d'Omer ? hurle-t-elle en reposant bruyamment sa tasse sur la table.

— La preuve ! Tu connais chacun de tes petits élèves mieux que ta propre fille. »

De la fenêtre, elle voit un camion poubelle s'arrêter en bas de leur immeuble, c'est presque drôle, on pourrait y voir une ambulance venue ramasser un humain qui aurait débordé, soudain elle ne sait plus quoi répondre, il a peut-être raison, si seulement il pouvait avoir raison, alors elle demande d'une voix ténue, « donc, tu ne viendras pas avec moi ? », et à sa grande surprise, elle entend tout de suite une réponse, « moi, je viens », mais ce n'est pas de la bouche de Micky que jaillissent ces mots, c'est de celle de son fils qui, du bout du couloir, les regarde avec inquiétude.

« Moi, je viendrai avec toi, Mamouch » répète-t-il, et voilà révélée sous le cruel soleil matinal la toile d'araignée presque transparente qui les relie, car Micky maugrée immédiatement, « évidemment, tu seras toujours du côté de ta mère.

— Ça n'a rien à voir avec maman, moi aussi, j'ai trouvé, par hasard, qu'Alma était dans un sale état », quant à Iris, elle se voit obligée de relever, « c'est ce que tu as à dire, au lieu de le remercier parce qu'il s'inquiète pour sa sœur ?

— Excuse-moi, mon grand, marmonne Micky juste avant de s'engouffrer dans l'ascenseur, mais ce voyage me paraît totalement inutile et je déteste ce qui est inutile.

— C'est toi qui es inutile », mais les portes de l'ascenseur écrasent les mots qu'elle vient de lâcher, ses yeux piquent et elle soupire en s'asseyant épuisée sur le canapé, « pardon, Omer, je suis désolée que tu aies entendu ça.

— Pas grave, je ne suis plus un bébé, dit-il avant d'ajouter d'une voix naïve, en totale contradiction avec sa grande taille, ce qui est sûr, c'est que je n'aurai pas la même vie de couple que vous », et bien qu'elle ait quelques interrogations sur le concept de vie de couple, elle lui sourit, « je te le souhaite, mais sache qu'on est loin d'être les pires. Je me demande comment on en est arrivés là ce matin, en général, ça ne dégénère pas autant.

— J'ai un problème avec papa. » Il s'assied sur le canapé face à elle, tellement beau dans son short en jean et son débardeur vert qui souligne le brun-vert de ses yeux. « Je sais, Omer, j'espère que plus tu grandiras, plus votre relation s'améliorera.

— Ça n'a rien à voir avec l'âge ! C'est une question de caractère, d'ailleurs, en fait, c'est lui qui a un problème avec moi.

— Ne dis pas de bêtises, se hâte-t-elle de protester, il n'a aucun problème avec toi, il t'aime beaucoup, ce serait plutôt avec moi qu'il a un problème.

— Alors pourquoi ça retombe sur moi ? » demande-t-il avec une telle candeur qu'elle en a le cœur serré, « tu as raison, ça ne devrait effectivement pas retomber sur toi, mais dans les familles, les choses s'entremêlent. Nous avons tous nos défauts et nos qualités, mon amour, j'espère qu'à l'avenir il te montrera davantage ses qualités que ses défauts.

— Je me demande bien pourquoi tu as épousé ce type, ronchonne-t-il, quoi, tu es vraiment tombée amoureuse de lui ? », et elle essaie d'étirer ses lèvres en un sourire, « l'amour a de multiples facettes ». L'horloge au-dessus de la tête de son fils lui rappelle qu'il est très tard mais elle a du mal à quitter le canapé, à interrompre cette conversation, combien d'échanges intimes de ce genre peuvent-ils encore espérer ? Devra-t-elle se les remémorer ensuite toute sa vie ? De nouveau, elle voit les lettres de son nom se faufiler discrètement sur la plaque de marbre commémorative, plus il grandira, plus ce sera le prix à payer, « il est tard, se secoue-t-elle, je mets quoi dans ton sandwich ? ».

Tout en lui préparant une omelette, elle se persuade que cette fois Dafna se trompe totalement avec ses conseils hypocrites, madame plus royaliste que le roi, quelle mouche la pique de défendre les valeurs de la famille avec autant de virulence ? Peut-être certaines familles doivent-elles être préservées à tout prix, méritent-elles tous les sacrifices, mais celle qu'elle a fondée avec Micky ne se classait malheureusement pas dans cette catégorie-là. Les dîners de shabbat ou de fêtes n'avaient jamais été importants pour eux, ils n'avaient pas fait beaucoup de voyages tous les quatre, le peu de traditions qu'ils avaient réussi à conserver avait été anéanti par sa blessure et elle n'avait jamais pris la peine de les restaurer, trop occupée à retrouver une vie normale. A-t-il raison quand il affirme qu'elle connaît mieux ses élèves que sa fille, chair de sa chair ? Même s'il a raison, est-ce à imputer à un surcroît de travail ? Dafna aussi travaille beaucoup dans son cabinet d'architectes et ça n'a jamais empêché Shira de rester dans ses jupes. Oh, que tout cela est accessoire, périmé comme le sandwich de la veille qu'elle tire du sac d'Omer et qu'elle remplace par le nouveau, chaud et appétissant. Tout ce que Micky lui a dit est accessoire, autant que tout ce qu'elle lui a dit ce matin et les autres matins de leur vie commune, même celui où, quand elle s'est réveillée, il était déjà debout avec sa veste moutarde. Elle ne regarde pas derrière mais devant, en direction du bout de désert qu'elle voit pour un rare instant se dessiner entre les immeubles à la fenêtre de sa cuisine, elle plisse les yeux pour essayer d'en saisir le plus grand morceau possible et de la même manière, elle examine sa famille dont l'existence, après un quart de siècle, ne semble plus justifiée.

À quelle vitesse le matin s'est mué en après-midi ! Tant de travail l'attend encore. Les réunions, les rendez-vous se succèdent. Les post-it se multiplient sur son bureau comme des séneçons après la pluie, au même rythme que les antalgiques qu'elle avale avec du café corsé. Elle voit sur son téléphone un appel manqué de Micky et un texto d'Omer lui annonçant que Yotam fêtant son anniversaire ce soir, il regrettait mais ne pourrait pas l'accompagner à Tel-Aviv. De toute façon, elle n'avait pas l'intention de l'emmener, elle avait juste grandement apprécié sa solidarité. Avant qu'elle ait le temps de lui répondre, une jeune enseignante, convoquée pour un entretien d'embauche, entre dans la pièce, elle porte une longue robe bleu ciel de la même couleur que ses yeux et lui plaît instantanément.

« Comme j'ai été acceptée dans une université à Londres, j'ai démissionné de mon ancien poste, mais tout à coup j'ai rencontré l'homme de ma vie et je ne veux plus quitter le pays, lui explique cette dernière en toute franchise. Du coup, j'ai gagné le grand amour mais perdu mon travail.

— Votre vie ne fait que commencer, s'entend-elle objecter, comment savez-vous que c'est le grand amour ?

— Je le sais, tout simplement, quand ça arrive, on le sait, sinon, je n'aurais pas accepté un tel sacrifice », lui répond le flamboyant regard bleu, et Iris l'écoute, inquiète, pourvu que vous ne soyez pas déçue, pourvu qu'il ne vous quitte pas, pourvu qu'il ne vous dise pas dans un an que vous lui rappelez telle ou telle catastrophe, pourvu qu'il ne vous reproche pas, dans vingt-cinq ans, d'avoir négligé vos enfants, pourvu que jamais il ne vous regarde avec des yeux dégoulinant de crasse, et elle décide de l'embaucher sur-le-champ, sans même attendre l'année prochaine, d'ici la rentrée elle serait remplaçante, voilà, ainsi contribuera-t-elle à alléger un peu le prix à payer pour le grand amour, et elle, qu'en est-il du prix qu'elle va devoir payer ?

Fatiguée, elle fixe les post-it qui envahissent sa table. En ces heures torrides de début d'après-midi, il lui semble dérisoire, ce prix. Qu'Alma ait besoin d'eux maintenant ne les oblige pas à rester ensemble. Les couples séparés s'occupent aussi de leurs enfants. D'autant que leurs enfants, en l'occurrence, ont grandi au même rythme que les frustrations, les colères, les rancœurs, les comptes, les déceptions. Seul l'amour n'a pas profité de cette croissance, alors sans avoir rétréci, il occupe moins de place dans le dispositif. Si seulement on savait s'aimer autant que se fâcher, embellir autant qu'enlaidir, donner et prendre du plaisir autant que donner et prendre des coups. Avec les années, nos facultés à blesser se renforcent, semble-t-il, tandis que s'étiolent celles à satisfaire. Est-ce lié à l'âge des partenaires ou à l'âge de la relation ? À moins que ça ne dépende de chaque relation en particulier, de ses qualités et de ses capacités intrinsèques, quant à eux, elle et Micky, ils ont sans doute totalement épuisé ce qui les retenait ensemble, n'ont plus rien en stock, pas la moindre ressource qui n'aurait pas encore été exploitée, et si elle sent parfois qu'elle ne lui a jamais donné sa chance, ce n'est certainement pas maintenant, après avoir retrouvé Ethan, qu'elle pourra le faire, elle qui vient de poser le pied sur le continent perdu du plaisir retrouvé-renouvelé, inépuisable, elle qui vient de se plonger dans un lac qui jamais ne s'est asséché.

Songer à lui l'empêche de se concentrer sur son travail, l'empêche de répondre aux exigences des post-it jaunes, si bien qu'elle fait tout pour le chasser de ses pensées, ils étaient convenus en un court texto de se retrouver en fin de journée, elle s'arrêterait chez lui en allant à Tel-Aviv, elle ne l'a pas vu depuis sa guérison et n'aurait pas beaucoup de temps ce soir, elle jette un œil sur sa montre, encore quatre heures, que l'attente est pénible, plus le jour décline plus il semble ralentir sa course, comme s'il était fatigué par l'effort. Toute la semaine, elle a essayé de combiner les diverses composantes de sa vie, de les imbriquer les unes aux autres, elle ne peut pas se vouer uniquement à l'amour. Elle a trop négligé l'école, maintenant elle doit rassembler ses troupes et afficher la belle assurance qui l'a toujours caractérisée, les conforter dans leurs tâches, leur communiquer la certitude qu'ils sont au meilleur endroit et agissent de la meilleure façon possible. Seule dans son bureau, elle n'arrive pas à brider ses pensées, mais dès que quelqu'un entre, elle se ressaisit, si bien qu'elle est ravie d'entendre des coups frappés à sa porte et de voir apparaître une femme d'environ son âge, au visage glacial.

« Auriez-vous une minute à m'accorder ? », et Iris s'étonne, « c'est à quel sujet ? Vous avez rendez-vous ?

— Non, je passais juste pour me faire une idée de votre établissement et j'ai décidé d'en profiter pour voir si vous étiez libre. Nous avons inscrit notre fils chez vous mais je suis encore partagée, je me demande si le cadre que vous proposez n'est pas trop rigide pour lui.

— Vous étiez à la réunion de parents d'élèves de cet hiver ? » Elle a l'impression qu'une infinité de saisons se sont succédé depuis le discours qu'elle a prononcé devant des dizaines de nouveaux parents, au cours duquel elle expliquait en détail et non sans une certaine fierté les principes pédagogiques mis en pratique par l'équipe sous sa direction. Aujourd'hui elle a du mal à ressentir la moindre fierté, elle qui connaît peut-être tous les enfants de son école mais pas sa fille, elle qui a peut-être réussi avec les enfants des autres mais pas avec sa fille, elle écoute la mère exposer les difficultés de son rejeton, problème de concentration et de comportement, rébellion face à toute forme d'autorité, « d'un côté, je sais qu'il a besoin d'un cadre, de l'autre, j'ai peur que si la structure est trop rigide, ça le braque encore plus, je suis complètement perdue avec lui, je dois être une très mauvaise mère.

— Vous n'êtes pas la seule ici dans ce cas, s'entend-elle dire, et d'émettre aussitôt un petit rire indiquant qu'elle plaisante. Dans l'école, nous avons pas mal d'expérience avec ce genre d'enfants, et en général, nous n'échouons pas. » Cette femme lui rappelle la mère angoissée de Sacha qu'elle avait soutenue à bout de bras. Sacha, l'élève le plus difficile qu'elle ait jamais eu. Pourra-t-elle donner autant de temps à cette mère-là ? « Communiquez-moi ses évaluations, propose-t-elle, je vais les regarder et je vous dirai sincèrement si nous lui convenons. » C'est bien la première fois qu'elle fait une proposition aussi généreuse à un parent, mais la détresse de cette inconnue qui a forcé sa porte la touche, et lorsque celle-ci sort, débordante de gratitude, le bureau s'emplit soudain des silhouettes familières du réseau d'aide spécialisée aux enfants en difficulté, la psychologue scolaire, l'enseignant référent, les parents, elle essaie de continuer comme si de rien n'était, de retrouver la confiance dans ce qu'elle fait et dans le système qu'elle a mis en place, mais son inquiétude va croissant, elle a envie de se débarrasser de tous ces pères et mères incompétents pour discuter avec les professionnels d'un seul cas – celui de sa fille.

Elle pourrait certainement, à la fin de la dernière réunion de la journée, demander conseil à sa fidèle psychologue, mais mieux vaut s'en abstenir, elle est tout de même la directrice et il est préférable d'éviter que son échec personnel résonne entre les murs de l'établissement, pourtant seules deux possibilités lui semblent envisageables : ne parler que d'Alma ou, à défaut, ne plus être la mère d'Alma, c'est-à-dire ne rester qu'avec lui, avoir dix-sept ans, avant la naissance de sa fille, si ce n'est que pour l'instant elle n'a accès qu'à la voie médiane, bien obligée de faire semblant d'écouter ce qui se dit autour de la table. Qu'il est jeune, ce couple de parents, la femme paraît sortir de l'adolescence, elle aussi avait été une jeune mère, quelques années à peine s'étaient écoulées entre sa rupture tragique et la naissance d'Alma, évidemment qu'elle ne s'en était pas encore remise, évidemment qu'elle manquait de maturité, mais il lui fallait à tout prix fonder une famille, se prouver qu'elle s'en était bien tirée malgré tout, elle voulait appartenir à un noyau où il y avait aussi un père, mais voilà qu'elle découvre qu'un père ne suffit pas, il faut aussi une mère.

« Pourtant si, elle a eu une mère », ses pensées, qu'elle vient de formuler à voix haute sans s'en rendre compte, surprennent tout le monde, « excusez-moi, j'étais ailleurs, se ressaisit-elle aussitôt, gênée, et, pour rasseoir ce qui reste de son autorité, elle enchaîne, on va lui obtenir quatre heures avec le réseau et on va essayer de lui trouver une AVS », décrète-t-elle. Peut-être est-ce plus que ce dont cet enfant a besoin, mais elle doit donner aux parents quelque chose en contrepartie de son manque d'attention, puis c'est au tour des parents suivants, la discussion se focalise sur une autre petite élève, autres difficultés mais même désespoir abyssal, elle jette un coup d'œil discret à sa montre, dans une heure, elle aura pris la route et se dirigera vers Ethan, et elle se dit que sans la perspective de le voir jamais elle n'aurait supporté tous ces problèmes, d'ailleurs elle n'arrive plus à comprendre comment elle a réussi à tenir tant d'années sans cet espoir, à moins qu'elle ne l'ait toujours attendu inconsciemment, lueur invisible mais pugnace, la propulsant d'un jour à l'autre, d'une année à l'autre.

La voilà enfin dans sa voiture, elle s'arrête en chemin pour acheter à manger, hésite, comment quelqu'un peut-il vous être si proche et si étranger, est-il plutôt vin ou plutôt bière, sucré ou salé, légumes ou fruits, fromage ou viande, thé ou café ? Elle en sait tellement peu sur lui que même sur sa fille Alma elle a davantage d'informations, mieux vaut donc choisir en fonction de ses propres goûts, elle prend de la feta, du pain aux olives, des tomates cerises, des noix, du vin rouge. Quelles provisions avaient-ils emportées le jour où ils avaient dévalé le vallon en fleurs jusqu'à la source, le seul jour de printemps, ni trop froid ni trop chaud, où l'air s'était gorgé d'un parfum de miel ? À cette époque, les ados ne buvaient pas encore d'alcool, même les orphelins en devenir. Elle se souvient vaguement d'un paquet de petits-beurre et essaie de trouver les mêmes sur les rayonnages surchargés, mais à quoi bon, elle a déjà les bras remplis, elle apporte trop de choses pour le rendez-vous si court qui les attend, puisqu'elle devra rapidement partir pour Tel-Aviv.

Lors de sa précédente visite chez lui, malade et terrorisée, elle s'était introduite tel un voleur, maintenant c'est la voie royale qui s'offre à elle, sa main glisse machinalement le long de la haie, son doigt appuie sur la sonnette. La porte a vraisemblablement été remplacée mais son nom de jeune homme y est encore gravé à côté de son nom d'adulte, et il se hâte d'ouvrir, vêtu d'un short gris et d'un tee-shirt usé qui combinent jeunesse et quarantaine passée dans une même allure, elle s'étonne de nouveau de la fraîcheur de ce corps qui semble presque déconnecté de ce visage vieilli, mais il suffit d'un sourire pour que lui aussi rajeunisse. « Irissou, l'accueille-t-il avec douceur, j'ai l'impression que trente ans se sont écoulés depuis notre dernière rencontre. Qu'est-ce que tu as apporté ? Tu as eu raison de ne pas compter sur moi, continue-t-il amusé, je n'ai pas eu le temps de préparer quoi que ce soit, j'ai pensé qu'on commanderait quelque chose ou qu'on sortirait manger dehors. Ah, c'est vrai, j'ai oublié, tu n'as pas le droit de te montrer avec moi. Dis à ton mari que j'étais le premier, la taquine-t-il gaiement, tu as combien de temps à me consacrer ? Tu peux rester jusqu'à minuit ? Je n'ai jamais eu d'aventure avec une femme mariée, je me sens comme un gigolo ! » Elle vide ses sacs dans la petite cuisine, comment lui dire que le programme a changé et que ce soir elle doit aller retrouver Alma. Elle ne veut pas lui parler de sa fille, ne veut pas alourdir d'un tel poids leur relation débutante, de toute façon, quand elle est avec lui elle n'est pas du tout mère, les mères ne ressentent pas un amour aussi exclusif, égoïste et autoritaire que le sien.

Pour la première fois elle se rend compte qu'un sentiment d'un tel absolu lui était devenu complètement étranger. Qu'elle en a été privée des dizaines d'années, louvoyant entre la peur de souffrir et l'appréhension de se laisser aller à la joie, par trop inconstante, oui, pour la première fois elle se demande si ce n'est pas ce que ressent sa fille présentement et qui lui a manqué jusque-là. Éprouve-t-elle envers Boaz cet amour absolu qui pousse à une obéissance aveugle ? Elle frissonne rien que d'y penser, n'en parlera cependant pas à Ethan bien qu'il lui redemande encore une fois ce qui la préoccupe, de nouveau elle songe à la Myriam qu'ils n'ont pas eue ensemble, l'amour absolu que lui inspirait son père aurait-il fait d'elle une meilleure mère ? Parfois c'est ainsi, mais parfois c'est le contraire : la puissance de la relation parentale exclut les enfants.

Elle a vu tellement de variantes de par son travail au cours de toutes ces années, des centaines et des centaines de familles. Il arrive que les enfants récoltent les miettes du manque d'amour de leurs parents, certains y gagnent, d'autres y perdent, impossible d'en tirer la moindre règle, en ce qui concerne Alma, aucun doute qu'elle y a perdu, non seulement parce que sa mère n'a pas follement aimé son père, mais parce que, à sa naissance, sa mère n'avait toujours pas surmonté sa dépression, toujours pas fait le deuil de l'avenir qui lui avait été confisqué, c'est donc Ethan le coupable et elle a le droit de lui en parler, voire de lui en vouloir, mais comment en vouloir à un homme aussi merveilleux, il ouvre la bouteille de vin qu'elle a apportée et lui en verse un grand verre, « à la tienne, ma chérie, dit-il, si tu savais comme tu m'as manqué, ne pas te voir un jour me brise le cœur.

— À la tienne », elle boit goulûment les plus beaux mots de la terre, qu'avait-elle espéré tout ce temps sinon exactement ça, elle boit goulûment le vin rouge foncé, mais soudain son visage s'empourpre et elle est assaillie par une bouffée de chaleur qui vient inopportunément lui rappeler son âge et sa situation. Est-ce trop tard pour prononcer ces phrases-là, tels des rêves qui virent au cauchemar en se réalisant dans des circonstances inadaptées ? Qu'en faire alors, surtout au moment où son portable sonne et où le nom de Micky apparaît sur l'écran ? Ne pas répondre, elle a le droit de l'ignorer après la terrible vexation qu'il lui a infligée de bon matin, elle ignorera aussi son âge, de toute façon les années s'effacent en présence d'Ethan, même la douleur s'efface soudain, bien qu'elle n'ait pas repris de comprimé depuis des heures, même l'inquiétude pour sa fille se dissipe avec lui, oui, Shira exagère peut-être, pourquoi penser tout de suite à une secte, à un gourou, pourquoi prêter foi à des rumeurs infondées.

« C'est ton mari qui te cherche ? demande-t-il en posant une grande casserole d'eau sur le gaz. Quitte-le, Irissou », chuchote-t-il et elle le dévisage, bouleversée, « qu'est-ce que tu viens de dire ? ». Il s'approche avec une fougue de gamin, longues et belles jambes, yeux brillants, « écoute, je n'ai pas cessé d'y penser tout le temps où nous ne nous sommes pas vus. Il nous est arrivé quelque chose d'extraordinaire, Irissou, en as-tu conscience ? Est-ce que tu comprends ce qui nous arrive, envers et contre toute attente, presque à la dernière minute ? ». Et elle lui offre un sourire qui signifie, évidemment que je comprends, je ne pense qu'à ça, oui, elle ne pense qu'à ça au lieu de réfléchir à un moyen d'aider sa fille pour la tirer des griffes d'un sale type, le genre gourou, un peu comme une secte…

« On nous a donné une seconde chance, reprend-il, c'est-à-dire une dernière chance, on n'a pas le droit de la laisser passer. » Des doigts, il lui caresse le visage, « reviens-moi, Irissou, murmure-t-il, la lèvre supérieure frémissante, si on s'est retrouvés après tant d'années, ça veut dire quelque chose, notre amour ne s'est jamais éteint, j'ai fait une terrible erreur en te quittant, moi qui croyais choisir la vie, je me suis suicidé.

— Cette rupture a été un meurtre et un suicide combinés,

terriblement dangereux. Parce que moi aussi, j'ai failli mourir », avoue-t-elle.

Elle le fait asseoir sur le canapé à côté d'elle et lui raconte pour la première fois ce qu'elle avait l'intention de ne jamais lui révéler, ce qu'elle n'a jamais révélé à personne, ce qu'elle avait refusé d'évoquer même avec les rares témoins de l'époque, il ne s'agit pas d'elle mais de l'adolescente de dix-sept ans qui est restée clouée au lit pendant des semaines, sans parler, sans manger et sans boire, sans réagir aux suppliques de son entourage, le corps raide et figé dans une seule position, « on voulait m'hospitaliser mais ma mère a refusé, elle a eu gain de cause uniquement parce que, en tant qu'infirmière, elle a été autorisée à me perfuser à la maison », il l'écoute les yeux mi-clos, bouleversé et tête basse, les mains couvrant sa bouche.

« Je ne savais pas, je ne me suis pas du tout imaginé ça », et elle lui répond un peu vivement, « alors qu'est-ce que tu t'es imaginé ? As-tu d'ailleurs pensé à moi, ne serait-ce qu'une seconde ?

— Pas assez visiblement, je me sentais tellement coupable, maintenant je comprends pourquoi ta mère m'a mis à la porte ! » lance-t-il et elle chuchote soudain, « non, non, dis-moi que ce n'est pas vrai, elle n'a pas fait ça…

— Si. Elle m'a hurlé dessus, une furie, elle avait un verre de thé à la main qu'elle m'a jeté à la figure et qui s'est brisé en mille morceaux.

— C'était quand ? Et pourquoi ne m'en as-tu rien dit ?

— J'avais honte, ça a été un des moments les plus humiliants de ma vie. Je ne sais pas ce que j'avais en tête. C'était peu de temps avant mon mariage, je passais dans le quartier et j'ai décidé d'essayer. Je pensais que tu habitais peut-être encore là, c'est elle qui m'a ouvert la porte, dès qu'elle m'a reconnu, elle s'est mise à m'insulter », et Iris se souvient vaguement d'un après-midi caniculaire où elle était venue déposer Alma bébé chez sa mère et avait trouvé cette dernière en train de balayer rageusement la cage d'escalier, « quelqu'un a cassé un verre, faites attention il y en a plein partout », leur avait-elle lancé sur un ton de reproches comme si c'était leur faute, et Iris s'était empressée de prendre sa fillette dans ses bras, « qu'est-ce qui s'est passé ? » avait-elle demandé sans réelle curiosité, sa mère s'était plainte des voisins pendant qu'elle déposait Alma dans le salon pour repartir tout de suite, elle avait une réunion et ne pouvait arriver en retard, « Micky viendra la récupérer à dix-huit heures », avait-elle précisé en hâte, écrasant sous ses pieds, sans le savoir, les débris de son vœu le plus cher et qui s'était presque exaucé.

« Qu'est-ce qu'on va faire avec tout ça ? » Coudes sur les genoux, dos voûté, on dirait un homme qui découvre un champ de ruines, et elle, mue par une vieille habitude, lui passe les doigts le long de la colonne vertébrale, de haut en bas, palpe ses vertèbres proéminentes et sent la lourdeur de sa respiration. Elle a même l'impression fugitive qu'il va éclater en sanglots, comme il l'a fait sur la tombe de sa mère, après avoir récité le kaddish*, ses jambes ne l'avaient plus porté et il s'était écroulé, à genoux devant le monticule de terre, en hurlant « reviens-moi, reviens-moi ! ». Elle s'était alors agenouillée à côté de lui, avait passé la main sur son dos, exactement comme maintenant, et soudain un violent chagrin lui noue la gorge, l'étouffe au point qu'elle aussi a du mal à respirer, en fait, ne sont-ils pas tous les deux déjà enterrés, et même s'ils sont arrivés à creuser un étroit souterrain entre leurs tombes et à entrecroiser leurs doigts, ce n'est qu'une

* La prière des morts chez les juifs.

rencontre illusoire, elle le tâte, effrayée, « dis, tu es réel ? Tu es bien vivant, n'est-ce pas ?

— Oui, pour autant que je sache, soupire-t-il. Seul un être vivant peut avoir aussi mal », et elle se plaque contre lui, pose la tête sur son épaule, rassurée par la chaleur qui émane de son corps, par son odeur, son haleine, et par la vapeur qui monte de la casserole sur le feu. Ils restent assis l'un à côté de l'autre au bout du canapé, dos voûtés tels des survivants de quelque pogrom qui savent que leurs persécuteurs ne vont pas tarder à revenir. Jusqu'à ce qu'il se redresse d'un bond, se retrouve sur ses pieds et aille ajouter en hâte de l'eau dans la casserole bouillante et du vin dans le verre qu'elle a terminé, « je veux te faire l'amour, on a trente ans à rattraper. Tu imagines la quantité ? ».

Il s'oblige à adopter un ton joyeux, à effacer un passé trop chargé, mais que nous resterait-il sans lui, pense-t-elle, n'est-ce pas grâce et à cause de lui qu'on est là, pourtant elle aussi s'efforce de faire bonne figure, qu'il ne lui adresse plus les mêmes reproches, tu me rappelles la pire année de ma vie, tu me rappelles la maladie, elle boit une gorgée de vin, ne s'attarde pas sur la rapidité avec laquelle il arrive à passer d'une chose à une autre, s'en réjouit même, s'abandonne sur le canapé, l'eau bout dans la casserole, il l'embrasse, une petite voiture bondit soudain sur le tapis et il extirpe la télécommande des coussins sur lesquels elle s'est allongée, objet inanimé devenu vivant, vivant devenu objet inanimé, elle prend sa peau et la retourne parce que c'est avec ses papilles les plus profondes qu'elle sent combien ils sont proches, pas avec son épiderme rugueux et superficiel, à chaque caresse le contact est si violent qu'il la transperce et que c'en est presque douloureux. Un nouveau-né que l'on touche pour la première fois doit avoir la même réaction, et

Ethan, le ressent-il ainsi ? Elle a l'impression qu'il pleure, un rien l'a toujours fait pleurer, elle se souvient encore de sa gêne lorsqu'il avait évoqué en sanglotant la maladie de sa mère, elle en avait été si remuée, son cœur d'ancienne orpheline s'était serré et en même temps ouvert pour absorber la souffrance du futur orphelin, à présent elle attire son visage à elle et embrasse ses yeux humides, « mon amour », chuchote-t-elle en lui glissant les doigts à la racine des cheveux tandis qu'il glisse les doigts à la racine de son plaisir et tire d'elle une jouissance totale, épaisse, poisseuse, c'est chaud et ça les colle ensemble, ce liant coagulera en refroidissant et alors elle découvrira que, le voudrait-elle, elle ne pourrait pas se détacher de lui, de toute façon elle ne le veut pas, rien ne justifie qu'on lui écarte le bras du sien, le ventre du sien, les hanches des siennes.

« Je dois remettre de l'eau dans la casserole, dit-il, elle va brûler », mais il ne se relève pas et elle répond tout bas, « qu'elle brûle ». Soudain elle se souvient d'un haïku que Micky lui avait cité et répète à son tour, « un poète, parti s'isoler, trouva, à son retour, sa maison détruite par les flammes mais au lieu de se lamenter il écrivit : le débarras a brûlé, plus rien ne masque la face de la lune.

— Comme c'est beau d'appeler sa maison un débarras, s'enthousiasme Ethan, c'est fort, ça convient on ne peut mieux à cet appartement ! », il répète les mots à haute voix, indique la pleine lune qui scintille à la fenêtre, immense œuf orangé, œuf géant d'une espèce animale aujourd'hui disparue. « Le monde est plein de miracles, déclare-t-elle.

— Oui, de miracles et de catastrophes », approuve-t-il tout en montrant, à la lumière blanche de l'astre étincelant, les cicatrices qu'elle a sur le ventre en travers du bassin, « je regrette tellement de ne rien avoir su, je me serais occupé de toi, je t'aurais hospitalisée dans mon service, c'est arrivé quand, exactement ? ».

Même après avoir découvert qu'à cette époque il se trouvait aux États-Unis, il continue à se lamenter sur l'occasion ratée, « je n'aurais laissé aucun médecin te toucher sans mon accord, je t'aurais anesthésiée moi-même avant chaque opération, je serais resté au bloc toute la durée de l'intervention et j'aurais embrassé tout ton en dedans. On a perdu dix ans », déplore-t-il et elle pense que durant ces dix années-là elle a construit son école, l'œuvre de sa vie. Aurait-elle pu la mener à bien avec lui à ses côtés ? Aurait-il été possible de ne pas se laisser dévorer par leur amour ?

« On aurait eu le temps de faire un enfant ensemble », continue-t-il, comme s'il prenait plaisir à remuer le couteau dans la plaie, mais elle le coupe, « je ne pense pas, tout a été saccagé à l'intérieur.

— Je t'aurais réparée, j'ai déjà fait des choses plus compliquées, crois-moi.

— Oui, je te crois, je t'aime. » Tant de jours, tant d'heures, tant de gâchis, que fait-on de tout cela, elle lui caresse le visage, ses mains s'attardent sur la barbe grise et frisée qui lui couvre les joues, « ça date de quand ?

— Bien longtemps, je l'ai depuis des années, depuis toujours en fait, je suis en deuil, tu as oublié ?

— Je ne me souviens pas de toi avec une barbe.

— À l'époque, j'avais à peine trois poils sur le visage, mais quand ça a commencé à pousser, je n'y ai pas touché, les premières années en signe de deuil et après, par habitude.

— Je pensais que tu voulais oublier le deuil, ne peut-elle s'empêcher de relever, c'est ce que tu m'as dit en tout cas. Mais au final, je suis la seule à l'avoir payé.

— Arrête, je t'en supplie, ne revenons pas là-dessus, je

portais le deuil à la fois de ma mère et de toi, je ne pouvais pas vous séparer l'une de l'autre.

— Eh bien, puisque tu ne portes plus mon deuil, tu peux raser ta barbe, non ? Je voudrais tellement te voir comme tu étais.

— Es-tu sûre que je n'aurai plus à porter ton deuil ? Parce que j'ai peur que ça recommence.

— Oui, je te le jure », et pour s'assurer qu'aucun témoin n'a entendu son serment, elle balaie la pièce du regard, un regard qu'il intercepte, « le gaz ? » lance-t-il aussitôt et il se dirige en hâte, tout nu, vers la cuisine, remplit d'eau la casserole, réapparaît après avoir enfilé un slip noir, s'arrête devant le miroir du couloir, s'observe avec sérieux, lui montre le rasoir, la bombe de mousse qu'il est allé chercher et déclare, « viens, je suis entre tes mains », mais elle est tellement lente qu'il finit par la houspiller en riant, « ça va plus vite d'opérer à cœur ouvert ! » s'exclame-t-il, elle fait glisser tout doucement la lame sur ses joues, elle a peur de blesser la peau blanche qui se révèle, « mes patients vont s'effrayer, je suis d'une pâleur spectrale ! ». Les vapeurs qui montent de la casserole d'où s'échappe une franche odeur de brûlé couvrent de plus en plus le miroir si bien que, dans le cadre de bois peint en bleu turquoise, ils ont tous deux l'aspect d'une apparition irréelle.

« Tu bouges tout le temps ! C'est vrai, j'ai oublié que tu ne tenais jamais en place !

— C'est parce que tu me chatouilles, s'esclaffe-t-il, sache que trop de prudence est très dangereux, et si tu me laissais terminer le truc tout seul ?

— Pas question, regarde-moi une seconde sans bouger, et j'en aurai terminé, mais quand est-ce que tu as grandi comme ça ? Je me souviens de toi beaucoup plus petit.

— Désolé, je me suis développé sur le tard, dans tous les sens du terme, toi, en revanche, tu as embelli.

— Vraiment ? J'ai du mal à te croire, s'étonne-t-elle non sans fausse modestie.

— Si ! Ton visage est beaucoup plus vivant, à l'époque, tu étais toute maigre, délicate et pâlichonne, aussi insaisissable qu'une pensée. Maintenant, tu es beaucoup plus féminine. Allez, laisse-moi terminer ! », il lui prend le rasoir des mains et en deux gestes rapides dénude les pommettes saillantes dont elle se souvenait. La vue de ce visage qui s'est reconstitué avec une affolante précision lui coupe le souffle.

« Voilà ! Maintenant j'arrive à croire que c'est vraiment toi, dit-elle en allant se plaquer contre lui. Jusqu'à présent, je faisais semblant. Regarde, tu n'as quasiment pas changé. » La peau de son visage est douce et lisse, à part les joues qui se sont un peu creusées, les plis qui se sont formés sous le menton, il est redevenu son garçon, en le regardant, elle sent ses yeux toujours secs commencer à se mouiller, elle secoue la tête, se mord les lèvres, incrédule. Les traits qui ont surgi sous la barbe résonnent douloureusement en elle, comme lorsque, après des années, on découvre des photos de défunts qu'on a aimés, et que ces photos éclairent un passé qu'on ignorait.

Elle voit le visage qui venait la retrouver dans sa classe pendant les récrés et souriait d'embarras, oui, c'est bien la tête qu'il posait sur l'oreiller de son lit, c'est bien les cils drus qui ombrageaient ses paupières closes pendant qu'il dormait, c'est bien l'expression rayonnante qu'il lui offrait en ce jour fabuleux, le plus doré de l'année, celui qui se faufile après la froidure et avant la fournaise. Le contact chaud du rocher sous son dos, la cime du mûrier touffu au-dessus d'elle, son adolescent qui lui caresse les seins, lèvres entrouvertes, yeux clairs qui scintillent, joues un peu rosies par le soleil telles celles d'un bébé et elle qui s'enroule autour de lui avec l'absolue certitude que rien, jamais, ne les séparerait.

« C'est qui ? Je ne le connais pas ! s'exclame-t-il tandis que, méfiant, il examine son reflet et palpe ses joues avec une moue peu convaincue. Qu'est-ce que tu m'as fait ? Je me sens comme si j'avais changé d'identité, mes enfants vont avoir un choc ! Je suis complètement à nu », il lâche un léger rire, se couvre le visage des mains et s'éloigne, remplit la casserole d'eau pour la troisième fois, sort des tomates du réfrigérateur, les coupe en dés, elle se retrouve seule face au miroir, avec l'impression que son visage aussi a été épluché depuis qu'elle l'a retrouvé, elle a l'air différente, tout le monde le lui dit, ses yeux se sont agrandis et ses contours affinés. « Comment n'ai-je pas remarqué que tu avais de si beaux yeux ? » s'étonnent ses collègues qui la côtoient pourtant tous les jours depuis dix ans déjà, alors peut-être est-ce leur expression qui a changé, n'a-t-il pas dit, ton visage est beaucoup plus vivant ? Elle se hâte de tourner la tête vers lui pour ne pas perdre la moindre seconde de sa présence.

Comme le temps passe vite à ses côtés, il est déjà vingt heures, de l'appartement du dessus lui parvient le générique des infos, le petit garçon angoissé est sans doute chez sa mère et son père est libre de regarder en paix les événements déprimants de la journée, autrement plus inquiétants que des voleurs dans le jardin. Elle se donne encore une heure ici, comment le laisser alors qu'il prépare le dîner, d'autant qu'elle ne l'a pas encore prévenu qu'elle allait devoir écourter la soirée.

« Je peux faire quelque chose pour toi, Ethan ? » demande-t-elle et il susurre tout bas en coupant l'ail, « quitter ton mari.

— Je voulais dire pour le dîner, ce n'était pas une question existentielle », se hâte-t-elle de préciser. Le mépris dans sa voix quand il a prononcé le mot « mari » la vexe un peu, elle jette un coup d'œil oblique vers son téléphone, inquiète un instant que Micky ne les entende par quelque mystérieuse technologique sophistiquée, peut-être même est-il en train de les observer, aussi rond et immobile que la lune, le monde est rempli de catastrophes et de miracles.

« Mets la table dans le jardin », lui propose-t-il, elle descend les marches inégales, il y a là-bas une table en bois bancale et couverte de feuilles mortes qu'elle balaie de la main, puis elle retourne dans la cuisine, trouve facilement un chiffon, une nappe, les assiettes, les couverts, elle connaissait cet appartement comme sa propre maison et elle retrouve même une partie de la vaisselle, « à propos, depuis quand habites-tu ici, tu t'es installé dans cet appartement avec tes femmes ? », car malgré sa curiosité, elle n'a pas encore osé lui poser de questions sur sa vie d'homme, elle a préféré rester concentrée sur leur passé, suivre son parcours à partir du moment où leurs destins se sont séparés l'effraie, tant elle a peur de découvrir que les trente années sans elle surpassent leur année commune, mais il répond aussitôt, « c'est toi, ma femme, je n'en ai pas eu d'autres.

— Mais oui, bien sûr, ironise-t-elle, tu t'es juste marié deux fois et tu as fait deux enfants, mais à part ça… »

Il fait revenir l'ail et les tomates, y ajoute les spaghettis après les avoir égouttés dans la passoire, « la preuve, c'est que moi, je ne suis avec personne d'autre, alors que toi, si », lui renvoie-t-il et elle se hâte de protester, « un fait qui peut être sujet à toutes sortes d'argumentations, à charge et à décharge.

— Les femmes expliquent toujours tout à charge », la taquine-t-il. Il lui tend le plat de pâtes en sauce et pose sur un plateau la bouteille de vin, une petite assiette d'olives noires, un bol de *labné*[*], l'apporte dans le jardin et lorsque, enfin, ils s'asseyent à table, elle entend soudain un bruit de pas léger, un instant elle s'affole, serait-ce Micky qui l'aurait suivie jusqu'ici et se serait caché dans la haie vive ? Mais aussitôt apparaît un chat squelettique, dont l'expression inquiète est presque drôle.

« Viens, Gulliver, la voie est libre, lui lance Ethan, tu n'as rien à craindre, Itamar n'est pas là », il se lève, va verser des croquettes dans un récipient caché sous les marches et reprend, « Itamar le martyrise un peu, chaque fois qu'il dort chez moi, le chat en ressort traumatisé.

— Bon, alors qui est la mère d'Itamar ? demande-t-elle avec circonspection.

— Malheureusement pas toi. Tu te souviens qu'on était persuadés que tu serais enceinte après le bain qu'on s'était payé chez toi ?

— Oui, qu'est-ce qu'on a eu peur ! J'ai commencé à prendre la pilule juste après.

— On aurait pu avoir un gamin de vingt-sept ans », dit-il et elle se hâte de rectifier, « une gamine, pas un gamin.

— Comment en es-tu si sûre ? lui demande-t-il amusé.

— Parce que c'était obligé et on l'aurait appelée Myriam.

— Ça, je l'ai déjà fait », son ton est sec, il s'essuie la bouche sur sa serviette en papier mais ses lèvres qui se révèlent dans leur totalité sans la barbe sont encore rouges de sauce et sur son visage blanc, on les dirait maquillées.

« Tu l'as peut-être fait, mais pas avec moi », rétorque-t-elle pour aussitôt réitérer sa question afin d'évacuer la soudaine culpabilité qui la ronge (n'est-elle pas en train de trahir sa propre fille, peut-être aussi cruellement qu'il l'a trahie, elle,

* Fromage blanc arabe.

à l'époque), « alors qui est la mère de Myriam ? » et elle s'étonne de l'entendre répondre sans essayer d'esquiver cette fois, « elle s'appelle Suzanne, c'est une gynécologue », une réponse qui lui donne la chair de poule, il a donc effectivement été marié à un médecin, il est effectivement revenu la chercher, comment savoir ce qui est vrai et ce qui ne l'est pas dans tout le fatras de sa mère, elle lui avait bien dit qu'il était marié à un médecin mais avait ajouté, « et père de trois merveilleux enfants ». Lorsqu'elle reprend la parole, c'est pour lui demander s'ils ont fait leurs études de médecine ensemble, si elle l'aidait aussi à réviser ses examens et il confirme avec un rire, « évidemment, sinon j'aurais échoué ! ». Le sujet semble prodigieusement l'ennuyer, mais elle insiste, elle veut tout savoir, malgré l'inquiétude que ça génère en elle, où se sont-ils mariés où ont-ils habité de quoi ont-ils discuté comment faisaient-ils l'amour quel genre de conjoint était-il quel genre de père, elle veut aussi voir des photos, toutes les photos qu'il possède, elle veut être avec lui sous le dais nuptial et dans le lit, elle veut voir une autre femme lui donner une fille, peut-être reproduit-elle la même erreur qu'à l'époque en cherchant ainsi à nier toute différence entre elle et lui. Puisqu'il en a été ainsi, qu'au moins elle passe ces étapes avec lui, même si, pour sa part, elle ne veut rien lui dire de ce qu'elle a vécu, rien de son mariage ni de ses enfants, et surtout pas d'Alma, si petite à la naissance, si magnifiquement belle mais à qui elle n'avait pu cacher sa déception de ne pas voir en elle le bébé qu'elle avait imaginé, aux membres longs, aux yeux bleus et aux cheveux noirs, de ne pas voir leur Myriam, à elle et à lui.

« Qu'est-ce que tu veux encore savoir, je t'ai tout raconté, non ? » demande-t-il et elle jette un coup d'œil à sa montre, son petit bébé à elle semble être en difficulté et elle doit le sauver, racheter ce premier regard qu'elle lui a lancé, un regard réticent et dépité, mais comment dire à Ethan qu'elle doit partir, comment arrivera-t-elle à obliger ses pieds à quitter les lieux, elle a trop de plaisir, assise en face de lui dans ce jardin laissé à l'abandon qui lui appartient au moins autant que son propre appartement, parce que c'est ici, dans ce jardin entouré de résineux, qu'a été conservé intact le fossile de l'adolescente qu'elle était.

Il la sert et la ressert en pâtes, en vin aussi, comment pourra-t-elle prendre le volant dans cet état. Sous la lune qui a blêmi et, ratatinée, s'est accrochée à l'arbre au-dessus d'eux telle une grosse prune jaune, le monde est rempli de miracles et de catastrophes certes, mais présentement, elle se trouve sur la face des miracles, quoi d'étonnant à ce qu'elle ait tant de mal à émigrer vers la face obscure, celle des catastrophes, sauf qu'elle n'a pas le choix, alors elle se lève, un peu chancelante, et, s'agrippant à la table bancale, s'approche de lui.

« Tu vas où ? lui demande-t-il en l'attirant sur ses genoux. Incroyable à quel point tu ressembles à ma mère.

— C'est juste parce que ma coiffure te fait penser à sa perruque.

— Non, pas seulement, il y a aussi les yeux, et quelque chose dans la démarche, je n'en reviens pas, tu peux me dire ce qui m'arrive, à quelle époque je vis ? » Il lui attrape violemment les cheveux, comme s'il essayait de lui arracher une perruque, plaque ses lèvres aux siennes jusqu'à ce qu'elle ne puisse plus respirer, déboutonne son chemisier et enfouit la tête entre ses seins. « Mon chéri, se crispe-t-elle, je dois partir.

— Ne t'en va pas, ne me laisse pas », chuchote-t-il, et en regardant de nouveau sa montre, elle découvre qu'il est minuit passé, son corps est gorgé d'amour, de sève adolescente, de feuilles mortes écrasées, de promesses, de serments et de regrets aussi vieux que les enfants qu'ils n'ont pas eus, elle se détache de lui le cœur chaviré, elle aussi a perdu la notion du temps et de son identité, d'où vient-elle, où va-t-elle, devra-t-elle rendre des comptes et à qui ?

Lorsque sa voiture gravit la colline, elle est assaillie par une angoisse qui la terrorise autant qu'une bande de voleurs de grand chemin. Elle essaie de se rassurer comme elle peut, elle irait voir Alma demain, un jour de plus ou de moins ne changerait rien et chez elle, Micky dort certainement déjà, persuadé qu'elle est à Tel-Aviv malgré son refus de l'accompagner, aucune chance qu'il ait décidé de l'attendre, quant à Omer, il l'a prévenue qu'il passait la nuit chez Yotam, personne ne la verrait rentrer avec des lèvres embrassées et embrasées, un corps aimé qui dégage une odeur d'intimité.

Elle se faufile sur la pointe des pieds, se douchera demain matin, mieux vaut ne pas faire de bruit inutile, elle se brosse rapidement les dents au-dessus de l'évier de la cuisine et se dépêche d'aller s'enfermer dans la chambre obscure d'Alma, mais quand, après s'être déshabillée en silence, elle se glisse dans le lit, elle se heurte avec horreur à un autre corps, là, sous la couverture, et lâche un cri d'effroi. Serait-ce Micky venu la surprendre, tellement recroquevillé dans sa jalousie que ses proportions ont rétréci, elle bondit sur ses pieds, le souffle coupé, ouvre en silence le volet et, à la lumière de la pleine lune qui l'a suivie jusque-là, elle reconnaît Alma, bouche entrouverte dans une expression d'étonnement et de dégoût, comme si, sous ses paupières closes, elle voyait une image particulièrement dérangeante.

Le cœur battant, elle fixe son alibi qui lui file entre les doigts, un alibi maigrichon, hermétique, fragile. Que dira-t-elle à Micky ? Pourquoi ne l'a-t-il pas prévenue qu'Alma était à la maison et qu'elle n'avait plus besoin d'aller à Tel-Aviv ? Lui a-t-il volontairement tendu un piège ? Elle va devoir donner le change, mais elle manque terriblement d'informations. Quand sa fille est-elle arrivée et jusqu'à quelle heure a-t-elle travaillé dans son bar ? Rien ne l'empêche de prétendre être allée là-bas et avoir fait chou blanc, mais pour ne pas risquer d'être démasquée, elle est obligée de la réveiller, alors elle lance avec un enthousiasme factice, comme si elle ne s'était pas du tout rendu compte qu'elle dormait, « Alma ? Quel plaisir de te voir ici ! Tu es arrivée quand ? », si bien qu'elle est étonnée d'entendre la gamine répondre aussitôt, dans un marmonnement somnolent, « Maman ! Je t'ai attendue, t'étais où ?

— Au travail, quand est-ce que tu es arrivée ? Pourquoi ne m'as-tu pas prévenue que tu venais ? » insiste-t-elle, mais Alma se retourne déjà de l'autre côté, son dos étroit perdu dans l'immense tee-shirt de Micky ne laisse à Iris que la possibilité de rabaisser le volet en silence, de marcher sur la pointe des pieds jusqu'à la chambre d'Omer pour dormir dans son lit, faites que Micky ne se réveille pas, elle ne peut pas se présenter ainsi devant lui, la peau recouverte d'amour et le cerveau privé de mensonges.

Comment est-ce possible ? N'avait-il pas dit qu'il dormirait chez Yotam ? Que fait-il dans son lit d'où montent la chaleur de son corps et ses légers ronflements, même dans son sommeil sa présence éclate de vie, elle recule et, en tanguant, se replie sur le canapé. La literie étant rangée dans leur chambre, là où elle n'entrera à aucun prix, elle ne peut que s'allonger tout habillée et essayer de surmonter, sans couverture, la fraîcheur de la nuit qui la fait claquer des dents. Elle se relève, va prendre deux serviettes de bain et s'en couvre bien qu'elles soient froides et un peu humides, quelqu'un s'est apparemment douché il n'y a pas longtemps, l'appartement lui envoie quelques mystérieux indices, ses habitants la punissent sans le savoir, eux qui modifient leurs plans mais ne l'informent pas, qui donnent de fausses indications, qui l'exilent sur le canapé. Elle frissonne sous l'éponge humide, pourquoi donc Omer n'est-il pas allé à l'anniversaire ? Serait-ce à cause de la visite de sa sœur ? Alma a-t-elle soudain décidé de rentrer de son propre chef ou est-ce Micky qui lui a demandé de venir pour calmer sa mère, ou plutôt pour prouver à Iris qu'il a raison ? Peut-être d'ailleurs a-t-il vraiment raison, peut-être la connaît-il vraiment mieux qu'elle. Avec quelle douceur inhabituelle sa fille lui avait dit, « maman, je t'ai attendue ».

Et peut-être que Shira exagère. Demain, elle discuterait avec Alma et essaierait de tirer tout cela au clair, ce n'est encore qu'une gamine, si jeune, à cet âge, les tendances s'inversent rapidement. Peut-être que dès demain matin elle serait totalement rassurée et du coup, sous la serviette humide elle glousse de plaisir comme une adolescente amoureuse, elle pourrait continuer à avancer sans scrupules sur le chemin miraculeux qui se trace sous ses pas, atteindre un monde où s'effacent les années, où l'on peut marcher à reculons entre les places fleuries du temps, aller et venir dans le vallon parfumé, sous les nuages de miel, par la seule journée de printemps de ce pays, ni trop froide ni trop chaude.

CHAPITRE 13

Elle sera la première debout, se douchera dans la salle de bains des enfants, entrera précautionneusement dans leur chambre, s'habillera et se maquillera pleine d'énergie. Afficher son efficacité lui semble être la meilleure parade aux soupçons, d'autant qu'il n'est pas encore tout à fait réveillé. Peut-être d'ailleurs qu'au matin il aurait oublié les événements de la veille, ses heures d'une absence justifiée par une prétendue visite à Alma, laquelle pendant ce temps venait chez eux à Jérusalem, aucun doute que pour une opération de surveillance, c'était particulièrement raté. Elle se préparera rapidement et ressortira discrètement au moment précis où le réveil de Micky sonnera, lui intimant l'ordre de commencer une nouvelle journée… durant laquelle il ferait quoi, en fait ? Que sait-elle de l'emploi du temps de son mari, de ses relations avec ses supérieurs et ses subordonnés, des missions qu'on lui confie ? À combien de femmes désespérées est-il venu en aide, combien en a-t-il conduit sur ses heures de travail chez toutes sortes de médecins, combien de parties d'échecs arrive-t-il à jouer en cachette, avec qui parle-t-il et, s'il la soupçonne, avec qui partagera-t-il ses doutes ? Sa vie sociale est limitée, l'a toujours été, et depuis que son ami d'enfance a quitté le pays, il ne voit presque personne.

Elle prépare en vitesse un sandwich pour Omer, jette un coup d'œil dans la chambre d'Alma, la pièce est encore plongée dans la pénombre, sa fille a l'air de dormir profondément, elle décide donc de lui envoyer un texto pour lui demander de l'appeler dès qu'elle sera réveillée, elle annulerait une réunion s'il le fallait et viendrait la rejoindre. Maman, je t'ai attendue, a-t-elle dit, des mots si rares, fallait-il comprendre qu'elle était venue lui confier ses secrets ? Elle l'écouterait bien sûr avec amour, sans la juger ni la critiquer, elle la réconforterait, nous faisons tous des erreurs de jeunesse, lui assurerait-elle, et c'est d'elles qu'on apprend le plus.

Micky apparaît soudain, il avance dans le salon de sa lourde démarche de somnambule, elle s'étonne du sourire qu'il lui lance en se dirigeant vers la bouilloire, il ne lui demande rien, à moins que ce ne soit pas exactement un sourire mais un hochement de tête poli en signe de bonjour, comme s'il croisait une voisine à côté des poubelles, et elle se hâte de dire, « je dois filer, réveille Omer, s'il te plaît, j'ai mis son sandwich dans son sac, on parlera plus tard ». Elle s'engouffre dans l'ascenseur puis dans la voiture, rien que des objets mouvants comme refuge, à la verticale ou à l'horizontale peu importe, pourvu qu'ils l'éloignent du champ visuel de son mari.

Elle a eu raison de partir plus tôt, elle aurait le temps de se préparer pour sa réunion de fin d'année avec l'inspectrice, d'ailleurs, il n'est plus si tôt que ça, elle voit les premiers élèves qui commencent à arriver, certains éjectés de véhicules qui ne font que ralentir, d'autres à pied, un lourd sac sur le dos, les plus petits accompagnés de leurs parents. Le fameux matin, elle n'avait pas accompagné Alma et Omer jusque dans leurs classes, c'était inutile. Ils étaient sortis ensemble de la voiture, avaient franchi le portail ensemble, et là chacun s'était tourné vers sa classe. Si elle les avait accompagnés, l'autobus aurait explosé avant elle, mais quelle conclusion, quelle leçon peut-on en tirer, il est vain de dire qu'on apprend de ses erreurs. La preuve, Ethan a fait une erreur monumentale en la quittant, et la seule chose qui en était sortie, c'étaient deux vies brisées. Même leurs enfants, qui pourtant ne doivent la vie qu'à cette erreur, en ont souffert. Elle se souvient soudain en frissonnant de cette histoire talmudique où il est question d'un homme qui croise une jeune fille en chemin, lui promet le mariage, en épouse une autre avec laquelle il a des enfants, mais ceux-ci meurent tous d'une étrange manière, jusqu'à ce qu'il revienne à sa première fiancée. Chaque fois qu'elle avait dû enseigner cette histoire, elle s'était remémoré son drame personnel, à la différence près que la jeune fille du conte avait continué à attendre l'être aimé, au prix, pour ne pas être unie à un autre, de simuler la folie. Elle, en revanche, avait fondé une famille, ce qui mettait ses enfants en danger au même titre que ceux d'Ethan.

Elle décide d'envoyer un texto à Alma avant de sortir de voiture et d'être sollicitée de toutes parts, ma chérie, envisage-t-elle d'écrire, appelle-moi dès que tu te réveilles et je viens tout de suite, nous devons parler, mais comme ses doigts ne se heurtent à aucun téléphone dans son sac, elle en renverse le contenu sur le siège passager, furieuse. Une pluie d'effets utiles et inutiles en tombe, des antalgiques, des chewing-gums, des noix du Brésil, des listes de courses, les lunettes de soleil qu'elle cherche depuis deux semaines, un rouge à lèvres ouvert, des stylos, des crayons et des post-it, une crème pour les mains et une autre de protection solaire, des formulaires froissés, beaucoup de choses, mais son portable – vital, accusateur, saturé – est apparemment resté sur le plan de travail de la cuisine, non seulement elle ne peut pas envoyer de message à Alma mais, pire encore, elle est à présent livrée à la vue de Micky, en un clic il peut découvrir où elle était la veille et même sans clic du tout, un regard fortuit vers l'écran suffirait à saisir un nouveau SMS reçu entre-temps, quelques rapides mots d'amour matinaux, un message que, même sans avoir l'intention de fouiner, il serait obligé de remarquer.

Une de ses collègues frappe contre la vitre fermée, des phalanges qui étincellent en orange fluo, mais elle lui fait signe que ce n'est pas le moment, elles parleront plus tard. Une violente douleur s'installe entre ses tempes, désastreuse imprudence, elle qui s'est tellement dépêchée pour l'éviter lui a laissé son secret à portée de main. Si elle rentre récupérer l'appareil, ce qu'elle doit impérativement faire, elle sera en retard pour sa réunion – impossible, d'autant que depuis un certain temps elle était dans le collimateur de l'inspectrice qui, sous prétexte de s'inquiéter pour sa santé, guettait tout relâchement dans son organisation. Elle sentait venir le jour où cette fonctionnaire zélée recommanderait qu'on la licencie, de toute façon, c'était trop tard, inutile de rentrer chez elle en panique, Micky était déjà certainement parti au travail en ayant ou non remarqué le portable oublié. Elle se penche et cherche entre les sièges, elle l'a peut-être posé quelque part et il serait tombé, elle fouille même sous les tapis, essaie pendant ce temps de reconstituer quels messages de Douleur n'ont pas encore été effacés. En général, elle les supprime tous dès qu'elle se retrouve dans l'ascenseur, avant d'atteindre leur étage, mais elle a oublié le dernier SMS qui, pour Micky, serait largement suffisant, nul besoin de tout l'historique de leur relation.

Si, par miracle, l'appareil a échappé aux yeux du mari, c'est peut-être le fils qui l'aura trouvé, ou même la fille, se souvient-elle avec horreur, mais de nouveau, quelqu'un tapote à son carreau, elle se redresse pour indiquer d'un geste circulaire qu'elle sera disponible plus tard, laissez-moi, pas maintenant, mais elle est surprise de voir apparaître une grande main agitant l'objet de son angoisse, elle baisse la vitre et essaie de donner le change.

« C'est ça que tu cherches, non ? » demande-t-il, visage hâlé barré dans toute sa largeur par le même sourire matinal que précédemment, circonspect et poli, elle en déduit qu'il s'est certainement amusé à l'observer dans sa détresse. « Je pensais bien que tu aurais du mal à t'en passer », ajoute-t-il avant de regagner sa voiture garée juste à côté de la sienne. Depuis combien de temps est-il là ? Elle n'a pas remarqué son arrivée, et s'est jetée sur l'appareil avec une telle voracité qu'elle n'a pas non plus remarqué son départ, elle ne l'a même pas remercié tant il fallait qu'elle vérifie si un nouveau message de Douleur n'avait pas été envoyé, si elle avait laissé apparent quelque chose susceptible de les démasquer.

« *Tu arrives quand ? Suis chez moi, t'attends avec impatience, ma chérie, mon amour* », le dernier texto entrant ne laisse aucune ambiguïté à qui voudrait savoir, mais il est incapable de lui révéler s'il a été lu par un œil indiscret. Heureusement, aucun nouveau SMS n'a été envoyé par Douleur depuis qu'ils se sont séparés la veille… à moins qu'une main rageuse ne l'ait effacé, mais ça, elle peut le vérifier. « *Bonjour mon amour*, écrit-elle à toute vitesse, *m'as-tu envoyé un texto ce matin ?* », et à sa grande joie il réagit aussitôt, sans toutefois lui répondre, « *pourquoi tu me poses la question ?* », elle tape, tendue, « *oui ou non ?* », mais à cela il ne répond pas, peut-être un malade vient-il d'entrer dans son cabinet, peut-être est-ce aussi sa manière à lui de protester contre les circonstances qui lui imposent de cacher leur liaison et transforment ses mots, source de bonheur suprême, en danger pour la sérénité de celle qu'il aime. Quelle situation détestable, elle pose la tête sur le volant, pourquoi se retrouve-t-elle entre deux hommes qui lui cachent une information fondamentale, chacun pour des raisons qui lui sont propres, elle va devoir entrer en réunion sans savoir ce qu'elle aura à affronter à la sortie, elle reconnaît la sonnerie qui retentit, sort pesamment de sa voiture et se heurte au flux des élèves qui convergent vers leurs classes. Voilà que ça lui glisse entre les doigts, dans un instant elle aura tout perdu, tous ces enfants qu'elle connaît si bien, cet endroit qu'elle a construit de ses propres mains, son mari, Alma à qui elle n'a pas eu le temps d'envoyer son message parce que l'inspectrice est là, debout devant elle. Tant pis, elle lui écrirait dès que la réunion s'achèverait, sa fille aime dormir tard, comme Micky, sûr qu'elle ferait la grasse matinée jusqu'à midi.

« *Bonjour ma chérie, appelle-moi dès que tu te seras réveillée, que je puisse venir te rejoindre* », tape-t-elle en regagnant son bureau, où elle s'affale sur sa chaise, épuisée, et cette fois aussi, la réponse arrive vite, mais pas celle escomptée, « *suis déjà à la gare routière, bye, à plus* ». Vraiment pas de chance, soupire-t-elle, non seulement sa fille lui échappe de nouveau mais avec elle l'information cruciale dont elle a besoin, non, elle ne va pas s'avouer aussi facilement vaincue, pas après l'avoir explicitement entendue lui dire cette nuit, maman, je t'ai attendue, alors elle appelle, « Alma ? Ne bouge pas, je viens te retrouver là-bas, on prendra un café ensemble et tu partiras après.

— Non, je suis pressée, de toute façon, je monte dans le bus, là.

— À propos, tu es arrivée à quelle heure, hier ? Si tu savais comme je regrette de t'avoir loupée, pourquoi tu ne m'as pas prévenue ?

— Je ne le savais pas moi-même, j'ai fait du stop et tout à coup, je me suis retrouvée à Jérusalem.

— Comment ça ? Tu ne savais pas où on t'emmenait ? » lui demande Iris d'une voix tranchante d'inquiétude et bien sûr la gamine se referme comme une huître, « laisse tomber, c'est difficile à expliquer, marmonne-t-elle, je reviens la semaine prochaine », mais une mère se doit d'insister, « non, non, je veux savoir, qui est-ce qui t'a amenée ici ? Tu montes dans une voiture sans savoir où tu vas ?

— Je ne t'entends pas, maman, il y a trop de boucan dans ce bus, à tout'. »

Quel genre de stop a-t-elle fait, est-ce lié à cette fameuse secte ? Et si Shira, au lieu d'exagérer, avait justement essayé de minimiser la situation ? Les pires visions l'assaillent, ébats sexuels obscènes avec des inconnus sur la banquette arrière d'une voiture, drogue, violence, que fait-on d'horreurs pareilles quand elles vous envahissent le cerveau ? Doit-elle se précipiter dans sa voiture pour barrer la route de l'autobus d'Alma avant qu'il ne quitte la gare, menacer le chauffeur ? Rendez-moi ma fille ou je fais un carnage ! hurlerait-elle. Ce serait un attentat terroriste d'un genre nouveau, un attentat maternel (ainsi sans doute le baptiseraient les médias), elle a l'impression d'être capable de tout à présent, voilà des années qu'elle n'arrivait pas à regarder le moindre bus mais aujourd'hui c'est le cadet de ses soucis, elle allait attaquer celui où était montée Alma, prendre des otages, je ne libère personne tant que tu ne rentres pas avec moi à la maison, déclarerait-elle à sa fille, ou sinon, elle pourrait se mettre en danger, elle, un attentat suicide totalement personnel, rentre à la maison ou je me jette sous les roues de ton bus, celui qui te conduit à la catastrophe.

« Tout va bien ? » lui demande sa secrétaire qui vient d'entrer dans son bureau avec une pile de documents à signer et elle secoue la tête, « rien ne va aujourd'hui.

— Seulement aujourd'hui ? s'étonne Ofra. Moi, j'ai l'impression que ça dure depuis déjà un certain temps. Est-ce que je peux vous aider, Iris ? Ici, vous vous occupez de tout le monde mais vous ne laissez personne s'occuper de vous.

— Personne ne peut m'aider, lui renvoie-t-elle d'une voix sinistre, personne ne peut m'aider », répète-t-elle car elle en est la première surprise, comme si ce n'était que maintenant qu'elle découvrait ce triste état de fait, et Ofra la regarde, désolée, « dans ce cas, encore un petit effort pour boucler l'année scolaire en beauté, c'est bientôt les vacances.

— Les vacances ? Vous savez combien d'enseignants je dois encore embaucher, combien de formations à organiser, sans parler des classes de CP où on va commencer les travaux de rénovation.

— Mais tout ça, c'est un jeu d'enfant pour vous ! »

Elle a raison, Ofra, elle serait effectivement capable de retaper le bâtiment entier, de remplacer les professeurs dans leur ensemble, elle est capable de tout pour ne pas penser à sa fille qui est en train d'exaucer, avec une désarmante légèreté, ses pires cauchemars.

En salle des profs, elle croise la jeune enseignante qu'elle vient d'intégrer à l'équipe et qui est à peine plus âgée qu'Alma mais un gouffre les sépare, l'une a un métier et un amoureux, l'autre s'englue sous influence douteuse et effrayante. « Je me sens bien à Jérusalem », dit la nouvelle, et Iris s'assied de l'autre côté de la table, elle a soudain très envie de mieux la connaître, d'en apprendre davantage sur sa famille, et surtout sur sa mère, peut-être découvrirait-elle que la différence est là, mais quelles questions poser, votre mère a-t-elle été abandonnée dans sa jeunesse et a-t-elle sombré dans la dépression ? Votre mère a-t-elle épousé votre père sans passion, sans joie, presque par atavisme ? A-t-elle été saisie d'un terrible chagrin en vous voyant pour la première fois, parce qu'elle a soudain compris que vous n'étiez pas le bébé dont elle avait rêvé, n'ayant pas été conçue avec l'homme qu'elle aimait ?

Et on pourrait allonger la liste, ajouter encore telle ou telle question, mais à quoi bon, que tout soit sa faute ou au contraire qu'elle ne soit responsable de rien, elle doit tout mettre en œuvre pour sortir sa fille de là, pourtant, incapable de se retenir, elle s'approche de sa nouvelle recrue et lui demande avec un entrain un peu forcé, « alors comment ça va ? Comment se porte l'amour ? », et Yaara répond avec un large sourire, à la fois gêné et insolent, « idyllique, tout simplement idyllique.

— Pourvu que ça dure ! Je suis très contente pour vous, dit Iris qui s'empresse de tapoter le bois de la table devant elle et enchaîne aussitôt, ce sont vos parents qui vous ont donné cet exemple ? Eux aussi filent le parfait amour ? », et à sa grande déception, elle voit la jeune femme opiner avec enthousiasme, ses yeux rayonnent, « oh oui, mes parents, c'est extraordinaire ! Trente ans ensemble, et ils se tiennent encore la main ». Iris accuse le coup avec un hochement de tête glacial, par chance une collègue intervient dans la conversation, « ça ne veut rien dire, mes parents se sont séparés quand j'étais petite et j'ai réussi mon mariage », la prof d'EPS y met son grain de sel contradictoire, affirmant qu'elle connaissait des parents qui étaient de vrais tourtereaux mais dont la fille avait déjà divorcé deux fois. Iris, pour sa part, préfère ne retenir que le cas le plus désespérant, à savoir « trente ans ensemble et ils se tiennent encore la main ! ».

Alma les a-t-elle vus se tenir la main, elle et Micky ? Pas beaucoup, ce n'est pas leur genre. Entre eux, les piques avaient rapidement remplacé le romantisme, mais ils avaient plutôt bien fonctionné en tant que parents et que famille. Non, ça ne pouvait pas être si mauvais, le problème n'est pas leur relation de couple mais la relation mère-fille, oui, c'est ça qui n'a pas marché, et elle seule est responsable de ne pas avoir réussi à transmettre à son enfant l'assurance que son amour lui était acquis, alors elle laisse la conversation se poursuivre sans elle et regagne son bureau complètement abattue.

Elle doit parler à Micky. Peu importe ce qu'il a découvert, ça ne change rien, ils seront toujours les parents d'Alma, ce qui se passe entre eux est secondaire pour l'instant, et elle relit le texto qu'il a peut-être vu, « *Tu arrives quand ? Suis chez moi, t'attends avec impatience, ma chérie, mon amour* », pauvre de lui, c'est terrible de trouver un tel message dans le portable de sa femme. Quelle tristesse, quelle désillusion ! Ce qui est sûr, c'est qu'il n'avait pas l'air ébranlé mais au contraire survolté et amusé tandis que sa large main cognait au carreau de la voiture, son grand visage paraissait apaisé, a-t-il lui aussi une liaison (ce qu'elle avait soupçonné peu de temps auparavant) et se sentait-il libéré par cette révélation ? Elle va l'appeler pour lui parler d'Alma, mais son doigt hésite sur l'écran tactile et c'est le nom du bar qu'elle tape, Le Balaam Bar-Restaurant, oui, c'est comme ça que cet endroit s'appelle.

Elle lit avec angoisse les informations qui la mènent jusqu'au nom entier, Boaz Gerber, pourquoi ne l'a-t-elle pas fait plus tôt ? Cela dit, à quoi bon, même le moteur de recherche le plus sophistiqué du monde ne pourra rien lui dire de sa fille, elle n'arrive même pas à trouver sur Internet la moindre photo de ce Boaz ni le moindre lien qui le rattacherait à une secte, pas davantage qu'à Alma, en revanche, ce même moteur de recherche lui propose pléthore d'informations affolantes sur les sectes en général et la laisse seule trouver sa route dans l'arborescence foisonnante, elle découvre, horrifiée, le nombre spectaculaire de victimes embrigadées et la pauvreté du débat public à ce sujet, apprend qu'un diagnostic précoce est primordial bien que très difficile à poser, elle liste les symptômes caractéristiques : changement de tenue vestimentaire et d'attitude, rupture avec la famille et les amis, sent la nausée monter dans sa gorge, ses entrailles se retournent, « non, pas Alma, marmonne-t-elle, pas Alma », comme si sa fille se trouvait au bord d'un toit très haut, qu'elle avait déjà un pied dans le vide, Iris se souvient de l'époque où le comportement alimentaire de la petite la plongeait dans les affres de l'angoisse et où elle l'imaginait en danger permanent, poussin qu'il fallait sauver. « *Je termine tôt aujourd'hui, on se voit ?* », les mots d'Ethan recouvrent soudain les récits dramatiques et elle se jette dessus comme sur une planche de salut, « *bien sûr, où ?* ».

Quelle bonne idée il a eue de proposer cet endroit en dehors de la ville, dans un village arabe bâti sur une des collines de Jérusalem, aucun risque de croiser des connaissances. C'est la première fois qu'elle s'y rend et elle contemple avec plaisir le paysage bucolique, ici des poules picorent la terre, là deux vaches maigres déambulent dans un pré desséché. Bien sûr que ce calme est illusoire, que sous n'importe quel toit peuvent couver des drames, à la campagne autant qu'en ville, dans les palais autant que sous les tentes, la vie simple n'offre aucune garantie de quiétude, pourtant l'air limpide qui fleure bon le foin a un effet apaisant, elle s'installe tout au fond du jardin, à la dernière table, presque hors du périmètre du restaurant, de là elle peut jouir de la vue et surtout suivre des yeux la voiture argentée qui gravit la côte pour venir la rejoindre. Incroyable vision, magique, les rayons du soleil convergent sur le toit métallique qui semble s'enflammer, mon père, mon père, char d'Israël et sa cavalerie, elle se lève pour l'accueillir, chacune de leurs rencontres est un enchantement renouvelé, dire qu'elle a passé tant d'années sans lui et qu'elle a failli terminer sa vie sans le revoir ! À son âge, bon nombre de gens sont malades ou carrément morts, d'ailleurs dix ans auparavant, en cette terrible matinée, elle avait été plus proche de la mort que de la vie, et pourtant, sans cette catastrophe, jamais ils ne se seraient retrouvés, quelle pensée insupportable, autant que de se remémorer l'attentat. Au moment où la portière s'ouvre et où il apparaît, long et dégingandé, elle doit se pincer pour se convaincre que c'est bien lui, son Ethan, qui lui est revenu, la douleur les avait séparés, la douleur les a rendus l'un à l'autre et ce n'est certes pas pour qu'ils se séparent une seconde fois.

Elle trouve magnifique son visage blafard privé de barbe et encadré par une chevelure grise et encore bien fournie, le soleil crépusculaire qui se reflète dans ses yeux en illumine les cercles bleus, hypnotiques, autour des pupilles noires, elle le serre longuement dans ses bras, se cramponne presque à son corps sec, elle peut se le permettre, il n'y a personne ici à part le patron qui est occupé à la cuisine et ne la connaît pas, en revanche il semble très bien le connaître, lui, car le voilà qui se précipite vers eux, agite des bras excités et se glisse presque dans leur étreinte, « docteur ! s'écrie-t-il, je vous souhaite la bienvenue, je me faisais du souci, ça fait longtemps qu'on ne vous a pas vu ici », Ethan lui donne une tape amicale sur l'épaule, « vous savez ce que c'est, on n'a pas le temps de souffler. Comment ça va chez vous ? Comment va votre mère ? La mère de Moussa est une de mes plus anciennes patientes », précise-t-il à Iris et Moussa ajoute, « il l'a sauvée, si vous saviez comme elle souffrait, elle pleurait du matin au soir. Grâce à lui, elle est redevenue active, s'occupe même de ses petits-enfants ! », sur ces mots, il les invite à regagner leur table et commence à s'agiter autour d'eux, oriente correctement le ventilateur, leur apporte une cruche d'eau fraîche avec du citron et des feuilles de menthe, trois verres d'arak – dont un pour lui, puisqu'il vient aussitôt s'asseoir en leur compagnie.

« Orith va regretter de vous avoir raté, elle travaille tard aujourd'hui, se désole-t-il.

— Comment va-t-elle ? Et pour vous tous, comment ça se passe ?

— Que dire, docteur ? La vie conjugale, ce n'est pas une sinécure, vous le savez aussi bien que moi, non ? »

Ethan se tourne vers elle et lui explique en souriant que Moussa a fait l'erreur de sa vie, « il a pris une femme juive au lieu d'épouser une gentille jeune fille de son village, alors évidemment, il n'arrête pas de se disputer avec sa madame-je-sais-tout qui ne se calme que si elle a le dernier mot », le patron éclate de rire et se hâte de boire à la santé de sa femme, « je suis fou d'elle, mais elle me rend fou, il est temps que vous inventiez un remède à ce genre de maladie ».

Iris les écoute, captivée, depuis qu'ils se sont retrouvés, ils ont toujours été seuls, rien que tous les deux dans l'oasis du passé resurgi, à l'époque aussi, dans leur jeunesse, ils ne sortaient pas beaucoup tant ils étaient accaparés par la maladie de sa mère, alors c'est un plaisir de le voir bavarder ainsi avec légèreté, un plaisir d'être aimée par cet homme-là, d'être sur cette parcelle-là de territoire, enclave qui a quelque chose de totalement utopique, au milieu d'un village arabe, magnifique et amical, sur les hauteurs de Jérusalem, assise à la table d'un couple de restaurateurs qui concrétisent l'aspiration la plus exaltante de la région, celle de la coexistence.

L'alcool lui monte à la tête, elle admire de nouveau le visage anguleux d'Ethan, s'ils ont réussi, nous aussi nous réussirons, se promet-elle, d'ailleurs, si nous avons eu droit à cette seconde chance, ce n'est pas pour réitérer notre échec. Peut-être Micky y trouvera-t-il aussi son compte, oui, cela pourrait être incroyablement simple, ils se sont mariés sans passion, ils se sépareront sans passion, l'amour du début de sa vie deviendrait l'amour du reste de sa vie, à cette pensée elle laisse apparemment échapper un gloussement réjoui, car la conversation s'interrompt soudain et ils se tournent vers elle.

« Qu'y a-t-il de si drôle, Irissou ? » lui demande Ethan avec douceur tout en lui caressant la cuisse, elle passe un bras autour de son dos, pose une tête grisée dans le creux de son cou, elle a une furieuse envie de l'embrasser face à ce soleil qui les quitte lentement, face à cet hôte si avenant. Elle croise enfin un témoin et éprouve l'impérieux besoin de lui prouver que tout cela est bien réel, qu'elle appartient à ce médecin qui sauve de la douleur et l'a sanctifiée depuis l'aube des temps. Elle glisse les doigts le long des joues glabres d'Ethan, comme elle aimerait habiter avec lui dans ce village, dans cette maison isolée en haut de la colline, élever des vaches et des chèvres, ne jamais sortir en ville, de nouveau elle lâche un léger gloussement, emplit ses poumons de l'odeur familière et aimée de cet homme, une odeur de savon et de médicaments, une odeur d'orphelin. Mais voilà qu'à son grand regret son témoin se lève précipitamment, fuirait-il déjà leur présence, non, il revient aussitôt avec des assiettes pleines dont il tapisse la table, c'est une profusion de spécialités qu'apparemment Ethan connaît et apprécie, puisqu'il se jette dessus. Elle a très faim, mais à part un plat de riz jaune, il y a de la viande partout et elle est un peu dégoûtée.

« Servez-vous, madame, allez-y », l'encourage Moussa mais elle marmonne en s'excusant un peu, « je suis végétarienne », Ethan pose sa fourchette, étonné, « quoi ? Mais je l'ignorais ! C'est nouveau, ça, lui reproche-t-il presque avant de prendre à son tour le patron à témoin, qu'est-ce qu'on va faire d'elle ? ». Ce dernier se hâte de calmer le jeu, « aucun problème, docteur, je vous prépare tout de suite une de mes succulentes recettes aux légumes ! ». Elle regrette qu'il quitte encore la table, suit des yeux son dos en chemise blanche qui déborde de bonne volonté jusqu'à ce qu'il disparaisse, et ce n'est qu'alors qu'elle se tourne de nouveau vers Ethan. Il ne boude pas son plaisir, goûte ici un morceau de steak rose, là de kebab épicé, des cuisses de poulet, ses mâchoires remuent allègrement, l'odeur de sang brûlé qui monte de leur table donne à Iris envie de vomir.

« Depuis quand tu es végétarienne ?

— Ça fait plus de vingt ans. Quand on s'est mariés, Micky et moi, on a décidé de ne plus manger d'animaux morts », marmonne-t-elle, mal à l'aise d'admettre ainsi l'existence de celui aux côtés de qui elle a vécu tant d'années, qui partage sa vision du monde et ses habitudes alimentaires. Il secoue la tête, gêné lui aussi, « j'espère que tu prends de la vitamine B12.

— Évidemment… enfin, quand j'y pense », réplique-t-elle aussitôt, soulagée de réduire à un détail pratique un sujet qui leur tient réellement à cœur, à elle, à Micky et aux enfants. Les couples surmontent des différences bien plus importantes, essaie-t-elle de se réconforter, pourtant, elle a du mal à le voir mastiquer avec autant d'appétit l'animal doté de conscience qui se trouve dans son assiette, quoi, il n'y a jamais pensé !

« Ça m'étonne que tu sois si peu éclairé, lâche-t-elle finalement, incapable de se contenir. Tu es en train de manger des créatures aussi vivantes que toi et moi ! Comment y arrives-tu ? » À ces mots, il a un sursaut aussi violent que s'il venait de recevoir un coup de poing, « tu n'as qu'à retourner auprès de ton mari, si ça te dérange », susurre-t-il tandis que ses mâchoires continuent à remuer. Au moment où il entrouvre la bouche pour prendre une gorgée d'arak, elle voit son palais qui ressemble à un trou noir, « je ne l'ai pas encore quitté », il s'approche, tout près, plaque son visage contre le sien, « bien sûr que tu l'as quitté, sinon tu ne serais pas ici avec moi », chuchote-t-il en la fixant de ses yeux que le coucher de soleil a rendus plus sombres, « tu m'es revenue », sourit-il, puis il s'écarte, fourre un nouveau morceau de viande dans sa bouche, mâche ostensiblement comme pour la défier et soudain, il lui soulève le menton, lui lèche les lèvres jusqu'à ce qu'elle les entrouvre, un goût oublié et écœurant de sang grillé lui envahit le gosier tandis qu'il lui introduit de force une bouillie de viande mâchouillée à l'intérieur de la bouche. Elle essaie de s'écarter ou, à défaut, de repousser cette chose infâme vers celui qui la lui a donnée mais n'y arrive pas, ses entrailles se révulsent, ses poumons se vident, elle n'a plus la force de résister et avale avec un sentiment d'échec cuisant ce qu'il a mâché pour elle. Alors seulement, il la lâche.

« Tu es un grand malade, tu sais ? » enrage-t-elle, haletante, outrée comme une vieille institutrice donneuse de leçons. « Qu'est-ce qui t'a pris ? », mais à son grand étonnement, le voilà qui ricane, « quelle rabat-joie ! Où est passé ton sens de l'humour ? Les végétariens sont tous des cornichons ou il n'y a que toi ? ». Hors d'elle, elle quitte la table et se précipite dans les toilettes, se remplit la bouche d'eau et de savon, crache, recrache, recrache encore. Non, ça ne la fait pas rire du tout, et en plus, ça lui rappelle la manière dont elle nourrissait Alma petite, ce qui la fait encore moins rire, elle avait recours à une méthode quasi similaire, fourrait dans sa petite bouche des aliments prémâchés en la suppliant d'avaler, usait autant de la menace que de la séduction, et elle insistait, même si elle la sentait dégoûtée, comment a-t-elle pu, comment a-t-il pu. Un bruit de voiture qui démarre vient cogner contre son tympan, elle se prend à espérer que c'est lui, que lorsqu'elle reviendrait à sa place, il n'y serait plus. Quoi, est-ce vraiment ce qu'elle veut ? Quelqu'un doit disparaître, lui ou elle, ou Micky, ou Alma, ou tous les animaux, mais en sortant des toilettes, elle le voit qui l'attend devant la porte, « pardon, Irissou, je te charrie comme un gamin idiot et amoureux », s'excuse-t-il en l'entourant de ses bras, le restaurant s'est un peu rempli, elle scrute rapidement les visages, pourvu qu'elle ne reconnaisse personne et surtout que personne ne la reconnaisse. Le visage défait, elle s'extrait de son étreinte pour regagner le jardin et leur table sous la vigne. Entre-temps, les plats ont été débarrassés, ne restent que ses légumes grillés à côté du riz jaune et froid, mais avec le goût de savon qu'elle a dans la bouche, elle ne veut plus toucher à rien.

« Je suis sans doute jaloux », admet-il sur un ton badin, et elle s'étonne, « toi ? Pour autant que je m'en souvienne, tu n'as jamais été jaloux.

— Pour autant que je m'en souvienne, tu n'as jamais été végétarienne, pardon, mariée », réplique-t-il et elle se déride enfin, comment lui en vouloir, non, non, tant qu'elle aura le choix, elle ne lui en voudra pas, « c'est juste que ça m'a rappelé la manière dont je gavais ma fille quand elle était petite, j'ai dû la traumatiser, mais je ne pouvais pas faire autrement, j'avais trop peur qu'elle meure.

— Qu'elle meure ? Tu exagères ! Aucun enfant ne meurt de faim dans ce genre de circonstances.

— Je sais, je n'ai pas arrêté de faire des erreurs avec elle en croyant la sauver. Elle ne demandait jamais à manger, n'avait jamais faim, elle ne grandissait pas, je ne savais plus à quel saint me vouer.

— Elle avait peut-être simplement envie de viande, la taquine-t-il, si tu lui avais donné un bon steak, je suis sûr qu'elle l'aurait dévoré.

— Arrête, ce n'est pas drôle, Ethan. » Elle secoue la tête, désolée de parler de nouveau sur son maudit ton d'institutrice.

« Peut-être, mais il n'y a pas de raison d'en faire un drame ! Sauf si, aujourd'hui encore, tu continues à la gaver.

— Aujourd'hui, quelqu'un d'autre la gave de tout un tas de mauvaises idées, lâche-t-elle, soudain incapable de résister au besoin urgent de tout lui raconter, je suis très inquiète pour elle, je pense qu'elle s'est embarquée dans quelque chose de pas net.

— Quel âge a-t-elle ? demande-t-il sans se départir de son sourire amusé. J'ai encore du mal à m'imaginer que tu as des enfants, avoue-t-il. C'est tellement bizarre, avant, tu n'avais pas d'enfants.

— Ma fille a vingt et un ans. » Juste à ce moment-là le portable d'Ethan vibre sur la table, « pardon, dit-il, c'est l'hôpital », et sa voix change du tout au tout, le voilà redevenu très grave, on dirait presque qu'il parle de sa mère malade, « vous augmentez la dose et je passerai bientôt la voir ». Reste-t-il insensible à ce qu'elle vient de lui raconter parce qu'il a l'habitude des mauvaises nouvelles ou parce que Alma n'est pas sa fille ?

« Je dois filer, Irissou, on se revoit quand ?

— Demain, ça va être dur, je suis occupée jusque tard, dit-elle en haussant les épaules.

— Après-demain, j'ai les enfants », et elle se retient de lui dire, c'est aujourd'hui que tu dois me voir, regarde-moi ici et maintenant, je ne suis pas la gamine amoureuse de dix-sept ans, je suis mère d'une fille en danger, voilà ce que je suis, mais avant qu'elle ait prononcé le moindre mot, il se lève avec souplesse et se penche vers elle, « à propos, j'ai un congrès à Rome à la fin du mois, tu m'accompagnes ?

— Comment est-ce que je pourrais ?

— Si tu veux, tu viendras avec moi, tu ne crois pas qu'on a assez souffert comme ça ? Il est temps de profiter », et il lui dépose un baiser sur le front, lui ébouriffe un peu les cheveux, « désolé, Irissou, je t'avais prévenue que ce serait rapide aujourd'hui. Je dois retourner à l'hôpital.

— Tu ne m'as rien dit, mais ce n'est pas grave. » Pour la première fois depuis qu'elle l'a retrouvé, elle sent qu'il n'occupe qu'une partie de sa vie et que jamais elle ne trouverait de solution globale, parfaite. Ce n'est pas grave, parce que même si tu étais resté ici encore dix heures tu n'aurais pas pu répondre à l'angoisse qui me tenaille, ce qui n'est pas grave non plus, tu n'es pas censé y répondre, l'erreur a été d'espérer que tu le fasses. Elle avale distraitement une gorgée d'arak qui s'est réchauffé, et ce n'est qu'après avoir vidé son verre qu'elle se rend à l'évidence : elle ne pourra pas reprendre le volant tout de suite, ni pour aller retrouver sa fille, ni pour rentrer chez elle, pas seulement par crainte de se faire arrêter, mais parce qu'elle a des vertiges et mal à la tête. Elle agite la main vers Moussa, qui arrive rapidement, « ça va ? demande-t-il. Vous voulez un bon petit café turc ? Ou un thé à la menthe ? Quelque chose de sucré en dessert ? C'est comme ça, avec le docteur, il part toujours au milieu du repas », la console-t-il en la couvant d'un regard dans lequel elle sent de la pitié. Que sait-il qu'elle ignore, Ethan a-t-il l'habitude d'emmener des femmes ici ? Mais ce n'est pas ce qui la dérange au moment où, indiquant la chaise vide, elle propose à Moussa de s'asseoir un instant avec elle, « dites-moi, vous avez une fille ?

— Trois, pourquoi vous me demandez ça ? », alors elle reprend la conversation interrompue par le départ soudain d'Ethan, « moi, j'ai une fille de vingt et un ans et je pense qu'elle file un mauvais coton, elle est serveuse dans un bar à Tel-Aviv, a de moins en moins de contacts avec nous et avec ses anciennes amies, son aspect a changé, je crois qu'elle est totalement tombée sous l'influence de son patron. Peut-être ne l'a-t-il pas embrigadée dans une secte au sens habituel du terme, mais ça me fait peur ». Tout ce qu'elle aurait voulu raconter à Ethan, elle le raconte à ce sympathique inconnu tandis que la nuit tombe doucement. Les lumières apparaissent aux fenêtres du village, les oiseaux ramènent leur progéniture au bercail à grands cris, et il l'écoute en silence, allume une cigarette, son jeune visage gracieux concentré sur elle.

« Eh bien, maintenant, je vais vous préparer un petit turc bien corsé, avec beaucoup de sucre pour vous donner des forces, vous devez aller à Tel-Aviv et voir ce qu'elle y fabrique, mais pas toute seule, vous devez y aller avec son père.

— Il ne veut rien entendre, je viens de vous le dire, ça fait des jours que je le supplie, mais il reste barricadé dans son déni.

— Il viendra avec vous. Si vous le voulez vraiment, il viendra. »

Il fait signe à une serveuse toute menue, de l'âge d'Alma, et commande à son intention une salade avec beaucoup de citron, « vous devez prendre des forces pour arriver là-bas en pleine possession de vos moyens », alors elle mange avec docilité, à sa grande surprise, plus elle mange, plus elle a faim, au point qu'elle revient au plat de riz jaune et aux légumes grillés, la présence de cet homme l'apaise tant qu'elle n'a pas envie de le quitter, elle demande encore un café, l'obscurité autour d'elle s'épaissit, l'air est aussi chaud que la boisson qu'il lui apporte. Les habitants de la colline ne sont guère habitués à ce genre de nuits de touffeur, mais elle si, la nuit où on leur a annoncé la mort de son père était exactement comme celle-ci. Elle se souvient qu'il faisait tellement chaud qu'elle n'arrivait pas à dormir, elle avait donc tout entendu, le coup à la porte, le hurlement de sa mère, oui, elle avait entendu le deuil envahir le petit appartement telle une horde de barbares venus perpétrer un pogrom.

Avait-elle inconsciemment distillé le deuil des orphelins à sa fille ? Elle tourne les yeux vers l'ouest, quelques dernières étincelles de lumière clignotent encore au-dessus du littoral, par-delà les collines, là où se trouve son Alma, elle doit se dépêcher avant que ne s'éteigne sa lumière à elle et exactement au moment où elle sort son portable pour appeler Micky, il la devance, « qu'est-ce qui t'arrive, tu es encore au travail ? » demande-t-il, et comme elle ne veut pas mentir par une telle nuit, elle dit, « j'avais un rendez-vous à l'extérieur, maintenant j'ai mal à la tête et je ne peux pas conduire, de toute façon je ne veux pas rentrer à la maison, je veux aller voir Alma à Tel-Aviv. Il est temps, Micky. Passe me prendre à l'échangeur ».

Il ne réagit pas tout de suite, sa lourde respiration retient sa réponse en suspens, alors elle demande, « tu as entendu ce que j'ai dit ?

— Oui, j'ai entendu, je suis en train de réfléchir.

— C'est tout réfléchi, j'ai décidé pour nous deux.

— Je n’aime pas ton autoritarisme », maugrée-t-il, et elle se hâte de répondre, « je n’aime pas ton aveuglement.

— Ok, je n’ai pas la force de discuter avec toi, donne-moi une demi-heure », cède-t-il d’une voix froide et hostile. En vouloir à sa femme est plus facile que de s’inquiéter pour sa fille, comme c’est idiot d’espérer que si un homme a déçu, l’autre rattraperait le coup, comme c’est idiot d’espérer tout court.

CHAPITRE 14

La polémique est-elle éternelle ou prendra-t-elle fin un jour ? Les pères et les mères se disputeront-ils *ad vitam æternam* pour déterminer qui est responsable, qui a été le meilleur parent, qui avait raison, qui avait tort. Elle a assisté à tellement de bagarres de ce genre, au fil des ans ! Rares sont les couples qui ne tombent pas dans le piège, et elle et Micky n'en font apparemment pas partie. Il la récupère à l'échangeur dans un silence hostile, est-il furieux de ce voyage ou bien le lieu du rendez-vous le rend-il suspicieux, à moins qu'il ait lu le message ce matin et qu'il soit déjà au courant ? Elle préfère occulter ces questions et se concentrer pour l'instant sur sa mission, que diraient-ils à leur fille, à supposer qu'elle soit là-bas, ou au patron, s'ils le croisent ? S'adresseraient-ils à lui directement ou se contenteraient-ils d'avancer à tâtons, mieux valait peut-être rester discrets à ce stade et tirer le maximum de ce qu'ils observeraient ? Si seulement elle pouvait parler aussi facilement avec Micky qu'elle l'avait fait avec Moussa, lui demander conseil, s'exprimer en toute sincérité, planifier une stratégie avec lui. Comment accepter qu'il soit plus simple de communiquer avec un étranger qu'avec son mari ? Orith, la femme du restaurateur, pourrait elle aussi, dans certaines conditions – Iris en est certaine –, s'adresser plus facilement à Micky qu'à l'homme qu'elle a épousé, tel est sans aucun doute le paradoxe le plus répandu et le plus révoltant de la vie conjugale, à quoi bon se mettre ensemble si c'est pour s'éloigner au fil du quotidien ?

L'intimité engendre tant de frictions et de vexations, de blessures et de cicatrices, que n'importe quel sujet devient rapidement trop sensible et on ne peut plus en parler avec efficacité, mais rien ne sert de le lui reprocher maintenant, d'autant qu'elle est sans doute très mal placée pour se plaindre, elle qui étrenne son nouveau statut de femme adultère. Et même si Micky n'a encore rien découvert, elle, elle le sait, son portable le sait, ce maudit portable qui se met à sonner, Douleur la cherche, Douleur à qui, bien sûr, elle ne répondra pas, Douleur qui insiste, elle a coupé la sonnerie mais impossible de ne pas entendre la vibration du texto – accusatrice parce que ignorée – qu'il lui envoie et qui ébranle l'habitacle aux fenêtres fermées. Oui, ses messages l'ont toujours ramenée à la vie, mais aujourd'hui il lui a mis dans la bouche un animal mort et elle en frissonne encore.

« Tu as froid ? Tu veux que je baisse la clim ? » lui demande Micky, « oui, un peu », se hâte-t-elle de répondre et étrangement, il en profite pour monter la musique. Papa retourne à ses origines, c'est ainsi que le titillait son fils depuis le jour où il s'était découvert une soudaine passion pour le folklore irakien et avait commencé à rapporter toutes sortes de CD à la maison. Pour sa part, elle appréciait cette musique, mais ne l'avait jamais écoutée avec attention. Il y a peu, il avait même déclaré être désolé d'avoir hébraïsé son nom au moment de leur mariage, d'être passé de Moualam à Eilam, et elle s'était chargée de lui rappeler qu'il en avait pris l'initiative (elle y était certes favorable) pour, avait-il précisé, se démarquer de son père. Ce jour-là, elle lui avait répondu qu'en ce qui la concernait il pouvait reprendre le nom de Moualam, mais il avait prétexté que c'était trop tard, et de nouveau elle avait senti qu'il l'accusait, elle. À présent aussi, elle est persuadée qu'il essaie de la provoquer en l'assourdissant avec les sonorités de ses racines – la musique des juifs de Babylone, comme il l'appelait –, elle ne lui demandera donc pas de baisser le son. Elle a l'impression que dans une seconde les cordes vocales de la femme qui s'époumone dans un doux arabe vont céder, il s'agit d'ailleurs d'un mélange de chant et de cri, la protagoniste refuse de se calmer malgré le violon qui fait tout ce qu'il peut pour la consoler, drapée dans une souffrance persistante, elle se lamente, se dresse sur le pic d'un terrible chagrin dans lequel elle entraîne son auditoire, là où les yeux se dessillent pour l'éternité. Iris voudrait lui dire, nous en sommes là, nous en sommes là nous aussi, vous n'êtes pas toute seule, mais elle l'entend lui répondre d'une voix rauque qu'ils ne sont même pas à mi-parcours, vous n'avez pas idée de ce qui vous attend. Un nouvel assaut de panique la saisit, elle tourne la tête vers la plaine qui défile à la fenêtre. Les tours rutilantes de Tel-Aviv qui envoient déjà des œillades de leurs milliers de fenêtres éclairées font pâlir les étoiles dans le ciel, comme les deux villes sont proches en fait, surtout le soir, quand il n'y a pas d'embouteillages.

Il fut un temps où ils s'y rendaient souvent et justement depuis que leur fille s'y est installée, Tel-Aviv semble s'être éloignée de Jérusalem autant que leur fille d'eux, mais les voilà en train de slalomer dans des rues bruyantes et éclairées, quelques jolies demoiselles traversent rapidement la chaussée vêtues de robes courtes aux couleurs claires, de shorts ultra moulants et de débardeurs, cette métropole ouverte, franche et survoltée n'est pas du tout inquiète et ne va pas interrompre sa course pour quelque gamine venue d'ailleurs qui se serait fourvoyée, elle dispose de tellement d'autres gamines capables de faire la fête et d'autant de gamins attirants, il y en a partout, dans tous les coins, comment est-ce possible qu'Alma leur ait préféré un homme d'âge mûr, patron d'un établissement insignifiant du sud de la ville, comment expliquer que justement dans ce lieu de liberté vivifiante, leur fille ait voulu se passer la corde au cou ?

Peut-être s'agit-il effectivement de fausses rumeurs, car ils arrivent devant le fameux bar-restaurant en voiture, « vous avez atteint votre destination », clame le GPS, et la destination a l'air plutôt convenable, plutôt bien éclairée, avec de grandes baies vitrées qui donnent sur la rue et n'essaient pas de cacher quoi que ce soit, Micky trouve une place avec une facilité déconcertante dans le parking mitoyen, lorsque la musique s'arrête, que la clim se tait, que les phares s'éteignent et que le moteur stoppe, il ouvre enfin la bouche et demande, « bon, qu'est-ce que tu veux faire exactement, quel est ton plan ?

— Je n'ai pas de plan, on est venus s'amuser à Tel-Aviv, on a assez souffert, il est temps de profiter, non ?

— Il est plus que temps, mais pourquoi justement dans le bar d'Alma ? », il lâche un petit rire amer, elle ouvre la portière, « sois sympa, Micky, ravale ta dignité et soutiens-moi, d'accord ? Si tu savais comme j'espère découvrir que je me trompe et que tu as raison ! Mais on est obligés d'en avoir le cœur net.

— Comment comptes-tu t'y prendre ? bougonne-t-il. Tu vas entrer là-bas et poser la question à Alma ? Ou à son patron ? Tu vas les convoquer dans le bureau de la directrice pour une explication ? Franchement, Iris, je te croyais un peu plus maligne.

— Je voudrais juste que, pour une fois, tu sois de mon

côté. C'est trop te demander ? Es-tu capable de cesser cette compétition permanente entre nous deux ? Je n'ai pas de réponse, on va simplement entrer dans le resto et observer ce qui s'y passe, d'accord ?

— Ai-je le choix ? Je te connais, tu ne lâcheras pas le morceau avant d'avoir vu de tes propres yeux que j'ai raison. » Elle lui attrape le bras, plus ils s'approchent du Balaam, plus elle ralentit l'allure, ils avancent sur le trottoir d'en face avec la même prudence que s'ils marchaient sur un champ de mines. Un mannequin nu, seins en plastique pointés avec arrogance, les regarde de sa vitrine, une pince à linge perdue sautille entre leurs pieds tel un grillon, elle lève la tête et voit une vieille femme étendre sa lessive à la fenêtre, penchée au-dessus des cordes elle secoue une vieille robe de chambre fleurie qui ressemble beaucoup à celle dont elle s'est enveloppée à peine quelques jours auparavant, le réverbère déverse une lumière jaune sur les vêtements qui s'agitent doucement, balancés par la brise marine arrivée jusque-là à bout de forces.

Nombreux sont les rideaux de fer baissés mais, au-dessus, par les fenêtres d'appartements en mauvais état, jaillit le brouhaha, aussi repoussant que réconfortant, de la communauté humaine, une querelle feutrée, des soupirs de plaisir, des pleurs de bébé. Sur un mur, elle voit un graffiti en arabe, et bien qu'elle ait toujours misé sur la langue comme vecteur culturel, elle n'a pas encore eu le temps d'apprendre cette langue-là, un balcon plus loin, c'est un drapeau israélien qui flotte, sale et un peu déchiré, sans doute exposé aux assauts du soleil depuis la fête de l'Indépendance et oublié par négligence davantage que par fierté nationale. Ça y est, ils sont face à la grande devanture du Balaam, l'arène mystérieuse où se joue la vie de leur fille.

Une femme d'une soixantaine d'années aux cheveux rouges est assise aux premières loges, concentrée sur un ordinateur portable ouvert sur sa table, et deux couples de jeunes sont assis derrière elle. Au-delà, ils arrivent à voir quelques silhouettes adossées au bar et enfin la serveuse qui passe entre les tables un plateau à la main, mais ce n'est pas Alma, celle-là a les cheveux blonds et le corps bien en chair. N'a-t-elle pas encore commencé ? Et où est le patron ? On voit si peu de choses de l'extérieur, de l'intérieur aussi peut-être, mais elle tire Micky par le bras et ensemble ils traversent la chaussée jusqu'à la porte en verre qui s'ouvre devant eux.

« Le service laisse vraiment à désirer ici, remarque-t-il en constatant que personne ne s'approche rapidement de leur table, je vais appeler Alma pour lui dire de venir prendre la commande.

— Très drôle », susurre Iris qui ne s'était pas rendu compte du temps écoulé tant elle s'appliquait à tout examiner avec attention. Force est d'avouer que le lieu est plaisant avec son décor hétéroclite sans être trop sophistiqué, sa musique douce, le grand canapé bleu dans le coin lui rappelle celui de leur salon, et la serveuse qui finit tout de même par leur apporter les menus est jolie et sympathique.

« Que je vous explique nos spécialités ? » propose-t-elle avant d'embrayer sur la liste des différents plats qu'elle leur décrit comme une leçon apprise par cœur. La questionner sur Alma ? Pour l'instant, mieux vaut attendre, ne se dévoiler que s'ils y sont vraiment contraints, elle fait signe à Micky de ne rien dire mais il est de toute façon concentré sur les propositions alléchantes : à la différence d'Iris qui a déjà dîné dans un autre restaurant et n'a pas faim, lui n'a rien mangé.

« Il paraît que vous avez de la bonne *mjadra* », dit-il (heureusement, il omet de révéler sa source), et la serveuse confirme, « tout est bon chez nous », elle a les dents un peu en avant quand elle sourit et ses cheveux, qui de loin paraissaient attachés, sont en fait aussi courts que ceux d'Alma. Elle porte un tee-shirt noir et un pantalon gris, est-ce l'uniforme du lieu ? Est-ce l'uniforme de leur secte ? « Excusez-moi d'avoir mis tant de temps à venir, ajoute-t-elle tout à coup bien qu'ils ne se soient pas plaints, on n'est pas au complet aujourd'hui.

— Ah bon, sursaute Iris, les sens en éveil. Pourquoi donc ?

— On a plusieurs serveuses malades en même temps, mais on gère, déclare la jeune fille avant de s'éloigner.

— Viens, on annule la commande et on va voir Alma chez elle, décrète aussitôt Micky, on n'a rien à faire ici si elle est malade, je vais l'appeler pour voir ce qui se passe.

— Non, attends ! » Elle a lâché ces mots trop vite et trop fort, d'une voix trop rauque, les gens assis à la table d'à côté lui lancent un regard curieux, Micky la dévisage comme si elle était folle puis se détourne ostensiblement pour se concentrer sur son téléphone, l'ignorant totalement.

Après plus de vingt ans ensemble, elle n'arrive toujours pas à déchiffrer le visage de son mari, pense-t-elle contrariée, tandis que dans le silence elle en détaille les composantes massives, leur présence appuyée, les grands yeux noirs, le long nez, les lèvres épaisses, s'en dégage pourtant une grande délicatesse, elle voudrait rester fixée sur ses traits jusqu'à comprendre une fois pour toutes leur dynamique, mais soudain la porte s'ouvre sur un homme de petite taille, la quarantaine, pantalon blanc et tee-shirt noir moulant, elle sait aussitôt qu'il s'agit du patron à la crispation qui durcit un court instant les traits de leur serveuse, peut-être même une certaine peur. Il est suivi par une famille bruyante qui le masque à sa vue, des parents et deux grands enfants, un fils et une fille, un quatuor qui a l'air ravi de passer une soirée ensemble et lui renvoie la parfaite image de ses espoirs avortés. Ils s'installent à la table voisine, elle les entend rire, se taquiner, le père tape sur l'épaule du fils, la fille complote avec la mère dans une joyeuse harmonie, de nouveau la sensation d'échec lui noue la gorge. Au lieu de comploter avec elle, sa fille complote derrière son dos, au lieu de sortir à quatre pour dîner en famille, ils sont obligés de mener une enquête qui ne se soldera que par un fiasco puisque Alma n'est pas là, aucune trace de sa présence dans cet endroit, d'ailleurs si elle est malade qui la soigne ? Rien ne semble inquiétant dans ce bar à part son absence, peut-être effectivement s'agit-il d'une fausse rumeur, Iris cherche des yeux l'homme au pantalon blanc, il vient de sortir de la cuisine et son visage est un peu rougi, ses cheveux grisonnants sont courts, il a le regard sombre et perçant, lorsque la serveuse passe devant lui, il l'attrape par le bras, lui dit rapidement quelque chose, de loin difficile de savoir si le geste est violent, mais quand la jeune fille arrive avec les plats qu'ils ont commandés, elle paraît bouleversée au point de poser sur leur table les assiettes de soupe, la salade d'endives, le pain blanc et chaud avec des mains qui tremblent un peu, ensuite elle leur demande machinalement, en professionnelle, si « tout va bien ? », Iris en profite pour lui retourner la question, « et pour vous, mademoiselle, tout va bien ? », mais l'autre s'éloigne sans répondre et revient aussitôt avec des menus pour la famille d'à côté, apparemment ils connaissent l'endroit et sa profusion de spécialités, la commande est rapidement passée, elle chuchote à Micky, « tu l'as vu ? C'est lui ! C'est ce fameux Boaz dont elle a parlé », mais monsieur semble absorbé par sa soupe de pois et lui dit entre deux cuillerées, « tu dois absolument goûter ça, je n'en ai jamais mangé d'aussi bonne, je comprends maintenant pourquoi Alma rentre de moins en moins à la maison ! ». Elle lui lance un regard désemparé mais est bien obligée de lui donner raison, du moins pour ce qui relève de la gastronomie, le chef qui œuvre de l'autre côté de la porte fermée connaît son travail, ça fait longtemps qu'elle n'a pas dégusté quelque chose d'aussi savoureux. Est-ce censé la rassurer ?

Le patron, venu en renfort de sa seule serveuse qui croule sous l'affluence, s'approche de la table voisine tout sourire, un plateau à la main, échange au passage quelques mots, « tu as l'air en forme, Boaz, le complimente le père rondouillard, si seulement j'arrivais à garder la ligne aussi bien que toi ! Comment tu fais ? », Iris n'entend pas la réponse de Boaz qui parle d'une voix basse et lente, mais le voir en chair et en os, entouré de gens qui le connaissent, l'appellent par son prénom et discutent avec lui la tranquillise un peu, de même que son plat principal qui vient d'arriver, du soja vert et une délicieuse polenta, quant à Micky, il sourit béatement à son risotto aux asperges et mange tout en lisant quelque chose sur son portable, exactement comme à la maison. L'atmosphère est indéniablement conviviale, elle irait volontiers s'allonger sur le canapé et somnoler un peu, mais il est trop tôt pour balayer tout soupçon, trop tôt pour partir et trop tard pour espérer voir Alma, les voilà donc acculés à demander de ses nouvelles ou, à défaut, à s'en aller le ventre plein mais sans avoir récolté la moindre information, si bien que lorsque la serveuse réapparaîtra pour vérifier que « tout va bien » et leur proposer un dessert, elle la retiendra, « dites-moi, Alma ne travaille pas ce soir ? ». Elle a beau ne pas s'être présentée comme sa mère, la question éveille un malaise instantané chez son interlocutrice qui lâche rapidement, « Alma ? elle n'est pas ici pour le moment.

— Je le vois bien, mais elle travaille toujours ici, n'est-ce pas ? C'est quand, son prochain service ?

— Je n'ai pas le droit de donner ce genre de renseignements », et la jeune fille se détourne sans vérifier s'ils veulent ou non un dessert. Micky se détache enfin de son téléphone, pour la première fois elle le voit aussi perplexe qu'elle et tous deux suivent avec des yeux inquiets le dos en tee-shirt noir qui s'éloigne.

« Elle est allée raconter au patron qu'on a posé une question sur Alma », chuchote Iris (qui ne rate pas cette occasion de lui prouver qu'elle a raison tout en ayant de plus en plus envie d'avoir tort), et effectivement deux verres de vodka arrivent rapidement sur leur table.

« Les drinks sont offerts par la maison », les informe la serveuse avec un sourire figé avant de faire aussitôt demi-tour, Iris cherche du regard celui qui les régale ainsi, le trouve assis au bar avec un verre semblable à la main, un verre qu'il lève dans sa direction avant de lui adresser un sourire et de laper une gorgée. Elle ne lui rend pas son salut, avait espéré qu'il se montre hostile, mais cette gentillesse ne l'alerte que davantage, tout comme l'ignorance ostensible de la serveuse, qui ne s'approche plus d'eux malgré la main qu'elle agite vers elle. « Qu'est-ce que tu lui veux ? demande Micky.

— C'est le moment de prendre un dessert, tu n'as pas envie de quelque chose de sucré ? lui répond-elle agacée, la main toujours levée, mais quand elle le voit porter le verre à ses lèvres, elle l'empêche de boire, attends ! » et il râle, « pourquoi ? c'est empoisonné ? ».

Boaz s'approche juste à ce moment-là avec son verre à la main et son tee-shirt noir moulant qui souligne tous les muscles de son dos, il saisit la dernière remarque et adopte aussitôt une expression railleuse avant de se pencher vers eux, « en quoi puis-je vous aider ? ».

Son débit est lent, de même que son regard, il n'hésite pas à s'attarder sur leur visage, à les fixer droit dans les yeux, comme si c'étaient eux qui avaient quelque chose à cacher et non lui, à raison, ne se sont-ils pas introduits ici sous un faux prétexte, se faisant passer pour de simples consommateurs alors qu'ils venaient en espions ? Sans attendre de réponse, il tire une chaise et s'assied à leur petite table à égale distance de l'un et de l'autre.

« Où est Alma ? Comment va-t-elle ? » demande aussitôt Iris sans prendre la peine de se présenter, il sourit calmement, révélant d'harmonieuses dents blanches, « Alma va très bien, c'est vous, madame, qui n'avez pas l'air d'aller. Pourquoi tant de tension ? ». Il parle en détachant chaque syllabe et fixe ses lèvres comme s'il attendait qu'elle fasse une importante déclaration.

« Pourquoi tant de tension ? Je suis inquiète pour ma fille ! » réplique-t-elle, parfaitement consciente qu'elle risque de regretter plus tard d'avoir gâché la conversation dès le début, d'avoir tout de suite agressé cet homme au lieu d'essayer de l'amadouer. Il lève son verre, « à la santé d'Alma ! s'exclame-t-il en prenant une gorgée, buvez, buvez, insiste-t-il, c'est de l'excellente vodka », et il lance un sourire engageant à Micky qui s'empresse de vider son verre, puis c'est vers elle qu'il se tourne, et sur un ton moralisateur lui explique combien vivre tout le temps sous pression est pénible, « regardez comme vous êtes crispée, ajoute-t-il en indiquant sa main serrée autour du verre qu'elle n'a pas touché, monsieur sera certainement d'accord avec moi », de nouveau, il s'adresse à Micky qui répond déjà par un acquiescement révoltant, alors elle les regarde tous les deux furieuse, « je ne suis pas tout le temps sous pression, je suis inquiète ici et maintenant pour ma fille, depuis qu'elle a commencé à travailler chez vous, elle a changé. Je veux comprendre ce qui lui arrive, quelle relation vous entretenez avec elle et en quoi consiste exactement son travail.

— C'est très mauvais de venir bardée d'autant de préjugés, madame, ça vous crispe les muscles de l'esprit », lui assène Boaz, ramenant la conversation sur elle. Il continue à la fixer droit dans les yeux, sa présence physique a quelque chose d'aussi oppressant que celle d'un animal imprévisible. « La preuve, reprend-il, vous venez avec votre mari dans un restaurant que vous découvrez, vous mangez bien, vous buvez, mais vous, madame, êtes incapable d'en profiter ! À cause de vos préjugés ! » Il claque plusieurs fois la langue pour marquer à quel point il trouve cette attitude sincèrement désolante et préjudiciable.

« Regardez comment vous réagissez en me voyant pour la première fois. Vous ai-je fait quelque chose de mal ?

— Laissez les muscles de mon esprit tranquilles, le coupe-t-elle, je vous ai posé une question simple. Qu'arrive-t-il à Alma ? Où est-elle, par exemple ? Nous pensions qu'elle travaillait ce soir, nous sommes venus la voir.

— Alma travaille effectivement ce soir, mais pas ici », il souligne toujours chaque syllabe comme s'il s'adressait à une sourde ou une demeurée. « Alma fait un travail très important ce soir, un travail intérieur. Je vous garantis qu'il n'y a aucune raison de vous inquiéter pour elle. Si elle a changé, c'est uniquement en bien. Le problème, c'est que vous ne pouvez pas comprendre de quoi il s'agit, vous n'avez pas les outils adéquats, mais croyez-moi, elle a grandement besoin de parcourir ce chemin et il faut lui en donner la possibilité. » Il les fixe de nouveau droit dans les yeux chacun à son tour, cherche à mesurer l'effet de ses paroles, puis il tend la main, pêche un cure-dents dans le bol en bout de table et commence à fourrager dans sa bouche.

« Un travail intérieur, répète-t-elle en frissonnant, qu'est-ce que ça veut dire ? Où est-elle ? Je veux savoir où se trouve ma fille ! », plus elle s'énerve plus il sourit, le cure-dents planté entre ses incisives, « dites-moi, Iris, vous vous appelez bien Iris, n'est-ce pas ? La fleur qui vous a donné son nom est-elle la fille du soleil ou celle de la graine d'où elle a germé ? Alma est-elle votre fille ou celle du cosmos ? Certes, vous l'avez élevée, vous l'avez éduquée, vous avez travaillé pour elle, vous lui avez tout donné, mais maintenant vous ne lui suffisez plus, vous ne pouvez plus lui offrir ce dont elle a besoin. Il est temps de la libérer, elle doit maintenant travailler pour elle-même.

— Vous n'avez pas à nous dire comment nous comporter avec notre fille ! intervient Micky qui se ressaisit enfin, son visage lourd a viré au gris et il a l'air malade.

— Mon Dieu non, se hâte de dire Boaz, ce n'est qu'un conseil, et il ne vous est pas adressé à vous, monsieur, mais à votre femme. Parce que vous, je sais que vous avez un autre regard, plus sain, sur votre fille et que vous ne vous effrayez pas de son évolution. Madame, elle, ne voit rien, et c'est dur de vivre avec quelqu'un qui ne voit rien. À propos, monsieur, où avez-vous étudié ?

— À l'université hébraïque de Jérusalem, pourquoi ?

— Non, je veux dire où avez-vous acquis ce savoir fondamental que vous avez ? »

Voyant que Micky hésite entre repousser un tel compliment ou au contraire l'accepter à bras ouverts, elle décide d'intervenir dans ce dialogue qui l'a exclue, « inutile d'essayer de nous dresser l'un contre l'autre, qu'est-ce que ça veut dire, un travail intérieur ? Qu'est-ce que vous cachez ?

— Je vous aurais bien demandé à vous ce que vous cachez, Iris, mais je n'ai pas envie de le savoir. Regardez-vous, vous êtes sur le point de vous effondrer, dommage que vous ne me fassiez pas confiance », il lui effleure le bras d'une main délicate et étonnamment petite avant de continuer, « votre fille s'entraîne, elle apprend à libérer son ego de ses conditionnements antérieurs, à se débarrasser de ses obstacles et de ses résidus inutiles. Laissez-la, libérez-la, elle n'est pas votre bien ! ». Il parle d'une voix douce et autoritaire, semble croire totalement ce qu'il dit, n'esquive pas et ne nie pas, au contraire, il est fier de ses actes – inquiétant ou rassurant ? Il s'exprime exactement de la manière dont elle voudrait que ses professeurs, à l'école, parlent aux élèves, elle fait tout pour leur transmettre cette douce autorité qui émane de lui. L'aurait-elle embauché ? Une odeur d'after-shave ou de parfum masculin se dégage de ses joues lisses, il passe une main satisfaite sur ses cheveux. Voilà longtemps qu'elle n'a pas croisé d'homme aussi coquet – inquiétant ou rassurant ?

« Elle ne vous appartient pas à vous non plus, susurre-t-elle, et je ne suis pas certaine que vous vous en souveniez. Je ne suis pas non plus certaine que tout ce qui se passe ici soit légal. Je vais appeler la police et leur demander de venir enquêter sur vous.

— Vous voulez appeler la police parce que votre fille s'est coupé les cheveux ? s'esclaffe-t-il comme s'il avait entendu une bonne blague, avant de poursuivre sur un ton de défi, ou parce qu'elle ne rentre pas tous les jours à la maison ? Je peux vous éviter une communication téléphonique inutile, la personne qui est assise à côté de vous avec sa femme est le commissaire divisionnaire du secteur, il mange ici régulièrement. Vous voulez lui parler ? Je vous en prie, allez-y », l'engage-t-il. Sur ce il se lève avec souplesse et chasse une miette invisible de son pantalon blanc, « en ce qui me concerne, la discussion est close ». Il les toise d'un regard froid comme s'il voulait leur donner mauvaise conscience puis il reprend, « vous savez quoi ? Pourquoi ne parleriez-vous pas avec Noa ? Ma petite Noa, viens un instant, dit-il, signifiant à la serveuse de s'approcher, viens donc expliquer aux parents d'Alma ce que nous faisons, j'espère que ça les rassurera un peu, je n'y suis malheureusement pas arrivé, je baisse les bras ». Joignant le geste à la parole, il se détourne, bras ballants, pour aller donner une tape amicale sur l'épaule de leur voisin rondouillard. Il est comme un coq en pâte dans son petit royaume, et elle le suit des yeux avec effroi, elle n'a jamais rencontré d'individu de ce genre, dont l'existence sur cette terre, elle en a l'intuition, annule la sienne, ébranle son monde au point qu'elle est soudain saisie d'un tremblement incontrôlable, elle attrape la main de Micky, par chance il répond aussitôt, croise les doigts dans les siens et c'est ainsi que la serveuse les trouvera au moment où elle s'installera à la place libérée par Boaz, mais à la différence de son patron, qui s'était confortablement assis, dos plaqué au dossier, elle se tiendra, nerveuse, au bord du siège et ses yeux s'agiteront dans tous les sens.

« C'est magnifique, que vous vous teniez la main ! Moi, je n'ai jamais vu mes parents se tenir la main », mais Iris, qui a du mal à accepter ce compliment, s'empresse de refroidir son enthousiasme, « chez nous aussi, c'est rare, allez, nous t'écoutons, qu'est-ce qui se passe ici, c'est quoi, ce travail intérieur que vous pratiquez ?

— C'est difficile à expliquer à qui n'est pas initié », commence-t-elle en leur offrant son sourire aux dents de lapin. Sa voix professionnelle est remplacée par une flamme vibrante et elle continue, « imaginez, je suis ici depuis deux ans déjà et c'est seulement maintenant que je commence à comprendre ! Alma est arrivée il n'y a que quatre mois mais elle avance à grands pas. Chaque processus est individuel. Noa n'est pas Alma ! Alma a enclenché son propre processus ! », et soudain elle leur lance un étrange reproche, « pourquoi pensez-vous que Noa puisse être Alma ?

— Évidemment que tu n'es pas Alma », s'empresse de répliquer Iris. Au moins, avec cette jeune fille, elle se sent dans son élément, comme si elle était face à une élève effrayée. L'assurance désinvolte de ce Boaz Gerber, en revanche, avait fait d'elle une élève effrayée, agressive. Trop agressive peut-être ? La conversation aurait-elle été plus fructueuse si elle avait joué la carte de la confiance ? De toute façon, c'était trop tard, et elle devait maintenant tirer le maximum de cette autre conversation, tout aussi importante. Elle se tourne vers Noa avec un sourire bienveillant, « je comprends que chaque processus est différent, mais étant donné que tu es la plus ancienne, nous serions ravis de t'entendre parler de ton expérience. Comment as-tu évolué depuis ton arrivée ici ?

— C'est vraiment difficile à expliquer. Au début, tu as genre l'impression que tout s'écroule, dit-elle avec des lèvres humides tandis que ses yeux un peu voilés passent de l'un à l'autre. Rien que de rencontrer un être humain comme Boaz, ça te fait comprendre que tu as toujours, genre, vécu dans le mensonge. Je ne veux pas dire que vous êtes des menteurs, ce n'est pas vous, vous êtes ses parents mais vous ne la connaissez pas, et ici, elle a rencontré une personne extraordinaire qui a le pouvoir d'identifier tout ce qui la bloque pour l'aider à s'en libérer. Moi, je venais à peine d'arriver que Boaz a mis le doigt sur tout ce qui n'allait pas en moi, et ça m'a fait un de ces chocs !

— Quoi, par exemple ? » intervient Iris pour interrompre ce monologue confus et haletant. La réponse ne tarde pas à venir, « ben moi, par exemple, j'ai toujours su que j'étais une mauvaise personne ! lance presque fièrement la jeune fille. Je suis née comme ça, ce n'est pas de ma faute, je suis née mauvaise, incapable de donner. Et c'est moi que ça dérange, personne d'autre ! Je ne peux pas aimer, je ne peux pas exprimer de la compassion, je ne suis pas généreuse mais je n'ai jamais trouvé quelqu'un qui était prêt à me parler vrai ! Au contraire, tout le monde n'a fait que me planter des couteaux dans le dos en me persuadant que j'étais gentille, que j'étais une fille bien, vous croyez que ça m'a aidée, ça ? Jusqu'à ce que je le rencontre, lui, personne n'avait osé me dire en face : Noa, tu es une mauvaise personne ! Tu es une âme mauvaise, tu dois t'en libérer !

— Et comment s'en libère-t-on ? » demande Iris qui, incrédule, s'efforce tant bien que mal de cacher la peur suscitée par de telles paroles, d'éviter la moindre nuance critique. Noa, quant à elle, soupire comme quelqu'un qui a été mal compris, « c'est justement le but du travail intérieur ! Boaz nous apprend à nous libérer, tout ce que la vie lui a enseigné, il nous le transmet, ce savoir fondamental qu'il a construit, pierre par pierre, il nous en fait cadeau, j'étais venue chercher du travail et j'ai trouvé un maître, un vrai maître, je ne peux même pas l'expliquer !

— Je comprends, je suis sûre que vous faites un excellent travail, toi et lui, mais qu'en est-il d'Alma ? Elle aussi est une mauvaise personne ? », Noa secoue la tête, « non, Alma est différente. Alma est une âme délicate ! Son problème, c'est qu'elle est toute fermée et elle doit apprendre à s'ouvrir ! Elle est trop coincée, elle ne sait pas lâcher prise. Son ego est très marqué, ajoute-t-elle avec une telle ferveur que ses joues s'empourprent. Elle doit apprendre à y renoncer, genre, à se débarrasser de sa mue, elle doit s'émanciper de son ego.

Grâce au travail intérieur qu'elle fait, elle est en train de creuser pour se frayer un chemin vers elle-même ! C'est comme une renaissance !

— De creuser ?

— Oui, oui, elle creuse, parce qu'elle était devenue une pierre, exactement comme moi. Les vingt-deux années que j'ai vécues avant d'arriver ici m'ont transformée en pierre. Elle, c'est pareil, alors maintenant, elle doit creuser pour que de cette pierre émerge quelque chose de beau. C'est dur, ce qu'elle est en train de vivre, mais c'est la seule voie ! insiste-t-elle, enflammée, bouche ouverte, mâchoire un peu tombante.

— Comme c'est intéressant ce que tu nous racontes là ! déclare Iris avec un air pénétré, avant de poursuivre sur un ton volontairement distrait, à propos, pourquoi êtes-vous en si petit effectif, ce soir ? Où est Alma ? Est-ce qu'elle est malade ?

— Non, pas du tout, répond Noa en secouant énergiquement la tête, elle n'est pas malade, elle va bien. Peu importe où elle se trouve, le principal, c'est qu'elle soit en train de travailler à se débarrasser de ses conditionnements.

— Quels conditionnements ? » Elle essaie d'adopter un sourire positif mais a l'impression que ses lèvres se sont pétrifiées, elle aussi est apparemment en train de creuser et elle regrette aussitôt d'avoir posé la question car sa jeune interlocutrice bondit sur ses pieds, « je dois retourner auprès de mes clients, dit-elle en leur adressant une étrange révérence d'adieu. Ses conditionnements, on est tous conditionnés, notre vie est régie par un ego conditionné, par exemple pourquoi voulons-nous amasser toujours plus ou rester accrochés aux valeurs qu'on nous a inculquées, comme celle qui veut que tout travail mérite salaire ? Ou qu'il faille connaître son partenaire avant de coucher avec lui ? ». Sur ces mots, elle retrouve son ton presque mécanique de serveuse professionnelle, leur tourne le dos et se penche vers la famille de la table voisine pour leur proposer un dessert. Micky, qui a écouté la conversation tête basse, relève lentement le menton, tourne vers elle un visage bouleversé et horrifié, il a les yeux rouges, sa bouche s'est affaissée et il susurre d'une voix rauque, « viens, je veux partir tout de suite.

— Moi aussi », chuchote-t-elle et elle a presque envie de rire parce qu'elle prend conscience à quel point leur conditionnement est puissant, la preuve, de toute cette manipulation verbale, ce ramassis de lieux communs, c'est justement la dernière information, servie en guise de dessert, qui les a achevés tous les deux, elle aimerait pouvoir en plaisanter et lui dire qu'ils ont apparemment beaucoup de travail intérieur à accomplir, mais la tête qu'il fait n'est pas moins effrayante que ce qu'ils viennent de découvrir, il la lâche, libère sa main pour la plaquer soudain contre sa poitrine, « je ne me sens pas bien, bredouille-t-il, j'ai mal », et elle s'affole, veut appeler une ambulance, il refuse, « n'exagère pas, viens, on rentre à la maison », il tire de son portefeuille quelques billets qu'il laisse sur la table, se soulève lourdement et, sans attendre l'addition, appuyé sur elle, commence à marcher. Elle est soulagée (à supposer qu'elle puisse l'être) de ne pas recroiser le patron qui préfère sans doute se terrer dans sa cuisine, seule Noa suit leur sortie d'un regard inquiet que la vue des billets sur la table transforme en regard satisfait et elle agite la main en signe d'au revoir lorsque la porte se referme sur leurs pas humiliés.

« Viens, on va directement aux urgences, qu'est-ce que tu sens exactement ? Est-ce que tu as mal au bras aussi ?

veut-elle contrôler au moment où, au bout de quelques mètres à peine, il s'agrippe très essoufflé à un poteau électrique.

— Ça me pèse sur la poitrine, j'ai du mal à respirer, je veux rentrer à la maison, oh, Iris, gémit-il, jamais de ma vie je n'ai été aussi rabaissé ! » Elle lui passe un bras autour de la taille et le conduit jusqu'à la voiture, l'assied sur le siège passager dont elle baisse le dossier, mais lorsqu'elle s'installe à côté de lui au volant, une main tape au carreau, elle sursaute en voyant des billets de banque, sans réfléchir, au lieu de baisser la vitre elle ouvre la portière qui se heurte à un pantalon blanc étincelant dans l'obscurité, « vous êtes mes invités, je ne veux pas vous prendre d'argent », et il disparaît tandis que les billets volettent sur ses cuisses, jamais de ma vie je n'ai été aussi rabaissée.

CHAPITRE 15

Dans une similitude perverse qui rapproche les contraires, parler ne sied pas plus au deuil conjugal qu'aux ébats amoureux, c'est ce qu'elle découvre sur le trajet du retour, car seuls conviennent à ces deux états opposés les gémissements, les soupirs, le souffle court de l'âme tétanisée aux prises avec une information trop douloureuse. Elle sentait bien que cette nuit ressemblait à celle où on leur avait annoncé la mort de son père, c'est une nuit de catastrophe, maudite entre toutes, dont Dieu n'a cure de là-haut et qu'aucune lueur n'éclaire, car même si on ne leur a pas annoncé la mort d'Alma mais juste son emprisonnement, comment pourront-ils la sauver et s'ils y arrivent, n'en sortira-t-elle pas irrémédiablement abîmée, voire détruite ? Des vents noirs enveloppent la voiture qui remonte du littoral vers Jérusalem, des vents de honte et d'indignation, de rage et de désintégration. Tout le chemin, elle conduira en voyant à peine la route, cette nuit de deuil restera plongée dans l'obscurité car la lune, qui se moque du faible éclairage électrique, ne s'est pas encore levée et l'oblige à rouler les yeux écarquillés, visage collé au pare-brise.

Par moments, le klaxon d'un véhicule à l'approche la rappelle à l'ordre et elle rectifie avec affolement sa trajectoire, si seulement il avait pu la remplacer au volant, mais il se sent encore plus mal qu'elle, sans doute parce qu'elle s'attendait à cette nouvelle. Lui, en revanche, est sonné comme s'il avait reçu une météorite sur la tête, ce qui explique pourquoi il est allongé sur son siège à gémir et à respirer difficilement, une main sur la poitrine, l'autre agrippée à la poignée de la portière.

« Iris, je dois vomir, dit-il en se redressant subitement, arrête-toi vite sur le bas-côté ! », mais elle se crispe, comment atteindre la voie d'urgence au milieu d'une telle circulation, à croire que tout le monde fuit Tel-Aviv en même temps qu'eux, les voitures filent à sa droite et à sa gauche, enfin elle y arrive – mais c'est pour se retrouver sur une bande d'arrêt si étroite que s'arrêter là est très dangereux, quoique, au moment où elle freine, épuisée, elle se prend presque à espérer qu'une voiture les fauche, qu'un puissant coup les libère de cette existence soudain si vexante, est-ce nouveau ou en a-t-il toujours été ainsi sans qu'ils s'en aperçoivent ?

Elle remarque qu'ils sont tout proches de l'endroit où l'attend sa propre voiture, là où il l'a récupérée quelques heures auparavant, en un temps où elle espérait encore se tromper ou au moins exagérer, des années semblent s'être écoulées depuis, comme ils ont vieilli tous les deux ! Elle l'aide à sortir et le soutient jusqu'à ce qu'il puisse se cramponner à un arbre, il lui demande de s'écarter, il déteste vomir, elle le sait, mais son corps oppose une fin de non-recevoir aux mets dont il s'est goinfré avec tant de plaisir. Une odeur âcre s'élève des buissons, accompagnée de geignements gutturaux, elle se mêle aux parfums de la nuit, à celui des figuiers et du foin séché, aux gaz d'échappement des voitures qui accélèrent dans cette montée et à la fumée d'un lointain feu de camp. Pour sa part, des relents de viande grillée et de sang brûlé lui retournent les entrailles, elle a même l'impression que sa langue se déchaîne telle la queue velue de l'animal qu'elle a avalé contre son gré, elle est prise de vertige, tombe à genoux, laisse la bouillie qui s'est accumulée dans son estomac rejaillir par sa gorge, voilà, nous aussi nous nous libérons de nos conditionnements, on n'est pas obligés d'amasser, pas obligés de s'accrocher à toutes sortes de valeurs erronées.

Tels des adeptes du vaudou, ils sont là, agenouillés à la croisée des chemins, sous des cieux noirs, et offrent leur vomi en sacrifice aux dieux du lieu, les implorant de leur accorder un miracle. Micky semble enfin retrouver un peu de force, elle l'entend approcher d'un pas plus léger, ses semelles crissent sur le sol rocailleux, écrasent des branches sèches, c'est elle qui, maintenant, n'arrive plus à supporter le poids de sa tête, trop lourde, trop douloureuse, devenue pierre elle aussi, pierre de ce rocher, statue rigidifiée de mère.

Suffoquant, elle se couche sur le sol à côté de la bouillie qu'elle a rendue comme si c'était sa seule richesse, son corps, du sommet de son crâne jusqu'à l'extrémité de ses orteils, est secoué de spasmes insupportables. C'est par une telle nuit qu'Alma a été conçue, elle le sait sans l'ombre d'un doute, Micky accomplissait sa période de réserve à l'armée et elle qui voulait tellement être enceinte avait été ravie de découvrir que le seul jour de permission qu'on lui accordait tombait juste pendant son ovulation, oui, à l'époque, elle n'avait pas été perturbée par l'autre nuit, celle où elle était devenue orpheline, au contraire, elle espérait adoucir ce souvenir maudit grâce à une petite créature qui commencerait à se frayer un chemin vers la vie, qui aurait le pouvoir d'adoucir le monde, du moins le leur, mais à présent, le goût de ce même monde est horriblement salé dans sa bouche, comme si elle avait été empoisonnée et qu'elle agonisait dans les buissons. Les voitures qui sifflent à ses oreilles foncent à toute vitesse, tout bouge, elle seule reste immobile, comment la pierre pourrait-elle creuser dans la pierre ?

« Viens, Iris, dit-il d'une voix aussi étouffée et lointaine que si elle montait du ventre de la terre, viens, on ne peut pas passer la nuit ici », elle arrive tant bien que mal à attraper sa main tendue et se lève, les jambes en coton. Ils sentent affreusement mauvais, une puanteur de cadavres oubliés sur le bas-côté, la caravane a continué sans eux et sans même avoir le temps de les enterrer. Presque vingt-deux ans auparavant, allongés nus sur le lit de leur premier appartement après deux semaines de séparation, la nostalgie s'était mélangée au désir de reproduction pour créer une apparence d'amour. Ils étaient lavés, sentaient bon et avaient essayé de couler dans leurs corps souples et émus l'or d'un vrai sentiment, d'en fabriquer un alliage unique qui serait le mélange d'elle et de lui, et ce fut la bonne nuit, la bonne heure, le bon moment, alors que maintenant ils titubent jusqu'à leur véhicule, lourds et répugnants, raides et désespérés. « Je laverai la voiture demain, marmonne Micky en prenant place au volant », elle se répète inlassablement ces mots jusqu'à ce qu'ils arrivent en bas de leur immeuble, « demain je laverai la voiture », lance-t-elle encore, soudain prise de fou rire, c'est la meilleure nouvelle jamais entendue, le plus grand espoir, les paroles de consolation les plus profondes possible.

Et elle continue à rire en dormant (à supposer qu'elle ait réussi à dormir), le lit d'Alma la dégoûte comme s'il grouillait de microbes porteurs de dangereuses maladies, la peste, les pustules et la mort des premiers-nés, sa fille est atteinte, comment guérira-t-elle. Ce matin, celle-ci dormait entre ces draps-là, « tout à coup, je me suis retrouvée à Jérusalem », lui a-t-elle dit, quels attouchements a-t-elle subis en chemin ? Iris est de nouveau prise de nausée rien qu'à imaginer l'homme en pantalon blanc allongé entre Noa et Alma qui lui lèchent le corps de la tête aux pieds avec des miaulements de chattes, et elle va se réfugier dans le lit conjugal, Micky a terminé de se doucher, il est couché, les yeux fermés, cette nuit, elle préférera les ronflements de son mari à ses voix intérieures.

« Qu'est-ce que tu feras demain, Mouky ? » lui demande-t-elle et il répond avec docilité, « je laverai la voiture », et elle est de nouveau saisie d'un fou rire, tout comme sous la douche ou quand elle se glisse entre les draps, enveloppée de sa grande serviette (elle n'a eu la force ni de se sécher, ni d'enfiler une chemise de nuit), il lavera la voiture, il lavera la voiture à l'extérieur, à l'intérieur, et tout sera réglé. Peut-être aussi passera-t-il Alma au kärcher, extérieur et intérieur, la purifiera-t-il comme on purifie les morts, puis il lui bouchera tous les orifices avec de la cire comme le veut la tradition, n'est-elle pas morte en quelque sorte, aucune renaissance là-dedans mais une mort vivante, son rire s'éteint, elle frissonne entre les draps humides, ses dents s'entrechoquent, elle s'approche prudemment du corps épais qui repose à côté d'elle.

« Il y a un cachalot dans le lit ! » s'écriaient joyeusement les enfants qui fuyaient en prenant des mines effrayées, à présent une chaleur agréable émane de ce fameux cachalot, elle se plaque contre lui et cherche refuge dans son sommeil de poisson. Où es-tu, petite fille qui fuyait le cachalot, quel animal as-tu trouvé dans ton lit cette nuit ? Elle revoit ces lointaines matinées de shabbat hivernales, Alma et Omer en pyjama qui sautillaient autour de leur grand lit, l'appartement bien chauffé, l'odeur du *hamin** végétarien qui envahissait toutes les pièces. Ça finissait souvent mal parce que le gamin s'excitait trop, mais ça commençait toujours par le plaisir de sentir la chaleur de leurs petits corps dans la langueur du début d'une journée où personne ne devait se dépêcher, ils savouraient avec naturel le fait d'être une vraie famille, « tu as fondé une famille en terre d'Israël » pour reprendre les termes d'Ethan, non, elle ne veut pas penser à lui à cet instant, pas non plus lire les messages qu'il lui a envoyés. Elle ne trouvera aucun réconfort auprès de lui, n'a pas le droit d'avoir besoin de lui, elle ne peut ni le voir ni renoncer à lui, parce que, de toutes les identités qu'elle a accumulées au cours de sa vie à cause de son ego conditionné, il ne lui en reste plus qu'une : elle est la mère d'Alma, et cette identité-là ne va pas avec Ethan, comme il le lui avait prouvé sans ambiguïté cet après-midi même, alors qu'elle essayait de lui parler de sa fille. D'ailleurs elle non plus ne peut pas être la mère d'Alma à ses côtés, elle ne peut l'être qu'aux côtés du père d'Alma : en ces matinées de samedi, quand la petite exultait de bonheur autour de leur lit, les joues rouges d'excitation et les mèches brunes ondoyant autour de son charmant minois, c'était cet homme-là qui se trouvait auprès d'elle. En imagination, elle essaie d'écarter le rideau de cheveux mais n'y arrive pas, pourtant elle ne veut qu'une chose, voir Alma, Alma avec ses yeux de braise étincelants, son nez en trompette et ses lèvres charnues, mais quand enfin elle y parvient, c'est un visage vide, sans traits, qui se révèle à elle et un cri lui échappe, elle a dû s'endormir un instant, être happée par un cauchemar, alors elle s'éclipse rapidement dans le salon, il y a un cachalot dans le lit !

* Plat traditionnel qui cuit pendant toute la durée du shabbat, respectant ainsi l'interdiction d'allumer un feu.

Les uns après les autres, elle prend les vieux albums couverts de poussière au milieu de la bibliothèque surplombant le canapé (à l'époque, on avait encore le réflexe de développer les photos sur papier au lieu de les enfouir au fond d'un ordinateur) et jusqu'à l'aube, elle suit sa fille à partir du jour de sa naissance et tout au long de son évolution, à la recherche de la graine empoisonnée qui a semé la catastrophe. Elle avait toujours senti que ce visage renfermait un secret, un secret qui, *a posteriori*, pourrait être fatal, non, elle doit s'efforcer d'examiner les étapes dans leur simplicité, dépouillées du costume brûlant que leur a cousu le futur, elle caresse d'un doigt apitoyé et terrorisé les traits qui se précisent sous ses yeux, les couvre de baisers. Ne t'inquiète pas, ma chérie, ma pauvre chérie adorée, tu n'es pas seule, je vais te sauver, je vais te tirer de là, dussé-je le faire malgré toi, elle a l'impression d'arriver à faire corps avec les petites filles qui peuplent les clichés pour qu'ensemble elles arrivent à vaincre la grande fille qu'elles sont devenues.

Mais comment la tirer de là ? L'enfermer à la maison ou, au contraire, l'emmener en voyage... à Paris, à Berlin ? Comment les séparer, elle et cet homme ? Si Alma l'aime aussi éperdument qu'Iris a aimé Ethan dans sa jeunesse et jusqu'à aujourd'hui, ou plutôt comme elle l'a aimé et l'aime de nouveau aujourd'hui, y a-t-il un moyen de les séparer ? Où trouver quelque chose d'aussi puissant à proposer en remplacement, quelque chose qui aurait la même intensité que ce qu'elle vit aux côtés de ce Boaz, la perte totale de soi dans une entité qui te dépasse, qui t'emporte. Un gâteau d'anniversaire avec des petits-beurre ? Une conversation à cœur ouvert avec maman ? Des courses dans un centre commercial ? À présent, elle dédaigne toutes ces broutilles qui la réjouissaient tant petite, quoique, même à l'époque, son enthousiasme restait fragile. Elle se souvient du jour de son sixième anniversaire, ils lui avaient organisé une petite fête surprise, rien que la famille proche, sa grand-mère et ses jeunes oncles célibataires. Ils avaient orné le salon de ballons multicolores, entassé les cadeaux sur le canapé, couronné le gâteau de bougies et de friandises, même le petit Omer était calme et souriant, mais quand Alma était rentrée (directement de son cours de danse où Micky était allé la chercher), que la lumière s'était soudain allumée et que tous avaient bondi sur elle en chantant et en la félicitant, elle était restée figée sur le seuil de la pièce, sans un sourire, vêtue de son tutu rose, ses ballerines aux pieds et, en dépit d'efforts évidents, elle n'était pas arrivée à avoir l'air contente, incapable de surmonter sa déception d'avoir loupé un exercice à la barre, incapable de s'abandonner à la joie de fêter son anniversaire. Ce jour-là, Iris avait commencé à prendre conscience (elle s'en souvient très bien et avec la même désolation) à quel point était limité son pouvoir à rendre sa fille heureuse.

Jusqu'à ce fameux jour, elle avait pu croire qu'il suffisait de lui acheter une glace à l'eau ou un chewing-gum, de l'emmener voir un film ou jouer dans le parc pour que la petite exulte comme seuls savent le faire les enfants, mais voilà que vingt ballons, cinq cadeaux, un gâteau, des bougies et des parents aimants se trouvaient incapables d'effacer la déception qu'elle s'était infligée. Assise sur la chaise de reine de la fête qu'ils avaient spécialement décorée pour la circonstance, les yeux mouillés, encore plus triste parce qu'elle sentait combien elle décevait tous ses invités, l'inutilité, voire la nocivité d'une telle réunion (qui ne faisait qu'accroître la détresse d'Alma) sautait aux yeux, or c'était si tôt, trop tôt, Iris lui en avait presque voulu, regarde comme nous nous sommes décarcassés pour toi, et toi, pas même un sourire !

À présent la colère pointe aussi le bout de son nez, après tout ce qu'on t'a donné, voilà que tu te laisses impressionner par un charlatan coquet qui déclame des âneries plus ridicules les unes que les autres, que tu mets ta vie entre ses mains ! Mais aussitôt son indignation se mue en tendresse et en inquiétude, l'ampleur de cette dégringolade ne reflète que l'ampleur de son désespoir, l'heure n'est pas à la colère mais à l'action. Elle sait qu'il y a des spécialistes pour ce genre de problèmes, mais elle préfère d'abord essayer seule, elle doit tout mettre en œuvre pour qu'Alma ait envie de se rapprocher d'elle, pour gagner sa confiance, sans jugement ni critique, et seulement ensuite elle commencera en douceur à semer le doute dans son esprit. Ça durerait ce que ça durerait et peut-être échouerait-elle, mais elle est bien décidée à vouer tout son temps à cette tentative, à se jeter à corps perdu dans le combat, et au moment où une nouvelle journée se profile à la fenêtre, brûlante et aveuglante bien qu'à peine née, tel un bébé qui viendrait au monde déjà adulte, elle comprend que sa vie a changé, que ce n'est pas seulement sa fille qui a perdu la liberté mais elle aussi, tant qu'Alma souffrirait de ce dangereux mal, elle lui serait pieds et poings liés, mais alors que les parents peuvent accompagner leurs enfants malades vers la guérison et leur apporter tout ce dont ils ont besoin, elle serait condamnée à agir avec malice, hypocrisie, derrière le dos et contre la volonté de celle dont elle veut justement sauver la volonté.

Et c'est face à la lumière violente qui inonde le salon que ses yeux se ferment enfin, mais une sonnerie entêtée la réveille. Qui cherche Micky à cinq heures du matin ? Un système informatique a-t-il de nouveau planté ? Les yeux presque fermés, elle se lève et suit le bruit, où donc a-t-il laissé son portable et quels secrets y découvrira-t-elle ? La veille, c'est elle qui avait laissé sa vérité à nu dans l'appartement et ce matin c'est lui, elle tire l'appareil de la poche du pantalon qu'il a accroché derrière la porte de leur chambre juste au moment où il se tait, le nom de l'appel manqué qui apparaît à l'écran est effrayant et rassurant, « Micky, Alma te cherche », elle le secoue, il ouvre des yeux endormis, tend la main vers le téléphone, grogne un « allô » ensommeillé, « elle a raccroché, il faut que tu la rappelles », lui explique-t-elle, il se soulève lourdement et s'adosse au mur, « je ne sais pas quoi lui dire, rappelle-la, toi, lâche-t-il en lui envoyant son haleine fétide à la figure.

— Mais c'est toi qu'elle cherche, proteste-t-elle au moment où son portable, qu'elle a laissé sur la table du salon, émet lui aussi sa sonnerie familière, elle saute dessus, Alma ? s'écrie-t-elle à bout de souffle sans avoir vérifié le nom, Alma, c'est toi ? » et dans le silence qui suit, la voix grave d'un homme lui demande, « Irissou, je suis inquiet, tu ne m'as pas rappelé. Tout va bien ? ». Affolée, elle entend Micky approcher, oreille tendue pour écouter ce que leur fille veut dire.

« Mets le haut-parleur », lui demande-t-il et elle coupe immédiatement, n'en revient pas que cela puisse être Ethan, jamais il ne l'a appelée à une heure pareille, de toute façon, elle est acculée et, pour ne pas éveiller les soupçons, elle rappelle Alma et est tellement soulagée de l'entendre décrocher qu'elle ose le ton badin, « salut Alma, on a été coupées », comme si quelque charmante conversation venait d'être malencontreusement interrompue, « qu'est-ce que tu racontes, aboie aussitôt sa fille, ce n'est pas toi que j'ai appelée, c'est papa, et c'était quoi, cette visite ? De quel droit est-ce que vous m'espionnez ? Pourquoi ne m'avez-vous pas dit que vous veniez ? ». La froideur dans sa voix est si cruelle qu'Iris a du mal à trouver quoi répondre, « nous ne sommes pas tes ennemis, on t'aime, Alma, on est inquiets », bafouille-t-elle, mais ces mots, les mêmes que ceux murmurés à ses propres oreilles à peine quelques instants auparavant, ne servent à rien puisque sa fille lui raccroche au nez, exactement comme elle-même vient de le faire avec Ethan, et elle se laisse tomber sur le canapé, perdue, « tu n'as qu'à essayer, toi, dit-elle à Micky qui s'assied à côté d'elle et pose son téléphone sur la table, c'est toi qu'elle cherchait.

— Je ne sais pas quoi lui dire », répète-t-il, rongé d'impuissance, mais elle insiste, « c'est elle qui parlera, ne t'en fais pas, le principal est de garder le contact ».

Il soupire mais finit par obtempérer, « salut ma chérie, comment vas-tu ? Pourquoi parles-tu d'espionnage ? On voulait te faire une petite visite, on était persuadés que tu serais là-bas. Enfin, tout ça nous a permis d'apprendre des choses très intéressantes sur cet endroit, sur le travail intérieur que tu effectues, on a été très impressionnés », assure-t-il d'une voix convaincante et elle l'écoute, admirative, étonnée par ses talents d'acteur, jamais elle n'en avait eu conscience, face à elle aussi joue-t-il la comédie avec autant de conviction ? Sait-il qu'elle lui cache quelque chose ? Lui cache-t-il quelque chose ? Micky le lourd presque balourd, le peu loquace, voilà qu'il soutient avec une facilité déconcertante une conversation qu'elle, malgré toute son expérience pédagogique, n'a pas réussi à amorcer. Il arrive même à persuader leur fille de venir à Jérusalem pour leur en dire un peu plus sur cet important travail intérieur qu'elle a découvert.

« Chapeau ! s'exclame-t-elle, joignant le geste à la parole, je te félicite, Micky, tu m'as impressionnée », mais il ne se laisse pas impressionner par le compliment, « elle n'a pas l'air d'aller bien, c'est un vrai lavage de cerveau qu'elle subit », soupire-t-il avant de s'allonger sur le grand canapé et de croiser les mains sur sa poitrine, « j'ai du mal à respirer, je reste à la maison aujourd'hui.

— Très bien, d'ailleurs je t'emmène aux urgences, il faut absolument qu'un médecin t'examine.

— Pas la peine, je passerai tout à l'heure au centre de santé. »

Il reste allongé sur le canapé sans bouger, en slip, le cachalot blessé souffle lourdement, il a une peau lisse et mate, ses cuisses collées l'une contre l'autre et ses chevilles croisées évoquent une nageoire géante, ses paupières frémissent sur ses yeux clos, il ne voit pas Omer qui surgit de sa chambre enveloppé de ses habituelles piques matinales aussi dressées que la crête sur son crâne, « qu'est-ce qui lui arrive, à papa ? demande-t-il, ronchon.

— On est rentrés tard hier, ton père est très fatigué.

— Toi aussi, tu as l'air crevée, lui renvoie-t-il aussitôt d'un air méfiant. Notre famille est en train d'exploser, c'est ça ? et il enchaîne sans attendre la réponse, prépare-moi deux sandwichs aujourd'hui, d'accord ? Et j'ai aussi besoin d'argent, j'ai un bac blanc en éducation civique cet après-midi.

— *Oïe*, c'est vrai, j'avais complètement oublié.

— C'est moi que tu as un peu oublié ces derniers temps, Mamouch », lui lance-t-il en la dévisageant, comment a-t-il autant poussé ? Elle le perd, de nouveau l'angoisse lui tord les entrailles, elle le perd, il va bientôt partir à l'armée, elle se saisit d'un couteau pointu, sort des petits pains du congélateur et les coupe en deux, « désolée, mon chéri, il y a des périodes comme ça...

— T'inquiète, je ne le prends pas personnellement, dis-moi juste si tu as besoin de mon aide », sur ces mots, il tourne les talons, lui offre son magnifique dos et va s'habiller dans sa chambre, elle le suit du regard, comment a-t-il autant poussé, et pas seulement en taille, quand est-il devenu un si grand adolescent ?

Elle a réussi, oui, avec lui elle a réussi, en cette terrible matinée justement, il est là pour lui montrer qu'elle peut aussi éprouver de la fierté, qu'il y a autre chose dans sa vie que l'échec cuisant. Elle a réussi et bientôt elle sera obligée de se séparer de lui parce que l'armée le lui prendra. Est-ce pour ça qu'elle s'est beaucoup plus démenée pour lui que pour Alma ? Est-ce à cause de ce pays, qui impose aux mères d'élever leurs fils en entendant tout le temps le tic-tac du compte à rebours, ou bien est-elle la seule mère qui ressente ça parce que la guerre lui a enlevé son père ? Elle fouette les œufs avec rage, quel rapport, il était tout simplement de ces enfants qui exigent une attention particulière, ça n'a rien à voir avec le pays, rien à voir avec l'armée, elle secoue la tête au-dessus du liquide jaunâtre qui se solidifie petit à petit dans la poêle. Elle lui a donné plus parce qu'il exigeait plus. Mais exigeait-il plus parce qu'il avait compris qu'il pouvait se le permettre ? Le pays exige-t-il autant parce que ses citoyens l'autorisent à le faire ? J'espère que tu réussiras ton bac blanc en éducation civique, mon chéri, moi, j'ai réussi mon examen de passage avec toi, au-delà de toute espérance, elle fourre l'omelette brûlante dans les petits pains encore congelés qu'elle emballe rapidement et pose sur la table. Les efforts ont été couronnés de succès, un succès qui sera dévoré par Tsahal, l'armée de défense d'Israël, cette même armée qui a déjà dévoré le corps carbonisé de son père, mais pourquoi précipiter les choses, il n'a pas encore reçu sa première convocation. Une odeur de brûlé envahit l'appartement tandis qu'elle est en train de s'habiller en hâte, de la fumée s'élève de la poêle.

« Où as-tu la tête, Mamouch, tu as oublié de fermer le

gaz ! » la sermonne Omer d'un ton paternaliste, il semble s'amuser de la voir ainsi, de se voir lui-même si fort, si indispensable tout à coup, elle est restée trop longtemps toute-puissante, « quelle chance, mon chéri, tu nous as sauvés.

— C'est surtout lui que j'ai sauvé, nous, on sort dans une minute », ironise-t-il et tous les deux regardent Micky allongé, toujours aussi immobile à part ses paupières qui tressaillent, elle s'approche, pose une main sur son front, « comment tu te sens, Mouky ?

— Un peu mieux, marmonne-t-il avant de la surprendre en ajoutant, mais je n'arriverai pas à laver la voiture aujourd'hui, Iris, vraiment désolé de te causer une telle déception.

— Je la surmonterai, chuchote-t-elle, à condition que tu ailles voir un médecin. » Si ce n'était pas le dernier jour de l'année scolaire, elle serait restée avec lui, mais elle a trop de choses à gérer aujourd'hui, alors elle part travailler, malgré l'inquiétude et malgré la fatigue. Toutes les heures, elle lui téléphonera pour s'assurer qu'il va bien, elle demandera aussi à sa secrétaire un café corsé après l'autre. La triste sensation d'une page qui se tourne ne la lâchera pas de toute cette journée, quelque chose a été perdu trop tôt, à la fleur de l'âge.

Le cœur lourd, elle écoute les papotages de ses collègues qui se préparent joyeusement aux grandes vacances, ont prévu des voyages en famille à l'étranger. Elle aussi pourrait partir en voyage à l'étranger, c'est tentant, il lui a proposé de l'accompagner à Rome, peut-elle envisager séjour plus heureux sur terre ? Sauf que pour l'instant il n'y a pas de place dans sa vie pour le bonheur, en tout cas pas pour ce bonheur-là. Ne vous réjouissez pas tant du temps qui passe, aimerait-elle dire aux grands qu'elle suit depuis le CP et qui viennent à présent se séparer d'elle avec une solennité émue, à laquelle elle répond par un regard inquiet. Si seulement on pouvait vous figer à cet âge-là, avec cette peau encore soyeuse d'avant l'acné juvénile et les poils de barbe, d'avant le service militaire. Et vous, mes chéries, qu'est-ce qui vous attend, elle serre dans ses bras les fillettes qui vont prendre un nouveau chemin, puissiez-vous rester à jamais petites filles. Alma aussi a eu votre âge, elle aussi portait un uniforme scolaire et rentrait à la maison en fin d'après-midi, la bouche pleine de ce qui s'était passé en classe, et même si elle ne racontait pas tout, elle n'avait pas encore de terribles secrets.

Son bureau se vide un instant, elle en profite pour fermer la porte, poser la tête sur la table et essaie de se souvenir d'Alma à leur âge, de l'été qui avait suivi la fin de sa primaire, puis de l'année d'après, mais de celle-là, elle ne retrouve rien. Comme si sa fille à onze ans s'était effacée de sa mémoire, à moins qu'elle ne s'y soit jamais gravée, car ça lui revient tout à coup, c'était l'année de l'attentat, il y avait eu les opérations, les hospitalisations, la rééducation, est-ce à ce moment-là qu'elle l'avait perdue à tout jamais ?

« Iris, on vous cherche, l'avertit Ofra qui ouvre doucement la porte.

— Dites que je suis occupée, répond-elle agacée.

— Ça a l'air important, insiste d'une voix mystérieuse sa secrétaire qui pourtant la protège toujours jalousement.

— Tout a l'air important mais rien ne l'est vraiment », rétorque-t-elle encore plus énervée, et ce n'est qu'au moment où elle lève la tête qu'elle le voit, il est debout sur le seuil, embarrassé et négligemment vêtu, grand et maigre avec ses cheveux grisonnants, ses yeux d'adolescent sous les épais sourcils, il est là avec son jean râpé et son vieux tee-shirt qui semble être le même qu'autrefois. Elle ne le reconnaît pas tout de suite tant il n'appartient ni au lieu, ni aux circonstances, pas non plus à ce qu'elle est ici, la douleur qui l'a accompagnée toute la journée s'intensifie au point de devenir insupportable et elle bredouille, « Ethan, c'est toi ? Comment m'as-tu trouvée ? ». Elle s'approche, tend les bras vers sa nuque et pose la tête sur son épaule tandis qu'Ofra se hâte de sortir et de fermer la porte, non sans lui avoir lancé un bref regard de connivence respectueuse, davantage fière de ne pas s'être trompée sur l'importance de la rencontre que curieuse d'en décrypter le sens.

« Ethan, ma fille est malade », commence-t-elle en se plaquant très fort contre lui, comme si elle se préparait à partir pour un combat d'où elle ne reviendrait pas, en tout cas pas vers lui, et il lui caresse les cheveux en retour, « j'étais inquiet, j'ai compris qu'il se passait quelque chose, chuchote-t-il dans le creux de son oreille, qu'est-ce qu'elle a ? Je peux t'aider ?

— Ce n'est pas dans son corps qu'elle est malade, c'est dans sa tête. Elle est tombée sous l'emprise d'un manipulateur, je dois la sauver. » De ses lèvres avides, il lui effleure le front, le crâne, elle a l'impression de sentir son cerveau en ébullition, elle l'a trop attendu, ont-ils raté le coche ? « Mon amour, Irissou, ne renonce pas à moi.

— *Oïe*, Ethan, le voudrais-je que je ne le pourrais pas », elle l'aime tellement à cet instant où elle voit sur son visage se dessiner la même expression de chagrin et de perplexité qu'il avait quand il venait la retrouver après avoir quitté le chevet de sa mère, qu'elle sent brûler en elle les flammes du regret, comme elle est fatiguée en ce dernier jour d'année scolaire, si seulement elle pouvait s'endormir ainsi, debout, la tête sur son épaule, les mains autour de sa nuque. Elle aimait tant s'endormir entre ses bras, rien ne les séparait, elle s'emplissait les poumons de son souffle. « Nous n'avons pas encore eu le temps de dormir ensemble, je veux dormir avec toi et ne pas me relever », et elle se souvient de la poêle qu'elle a laissée sur le feu le matin même, on va brûler si fort qu'on se fondra l'un dans l'autre, personne ne saura qu'on était deux, jour après jour, nuit après nuit, nous étions ensemble.

« Tu viendras chez moi ce soir ou alors… demain ? Finalement, je n'ai pas les enfants.

— Si seulement je pouvais ! Mais je dois m'occuper d'Alma, et Alma habite à Tel-Aviv, dit-elle sans pourtant savoir comment elle s'y prendrait pour mener sa mission à bien.

— D'accord, je comprends, soupire-t-il, préviens-moi si je peux faire quelque chose », il lui embrasse le front, lui écarte la tête de son épaule et reprend, « je dois y aller, on m'attend à l'hôpital, appelle-moi dès que tu peux ». Elle gagne son bureau, chancelante, s'y appuie, jamais cette pièce n'a été aussi vide qu'au moment où il en sort, pâle et désolé, que faire, son vieil adolescent est arrivé trop tard, elle s'affale sur les post-it jaunes qui se collent à ses cheveux, je ne renonce pas, Ethan, mais maintenant je dois me concentrer sur Alma, connaît-il au moins son prénom, je vais m'occuper d'elle et je reviendrai, attends-moi. Elle voudrait le rattraper, s'engager, le rassurer, disparaître en lui, mais elle a les jambes plombées par la fatigue et le désespoir. Un instant plus tard, Ofra ouvre les vannes et tous ceux qui s'étaient de nouveau amassés derrière sa porte entrent en un joyeux désordre, elle les regarde, perdue, leur dit au revoir, les embrasse, leur souhaite le meilleur, elle n'arrête pas de serrer des gens dans ses bras mais continue à ne serrer qu'un seul dos, le dos tant aimé, et les presque trente ans qui s'enroulent autour de lui.

« Qu'est-ce que le docteur Rozen faisait ici ? J'espère qu'il n'est pas venu inscrire son fils chez nous ! lance soudain

Daniella, la conseillère d'orientation qui entre, les bras chargés de dossiers, exactement au moment où la pièce s'est enfin vidée.

— Tu le connais ? s'étonne Iris. D'où est-ce que tu le connais ?

— Il s'est occupé de ma mère à une époque, et quand il a appris quel métier je faisais, il m'a un peu parlé de son fils qui venait d'être renvoyé de l'école. Apparemment un grand caractériel, ce gosse. Je n'ai pas aimé ce qu'il m'en a dit, du coup, je n'ai pas du tout recommandé notre établissement. Ne l'accepte pas ici, Iris, s'il te plaît, on a assez de problèmes comme ça !

— Tu ne crois pas si bien dire », susurre-t-elle, déjà mobilisée pour ne rien perdre d'une information aussi précieuse, avec les années, elle a appris à faire confiance au diagnostic de Daniella. « Et qu'est-ce qui t'a tellement fait peur ?

— J'ai eu l'impression que ce gamin était très perturbé et qu'il n'y avait pas à qui parler. La mère est paumée et se cherche encore, le père a beau faire des efforts, il ne sait pas ce que c'est qu'être père, tu vois le genre ? Un mec très occupé, rongé par la culpabilité, qui achète des cadeaux au gamin au lieu de lui mettre des limites, il y a un truc qui ne fonctionne pas chez eux.

— Je vois qu'il t'en a raconté, des choses ! lâche Iris qui, mal à l'aise, essaie de digérer cette image peu reluisante.

— Oui, c'est mon karma, réplique la conseillère en roulant de gros yeux. Dès qu'on me voit, on commence à déballer ! J'ai attendu six mois pour avoir un rendez-vous avec lui, je le prenais pour le bon Dieu, et j'ai découvert que le bon Dieu aussi avait des problèmes.

— Est-ce qu'il a aidé ta mère ?

— Ça a pris tellement de temps avant de le rencontrer

qu'on ne pouvait plus faire grand-chose pour elle, mais oui, il l'a soulagée. C'est un bon médecin, et aussi un homme bien, je pense, il est juste un peu dépassé, le genre déconnecté de la réalité. Je me souviens qu'il m'a raconté des choses très dures sur son gamin mais avec une sorte de sourire étrange, on aurait dit qu'il ne comprenait pas de quoi il parlait. Ça sent la carence affective et le manque de maturité à plein nez, son affaire !

— Waouh, c'est un vrai diagnostic que tu fais là !

— Oui, son cas m'intéressait et je l'ai beaucoup vu à cette époque, surtout pendant l'hospitalisation de ma mère. Il lui a été très dévoué, d'ailleurs il est même venu à son enterrement.

— Vraiment ? s'exclame Iris, incrédule.

— Je t'ai dit que c'était quelqu'un de bien, insiste Daniella non sans fierté. Tu sais, les médecins qui s'occupent de la douleur sont différents des autres, beaucoup plus humains », mais ce n'est pas la présence d'Ethan à l'enterrement qui émerveille tant Iris, non, c'est le fait qu'elle aurait pu le rencontrer à cette occasion, un an et demi plus tôt, car elle aussi y était, recroquevillée sous son parapluie en compagnie de quelques collègues de l'école, chaussée de bottes qui avaient pataugé dans la gadoue, si seulement elle avait levé les yeux, elle l'aurait vu et ils auraient peut-être eu droit à davantage de temps. Un an et demi auparavant, il y avait plus de place pour l'amour dans sa vie, Alma allait encore bien, brave petite soldate disciplinée dans une base des renseignements militaires sur zone, occupée à surveiller la ligne de séparation entre Israël et Gaza, excepté la lessive hebdomadaire et le repassage de son uniforme tous les week-ends, sa fille ne requérait pas beaucoup leur attention. Comment n'avaient-ils pas vu les signes annonciateurs de turbulences ? Chez eux, l'enfant qui posait problème, c'était Omer, et ils avaient pris pour acquis le fait qu'Alma se tienne toujours un peu en retrait, repliée sur elle-même, rassurés de constater que sa vie amoureuse n'avait pas l'air trop agitée : un garçon russe, très grand, lui avait rendu visite plusieurs fois avant de disparaître et d'être remplacé par un autre garçon aux caractéristiques identiques. Micky grinçait des dents quand ils s'enfermaient dans sa chambre, mais aucun n'avait tenu longtemps et aucun n'était jamais resté jusqu'au matin. À cette époque, ils pensaient qu'elle n'était pas prête, ils la comparaient à un bourgeon, comment auraient-ils pu concevoir que ce bourgeon serait cueilli avant terme, car c'est bien ce qu'avait dit cette Noa, « elle est toute fermée, elle doit apprendre à s'ouvrir ! », et Iris secoue la tête, comment est-ce arrivé, comment en sont-ils arrivés là ?

« Quoi ? De quoi tu parles ? lui demande Daniella, occupée à ranger ses dossiers sur les étagères accrochées au mur.

— Pardon, j'étais ailleurs, s'excuse-t-elle.

— Évidemment… mais où ? Quand apprendras-tu à demander de l'aide ? Tu n'en as pas assez de ton stoïcisme exacerbé ?

— Si, bien sûr ! D'autant qu'il n'est inspiré par aucune sagesse ! Mais mieux vaut que je t'épargne mes ennuis, crois-moi.

— Les ennuis des autres ne m'ont jamais fait peur, renchérit sa collègue, au contraire, ça me donne des forces. J'espère que tu pars un peu en vacances. Ici ou à l'étranger.

— Ici. Je vais passer quelques jours chez ma fille, à Tel-Aviv.

— En voilà une bonne idée ! J'avais oublié qu'Alma était devenue tel-avivienne ! Alors comment va notre petite princesse ? Ça fait longtemps que je ne l'ai pas vue », ajoute-t-elle avec un enthousiasme exagéré et Iris esquisse une moue en entendant cette expression utilisée à si mauvais escient, « arrête, tu sais bien que depuis qu'on les appelle princes et princesses, ils croient que tout leur est dû… et nous aussi.

— Tu as raison, mais Alma a toujours eu cette allure majestueuse, avec sa peau mate et ses longs cheveux, elle m'a toujours fait penser à une reine de Saba miniature.

— Eh bien, elle s'est presque rasé le crâne, a teint ce qui reste en noir et je ne parle que de symptômes, l'informe-t-elle sèchement.

— Ça ! lâche la conseillère qui ramasse son sac un peu sèchement elle aussi, quand ils sont petits, on veut qu'ils grandissent mais quand ils sont grands, on comprend que c'est beaucoup plus difficile. S'il te plaît, appelle-moi en cas de besoin, d'accord ? Et surtout, n'inscris pas le fils de Rozen, même s'il te promet du cannabis thérapeutique jusqu'à la fin de tes jours. Allez, ciao ! » Elle lui envoie de loin un baiser et après son départ, le petit bureau est de nouveau envahi par tant de paroles d'adieux et de remerciements, de vœux de bonne continuation, qu'elle en oublie de téléphoner à Micky, et lorsqu'il l'appelle, elle a aussi oublié qu'il n'est pas au travail, si bien qu'elle est très étonnée de l'entendre dire, « il faudrait que tu viennes, Iris, ta fille est là ».

S'il dit « ta fille », c'est mauvais signe, leurs retrouvailles se sont sans doute mal passées, car ce genre de formulation est chez lui plutôt réservée à Omer, pense-t-elle sur le chemin du retour, après avoir écourté le dernier round d'adieux, mais elle ne s'imagine pas à quel point et ne s'en rendra compte que lorsque les portes de l'ascenseur s'ouvriront, que des cris heurteront ses tympans, qu'elle verra Micky allongé sur le canapé sous une fine couverture, une main sur la poitrine et l'autre sur le visage, tandis que sa fille à elle, sa fille à lui, dressée de l'autre côté de la table basse, hurlera, lui assenant des mots qu'elle répète apparemment en boucle puisque Iris n'est là que depuis un instant et entend la même phrase encore et encore, « vous avez tout foutu en l'air ! Vous avez bousillé ma vie ! Comment avez-vous pu me faire une chose pareille ? Vous êtes contents maintenant que vous avez foutu ma vie en l'air ? ».

Une vague de pitié envers Micky l'assaille au point qu'elle voudrait juste s'asseoir entre eux, mais aussitôt elle change d'avis, s'approche justement d'Alma, « ma chérie, je ne comprends pas, explique-moi en quoi on t'a bousillé la vie », et sa fille se tourne vers elle la gorge en feu, comment un visage si petit peut-il contenir autant de haine ? « Toi ! Toi, tu oses me poser la question ? rugit-elle. Toi, avec ton hostilité permanente, toi et ta méfiance congénitale ! Tu oses venir dans un endroit qui est le mien et commencer à m'espionner, à poser des questions sur moi, à vexer le premier être au monde qui me comprend, à le menacer d'appeler la police ! Mais pour qui tu te prends ? Tu as un peu pensé à moi, ou bien, comme d'habitude, tu n'as vu que toi ? lui lance-t-elle avant de s'effondrer, à bout de forces, sur le petit canapé fleuri. Tu as foutu ma vie en l'air. Avec des parents comme vous deux, mieux vaut être orpheline ! »

Qu'est-ce que tu y connais, toi, aux orphelins, comment oses-tu, toi, nous parler comme ça, voilà les mots qui lui montent aux lèvres, mais l'heure n'est pas aux réponses évidentes, elle doit trouver un angle inattendu et non lui renvoyer des arguments rebattus. Alma est penchée en avant, son dos menu frémit, elle cache son visage dans ses mains, qu'elle est menue, Iris avait oublié à quel point, et elle va s'asseoir à côté d'elle sur le canapé, remarque qu'elle porte les mêmes vêtements noirs, depuis combien de temps ne s'est-elle pas changée, elle dégage une odeur de transpiration et de cigarettes, peut-être même un léger relent d'urine.

« Ma chérie, dit-elle en se risquant à lui poser une main prudente sur le dos, je suis vraiment désolée que notre visite ait été si mal interprétée. On s'attendait à te voir, on voulait te faire une surprise », mais sa fille se redresse vivement, se débarrasse de sa main et recommence à hurler, « une surprise ? Une surprise comme cet abominable anniversaire que tu m'as organisé pour mes six ans ? Tu n'as pas encore compris que je détestais les surprises ?

— Apparemment non », s'excuse Iris, incommodée par son haleine, quel laisser-aller pour une gamine qui avait toujours été si propre, si coquette, qui se parfumait, se baladait avec ses petits hauts tout courts et ses shorts au ras des fesses, des barrettes dans des cheveux toujours coiffés à la perfection. « Explique-moi quel mal ça t'a fait », insiste-t-elle, consciente que c'est un nouvel assaut qui l'attend, et effectivement sa fille recommence, « qu'y a-t-il de si compliqué à comprendre ? Tu crois que Boaz a besoin d'une réunion de parents d'élèves ? On n'est pas à l'école là-bas ! Tu sais ce qu'il m'a dit, il m'a dit qu'il n'avait aucune raison de se compliquer la vie avec une mauviette comme moi ! "Retourne chez papa et maman, il m'a dit, eux savent ce qui est bon pour toi, et tu finiras comme eux, quel pied !" Et après, il a annulé tous mes services de la semaine !

— Je ne comprends pas sa réaction, tu n'y es pour rien si on est venus ! Mais ne t'inquiète pas, on va compléter ton salaire », elle se rend immédiatement compte à quel point il est difficile de trouver le bon argument, car de nouveau sa fille bondit, la toise d'un regard incendiaire et lâche avec mépris, « tu crois vraiment qu'il s'agit d'argent ? Tu es encore plus matérialiste que je le pensais !

— Qu'est-ce que ça veut dire, tu travailles là-bas, non ? Il te verse un salaire quand même ! », de ses dernières forces, elle tente de s'agripper à un semblant de normalité, aux certitudes rassurantes du vieux monde, mais Alma lui renvoie, dans un souffle, « parce que, en plus, tu crois que c'est à lui de me payer ? Avec tout ce que je lui dois pour ce qu'il m'enseigne ? Je travaille en contrepartie de ce qu'il me donne, mais maintenant que je n'ai plus mes services, je n'aurai plus de cours !

— Quels cours ? demande-t-elle, abasourdie.

— Quels cours ? répète la gamine hors d'elle. Puisque je te dis que c'est mon professeur, qu'il m'enseigne tout ce qu'il sait !

— Quoi, par exemple ? » Mais soudain la voix brisée de Micky les interrompt, « alors de quoi vis-tu ? ». Iris comprend qu'il s'attend au pire, par chance leur fille lâche rapidement, « je suis serveuse dans un autre bar le matin, de toute façon, il ne me faut pas grand-chose. Tout ce dont j'ai besoin, c'est de continuer tranquillement mon travail intérieur, mais même ça, vous m'en empêchez !

— S'il te plaît, explique-moi en quoi ça consiste exactement », elle a veillé à paraître intéressée, sans mépris ni doute, et Alma semble hésiter entre l'envie de préserver son intimité et celle, prosélyte, commune à tout adepte, de partager la bonne parole. « J'apprends des choses nouvelles sur moi et sur le monde ! déclare-t-elle finalement sur un ton un peu plus calme en se tournant vers elle. J'apprends à me libérer de mon ego pour atteindre mon vrai moi, à me débarrasser de l'asservissement à l'ego ! Et ne crois pas que ce soit facile, c'est aussi dur que de creuser dans de la pierre !

— Donne-moi un exemple concret, d'accord ? Je ne suis pas une initiée, marmonne-t-elle pour cacher l'angoisse qu'éveille en elle ce mot d'asservissement.

— Par exemple, ma paresse. Toi, tu m'as toujours accusée

d'être paresseuse, mais maintenant je sais que ce n'est pas de la vraie paresse, c'est mon ego ! Tu as compris ? Je pose sur la table tout ce qui me dérange en moi et, simplement, il m'aide à m'en émanciper ! On déconstruit ma personnalité et ensuite on la reconstruit en n'y mettant que les éléments qu'on choisit.

— Ça alors, c'est énorme, susurre Iris, je ne savais même pas que c'était possible.

— Évidemment que c'est possible ! exulte Alma. Moi, par exemple, je dois me demander qui est mon vrai moi, parce que j'ai deux personnalités en dedans, une bonne et une mauvaise. La mauvaise est capricieuse, renfermée, elle garde sa colère à l'intérieur, s'est habituée à recevoir mais pas à donner et elle reste piégée dans les expériences qu'elle connaît. Ses parents l'ont enfermée dans sa mauvaise personnalité pour satisfaire leur propre ego », poursuit-elle, aucunement dérangée de parler d'elle-même et d'eux à la troisième personne, comme si ce n'était pas devant eux qu'elle récitait sa leçon, « et ce n'est que maintenant, grâce à Boaz, que je commence à connaître la bonne Alma, la vraie Alma !

— Décris-la-moi, la pousse Iris tout à fait inutilement car sa fille n'en a pas besoin pour continuer.

— La bonne Alma est ouverte et son instinct n'a pas de limite ! Elle-même est une source inépuisable ! Elle peut tomber amoureuse, vivre des tas d'expériences, elle est libre, elle est curieuse. Tu m'as toujours dit que je n'étais pas assez curieuse », lui lance-t-elle, comme si elle lui tendait une perche. Iris l'écoute, de plus en plus inquiète, c'est démoniaque et machiavélique de faire croire à quelqu'un que justement son côté le plus extrême et désinhibé serait son vrai moi, et pourtant elle sent que dans ce monceau d'âneries il y a une once de vérité, elle s'est toujours posé des questions sur le côté introverti de sa fille, sa passivité et son oisiveté, elle ne cessait de s'étonner de son mode de vie presque similaire à celui des poissons qu'elle élevait dans son aquarium. Dès son retour du lycée, elle s'asseyait devant la télévision du salon à regarder ses séries, il lui arrivait souvent de visionner le même épisode en boucle. Le vendredi soir, elle ne sortait qu'avec ses copines, de même à l'armée, et quand elle s'isolait devant son miroir, elle n'en tirait aucune satisfaction, rien que du stress. « Regarde, j'ai le sourcil gauche plus court que le droit ! » s'était-elle écriée un jour qu'Iris apportait dans sa chambre une pile de linge propre et l'avait trouvée, bouleversée, à fixer son reflet, « et alors ? lui avait-elle répondu sèchement, personne n'est parfait », ce qui avait coupé court à toute velléité filiale de partager avec sa mère ses menus tracas, et voilà que justement maintenant, grâce à ce Boaz peut-être, elle s'épanchait.

À écouter les explications énoncées sur un ton plus calme, presque didactique, Iris a envie de croire qu'elle peut encore se raccrocher à une chose apparemment sensée – n'offrent-ils pas l'image de parents écoutant leur grande fille raconter ses expériences et ses études, surtout si on s'en tient à la forme, sans chercher à cerner le fond des choses ? Maintenant que la paix est un peu revenue, c'est la faim qui se réveille et avec elle la fatigue, toutes ces sensations normales qui sont étouffées en cas de danger, alors elle propose à Alma de l'accompagner dans la cuisine, « on va préparer à manger, ça te dit ? À propos, la carte chez vous est excellente ! Ça fait longtemps qu'on n'a pas aussi bien dîné », enchaîne-t-elle avec légèreté dans l'espoir d'instaurer un dialogue anodin (d'où elle a bien sûr évacué la bouillie acide qui a imbibé le sol sur le bas-côté de la route), mais la gamine s'allonge, toute molle, sur le canapé, elle aussi paraît prête à une trêve durant laquelle elle s'abandonnerait au confort de l'apparence. « Je vais juste me reposer un peu », dit-elle, et Iris lance vers Micky un regard optimiste, voilà, elle reste, elle est moins hostile, quand on est prêts à écouter, elle est prête à parler, pour l'instant c'est sans doute le plus important, plus important que le contenu des paroles, mais il lui renvoie un regard noir qu'elle s'oblige à ignorer pour arriver à demander d'une voix enjouée, « de la salade, ça vous tente ? Et si on faisait frire du *halloumi* ? ». Bien qu'aucune réponse ne s'élève des deux canapés sur lesquels ils sont allongés immobiles, elle se dirige vers la cuisine avec une sensation de soulagement.

Alma est là, ici et maintenant, avec eux, même si elle n'est venue que pour les accabler de reproches, n'est-ce pas une manière désespérée de les appeler à l'aide ? Oui, Iris se persuade qu'il va leur suffire de se comporter intelligemment pour arriver à l'apprivoiser : surtout ne pas émettre la moindre critique, afficher une totale acceptation, y compris à travers le langage du corps, et à cette fin elle dresse la table pour quatre avec des gestes tranquilles, Omer ne va pas tarder, ils seront réunis et dîneront comme avant, se passeront le saladier, le fromage, les olives, les œufs, le pain, demain commencent les grandes vacances, et même si elle n'est pas encore en congé, elle pourrait assouplir ses horaires, prendre quelques jours par-ci par-là, si elle arrivait à se concentrer exclusivement sur sa fille, sans penser un quart de seconde à la chance qui lui a été donnée d'aimer à nouveau, elle réussirait peut-être à goûter à la satisfaction (apaisante, même si ce n'est pas le bonheur) d'avoir évité le pire.

Et si elle l'enfermait à la maison avec interdiction de sortir ? Elle avait vu cette solution dans un documentaire sur une mère de soldat et s'était réconfortée en se persuadant qu'Omer était encore petit, mais Omer n'était plus si petit que ça et l'angoisse de sa mobilisation la taraudait chaque jour davantage, maintenant elle découvre qu'il faut aussi de temps en temps enfermer les jeunes filles revenues dans le civil pour les protéger d'ennemis, fussent-ils non armés, fussent-ils venus de l'intérieur.

« Alma, Micky, levez-vous, on mange », lance-t-elle d'une voix égale. À sa grande joie, Alma bondit aussitôt du canapé et s'assied à sa place habituelle. L'amélioration de son humeur vient-elle des SMS qu'elle reçoit à grand renfort de bips ou au fait de voir sa mère sincèrement prête à essayer de comprendre ce qu'elle est en train de vivre ? Derrière elle, Micky se balance d'un pied sur l'autre, lourd et lent, vêtu d'un pantalon kaki et d'un débardeur gris qui révèle son immense torse flasque, et bien qu'Omer ne soit pas encore là, elle ne l'attend pas, depuis tant d'années sa fille a été négligée à cause de l'attention requise par son fils, il est temps de réparer cette injustice en inversant la discrimination positive. Elle les laisse remplir leurs assiettes rouges avant de demander à Alma de continuer à raconter, « alors explique-moi encore, comment travaille-t-on à l'émancipation de son ego ? Peut-être qu'à moi aussi ça fera du bien.

— Évidemment, ça ne peut que te faire du bien ! s'exclame sa fille avec enthousiasme. J'étais justement en train de penser, là, maintenant, en te voyant boitiller un peu, que si tu as été touchée au niveau du bassin, ça veut dire quelque chose. Parce que bassin et malsain, ça se ressemble comme mots, alors c'est peut-être pour te faire prendre conscience, à toi justement qui veux toujours tout contrôler, à quel point ton ego est malsain. Si tu savais toutes les stratégies qu'il utilise pour nous conditionner ! C'est peut-être un signe pour que tu t'émancipes enfin de ton ego ? » Quelle surprise de découvrir que sa fille pense à elle, alors elle opine avec conviction, bien que l'analogie entre les mots lui semble totalement tirée par les cheveux, « c'est vraiment intéressant mais, en pratique, comment s'y prend-on ?

— Il y a de nombreuses voies pour y arriver, chacun choisit la sienne, mais à mon avis, le sexe, c'est ce qui marche le mieux.

— Le sexe ? » s'étrangle Micky, et Alma explique avec une étrange placidité, tout en mâchant, « bien sûr, le sexe, c'est un outil qu'il faut apprendre à manier comme on apprend à manier n'importe quel outil, comme on fait ses gammes, ça n'a aucun rapport avec l'amour ni avec le plaisir. Par exemple, la semaine dernière, mon exercice, c'était de coucher chaque jour avec un homme différent pour arriver à toucher mon vrai moi ». Iris pose une main tremblante sur le genou de Micky et l'avertit d'un léger pincement, ne dis rien, retiens-toi. Heureusement, il est trop choqué pour parler et reste d'abord bouche bée puis se met à remuer les mâchoires.

« Il s'agit d'hommes que tu connais ? demande-t-elle d'une voix défaite.

— Ça dépend, des fois oui, des fois non, ça n'a pas plus d'importance que les gens à qui je sers à manger au restaurant. J'apprends à être généreuse sur les choses les plus intimes, continue-t-elle imperturbable, on dirait qu'elle n'a aucune conscience de l'énormité de ce qu'elle raconte. J'ai toujours senti que j'avais des blocages, Boaz m'a aidée à comprendre que la racine de mon attitude négative par rapport au monde, c'était le sexe, je dois donc travailler là-dessus pour m'ouvrir.

— Et tu travailles là-dessus avec lui aussi ? ose-t-elle.

— Tu déraillles ou quoi ? s'exclame Alma, offusquée. Il n'est pas comme ça, c'est mon maître ! J'ai l'impression que tu ne comprends pas du tout ce qu'est un maître ! » Iris hoche la tête sans pouvoir s'arrêter, comme si elle avait un ressort dans le cou, elle n'est même pas soulagée, parce que coucher avec lui du matin au soir aurait été beaucoup moins terrifiant que de coucher avec sept inconnus par semaine. Au moins cela aurait été humain, alors que ce qu'elle vient de leur décrire est monstrueux. Tout en continuant à secouer la tête, elle concède, d'une toute petite voix, « je n'y comprends effectivement rien, explique-moi ce que c'est, pour toi, qu'un maître.

— Qu'est-ce qu'il y a de si compliqué ? s'énerve la gamine. On a tous besoin d'un maître puisque l'école ne nous donne rien, madame la directrice ! Ne le prends pas personnellement mais on nous lâche dans la vie sans nous avoir expliqué comment fonctionne le monde, et surtout l'âme humaine. Notre système éducatif ne nous apprend pas comment avoir une vie pleine, comment nous relier au cosmos, on nous laisse nous débrouiller tout seuls, sans nous donner les outils pour le faire. À vingt ans, on est déjà tous enfermés dans des modèles préconçus. Moi, j'ai eu la chance de rencontrer mon maître, il me donne des outils, il m'apprend tout, depuis le début, c'est comme si je renaissais entre ses mains. Boaz est un être exceptionnel, doté de pouvoirs que n'a pas le commun des mortels. » Tout en parlant, elle remplit et reremplit son assiette et sa bouche, jamais ils ne l'ont vue manger autant, parler autant, l'écart entre la candeur de son ton et l'essence de ce qu'elle dit est si grand, son incapacité à comprendre si effrayante ! Elle est, à l'évidence, totalement possédée par les nouvelles références qu'on lui a inculquées. Si vite ? Comment est-ce possible ? Et pourra-t-elle jamais redevenir elle-même ?

Au moment où Iris tente d'approcher son verre d'eau de ses lèvres, elle remarque que ses mains tremblent, de même que les murs de l'appartement, semble-t-il. Elle se prend à espérer que c'est le signe d'une catastrophe imminente, un tsunami qui détruirait leur immeuble et les enterrerait tous sous les décombres. Elle est aussi prête à se contenter d'un obus ciblé, lancé droit sur eux par quelque pays ennemi, car aucune autre solution ne lui vient à l'esprit, et tandis qu'elle hésite à choisir ce qui serait le mieux pour Omer, disparaître avec eux ou survivre sans famille, le voilà qui fait irruption dans l'appartement, « j'ai super assuré en instruction civique, c'était vachement facile, exulte-t-il avant de remarquer la présence d'Alma. Salut, sœurette, comment va ? », il lui ébouriffe les cheveux, mais elle réclame plus, se lève et le serre dans ses bras.

« Maman, dis-lui d'aller se doucher après le repas, lance-t-il, amusé, en imitant le ton geignard de cafteur dont il usait quand il était petit. Je vous remercie sincèrement de m'avoir attendu, vous m'avez au moins laissé quelque chose à manger ? »

Profitant de l'agitation créée par cette arrivée enthousiaste, Iris se tourne pour la première fois vers Micky. Avec son visage gris, ses joues qui tombent et ses yeux baissés, il a l'air de quelqu'un dont le monde vient de s'écrouler, « si tu allais dormir ? propose-t-elle d'une voix douce. Tu as vraiment l'air malade ». Sans rien dire, il se lève lourdement et se dirige en somnambule vers leur chambre.

« Bonne nuit, Papouch ! » lâche dans son dos la voix, juvénile et candide, de sa fille chérie. Il s'arrête un instant, se tourne vers elle, dans ses yeux si semblables à ceux d'Alma le regard est si douloureux, si triste, qu'on croirait qu'il va éclater en sanglots ou lancer des hurlements de désespoir, mais il se contente de marmonner à contrecœur, « bonne nuit, ma beauté », et poursuit son chemin.

« Qu'est-ce qui lui arrive, à papa ? Il ne se sent pas bien ? » demande-t-elle avec une telle insouciance qu'Iris souhaite presque que tout cela ne soit qu'une comédie, une de ses douteuses expérimentations sur le comportement humain, peut-être même un exercice prescrit par son gourou. Tu prétends avoir appris comment va le monde, a-t-elle envie de la secouer, alors qu'en réalité tu as perdu toute capacité à appréhender ce qui se passe autour de toi ! Ton père devrait-il être euphorique après ce que tu viens de lui révéler ? Mais elle se retient, pas le choix, à la moindre remarque agressive, la gamine risquerait de disparaître pour longtemps, alors elle répond, « ça fait quelques jours qu'il ne se sent pas bien, il a apparemment attrapé un virus. Vous voulez de la glace, les enfants ? ».

À quoi rime cette comédie ? Ils ne sont plus des bébés et elle n'est plus la mère bienfaitrice qui les rendait heureux par cette merveilleuse surprise qu'était un bon dessert. Pourtant, tous les deux entrent dans son jeu et, amusés, commencent à se bagarrer pour les parfums, « la prochaine fois, n'achète que de la glace au chocolat belge, je n'aime pas le sorbet, ronchonne Omer. T'as vu, Alma a pris tout le chocolat ! », et elle retrouve son rôle de mère équitable garante des besoins de tous, « vous n'êtes pas les seuls ici, mon grand, sourit-elle, nous aussi, on existe, et nous, on préfère le sorbet », mais voilà que sa fille lâche d'un coup son bol de glace parce que son portable vient de sonner et elle court s'enfermer dans sa chambre, d'où montent, au bout de quelques minutes, des cris désespérés, des prières et des supplications.

« Qu'est-ce qui se passe, Mamouch ? demande Omer qui retrouve instantanément un tel sérieux qu'elle a du mal à croire qu'il fut un jour petit garçon.

— Ce que tu vois.

— Ça ne me plaît pas du tout, elle a disjoncté, ta fille. Je ne sais pas ce qu'elle prend, mais ça craint. Ne fais pas semblant de ne rien avoir remarqué.

— Bien sûr que j'ai remarqué, soupire-t-elle. Drogue ou pas, il est clair que quelque chose déraille.

— On ne va pas la laisser comme ça ? »

De nouveau, elle s'étonne de la maturité qu'il affiche, de son engagement à faire front avec elle, mais elle n'a pas le droit de céder à la tentation, pas le droit de l'associer à cette horreur, « fais-nous confiance, mon chéri, on va trouver une solution.

— Je suis sûr que papa est déjà en train d'élaborer une brillante stratégie en trois coups ! » ironise-t-il. Se trompe-t-elle ou y a-t-il, dans sa voix, une vibration revancharde contre ce père, si dur avec lui pendant toutes ces années, si coulant avec sa sœur ? « Ne sois pas méchant avec lui, proteste-t-elle, il ne se sent vraiment pas bien, j'espère qu'il dort.

— Il ne dort pas, il joue aux échecs, la perception de la réalité dans cette famille laisse vraiment à désirer. »

Effectivement, quand elle tend l'oreille, elle saisit le pianotement familier du clavier au bout du couloir… aussitôt couvert par les cris en provenance de la chambre d'Alma, et lorsqu'elle s'approche rapidement, tout ouïe, elle entend sa fille supplier d'une voix à fendre l'âme, « mais je viens de vous l'expliquer, c'est parce que vous avez annulé mon service que je suis allée voir mes parents, comment voulez-vous que je sois là dans un quart d'heure, ça va me prendre au moins une heure ! Si, si, évidemment que je veux venir ! Oui, je pars tout de suite. D'accord, je ne savais pas », sur ces mots elle sort de la pièce si brusquement qu'elle manque de bousculer sa mère qui recule aussi vite que possible vers la cuisine.

« Maman, je dois partir ! crie-t-elle, les joues striées de traces de larmes. Dépose-moi au bus, s'il te plaît, je ne peux pas arriver en retard ! *Oïe*, il est déjà huit heures, qu'est-ce que je vais devenir ? » s'alarme-t-elle tandis qu'Iris est déjà en train de nouer ses sandales et d'attraper son sac, « surveille ton père jusqu'à mon retour, d'accord ? » demande-t-elle à Omer qui se régale avec le bol de glace abandonné par sa sœur, elles sont déjà dans l'ascenseur puis dans la voiture, Alma, terrorisée, a le regard rivé sur sa montre et Iris essaie, avec patience, de comprendre ce qui se passe, « tu ne m'avais pas dit qu'il avait annulé tous tes services ? Alors comment peut-il tout à coup te reprocher de ne pas être venue travailler ?

— Je l'ai apparemment mal compris. De toute façon, je dois toujours me tenir prête, je ne vais plus pouvoir venir ici, ça prend trop de temps pour rentrer. Voilà, tu peux t'arrêter là.

— Je m'arrêterai quand on arrivera, je t'emmène à Tel-Aviv », déclare-t-elle et, bien qu'elle ait très envie d'emmener sa fille le plus loin possible de cette ville honnie, elle se retrouve à l'y conduire docilement, comme si elle aussi avait été prise dans les rets de Boaz et était devenue sa fidèle collaboratrice.

Pendant son service militaire, c'était ainsi qu'elle la ramenait aux divers points de rassemblement éparpillés à travers le pays, parfois avant même que le jour se lève, la peur d'arriver en retard vrillée au corps et toujours la boule au ventre en pensant à ce qui risquait d'arriver, en général elles roulaient dans un silence qu'elle essayait en vain de rompre. Voilà que de nouveau elles roulent dans le noir. Iris n'a pas fermé l'œil depuis des heures, pourtant elle a évacué toute fatigue, une sorte d'excitation animale la galvanise et elle se sent capable de tout. Par exemple d'attraper l'homme au pantalon blanc et de le déchiqueter, de l'écraser sous ses roues, de lui briser les os, elle respire lourdement, passe devant l'endroit où elle a garé sa voiture la veille, a-t-elle raison d'agir ainsi, elle qui, après avoir envisagé d'emprisonner sa fille, contribue finalement à ce qu'elle aille plus vite se jeter dans la gueule du loup ?

Alma ne cesse de regarder sa montre, on dirait qu'elle essaie d'immobiliser les aiguilles par la seule force de son regard. De temps en temps, elle envoie des textos qu'elle tape avec hystérie, que dire qui ne sera pas perçu comme une critique, « je suis désolée de te voir aussi stressée, finit-elle par lâcher, tu ne pouvais pas deviner qu'il aurait besoin de toi ce soir, il n'a aucune raison de t'en vouloir », mais Alma le justifie aussitôt, « mais si, c'est normal qu'il soit en colère, tout ça, c'est à cause de mon ego ! Encore une fois, j'ai pensé à moi et pas à lui, se torture-t-elle. Si j'avais pensé à lui, je serais restée dans les parages, au cas où.

— Mais il a annulé ton service ! s'emporte-t-elle, incapable de cacher la colère qui l'assaille.

— Il a annulé parce qu'il était contrarié, mais j'aurais dû savoir qu'il ne pouvait pas se débrouiller sans moi », déclare la gamine non sans une certaine fierté, et Iris tente de retenir un soupir avant de demander, « il ne paie aucune de ses serveuses ?

— Comment veux-tu qu'il nous paie, il est criblé de dettes. Mais il nous donne bien plus que de l'argent. C'est d'ailleurs la base de notre apprentissage pour nous libérer de nos conditionnements !

— Évidemment », marmonne-t-elle, et comme sa fille est concentrée sur le SMS qu'elle tape, elle renonce à poursuivre cette conversation, allume le lecteur de CD, la musique de Micky envahit aussitôt l'habitacle en arabesques qui pleurent un royaume aujourd'hui disparu. La voix de la chanteuse s'enroue de plus en plus, on pourrait craindre qu'elle ne finisse aphone, que voit-elle ? Sur quoi se lamente-t-elle ? Voit-elle, assis à l'ombre d'un immense mûrier, un jeune homme et une jeune fille qui se ressemblent comme frère et sœur, et trempent leurs pieds dans une source vive ? Il avait plongé et tenté de la convaincre de le rejoindre, mais elle préférait lézarder sur le rocher, peut-être même s'était-elle endormie un instant parce qu'elle avait soudain senti qu'il posait les lèvres sur ses pieds et lui léchait les orteils. « Et si on se mariait ici ? avait-il soudain proposé, comme si la décision avait déjà été prise et qu'il ne leur restait plus qu'à fixer le lieu, je veux que ma mère ait le temps d'assister à mon mariage », il avait dit « mon » et pas « notre », mais elle avait trouvé ça logique, n'était-ce pas une affaire entre lui et la malade davantage qu'entre elle et lui ? Ce jour-là, lorsqu'ils étaient rentrés en fin de journée, tout enveloppés d'air gorgé de miel, de petites fleurs sauvages, avec des feuilles de mûrier plein les poches, ils avaient trouvé la pauvre femme gisant inconsciente sur le sol, elle baignait dans son vomi, ils avaient aussitôt appelé une ambulance, dernier voyage vers l'hôpital, d'où on ne l'avait laissée partir que morte, si bien qu'il n'avait pas tenu sa promesse, le prétexte annulé, il annulait aussi l'urgence de l'événement. Pourtant, elle, elle y tenait toujours autant, et elle avait deux témoins, le mûrier et la source.

« C'est quoi, papa te ramène avec lui à ses origines ? » raille sa fille et elle réagit, « pourquoi pas ? C'est de la très bonne musique.

— Un peu geignarde, non ? S'il te plaît, accélère, et c'est quoi, cette odeur de vomi ? demande-t-elle avant de retourner à son portable sans attendre de réponse.

— On y est presque », la rassure Iris qui s'étonne de se souvenir si bien du trajet qu'elle ne rate aucun carrefour et arrive sans se perdre dans la bonne rue, laquelle, cette nuit, paraît plus sombre et presque déserte. Quand elle s'arrête le long du trottoir, devant l'entrée du bar, elle se sent soudain incapable de garder les paupières ouvertes ne serait-ce qu'une minute de plus. « Attends, Alma, bredouille-t-elle, je ne pourrai pas rentrer en voiture, je suis épuisée.

— Qu'est-ce que tu veux que je fasse ? gémit sa gamine qui la regarde d'un air impatient.

— Donne-moi ta clé, je vais dormir chez toi et je rentrerai demain matin.

— *Oïe*, maman, tu dérailles ! » À l'évidence, l'idée ne lui plaît pas du tout. « C'est tout petit chez moi et pas propre, tu ne t'y sentiras pas à l'aise, crois-moi, tu n'arriveras jamais à t'endormir là-bas.

— Je n'arriverai pas à ne pas m'endormir, insiste Iris, ne t'inquiète pas, je ne suis pas venue faire une inspection, je dois juste dormir. » Par chance, Alma comprend que continuer à discutailler lui ferait perdre un temps précieux, alors elle sort de son sac une clé attachée à un lacet noir et la met en garde comme un adulte s'adresserait à un enfant irresponsable, « ne la perds pas, je n'en ai pas d'autre. Et ne t'enferme pas, sinon, je ne pourrai pas rentrer, à propos, tu te souviens où c'est ? ».

Oui, elle se souvient de l'immeuble gris sur ses colonnes en béton, même s'ils n'y sont venus qu'une seule fois afin de se faire une opinion, à la suite de quoi ils avaient donné leur aval pour qu'elle s'installe dans ce petit deux pièces, avec couloir, kitchenette et colocataire, une fille qui y habitait depuis deux ans. À l'époque, elle s'était focalisée uniquement sur le fait que son aînée quittait la maison et prenait un appartement à elle, elle ne s'était pas vraiment intéressée à l'appartement en lui-même, de toute façon, elle n'y connaissait rien, Micky, lui, avait trouvé que c'était une bonne affaire et avait plutôt facilement accepté de sortir son carnet de chèques, ils étaient convenus que dès qu'Alma aurait trouvé du travail, ils réduiraient de moitié leur participation au loyer, et ce jusqu'à ce qu'elle entre à l'université où là, bien sûr, ils la soutiendraient davantage (cet arrangement ayant pour but de la pousser à entreprendre des études). Comme leurs calculs lui semblent dérisoires tandis qu'elle cherche à se garer dans les rues avoisinantes, ridicules parents qu'ils étaient ! Nous avons sacrément manqué d'imagination, songe-t-elle, tous les êtres humains sont par nature dénués d'imagination, la preuve, ils sont toujours pris de court par les catastrophes. Et pas seulement par les catastrophes. Leur fille les avait agréablement surpris en trouvant du travail au bout d'une semaine à peine, ils avaient escompté qu'en cours d'année elle s'inscrirait à la fac, et voilà comment elle leur montre ce que c'est que le travail, ce que sont les études, elle donne un sens nouveau à leurs concepts bourgeois : le travail est une activité non rémunérée et les études se font auprès d'un charlatan fou qui prescrit des missions perverses. Inutile de penser à tout cela, elle doit juste trouver où se garer et aller dormir, ou dormir d'abord et se garer ensuite, ce qui, pour l'instant, lui paraît plus réaliste, oui, pourquoi ne pas s'endormir dans son véhicule, sur un emplacement interdit, en espérant que les agents auraient pitié d'elle, mais soudain elle découvre une place libre dans un parking bondé et y laisse la voiture de Micky, la sienne est toujours à côté de l'échangeur, demain, il devrait aller la récupérer après le travail s'il ne veut pas se retrouver sans moyen de locomotion, car elle vient de comprendre qu'elle ne rentrera pas si vite que ça à la maison.

En tournant la clé dans la serrure, elle regarde les noms

négligemment inscrits sur la porte, Noa Varshavsky, Alma Eilam, et d'un coup, c'est la révélation, Noa ! Bien sûr… Dès le lendemain de la signature du bail, leur fille avait raconté, survoltée, que sa colocataire lui avait trouvé une place dans le bar où elle-même travaillait comme serveuse depuis deux ans, un endroit dont elle était très satisfaite. Qu'ils avaient été fiers ! En une semaine, la demoiselle débarquée de Jérusalem s'était débrouillée pour trouver à la fois un appartement et du travail, voilà comment on l'avait piégée, tout est clair maintenant, si elle n'avait pas pris cet appartement, elle ne serait pas tombée dans les griffes de cet homme, dire qu'ils étaient venus ici avec elle, qu'ils avaient regardé les chambres, vérifié le contrat, versé la caution ! Si seulement ils s'y étaient opposés, Alma aurait à présent une autre vie, parce que c'est entre ces murs que guettait sa colocataire Noa, leur charmante petite serveuse, sans doute était-ce une de ses missions, faire du rabattage, ramener une nouvelle recrue à l'ego pétrifié et qui maintenant s'échinait à creuser dedans pour en extraire quelque chose de beau.

Elle se souvient d'avoir demandé à Micky s'il ne trouvait pas l'endroit un peu spartiate, mais il y avait vu un élément positif de plus, « c'est ma fille, elle se contente de peu, avait-il ajouté, incapable de renoncer à la pique lancée en douce, comme d'habitude. Et puis, ça me rappelle notre premier appartement ». Elle, au contraire, avait trouvé la rue trop bruyante, l'appartement trop négligé, l'étage trop bas, du genre à attirer les voleurs, les voyeurs et les bestioles, d'ailleurs elle n'aimait pas du tout se remémorer leur premier appartement, mais père et fille étaient tellement convaincus, songe-t-elle en entrant, le cœur gros, dans ce lieu qui s'est révélé n'être qu'un traquenard pour âme crédule. Depuis sa précédente visite, le désordre semble avoir proliféré, la saleté s'être incrustée, il y a des vêtements éparpillés sur le sol parmi les moutons de poussière, de la vaisselle sale sur le lit, l'évier est dégoûtant et la cuvette des toilettes pire encore.

Elle avance à pas prudents dans cet endroit maudit qui s'est emparé d'une gamine à peine sortie de l'armée, tout juste partie de chez elle, pourtant elle doit reconnaître que les filles à peine sorties de l'armée et de chez elles ne se laissent pas toutes posséder de la sorte. Qu'est-ce qui, en Alma, a permis cette sujétion ? Elle se secoue, y pensera un autre jour, pour l'heure, la question est, comment la sortir de là, et plus urgent encore, comment s'endormira-t-elle sur ce lit, dans cette chambre. Alma ne s'est pas trompée, rien ne lui convient ici, elle ramasse la vaisselle sale, enlève les draps répugnants, en cherche des propres dans l'armoire et comme elle n'en trouve pas, elle transforme un tee-shirt à peu près correct en taie d'oreiller, une serviette en drap, quant à une couverture, elle peut y renoncer tant il fait chaud. Demain, elle lui en achèterait des neufs, enverrait ceux-là à nettoyer, achèterait aussi du détergent et des serviettes, de la vaisselle et de la nourriture, elle frotterait la cuvette des toilettes et les sols, fête d'adieu à retardement dans l'appartement de sa fille, et avant de s'endormir tout habillée sur ce drap improvisé, elle envoie un message à sa secrétaire et lui demande d'annuler ses réunions prévues pour le lendemain, elle envoie un message à Micky et lui dit de ne pas l'attendre cette nuit, en revanche, elle hésite à appuyer sur la lettre D pour lui dire de l'attendre et lui assurer qu'elle ne renonçait pas à lui. Elle a l'impression que la douleur monte des touches dans ses doigts crispés, non, elle n'a pas le droit de lui écrire maintenant de peur d'être affaiblie dans son combat pour sa fille, elle n'a pas même le droit de penser à lui, car soudain, en un instant d'effroyable lucidité, elle comprend : ce n'est que si elle renonce qu'elle pourra demander à sa fille de renoncer.

CHAPITRE 16

Ça n'a aucun rapport, se révolte-t-elle au petit matin, quand les bruits de la rue viennent déchirer son sommeil, camions poubelle, autobus, klaxons, elle qui s'est habituée au silence de leur étage élevé a l'impression de dormir sur un banc public. Le soleil brûle sa joue, les passants crient dans ses oreilles, leurs portables la font sans cesse sursauter, les motos et les voitures lui envoient leurs gaz d'échappement dans la bouche, rien d'étonnant à ce qu'Alma soit devenue folle. Mais ça n'a aucun rapport, pourquoi devrait-elle renoncer à l'amour de sa vie afin que sa fille renonce à un psychopathe qui la martyrise ? Pourtant, au moment où elle se décide à prendre son téléphone pour vérifier s'il ne lui a pas écrit, une étrange douleur lui transperce la main et elle le lâche, sort prudemment de la chambre, va jeter un coup d'œil dans celle de Noa et les voit, allongées l'une à côté de l'autre sur le futon, elles dorment sur le ventre avec leur uniforme noir et leurs cheveux courts, braves petites soldates épuisées d'une armée minuscule et démente.

Elles viennent apparemment de rentrer, la bouilloire est encore chaude, ce sont peut-être leurs voix qui l'ont réveillée et non les bruits de la rue, elle aussi va retourner se coucher, n'est-elle pas en vacances à Tel-Aviv, n'a-t-elle pas écrit dans le message pour sa secrétaire : « *Je prends des vacances chez ma fille* » ? Elle cherche en vain des boules Quies ou au moins du coton et finalement se rabat sur du papier toilette qu'elle roule et fourre dans ses oreilles pour atténuer les sons, effectivement, tout se mélange petit à petit en un bruit de fond plus supportable qui lui permet une somnolence hallucinée, elle se voit marcher avec Ethan derrière le cercueil de feu Mme Rozenfeld, sous un soleil torride de début d'été, soudain un héraut annonce d'un ton étonné et presque offusqué, « une seule femme est morte et c'est le monde entier qui s'arrête ? », mais aussitôt cet enterrement devient celui de la mère de Daniella, la pluie tombe dru, si seulement elle avait levé les yeux elle l'aurait vu, il devait certainement avancer seul dans le cortège sous un parapluie noir, comment ne l'avait-elle pas remarqué alors que la foule était plutôt clairsemée ?

Si seulement elle l'avait vu, elle se serait réfugiée sous son parapluie de deuil, ils seraient sortis ensemble du cimetière, comme presque trente ans auparavant lorsqu'ils avançaient vers la rupture qui l'anéantirait une semaine plus tard exactement. Le pire été de sa vie. Marcherait-elle à ses côtés l'été prochain ? Elle a du mal à réprimer son envie de l'appeler sur-le-champ pour lui révéler qu'ils auraient pu se retrouver plus tôt, qu'ils auraient pu éviter un an et demi de purgatoire. Il faut qu'il le sache, il faut qu'il se désole avec elle, parce qu'un an et demi plus tôt aurait sans doute été le bon moment, d'ailleurs plus elle essaie de se remémorer ce qu'elle faisait à cette époque-là, plus elle se doit d'admettre que rien de ce qui s'est passé depuis ne justifie un tel gâchis, rien ne lui donne du sens. Mais pourquoi chercher à tout relier ? Et comment réussirait-elle à défaire les attaches, séparer Alma de Boaz et séparer Iris d'Ethan, renoncement qui lui impose non seulement de s'arracher à son amour mais aussi à sa propre histoire. Si l'adolescente qu'elle a été exige réparation pour l'ancienne injustice subie, l'adolescente qu'est sa fille exige assistance urgente pour sortir du piège dans lequel elle est tombée, deux missions contradictoires, pour sauver Alma, elle doit lui proposer un milieu stable, au moins dans les prochains mois, mais non, il ne s'agit pas de ça, elle sait très bien qu'elle arriverait à maintenir pour sa fille un semblant de stabilité même dans les circonstances actuelles, il s'agit d'autre chose, d'un lien magique, irrationnel, et celui-là, elle est incapable de le dénouer, ses doigts lui font trop mal.

Lorsqu'elle ouvre les yeux pour la deuxième fois, l'appartement est vide, elles viennent apparemment de sortir, la bouilloire est encore chaude, sans doute leurs voix l'ont-elles de nouveau réveillée, elle s'est endormie à son poste de garde et a raté le départ des ouvrières appliquées pour leur double labeur journalier. Quand peuvent-elles se concentrer sur leur travail intérieur si non seulement il ne les paie pas mais si en plus elles l'entretiennent ? Et comment ne se rendent-elles pas compte qu'elles se font abominablement exploiter ? Elle se prépare un café turc qu'elle avale rapidement, pas de temps à perdre, cette situation intolérable exige un changement immédiat. Elle doit aller acheter du pain, du lait, des fruits et des légumes, de l'huile, du riz, des lentilles et des pâtes, à part le café il n'y a rien dans cette cuisine, acheter aussi des casseroles et des poêles pour qu'elle puisse leur concocter quelque chose de bon, et des produits d'entretien bien sûr, des draps et des serviettes, des culottes de rechange pour elle, quelques robes d'été simples et des tongs, par une telle chaleur, mieux vaut s'habiller légèrement. Elle doit trouver une laverie automatique, il n'y a pas un seul vêtement propre ici, elle fourre dans une taie d'oreiller tous ceux qui traînent sur le sol, même ceux de Noa, ses draps aussi, les serviettes qui pendent dans la douche, elle rassemble toute cette crasse avec frénésie, comme si elle débarrassait le lieu de la souillure de l'idolâtrie, qu'il était blanc, le pantalon de Boaz, qu'il est sale, le cadre de vie de ses serveuses.

Une fois dans la moiteur bruyante de la rue, à tourner en rond sans trouver de laverie automatique avec le sac qui lui écrase le dos, elle se demande si le soleil s'occuperait de laver son chemisier blanc, à l'instar de la lune qui, dans le célèbre conte de la petite Hannélé, envoie ses rayons pour effacer les taches de charbon sur la robe neuve que lui a cousue sa mère. Le sac est vraiment très lourd, chaque vêtement pris séparément ne pèse rien, pourquoi sont-ils si lourds ensemble, elle s'étonne d'une évidence pourtant simple, croit-elle découvrir une loi physique totalement révolutionnaire ?

Elle se débarrasse enfin de sa charge avec l'impression de se délester d'un poids insupportable et se retrouve libre de regarder les devantures bigarrées, les stands qui se montent lentement dans cette rue piétonne. Voilà bien longtemps qu'elle n'a pas flâné. Pour les courses, elle passe en général au supermarché climatisé en sortant de son école tout aussi climatisée, alors que là, malgré la chaleur qui la fouette, cette haleine chaude est signe de vitalité. Le marché est là, avec son alternance de fruits d'été suffoquant sur les étals et de robes suspendues à des cintres que le vent marin agite. Elle ne peut pas garder sa tenue de la veille, le pantalon noir classique qu'elle portait au travail lui colle à la peau, prêt à s'enflammer semble-t-il, et son chemisier est vraiment très sale, alors elle achète sans les essayer trois robes tee-shirts, deux courtes et une longue, un lot de petites culottes, un peigne et une brosse à dents, de la crème pour le visage, des fruits et des légumes, des aliments de base, des produits d'entretien, lentement sa charge s'alourdit de nouveau, elle achète un caddy rouge et y entasse ses emplettes qui se sont multipliées à une vitesse folle. Une étrange gaieté l'envahit au fur et à mesure que s'empilent les sacs et leurs promesses de propreté, de repas, de convivialité, de tâches simples et apaisantes comme frotter la gazinière et récurer la cuvette des toilettes, lessiver le plancher, faire la cuisine, ranger les placards. Des vacances chez ma fille.

Elle n'avait jamais vraiment aimé les vacances qu'ils organisaient chaque été, principalement pour les enfants, une manière banale de resserrer les liens familiaux, ils partaient en général avec Dafna, Guidi et leurs enfants, parfois aussi avec d'autres amis, en Israël ou à l'étranger selon l'état de leurs finances, Corfou, Akhziv, Eilat, Chypre, la Croatie, le lac de Tibériade. Elle avait du mal à admettre que son travail lui manquait, que la présence permanente d'amis lui pesait tout comme, parfois, la présence permanente de sa propre famille. À l'époque où les enfants étaient petits, Micky leur concoctait aussi des escapades en amoureux, une ou deux nuits dans le nord ou le sud du pays, qu'elle acceptait à contrecœur et en ravalant des réticences qu'il sentait malgré ses efforts. En général, elle appréciait finalement de pouvoir se reposer et de discuter tranquillement avec lui, sans qu'on les interrompe pour un oui ou pour un non. C'était au cours de ces parenthèses qu'il apparaissait au mieux de sa forme, elle redécouvrait son humour incisif et percutant, son agréable sérénité et son étonnante capacité d'observation. Ils se moquaient tous les deux des chambres d'hôtes dans lesquelles ils séjournaient, des constructions en béton qui se qualifiaient de huttes avec, en guise d'autel, un jacuzzi rudimentaire au milieu de la pièce ou, très gênant, des toilettes presque sans cloison. Ils avaient même une fois trouvé au fond d'une armoire des plumes de paon et une queue de lapin que Micky s'était plantées dans les fesses et il avait ainsi sautillé à travers la pièce, elle était écroulée de rire, mais à cause de l'amour fusionnel qu'elle avait connu dans sa jeunesse et dont le souvenir continuait à bouillonner en elle sans que pourtant elle n'ait envisagé de le retrouver un jour, elle n'avait, à aucun moment, réussi à se débarrasser du sentiment que les autres couples, par exemple Ethan et sa femme (dont elle ne savait rien), arrivaient à profiter ensemble de la vie d'une manière bien plus profonde qu'eux deux.

C'était avec la plus totale des soumissions qu'elle avait accepté la sentence, confirmation qu'elle n'était pas à la hauteur. Cette rupture l'avait reléguée à une caste méprisable, ce qui valait aussi, bien sûr, pour l'homme qu'elle avait épousé et les enfants qu'ils avaient engendrés, étrangement, ce sentiment d'infériorité ne l'avait pas quittée depuis qu'elle avait surmonté sa grande dépression, il augmentait pendant les vacances pour disparaître totalement dès qu'elle reprenait le travail, c'est pourquoi elle était toujours secrètement impatiente de pouvoir retrouver sa routine.

Et pourtant, loin de sa routine, tandis qu'elle tire son caddy surchargé le long des rues du sud de Tel-Aviv, voilà qu'elle sent monter en elle une énergie joyeuse qui ne convient pas du tout aux circonstances inquiétantes de son séjour ici. Elle jouit soudain de sa liberté, de sa non-appartenance, de son anonymat, elle qui, à l'école, ne peut pas faire un pas sans être arrêtée au moins cinq fois. Profs, élèves, parents, tous requièrent son attention et ses réponses, certes excellent remède pour qui a besoin de se sentir important mais, aussi bizarre que cela puisse paraître, en cet instant elle s'en passe allègrement, ravie d'être juste une femme qui tire son caddy en rentrant du marché, qui s'assied à une terrasse pour prendre un café glacé ou un jus de carotte, et pourquoi pas un petit déjeuner, tant qu'à faire ?

« Ça roule ! » lui lance le serveur, tout roule ici avec bienveillance, dans cette partie de la ville, jamais elle n'a eu droit à autant de surnoms affectueux qu'au cours de cette dernière heure, ma mignonne, sœurette, beauté, *baby*, jamais on ne lui a souhaité aussi chaleureusement des choses si agréables pour la suite de sa journée, à croire que ce serait la dernière de sa vie. Elle sait qu'il n'y a rien de plus factice que cette bonhomie affichée, mais c'est en même temps très sincère, à quoi bon exiger que ça vienne du fond du cœur. Indubitablement, ils ont mis en place, ici, une fine couche de sympathie à laquelle elle n'est pas habituée et elle s'y plonge avec joie, comme dans le petit bain d'une piscine. Elle apprécie de mordre dans le pain frais et chaud, d'y étaler toutes sortes de pâtes qu'elle n'identifie pas mais qu'elle trouve absolument délicieuses, elle apprécie de regarder les passants, dont une majorité de travailleurs étrangers, et elle songe, non sans fierté, qu'elle a été la première directrice d'école de Jérusalem à avoir accepté de scolariser leurs enfants.

Elle se remet finalement en marche, et quelle n'est pas sa surprise d'entendre tout à coup quelqu'un l'appeler par son prénom, ici aussi, « Iris, c'est vous ? ». Elle lève les yeux vers le beau garçon qui vient de l'arrêter, il a les cheveux blonds coupé à ras et les joues couvertes d'une courte barbe. Elle reconnaît ses yeux verts légèrement en amande mais n'arrive pas à mettre un nom dessus, jusqu'à ce qu'il l'aide par un rire amusé, « Madame la directrice ! Et moi qui croyais vous avoir laissé un souvenir impérissable ! J'ai pourtant passé toute mon année dans votre bureau !

— Sacha ! » Elle éclate de rire, soulagée et ravie. « Comme tu as grandi ! Quel plaisir de te voir ! Qu'est-ce que tu deviens ? Tu as terminé ton service militaire ou je me trompe ? », et pendant qu'elle fait un rapide calcul, il répond, « oui, je viens d'être démobilisé, vous n'en reviendrez pas, j'ai intégré une unité de combat, poursuit-il avec la fierté de l'enfant rejeté, décrété asocial pendant des années.

— Je te félicite et bien évidemment que je te crois. Qu'est-ce que tu fais maintenant ?

— J'ai été reçu en médecine à Tel-Aviv pour l'année prochaine et en attendant je cherche un appartement et du boulot.

— C'est merveilleux, Sacha, comme je suis heureuse ! » dit-elle en secouant la tête tant elle est étonnée, et il lui sourit, « ma mère ne cesse de répéter, aujourd'hui encore, que tout ça, c'est grâce à vous, Iris. Elle n'oubliera jamais à quel point vous vous êtes battue pour que je reste dans l'école et n'aille pas en éducation spécialisée. Elle m'a d'ailleurs raconté dernièrement que les parents avaient menacé de retirer leurs enfants si vous me gardiez, mais que vous n'aviez pas cédé.

— C'est vrai, confirme-t-elle tandis qu'elle savoure des détails qui se clarifient de plus en plus, je venais d'avoir le poste de directrice et les pressions ont effectivement été terribles. Je t'ai eu dans mes jupes toute l'année ! Quelle satisfaction, Sacha, quelles bonnes nouvelles ! Ta mère doit être très heureuse.

— Oui, elle est sur un petit nuage, dit-il avec une tendresse amusée. Et vous, Iris, comme va l'école ? Que faites-vous à Tel-Aviv ?

— Je suis en visite chez ma fille, c'est-à-dire que je suis venue faire le ménage chez elle. »

À son grand étonnement, elle voit passer un éclair curieux

dans les yeux du jeune homme qui demande, « quoi, Alma a déménagé à Tel-Aviv ?

— Je ne savais pas que vous vous connaissiez.

— On ne se connaît pas vraiment, mais je l'ai croisée plusieurs fois en ville.

— Ici, à Tel-Aviv ? » s'enquiert-elle, inquiète, qui sait dans quel état il a pu la voir, mais il précise aussitôt, « non, à Jérusalem, je serais bien content de la revoir. Vous me donnez son numéro ?

— Donne-moi plutôt le tien et je transmettrai », esquive-t-elle de peur qu'il ne rencontre sa fille au mauvais moment, par exemple en plein exercice de débauche. Justement parce qu'il a l'air intéressé, justement parce qu'il pourrait lui plaire, mieux vaut attendre, les chances sont rares dans la vie, elle est bien placée pour le savoir, Alma doit guérir avant qu'une si belle occasion se présente.

Finalement, c'est ta fille qui réalisera tes rêves, songe-t-elle en constatant à quel point elle est émue par ces retrouvailles, oui, parfois les rêves se transmettent comme les maladies génétiques, il sera son Ethan et toi, tu renonceras au tien. Elle leur trouve même une certaine ressemblance, ils ont tous les deux les yeux clairs et le visage émacié. Les détails lui reviennent, de plus en plus nets, elle avait porté la mère de Sacha, qui débarquait de Russie, à bout de bras et, à deux, elles s'étaient battues pour ce garçon, sans aucun doute un surdoué mais qui souffrait de très graves troubles du comportement. Il avait été l'élève le plus difficile qu'elle ait jamais eu, le plus violent, et aussi le plus efficace dans son entêtement permanent à exciter ses petits camarades. Pas une journée sans qu'elle ne reçoive des plaintes contre lui, il empêchait les professeurs de faire leurs cours par ses interventions intempestives, elle l'avait gardé dans son bureau des journées entières parce que personne d'autre n'arrivait à le canaliser. Elle le motivait avec des missions diverses et variées, des cours privés autant qu'elle avait pu, elle lui avait même aménagé un emploi du temps sur mesure, avec beaucoup de sport et de matières scientifiques. Elle avait tout essayé pour lui donner confiance, l'aider à trouver de l'assurance, comme on dit, elle avait insisté sur les domaines qui l'intéressaient, lui avait obtenu des aides financières pour qu'il participe à des ateliers créatifs, à des séances de thérapie émotionnelle, et lentement il s'était apaisé. Depuis qu'il était entré au collège, elle n'avait plus entendu parler de lui et s'était même demandé s'il n'avait pas quitté Jérusalem.

Elle n'avait pas eu le temps de s'intéresser à la suite de sa scolarité, bientôt assaillie par d'autres élèves difficiles, peut-être pas exactement comme lui mais tout de même des défis ambulants : ayant rapidement acquis la réputation de faiseuse de miracles, de nombreux parents venaient frapper à sa porte avec toutes sortes de cas désespérés. Elle en avait oublié la plupart, mais de Sacha elle se souvenait très bien, comme elle se souvenait d'Ethan, on se souvient toujours des premières fois. Alors voilà que lui, le petit paria dont la mère avait trimé toute sa vie, allait commencer sa médecine, alors qu'Alma, la fille de la directrice, n'avait pas la moindre velléité de s'inscrire à la fac, persuadée qu'elle avait bien plus à apprendre en couchant avec des inconnus et en obéissant aveuglément à un tyran psychopathe, de nouveau une vague de colère la submerge et quand elle rentre dans l'appartement, elle se change, s'attache les cheveux et se jette avec rage sur la saleté ambiante.

Sur le sol apparaissent ici et là quelques magnifiques motifs, étrange la manière dont les vieux carreaux artisanaux sont éparpillés fortuitement au milieu d'un carrelage bon marché, elle va d'une pièce à l'autre, frappe les matelas, balaie, essuie la poussière, il ne faut pas laisser le plus petit gramme d'air vicié et malsain. Elle frotte les murs et les vitres avec des éponges blanches, jamais elle n'a mis autant de soin pour nettoyer son propre appartement, elle va dans tous les recoins, passe et repasse la serpillière. Le quotidien que lui révèle la chambre de sa fille est des plus rudimentaires, on dirait qu'elle n'a pas terminé de transporter là toutes ses affaires, en revanche, chez Noa, la pièce est surchargée, elle dépoussière les meubles, le tapis, les coussins, la chaîne stéréo, la bibliothèque. Bien qu'elle ait tout à fait conscience de violer un interdit, c'est plus fort qu'elle, elle ne peut pas s'arrêter : l'appartement sera impeccable, sans exception, elle nettoie donc la chambre de la colocataire comme si elle était sa mère, et un instant elle pense à cette femme, qui est-elle et que sait-elle de la vie de sa fille, peut-être trouverait-elle quelque part un renseignement qui lui permettrait de la contacter afin qu'elles unissent leurs efforts contre un ennemi commun. Sans doute l'ordinateur posé sur la table contient-il ce qu'elle cherche, mais elle n'ose pas l'ouvrir, alors elle se rabat sur les quelques livres, s'étonne d'y découvrir principalement des albums pour enfants. Les contes des frères Grimm, *Winnie l'ourson* et *Le petit prince* côtoient tout de même *Le drame de l'enfant doué* (qu'elle connaît bien) et tout contre s'appuient, est-ce un rapport de cause à effet, *À la recherche du miraculeux* et un livre d'Osho qu'elle feuillette. Bonne pioche, elle y déniche un début de piste, car sur la page de garde est inscrit le nom de sa propriétaire : Mira Varshavsky. Elle reprend courage, animée par le sentiment d'avoir enfin trouvé avec qui partager un même destin, mais elle décide de ne pas téléphoner tout de suite, d'abord éradiquer la crasse et le laisser-aller, aussi tenaces que les sables mouvants. Elle s'entête jusqu'à ce qu'enfin la serpillière revienne impeccable et continue même à la passer sur le sol encore un peu, juste pour le plaisir. La cuvette des toilettes et les lavabos sont étincelants, les draps neufs tendus sur les matelas, les deux grands ventilateurs qu'elle a achetés soufflent dans tout l'appartement, l'heure est venue de passer en cuisine, elle va préparer un bon repas pour ces gamines si travailleuses, aussitôt elle fait frire des oignons sur la vieille gazinière, y ajoute du tofu, cuit du riz complet dans une casserole et des légumes à la vapeur, elles ont besoin de vitamines ces petites, de fibres nourrissantes, elle coupera la salade quand elles rentreront pour lui garder sa fraîcheur, en attendant elle lave du raisin et des prunes, les pose dans un plat sur la petite table de formica, imagine déjà les deux colocataires assises de part et d'autre, elle qui leur sert ce qu'elle a concocté puis vient s'attabler, voit déjà Alma et Noa qui papotent, ravies de sa présence, et lui racontent volontiers leur journée écoulée.

Elle s'asseyait ainsi avec Alma et Shira, elle leur en a préparé, des repas, après l'école ou avant le cours de danse qui s'était transformé en cours de piano puis en cours de dessin ! Dafna arrivait toujours en retard pour récupérer sa fille, ce qui n'avait jamais dérangé Iris, au contraire, la présence exubérante de Shira décoinçait un peu Alma, l'aidait à partager davantage à la fois ses détresses et ses joies.

Imbécile que tu es, se gronde-t-elle, que crois-tu qu'elles te raconteront ? Certainement pas le genre d'histoires que tu as envie d'entendre – bien qu'elle soit prête à tout entendre pourvu qu'elles racontent, qu'elles la fassent entrer dans leur monde. Elle se remet à déambuler à travers l'appartement, tire un pli du drap, raccroche un essuie-mains, goûte ses plats, regarde sa montre, il fera bientôt nuit, enchaînent-elles les services dans les deux bars sans rentrer ?

Vaine attente, car les filles ne reviendront qu'au petit matin, dormiront jusqu'à midi et retourneront travailler sans même avoir le temps de remarquer le nid douillet qu'elle leur a aménagé, l'agréable maison de poupée qu'elle a préparée à leur intention.

Dans un soupir, elle s'allonge sur le lit d'Alma, le dos encore douloureux d'un effort qu'elle n'est pas habituée à fournir, elle ne doit surtout pas s'endormir pour ne pas les rater une seconde fois, juste rester allongée les yeux ouverts, à fixer le puissant ventilateur. Soudain elle a l'impression que ça remue sur son front, elle se lève et oriente différemment les pales pour qu'elles lui soufflent moins d'air mais cet étrange chatouillis continue, comme si ses cheveux avaient une vie autonome, et tout à coup, ce sont des pattes effilées qui lui sortent de la tête, aussi noires que sa nouvelle teinture, elle bondit, affolée, se frappe sauvagement le crâne pour en extraire l'hôte répugnant qui tombe enfin sur le sol, c'est une immense araignée… qui avance lentement entre ses pieds comme pour la narguer. Certes, la vie de cet insecte compte pour lui autant que la sienne à ses propres yeux, mais elle l'écrase avec horreur, la bestiole se recroqueville, rassemble avec résignation ses longs membres (dire qu'un instant plus tôt ils se promenaient sur sa tête !), devient une boule noire et immobile qu'elle contemple, terrorisée, elle ne s'y connaît pas en araignées, veuve noire ou créature inoffensive dont seul l'aspect est menaçant ?

Non, rien n'est inoffensif dans cet appartement qui a piégé sa fille et qui maintenant raille ses efforts pour en faire un endroit agréable et rassurant. À quoi bon tout ce nettoyage, si c'est pour trouver une énorme araignée dans tes cheveux ? Ça ne lui était jamais arrivé, même au cours de toutes les excursions qu'elle avait organisées avec l'école, au nord comme au sud du pays, malgré les tentes qu'elle avait partagées avec ses petits élèves, enveloppée dans son sac de couchage, pourquoi faut-il que ça lui tombe dessus dans un appartement qu'elle vient de briquer, dans le lit d'Alma qu'elle vient de recouvrir de draps neufs ? Paniquée, elle se sauve de la chambre, y laisse le cadavre de l'araignée et comme il n'y a pas de salon, elle s'assied, tremblante, dans la petite cuisine, continue à se frapper la tête pour en déloger d'autres indésirables, tandis qu'une sensation de brûlure se répand sur tout son cuir chevelu. Elle téléphone à Micky et lui décrit exhaustivement tout ce qu'elle a fait depuis le moment où elle a senti que ça bougeait dans ses cheveux, elle ne lui parle de rien d'autre, comme si c'était là leur plus gros problème.

Il l'écoute avec patience mais sans la moindre compassion, elle sait depuis toujours que dans la guérilla qu'elle livre à la vermine, il sera du côté de la vermine, bien plus faible qu'elle à ses yeux. Il préférera toujours pousser délicatement les insectes à l'extérieur de l'appartement plutôt que d'obéir aux injonctions destructrices de sa femme, d'ailleurs il l'interrompt et demande, « combien de pattes avait-elle ? Ça doit être une tégénaire, vraiment pas dangereuse. Tu n'aurais pas dû la tuer, c'est une alliée, elle mange les blattes que tu détestes tant.

— Je ne sais pas ce que je déteste le plus, marmonne-t-elle, c'était tellement dégoûtant, tout ça après que j'ai nettoyé pendant des heures ! Maintenant je me trouve seule dans cet appartement avec un cadavre d'araignée, Alma ne rentre pas, je n'ai rien à faire ici sans elle et je ne suis même pas certaine de réussir à la voir.

— Si tu sens que ta présence ne sert à rien, reviens », dit-il sans enthousiasme et elle soupire, « je n'en suis pas encore tout à fait sûre, je guette.

— Tu vois, ricane-t-il, tu n'es pas vraiment différente de l'araignée que tu viens de tuer, elle aussi guette patiemment sa proie, alors essaie de ne pas te faire écraser par quelque pied géant.

— Franchement, Micky, ta comparaison est nulle, tu crois que j'ai l'intention de dévorer Alma ?

— De son point de vue, peut-être. »

Ils ont beau ne pas être l'un en face de l'autre, elle sait qu'à cet instant précis ils se souviennent tous les deux de la même chose : lors d'une des premières nuits qu'ils avaient passées ensemble, quelques semaines avant leur mariage, ils venaient de louer un appartement en rez-de-chaussée, dans un quartier bon marché, une chambre, un salon et une pièce à laquelle ils n'avaient pas accès parce que le propriétaire y avait entassé ses vieilleries. Elle s'efforçait d'ignorer cette porte close qui l'inquiétait malgré elle, et effectivement, pour leur première nuit, c'est de là qu'avait surgi une petite souris grise au moment précis où ils éteignaient la lumière du salon pour aller se coucher, elle l'avait vue avant lui, s'était enfuie dans la chambre où elle s'était enfermée et, derrière la porte, avait commencé à aboyer des ordres hystériques, « tue-la, Micky, je ne sors pas de là si tu ne le fais pas, je déménage, je ne vivrai pas avec une souris », mais il la suppliait, « pourquoi la tuer ? Comment veux-tu que je m'y prenne ? ». Impitoyable envers la bête autant qu'envers l'homme, elle avait continué à rugir avec cruauté, « je m'en fiche de savoir comment, le principal c'est qu'elle meure ! ». Le pauvre amoureux n'avait pas eu le courage de la contrarier, si bien qu'il s'était résigné à passer ce test de virilité (évidemment perdu d'avance) qu'elle lui imposait, et, renonçant à ses principes pour elle, il s'était précipité sur la souris avec le balai violet qu'ils avaient acheté une semaine auparavant, le jour où ils avaient reçu les clés – ils avaient même ri de cette première acquisition commune. Elle avait attendu, assise toute crispée sur le lit, les paupières serrées, les mains sur les oreilles pour essayer de ne pas entendre les coups dans la cloison, les cris étranglés – impossible de déterminer s'ils sortaient du gosier de la souris ou de Micky –, elle n'avait qu'une envie, prendre la poudre d'escampette, enjamber la fenêtre et s'enfuir, le combat lui avait paru durer des heures et s'était achevé sans vainqueur, parce que même lorsque le mur s'était tu, que la porte d'entrée s'était ouverte, que le couvercle de la poubelle dehors avait été soulevé puis rabaissé et qu'il était apparu sur le seuil de la chambre en lui disant d'une voix faible, les traits tirés, « tu peux sortir, la voie est libre », même lorsqu'elle lui avait répondu « merci, tu es mon héros, tu m'as sauvée », ils avaient tous les deux compris que c'était une défaite. Elle avait essayé de l'attirer à elle, lui avait embrassé le cou, le front et la bouche dans l'intention de lui prouver qu'en ce qui la concernait il avait passé l'épreuve avec succès et méritait une récompense, mais il l'avait repoussée et s'était allongé sur le lit le plus au bord possible.

« Viens, Micky, avait-elle chuchoté, étonnée de cette réaction car c'était la première fois qu'il ne voulait pas d'elle.

— Ne m'appelle plus Micky. À présent, je suis Mickey Mouse », avait-il susurré sans bouger, bouleversé au point d'oser à peine respirer, et cet épisode belliqueux les emplissait d'une telle honte qu'ils n'en avaient plus jamais reparlé.

Le lendemain, elle avait calfeutré la porte de la pièce fermée avec de larges bandes de scotch, comme si des produits chimiques dangereux risquaient de s'en échapper, et quand leur bail était arrivé à expiration, ils avaient quitté les lieux sans regret. Elle avait ensuite veillé à ne s'installer que dans des étages plus élevés. Depuis, elle évitait de l'appeler à l'aide dans sa lutte contre les bestioles, d'ailleurs, les rares fois où elle le faisait, elle savait qu'il ramasserait l'insecte avec délicatesse et le libérerait par la fenêtre.

À peine a-t-elle raccroché qu'elle le rappelle, « tu m'as pardonné, Micky ? demande-t-elle.

— Pas maintenant, je suis occupé... *yes* !

— Tu as gagné ? » lance-t-elle sur un ton moqueur, et il avoue, un peu honteux, que oui, il vient de remporter une magnifique victoire. « Félicitations, quel gosse tu fais !

— Et pour répondre à ta question, oui, Iris, je t'ai pardonné, c'est à moi que je n'ai pas pardonné et ce fut la pire nuit de ma vie, en tout cas de ma vie d'adulte.

— N'exagère pas, dans le bar d'Alma c'était pire, le contredit-elle aussitôt, bien que surprise par sa propre réaction. Et le jour où j'ai été blessée, ça n'a pas été pire ? Et quand ta mère est morte ? » Elle continue à énumérer leurs catastrophes communes, comme si cette liste pouvait la déculpabiliser, mais il s'obstine, « ça n'a rien à voir, c'est plus dur de s'en vouloir à soi-même que d'en vouloir au destin.

— Alors à qui en as-tu voulu quand j'ai été blessée ? essaie-t-elle de le confondre.

— Pourquoi est-ce que tu reviens sans cesse là-dessus ?

— Parce que quelque chose n'est toujours pas réglé à ce sujet.

— Ah bon ? Et à part ça, tout est réglé ? Ce qui s'est passé hier est réglé et la seule chose que tu as à te mettre sous la dent remonte à dix ans auparavant ? Tu vois, moi, il y a un point par exemple que je n'ai pas encore réglé, c'est qu'est-ce que tu faisais avant-hier soir à l'échangeur.

— Alors pourquoi tu ne me poses pas la question ? », et il déclare calmement, comme s'il se parlait à lui-même, « je ne crois plus ni aux questions ni aux réponses ». Elle doit le stopper net : à choisir entre l'intimité qui insidieusement vient de s'installer entre eux et le rempart sécurisant du mensonge, elle préfère le rempart sécurisant, alors elle se hâte d'expliquer, « j'avais un entretien d'embauche avec une prof qui ne pouvait pas se déplacer jusqu'à Jérusalem, elle vient d'accoucher de jumeaux et est encore en congé maternité. Tu vois, tu n'es simplement pas un homme de dialogue ! Si tu posais les questions, tu verrais que les réponses sont simples, elle n'a pas pu venir, j'y suis allée.

— Attends, pas maintenant, je suis occupé », marmonne-t-il, et elle comprend qu'il a déjà recommencé une partie au lieu d'écouter ses vaines justifications. La gorge nouée par son mensonge inutile, elle soupire, « tu as raison, Micky, les questions ne servent à rien et les réponses encore moins, je voulais juste te demander pardon…

— Pourquoi est-ce que tu rumines ça ? la coupe-t-il brutalement. Je t'ai déjà dit que je ne t'en voulais pas, tu es comme tu es, tu ne pouvais pas te comporter autrement.

— Pas seulement à cause de la souris, Mouky », insiste-t-elle, mais il ne dit rien, se concentre-t-il sur sa partie d'échecs ou sur ce qu'elle n'ose pas lui dire ?

« Tu es comme tu es », répète-t-il.

Le cadavre de l'araignée la guette toujours dans la chambre d'Alma, elle va donc s'allonger sur le lit de Noa après l'avoir frappé avec un oreiller et s'être ensuite empressée de frapper l'oreiller lui-même pour s'assurer qu'aucune mauvaise surprise n'y traînait. La nuit tombe, elle n'allume pas, sait-il ? La vérité lui a-t-elle sauté aux yeux le jour où elle a oublié son portable et attend-il dignement que tout s'apaise ? À moins qu'il n'y ait aucun double sens dans ce qu'il a dit, il ne l'écoutait que distraitement, comme d'habitude, concentré sur ses parties d'échecs ? Au fond, peu importe. En cette fin de journée, seule dans l'appartement avec un cadavre d'araignée, elle songe qu'il n'y a pas que les rêves qui se transmettent, les cauchemars aussi, d'ailleurs sa mère ne cessait de le reprocher à son père – de son vivant et après sa mort aussi –, « laisse la petite tranquille, pourquoi tiens-tu tant à lui refiler tes angoisses ? » le critiquait-elle chaque fois qu'il la sauvait, en la soulevant de terre, fût-ce d'un cafard ou d'une minuscule araignée. « Ma parole, tu es comme ton père, n'avait-elle ensuite cessé de la chapitrer. Qu'est-ce qui vous fait si peur, des vraies chochottes, tous les deux ! » En cet instant précis pourtant, elle sent soudain qu'elle a très envie de les entendre, ces ressassements maternels, « bonjour Iris, toi vouloir parler maman ? Maman douche, lui lance pompeusement Prashant. Tu vouloir maman téléphone après douche ?

— Oui, s'il vous plaît, aidez-la à me rappeler », si ce n'est que plus elle attend de parler avec sa mère, plus cette tentative lui paraît dérisoire ! Il est trop tard depuis bien longtemps. Inutile de questionner la vieille dame sur son enfance, sur ce très court laps de temps, qui a laissé si peu de souvenirs, quand elle était une petite fille normale, avec un père. Pendant des années elle avait pensé qu'elle n'avait pas besoin de se dépêcher, elle avait toujours mieux à faire que d'évoquer le passé avec sa mère, et puis, en un instant insaisissable, c'était devenu impossible parce que, celle-ci avait beau être encore physiquement là, elle perdait complètement la tête. Oui, soupire-t-elle, on est condamnés à se languir du stade précédent, qui n'était pourtant pas la panacée. Depuis un certain temps, elle avait remarqué, non sans tristesse, que son état empirait, qu'elle était souvent sujette à des hallucinations, pointait un doigt dans la pièce et décrivait des images et des paysages qui n'étaient que le fruit de son imagination, oui, songe Iris, le dernier témoin de mes premières années ne peut plus rien m'apporter, je dois à présent me satisfaire de mes souvenirs les plus précoces, mais elle attend quand même, peut-être arriverait-elle à lui extorquer quelque chose, à pêcher une vérité au milieu du délire qui lui sortirait de la bouche.

Cependant, quand, enfin, elle réussira à lui raconter d'une voix vibrante, « tu me croiras, maman, si je te dis que je viens de découvrir une énorme araignée sur mon crâne ! Tu te souviens à quel point papa en avait peur ? », sa mère réfutera ses paroles avec mépris, « mon père ? Il n'avait peur de rien ! Après ce qu'il a enduré pendant la Shoah, tu veux qu'il ait peur des insectes ? », alors elle sera obligée de préciser, non sans un léger embarras, « je ne parle pas de papi Moshé, je parle de mon père à moi », et sa mère s'étonnera, méprisante, « ton père ? C'est qui, ton père ? Je ne pense pas l'avoir connu », Iris aura beau insister, supplier, « voyons maman, tu l'as épousé, bien sûr que tu le connais ! Ton mari, Gavriel Segal, ton mari », rien n'y fera. « Segal ? répétera sa mère avec défiance, j'ai l'impression que ça me dit quelque chose, mais comment veux-tu que je me souvienne des phobies de chacun de nos voisins ? », et Iris se représentera aisément l'expression boudeuse qui se peindra sur son visage. Au début, elle l'avait soupçonnée de simuler, rien que pour l'énerver, et encore maintenant, elle se fâche, comme si sa mère s'amusait à la priver de réponses, « pourquoi avoir peur des insectes ? continue cette dernière non sans provocation. On marche dessus et c'est tout, Prashant et moi, on n'en a vraiment pas peur ».

Oui, sa mère affrontait courageusement d'effrayantes créatures, raillant ses terreurs de petite fille gâtée. Sa mère détestait les petites filles gâtées. Pendant longtemps, Iris avait imputé le caractère masculin de cette femme acariâtre au veuvage, au fait d'avoir dû tenir à la fois le rôle de père et de mère pour ses trois orphelins, ce n'est qu'en grandissant qu'elle s'était dit que ce trait faisait sans doute partie de sa personnalité, totalement en phase avec son destin. Rugueuse, tranchante et persuadée d'avoir toujours raison, Mme Segal avait son franc-parler et critiquait sans ménagement tout signe de faiblesse, fût-ce chez son défunt mari lui-même.

Plus Iris grandissait, plus sa mère se permettait de dénigrer son père, « parce que c'était un raté, qui a gâché sa vie », comme si, même mort, elle attendait de lui qu'il évolue et prenne d'habiles initiatives. « Ton père n'était qu'un petit prince paresseux, trop chouchouté et sans ambition », lâchait-elle de temps en temps avec amertume, persuadée que s'il avait fait preuve d'un minimum d'intelligence, il aurait réussi à échapper à la bombe qui avait touché son tank. Elle se fichait de savoir qu'avec lui des dizaines d'autres soldats étaient morts, dont certains assurément moins chouchoutés, le rendait responsable de sa propre mort et accusait encore davantage sa belle-mère, parce qu'elle avait couvé son fils unique de manière éhontée, qu'elle ne l'avait jamais laissé lever le petit doigt. « Il ne savait pas ce que c'était que changer les draps d'un lit, mettre une couette dans sa housse lui prenait deux heures ! Cette femme l'a tellement habitué à tout faire pour lui qu'il s'est ramolli, elle ne l'a pas préparé correctement à la vie. Je suis persuadée que même quand le tank a commencé à brûler, il est resté assis, impuissant, à attendre que sa maman vienne le sauver. Je me demande d'ailleurs comment il a tenu si longtemps à l'armée. Sûr qu'il a utilisé son sourire craquant pour trouver comment se planquer. »

Il avait effectivement un magnifique sourire, celui d'Omer lui ressemble beaucoup. Sur la majorité des photos qu'il a laissées, on le voit sourire, il n'y a que sur la dernière que son expression est sérieuse, il regarde l'échiquier avec inquiétude, comme s'il devinait qu'il allait bientôt perdre. Iris était persuadée que si sa mère s'évertuait à dresser une image si peu flatteuse, c'était parce que, depuis la naissance de leur fille, elle était jalouse de l'amour qu'il lui portait. Parfois même, Iris avait l'impression qu'elle insistait volontairement pour lui décrire à quel point son Gavriel avait été amoureux d'elle. Les années de miel sous l'aile paternelle avaient été bien courtes, tranchées net, et les années orphelines l'avaient transformée en une gamine appliquée et sinistre, qui se dévouait pour élever tristement ses frères, deux gamins surnuméraires. Très tôt le matin, sa mère se rendait au dispensaire pour, selon ses termes, « prendre les sangs » et la laissait préparer les deux petits pour la maternelle puis pour l'école puisque, à cette heure-là, Mme Segal devait déjà être assise sur sa chaise en train de piquer des patients qui, debout en une longue file d'attente, tendaient le bras vers les seringues et les tubes à essai. Iris avait passé toute son enfance et même son adolescence dans une obscurité si profonde qu'elle n'avait gardé presque aucun souvenir de ces années-là, rien que le poids d'un quotidien morose et laborieux. Elle avait appris à préparer les omelettes et à mettre les couettes dans leur housse, à langer et à nettoyer, à laver le linge et à l'étendre, à faire ses devoirs alors que les yeux veulent se fermer, et ce n'est que l'apparition d'Ethan dans sa vie, elle avait seize ans et demi, qui avait tout changé et illuminé une année entière de son existence, une année qui, elle aussi, avait été tranchée net, puisqu'il était parti comme son père, sans même lui offrir d'adieux. Couchée sans bouger dans le lit étranger d'une jeune fille étrangère, elle se demande pourquoi tous ces souvenirs l'assaillent à présent, en général, elle n'a pas le temps de les laisser remonter, mais voilà, il aura suffi d'un instant de désœuvrement pour qu'elle soit rattrapée par sa réalité d'enfant abandonnée. Elle faisait la sieste, pareillement allongée dans son petit lit, au moment où son père avait enfilé avec précipitation l'uniforme militaire et était parti au combat. Il avait voulu la réveiller pour l'embrasser, la prendre dans ses bras, se séparer d'elle avec quelques mots tendres, mais sa mère l'en avait empêché, prétextant qu'il ne fallait pas perturber une routine quotidienne… chamboulée de toute façon quelque temps plus tard.

À quoi bon remuer tout ça, elle doit rester concentrée sur l'action, se redresse et allume la lumière dans la chambre, pourquoi ne pas essayer maintenant de joindre l'autre mère, celle avec qui elle fait misère commune ? Comment s'y prend-on pour annoncer une telle nouvelle, mais peut-être est-elle au courant, peut-être même en sait-elle davantage qu'Iris et pourra-t-elle l'aider en lui donnant des informations, des détails et des astuces, elle trouve facilement quelques numéros de téléphone de femmes portant toutes le même nom, « bonjour, vous êtes bien la mère de Noa ? » demande-t-elle avec assurance, on lui répond plusieurs fois par la négative, elle se hâte de s'excuser et de raccrocher, jusqu'à ce qu'enfin une voix rauque, avec un accent français prononcé, confirme, « oui, il y a un problème ?

— Non, non, la rassure-t-elle aussitôt, tout va bien. Enfin, plus ou moins. Je suis la maman d'Alma, sa colocataire. Je me trouve en ce moment dans l'appartement des filles, explique-t-elle avant d'ajouter inutilement, je l'ai nettoyé, je leur ai préparé à manger, elles travaillent très dur.

— Rien d'étonnant quand on s'entête à vouloir habiter en plein cœur de Tel-Aviv », réplique Mme Varshavsky sur un ton acide, lourd de l'écho d'anciennes disputes, un ton qui lui fait tout de suite comprendre qu'elle n'aura pas droit à l'échange solidaire tant espéré.

« Dites-moi, avez-vous eu l'occasion de rendre visite à Noa sur son lieu de travail ? Avez-vous rencontré son patron ? » s'enquiert-elle et elle sent que son interlocutrice cherche ses mots, ça s'embrouille dans sa bouche avant qu'elle ne réponde avec difficulté, « oui, j'y suis allée une fois. Je ne viens pas souvent en ville, nous habitons dans un petit village de Galilée », on dirait que son palais est rempli de noix qui l'empêchent de prononcer les syllabes. « Il avait l'air sympathique et leur carte était excellente. Qu'est-ce qu'on a mangé là-bas ? essaie-t-elle de se souvenir. Du poulet aux noix peut-être ? Shmouel, qu'est-ce qu'on a mangé dans le restaurant de Noa ? » lance-t-elle en se tournant vers un homme qui vraisemblablement se trouve à côté d'elle. En entendant le mot « noix » sortir de la bouche qu'elle avait imaginée pleine de noix, Iris est soudain prise d'un fou rire, elle trouve ça tellement drôle que des larmes lui montent aux yeux et elle s'étouffe en tentant de masquer son hilarité irrépressible sous des paroles sensées.

« Allô ? Vous êtes toujours là ? Comment vous appelez-vous ? » l'interpelle Mme Varshavsky du nord du pays, et elle se couvre la bouche d'une main, que faire pour réprimer ce satané rire, seul le cadavre de l'araignée lui rendra sa capacité à parler, alors elle passe dans l'autre pièce, mais quelle n'est pas sa frayeur en constatant que la boule noire n'est plus là, comme avalée par la terre, la bestiole a-t-elle fait la morte ? « Comment est-ce possible ? » s'exclame-t-elle dans un cri étouffé qui ressemble à ceux émis par la souris écrasée contre le mur à coups de balai. « De quoi parlez-vous ? s'énerve la mère de Noa, je vous entends à peine, il y a des parasites sur la ligne », elle sort de la chambre, il est temps d'aller à l'essentiel, elle s'occupera de l'araignée plus tard, « écoutez, j'ai eu vent de rumeurs inquiétantes concernant ce bar. Savez-vous que Boaz, l'homme pour lequel elles travaillent, ne les paie pas ? Qu'en plus il les exploite par tout un tas de moyens détournés ? Il se présente comme un gourou et s'est emparé de leur corps et de leur esprit », c'est à présent à la femme de lâcher un hurlement étouffé, chacune à son tour est une souris écrasée contre un mur, « comment est-ce possible ? s'alarme l'autre mère.

— Je suis vraiment désolée de vous l'apprendre, reprend-elle avec sollicitude, mais j'ai pensé qu'on pouvait peut-être essayer de se rencontrer pour réfléchir ensemble à un moyen de les tirer de là. Je suis prête à monter jusque chez vous », propose-t-elle mais elle s'en mord aussitôt les doigts car Mme Varshavsky se ressaisit rapidement et la repousse vivement, comme si elle était la mauvaise nouvelle, « écoutez-moi bien, dit la femme froidement et avec un accent si lourd que chaque mot semble douloureux, chez vous, ici, dans ce pays, tout le monde se mêle des affaires de tout le monde, mais je viens d'une culture différente, et chez nous on ne fourre pas son nez partout. Ma fille a vingt-trois ans, et si elle est d'accord pour travailler sans être payée, c'est son choix, de même que si elle fait toutes sortes de bêtises, c'est son choix. Elle est responsable et je n'ai pas l'intention d'intervenir. Je vis ma vie, elle la sienne ! Vous, les Israéliens, vous ne savez pas laisser vos enfants grandir, lui assène-t-elle non sans mépris, vous les couvez trop. Noa est une adulte, votre fille aussi, ce qu'elles font les regarde, et ce que nous faisons nous regarde ». Iris l'écoute, incrédule, « pardon, excusez-moi de vous avoir dérangée », marmonne-t-elle et la Française, magnanime, l'excuse sans remarquer la pointe d'ironie, « aucun problème, c'est juste une question de mentalité, bonne chance et bonne nuit », conclut-elle dans un parler toujours aussi lourd, quelque part dans le nord, et Iris fixe son portable qui s'est tu, erreur, ce ne sont pas des noix qu'elle a dans la bouche mais des glaçons.

Quel égoïsme, avec quelle froideur elle l'a repoussée, surtout qu'on ne dérange pas sa petite vie bien organisée, à mordre des glaçons sans s'inquiéter pour sa fille, pauvre Noa, Iris déambule dans l'appartement, très tendue, se penche sous les lits, déplace les chaises, où est passée l'araignée ressuscitée, respire-t-elle encore, retranchée dans un coin, aux aguets ? Il faut qu'elle sorte d'ici, elle ne peut pas passer la nuit seule avec une araignée morte ou vive, la voilà dans le couloir, elle ferme rapidement la porte et accroche la clé autour de son cou, elle est sortie sans se doucher, sans se changer, avec la robe tee-shirt rouge achetée au marché qui s'est imprégnée de transpiration et de poussière, le cuir chevelu encore irrité par la piqûre d'araignée, elle se jette dans la pollution urbaine, se laisse porter par le flot des passants sans savoir où, cette ville lui a toujours été étrangère, elle le ressent de plus en plus, d'instant en instant, de pas en pas.

Elle n'appartient pas à cette fête perpétuelle qui envahit les rues, elle n'y a jamais été conviée et tout le monde semble le savoir, ce qui explique les regards obliques qu'on lance vers sa robe sale et son air revêche. Tous ces gens sont-ils vraiment aussi heureux qu'ils en ont l'air ou est-ce un leurre ? Elle avait ressenti exactement la même chose au moment où elle s'était relevée de sa déception amoureuse et avait recommencé à se promener. Elle s'imaginait aussi le voir partout au bras d'une nouvelle amoureuse, une qui ne lui rappelait ni son année terrible, ni la mort de sa mère.

Où aller ? Où se dirige-t-elle sans le savoir ? S'approche-t-elle du bar d'Alma ? Pourquoi pas, finalement ? Pourquoi ne pas débarquer là-bas et commencer à renverser les tables, les plats raffinés seraient projetés à terre les uns après les autres, comme Omer l'avait fait avec le gâteau d'anniversaire. Alors il comprendrait, ce Boaz, que la mauviette de Jérusalem générait davantage de problèmes que de bénéfices, et il la renverrait. Mais qu'en serait-il d'Alma, le supporterait-elle ? Un instant, elle la voit sous ses propres traits, jeune femme couchée sur le dos qui rétrécissait de plus en plus, avalée par le matelas avalé par le lit avalé par le sol avalé par la terre. Comment oserait-elle lui imposer une telle rupture, il s'agit de sa fille, la chair de sa chair, et même si elle a toujours senti combien elles étaient différentes, peut-être s'est-elle trompée, peut-être ne le sont-elles pas tant que ça. Et pour la première fois, elle songe qu'elle aussi est une femme sous influence, qu'elle aussi s'est laissé dominer, toutes ces années, par un cruel tyran : son passé, dont l'ombre pesante et corrosive lui a gâché la vie.

Il fait chaud, elle a les joues en feu, son crâne continue à picoter comme si l'araignée était encore dessus, elle ne cesse de se gratter, peut-être la bestiole a-t-elle eu le temps de pondre des œufs d'où sont déjà sorties des dizaines de petites araignées qui se promènent sur son cuir chevelu. Elle se souvient des poux qu'elle et Alma se refilaient, elle en ramenait de son école et avec ceux que sa fille ramenait de la sienne, elles créaient un cercle vicieux, se passaient le peigne spécial sur la tête en riant avec dégoût, donnaient aux poux des surnoms péjoratifs, finalement sa blessure avait eu raison de ces moments de communion aussi, elle avait cessé d'enseigner, s'était coupé les cheveux, et ils avaient alors découvert qu'elle était l'unique source de la plaie puisque Alma n'avait plus jamais ramené ces parasites à la maison.

Elle seule oblige les voitures à klaxonner parce qu'elle est étrangère en la cité, comment pourrait-elle deviner le sens de la circulation, d'où surgiront les voitures, d'où éclatera le mal, de la mer ou du continent ? L'air est si humide, si salé qu'elle se demande si elle n'est pas déjà sous l'eau, pour se sauver elle doit remuer les bras dans un mouvement de brasse, autour d'elle personne ne nage et pourtant personne ne se noie, y a-t-il un sauveteur dans cette rue ? Elle a l'impression de devenir folle, la grande ville a-t-elle eu le même effet sur Alma ?

Elle a mal aux pieds, il faut qu'elle s'asseye mais les cafés bondés la rebutent, tout ce qui était agréable durant la journée devient menaçant la nuit, alors elle quitte l'artère principale, bifurque dans une petite rue, entre dans la cour d'un immeuble, y trouvera-t-elle refuge, elle est trop différente pour cette métropole agitée, trop lourde de chagrins du passé et d'angoisses d'avenir, exactement comme sa ville, Jérusalem.

Épuisée, elle pénètre dans le bâtiment élégant, se laisse tomber sur les premières marches, les carreaux noirs et blancs du hall d'entrée, gigantesque damier, tournoient autour d'elle. Elle a besoin d'aide, ne peut pas rester seule cette nuit, Dafna serait-elle par chance dans les parages aujourd'hui ? Elle a oublié quels jours celle-ci vient travailler à Tel-Aviv, des semaines lui semblent s'être écoulées depuis qu'elle l'a quittée rageusement lors de leur dernier rendez-vous, oui, elle a repoussé son amie aussi violemment que la mère de Noa vient de la repousser. Personne ne remercie ceux qui annoncent les mauvaises nouvelles, mais elle sait que Dafna n'est pas rancunière, « salut, Dafna, commence-t-elle d'une petite voix pour s'en assurer. Serais-tu par hasard à Tel-Aviv ?

— Je viens de prendre l'embranchement sur Ayalon, je rentre, pourquoi ? Tu es où ?

— Je crois bien que je suis en enfer, je me paie une grosse

crise de panique, et en plus j'ai été piquée par une énorme araignée, Alma a couché avec sept hommes en une semaine et qui sait ce qu'elle est en train de fabriquer à la minute où je te parle.

— *Oïe*, ma pauvre, s'alarme Dafna, je viens, tu es où ? »

Iris ressort de la cour, lui donne son adresse fortuite, retourne dans le hall comme si des obus s'abattaient sur la ville et qu'elle ne pouvait rester à découvert. Elle se sent déjà mieux en pensant aux retrouvailles imminentes et pleines d'espoir, on va bientôt venir la chercher, dans la voiture de Dafna elle retrouvera son identité perdue, et effectivement elle n'a pas longtemps à attendre avant que son amie la récupère, son amie en tenue tel-avivienne, chaussures à talons, jupe étroite et chemisier en lin, son amie qui s'esclaffe en la voyant, « c'est quoi ? Tu fais des ménages pour arrondir tes fins de mois ? Les salaires dans l'Éducation nationale sont si bas que ça ? Non, ne m'embrasse pas, tu vas salir mes beaux habits », mais Iris se presse contre elle, pose la tête sur son épaule, serre son long cou un peu ridé, « merci d'être venue, gémit-elle, tu m'as sauvée.

— Je te ramène à la maison ?

— Non, j'ai ma voiture ici, ou plutôt celle de Micky.

— Eh bien, Micky se débrouillera pour venir la chercher demain, tu n'es pas en état de conduire, décrète-t-elle.

— Non, il doit d'abord aller chercher ma voiture à l'échangeur.

— Quel échangeur ?

— Laisse tomber, c'est trop compliqué, et en plus ça n'a aucune importance. Je dois rester ici, je n'ai pas encore achevé ma mission.

— C'est toi qui as l'air achevée… Et si on allait se mettre quelque chose sous la dent ?

— Et si on mangeait dans ta voiture ? » propose Iris qui se sent protégée dans cet habitacle propre et parfumé, à côté de sa meilleure amie, mais Dafna se dirige avec assurance vers un quartier qui paraît soudain moins hostile, et une fois garée, elle lui tend du rouge à lèvres, un vaporisateur et un peigne, « sinon, on ne te laissera pas entrer, la taquine-t-elle.

— Merci, j'ai les miens », dit Iris qui pourtant s'enduit les lèvres avec le tube prêté, plus foncé que le sien, avant de s'asperger d'un parfum plus fort que le sien, « je me transforme en toi », sa remarque est accueillie avec un sourire, « aucun problème, à condition que je ne sois pas obligée de me transformer en toi ». Dafna, qui avait toujours été la plus coquette des deux, se débrouillait très bien pour dissimuler ses rondeurs sous des vêtements seyants, et elles s'amusaient souvent à se dire que leurs filles avaient été interverties à la naissance, Alma étant aussi coquette que Dafna et Shira aussi négligée qu'Iris, laquelle proposait alors de refaire l'échange, surtout lorsque, harassée, elle devait se traîner avec Alma pour acheter des vêtements ou des chaussures, tandis que Dafna obligeait sa fille, totalement indifférente à son apparence, à venir avec elle au centre commercial pour essayer diverses tenues. Maintenant, c'est elle qui traîne ses tongs négligées derrière cette femme flamboyante, qui pénètre derrière elle dans un restaurant flamboyant avec vue sur la mer, elle a mal aux pieds et lui attrape le bras, ce qui lui vaut de fermes protestations, « vas-y mollo, j'ai certainement des clients ici, rien que le fait d'apparaître avec toi constitue une grande prise de risque !

— Choisis à ma place, lui demande Iris au moment où un serveur souriant s'approche de leur table. Tu peux aussi mâcher à ma place, je suis épuisée, et sans attendre, elle déballe tout, presque dans un demi-sommeil, de la fin au début, parce que tout, toujours, mène à ce début, à ce péché originel, à elle.

— Arrête avec cette culpabilité ! rétorque Dafna qui remplit un verre d'eau et le lui tend, non seulement tu enfonces des portes ouvertes, mais en plus ça ne sert à rien et ce n'est pas juste. Tu es une bonne mère pour Alma, en tout cas suffisamment bonne, personne n'est parfait.

— Personne n'est parfait, c'est ce que je n'arrêtais pas de lui dire, mais tu vois, ça ne l'a pas vraiment aidée.

— Tu lui as dit ce que tu pensais, c'est très bien. Aujourd'hui, les parents ont peur d'être eux-mêmes et de dire ce qu'ils pensent. Tu n'aimais pas son obsession pour son apparence physique et tu le lui as montré. Quoi ? Tu étais censée lui mesurer les sourcils à la règle ? Et même si tu l'as eue très jeune, même si tu étais occupée et que tu as dû surmonter toutes sortes de difficultés, quoi de plus normal ? Ce n'est pas une catastrophe et ça n'explique pas ce qui se passe maintenant. Le hasard y est aussi pour beaucoup. Dans chaque événement. Il y a un nombre incalculable de facteurs qui convergent tout à coup en un point donné. Elle a loué cet appartement-là, a rencontré cet homme-là, tu n'es pas responsable de tout, tu ne contrôles pas tout.

— Alors comment est-ce que je la sors de là, si je ne contrôle rien ?

— Commence par manger, cette salade est excellente, et si tu y ajoutais des crevettes, ce serait encore meilleur, déclare Dafna avant de continuer tout en mastiquant, tu as beaucoup d'influence sur Alma, si tu t'entêtes, tu y arriveras.

— De l'influence ? s'étrangle-t-elle, tu te moques de moi, sauf si tu parles d'une influence par effet contraire, de ce qu'elle fait exprès contre moi !

— On ne la voit pas de la même manière, toi et moi. Chez

nous, avec Shira, elle est différente. Si tu savais le nombre de fois où elle parle de toi, où elle te cite ! Ta fille a beaucoup d'estime pour toi.

— De l'estime ? Tu dois faire référence à l'époque où elle avait dix ans, se lamente Iris.

— Pas du tout, elle a parlé de toi la dernière fois qu'elle était chez nous. Je ne me souviens plus dans quel contexte, mais c'était positif, même Guidi l'a remarqué. À propos, quel plaisir de te voir manger, je commençais à te trouver sacrément anorexique.

— Ça m'étonne tellement ce que tu dis…

— Évidemment qu'elle est très attachée à toi, même si elle ne te le montre pas. Je me souviens maintenant qu'après l'attentat je l'invitais souvent à dormir et elle refusait systématiquement, elle disait qu'elle voulait rester pour s'occuper de toi. On en avait mal au cœur pour elle.

— D'accord, et j'en fais quoi de tout ça maintenant ? Ça sert juste à accroître mon sentiment de culpabilité.

— Arrête de me la jouer *Crime et Châtiment*, ce que je te raconte, c'est pour te montrer que tu as du pouvoir sur elle. Du pouvoir dans le bon sens du terme, parce qu'elle t'aime.

— Elle m'aime ? marmonne Iris en fixant la mer qui s'obscurcit à la fenêtre, puits sans fond, menaçant. Je n'y ai jamais pensé, ça devrait être le plus important et en même temps, ça ne change rien.

— À propos d'amour, qu'en est-il de ton grand amour retrouvé ?

— Oh, c'est si compliqué ! Tu vas encore te moquer de moi, mais j'ai peur de lui téléphoner parce que j'ai l'impression que lui parler fera du mal à Alma. Si tu savais comme je l'aime, cet homme ! Du coup, je sens que je n'ai pas le droit de lui parler. Je sais, c'est totalement irrationnel.

— Effectivement, quel rapport entre les deux ? Tu sais que je suis contre le démantèlement des familles, mais en ce moment je suis pour tout ce qui peut te faire du bien. C'est ton portable qui sonne, non ? » demande-t-elle et Iris tire en hâte son téléphone de son sac, peut-être est-ce Alma, mais non, c'est lui, et elle chuchote « c'est lui, je ne dois pas lui parler », aussi quelle n'est pas sa surprise lorsque son amie lui arrache l'appareil des mains et répond avec un large sourire. « Elle ne peut pas vous parler, lance-t-elle d'une voix forte, vous voulez que je lui transmette quelque chose ? Aucun problème, je le lui dirai, promet-elle avant de terminer la conversation, les yeux brillants. Au moins, il sait choisir son moment, ironise-t-elle, comment a-t-il deviné quand téléphoner ?

— Il a déjà appelé deux fois aujourd'hui et je n'ai pas répondu, rectifie Iris en secouant la tête. C'est irresponsable, Dafna. Imagine qu'il arrive quelque chose à Alma justement maintenant.

— C'est quoi ces superstitions tout à coup ? Ça ne te ressemble pas. Pourquoi te compliquer la vie ? Tu passes une sale période, ne t'impose pas en plus des missions douloureuses, dit-elle avant d'ajouter, surtout que demain il participe à un congrès à Tel-Aviv.

— Ethan ? En congrès ici, à Tel-Aviv ? s'étrangle-t-elle de nouveau. Bizarre… C'est ce qu'il t'a demandé de me transmettre ?

— J'ai déjà vu des choses plus étranges dans la vie, s'amuse Dafna, il y a toujours des tas de congrès à Tel-Aviv.

— Qu'est-ce qu'il t'a demandé de me dire exactement ? Que j'aille le retrouver à son congrès ?

— Quelque chose dans le genre. Qu'il serait ravi de te voir… à condition que tu changes de robe. »

Iris sourit, peut-être a-t-elle raison, peut-être est-ce le signe qu'elle doit le voir, justement. L'abstinence qu'elle s'est infligée est insupportable, sa souffrance n'aidera en rien Alma.

« À propos, comment va Shira ? demande-t-elle en se secouant soudain. Ça fait deux heures qu'on est ensemble et elle n'a pas donné de ses nouvelles, comment est-ce possible ?

— Elle voit ce soir le garçon dont elle est amoureuse. Figure-toi qu'elle t'a écoutée et que ça a marché. C'est leur deuxième rendez-vous.

— Je suis bien contente ! Allez, commandons un dessert. »

Shira a un rendez-vous amoureux et Alma couche avec des inconnus, un pincement de jalousie la contrarie mais elle ne le laissera pas gâcher le bon goût d'un gâteau si moelleux. Oui, elle le verrait demain, elle irait le retrouver à son congrès, sa fille l'aime et elle aime sa fille, elle aime aussi Ethan, peut-être n'y a-t-il aucune contradiction génératrice d'horreurs entre ces deux amours.

« Il est magnifique, l'immeuble d'Alma, du pur Bauhaus », s'enthousiasme Dafna au moment où elle s'arrête à l'endroit où elle a retrouvé Iris, laquelle éclate de rire, « ce n'est pas du tout là qu'habite Alma ! Je n'ai pas fait attention que tu me ramenais ici », et son amie s'étonne, « alors qu'est-ce que tu faisais dans cette cour ? », chose qu'elle a du mal à expliquer car elle n'arrive plus à se reconnaître dans la femme aux abois qui parcourait les rues de la ville à peine deux heures auparavant, alors elle se contente d'indiquer le trajet pour retrouver le bon immeuble qui se dresse rapidement devant elles dans toute sa laideur.

Elle va un peu mieux, même le mystère de l'araignée ne l'empêchera pas de s'endormir, pas plus que l'absence d'Alma. Elle la verrait demain matin et, puisqu'elle a de l'influence sur elle, trouverait les mots justes.

Mais comment les mots justes atteindraient-ils sa fille si elle ne rentre pas ? Iris se réveille toutes les heures dans un appartement qui s'est vidé de ses locataires comme si celles-ci l'avaient libéré pour elle. Elle doit attendre que monte une lumière citronnée et acide, qu'enfle la circulation dans la rue pour enfin entendre la porte s'ouvrir, et elle se fige, tout ouïe, essaie de capter des propos échangés, est-ce parce qu'elles ont deviné sa présence qu'elles ne parlent pas ou parce qu'elles sont trop fatiguées ? À part des bruits d'eau qui coule et des murmures précipités, elle n'entend rien, elles ne goûtent toujours pas ses bons plats nourrissants, ne remarquent toujours pas le sol briqué, le plan de travail reluisant, le saladier rempli de fruits sur la table, elles sont ailleurs, pas dans la réalité, au-dessus ou en dessous, et Iris reste allongée sur le lit sans bouger, à quelques centimètres de l'araignée encore agonisante, et c'est ainsi qu'elle accueillera le jour nouveau, dans une tension émue, bientôt elle le verrait, bientôt elle se lèverait, se doucherait et enfilerait la courte robe tee-shirt noire qu'elle a achetée pour aller le retrouver dans son hôtel du bord de mer.

Elle l'attendrait dans le grand hall, il arriverait immédiatement, ensemble ils monteraient dans une chambre, corps et âme pris de nouveau dans une étreinte originelle. Dafna a raison, rien ne justifie qu'elle se prive de lui justement maintenant. Elle est en train de boire son café lorsque Alma émerge de la chambre de Noa, se dirige vers les toilettes, elle porte toujours le même genre de tee-shirt noir sur ses maigres jambes nues, Iris l'entend se brosser les dents dans la petite douche.

« Pourquoi tu ne rentres pas à Jérusalem ? lui lance sa fille, contrariée, tout en enfilant un pantalon.

— Tu pars déjà ? Où vas-tu ? Tu as à peine dormi !

— Je vais travailler, je suis de l'équipe du matin, lui répond-elle froidement. Tu m'as toujours reproché d'être paresseuse et maintenant que je m'active, à ça aussi, tu trouves à redire ?

— Tu veux que je te prépare quelque chose ? Un café ? Un sandwich ?

— Un café », souffle-t-elle dans un profond bâillement, les yeux mi-clos, elle paraît épuisée à force de travail intérieur et extérieur sans doute, à tel point qu'elle se résigne à la présence de sa mère qui lui sert un café et lui annonce, en intendante dévouée, « aujourd'hui, j'irai chercher les vêtements que j'ai donnés à laver, puis elle ajoute, ça te dirait qu'on se retrouve plus tard et que je t'achète quelque chose de beau à te mettre ?

— Je n'ai pas le temps », réplique Alma, mais Iris constate, étonnée, qu'elle ne lui demande pas quand elle a l'intention de partir, quand elle va lui rendre la clé et libérer son lit tel-avivien qu'elle s'est approprié. Est-ce par excès de fatigue que la gamine ne proteste pas, ou parce que, inconsciemment, la présence maternelle la rassure ?

Lorsqu'elle se trouve de nouveau dans la rue, l'humidité la frappe au visage telle une serpillière dégoûtante, sa gorge inhale trop de gaz d'échappement, mais elle se dirige vers sa voiture, tellement exaltée que la chaleur ne la dérange pas, pas plus que le flash info menaçant de l'autoradio qui l'accueille, ni le tarif exorbitant du parking. La pensée de ce rendez-vous la saisit par les cheveux et la soulève au-dessus du sol, et tandis qu'elle roule vers l'hôtel où se tient justement aujourd'hui un congrès sur les douleurs neurogènes, elle comprend que c'est exactement ce que ressent sa fille à cet instant : cet homme, le patron du bar situé au sud de la ville, l'a sauvée de l'ennui quotidien, lui a proposé un changement, un saut périlleux au-dessus de sa réalité morose, fini l'écran de télévision ou d'ordinateur, fini l'écran de contrôle militaire, il lui a offert une succession de jours et de nuits sur un grand huit, c'est pour ça qu'elle est capturée et captivée par ce sentiment d'exister, tout neuf et terriblement exaltant, par ses autres elle-même qu'elle n'avait pas trouvés dans le miroir, mais elle, Iris, sa mère qui l'a mise au monde, doit lui apprendre, au même titre qu'elle lui a appris à parler, à marcher et à traverser la rue aux passages cloutés, que l'on doit affronter la réalité telle qu'elle est, c'est avec elle que l'on doit pactiser, on doit affronter la chaleur et l'humidité, l'ennui et la routine, les tarifs de stationnement et les infos, parce que c'est à cet endroit et seulement à cet endroit que l'on est libre. Elle doit lui apprendre, même si elle vient de le découvrir à l'instant, que ce que nous pensons vivre en planant au-dessus de la réalité revient en fait à de l'esclavage.

La mer l'accueille avec ses scintillements, lui lance une multitude d'œillades bleues et blanches, arrivée devant l'hôtel, elle s'attarde encore dans sa voiture. Ne répète-t-elle pas inlassablement à ses profs et aux parents que seul l'exemple personnel a une réelle incidence ? Si elle sort maintenant, si elle court le retrouver comme tout en elle le désire, si c'est à ça que sa vie la conduit, elle n'aura aucun droit d'attendre de sa fille un changement de trajectoire. Ce n'est pas une question de superstition mais d'éducation.

Est-ce la voiture d'Ethan qui s'approche ? Si elle le voit maintenant, elle ne pourra pas résister, ne sont-ils pas destinés l'un à l'autre comme la source et le mûrier peuvent en témoigner ? Heureusement, c'est une jeune femme qui claque la portière et se hâte vers le bâtiment, alors Iris laissera derrière elle le luxueux palace avec vue sur la mer, elle roulera, le cœur lourd, jusqu'à l'appartement en rez-de-chaussée, de ceux qui attirent les voleurs, les voyeurs et les bestioles, un appartement qui s'était soudain transformé en piège. Elle roulera lentement, comme on suit un cortège funèbre, malgré les conducteurs qui klaxonnent autour d'elle, la doublent ou lui font des signes énervés, elle roulera, le cœur aussi lourd que le prix qu'elle va payer et qu'elle ne pourrait peut-être jamais justifier, parce qu'elle sait que, toutes les deux ensemble ou chacune séparément, elles allaient devoir apprendre à trouver de la splendeur dans la réalité sans fard.

CHAPITRE 17

Bien que les filles n'aient pas touché à ce qu'elle a préparé, elle se remet à cuisiner. Et pourquoi ne pas sortir dans la rue avec ses casseroles pleines pour distribuer gratuitement ses mets aux passants ? Elle pourrait même les gaver, comme elle le faisait avec Alma, oui, tout en coupant ail, oignons et aubergines, elle essaie de planifier la prochaine étape. Si elle veut avoir une chance d'atteindre sa gamine, elle ne peut pas y aller frontalement, il lui faut trouver un intermédiaire, elle prend son portable et parcourt la liste de ses contacts, il fut un temps où elle avait des amies à Tel-Aviv mais elles ne sont pas restées en relation, ce serait gênant d'appeler tout à coup, surtout qu'elle n'a envie ni de papoter, ni de raconter ses problèmes. Ses doigts s'arrêtent soudain sur le numéro le plus récent, qui n'a été ajouté que la veille, et avant qu'elle ait le temps de changer d'avis, il répond, « tu es libre ce soir, Sacha ? lui demande-t-elle aussitôt.

— La vérité, oui, dit-il d'un ton étonné, la directrice me propose un rendez-vous galant ?

— Ni galant ni directrice, ce serait plutôt un rendez-vous avec une mère désemparée, ça te va ? Je pense que c'est un sujet que tu connais très bien.

— Sûr, j'en ai une à la maison. Cool, on se retrouve où ? », elle essaie de se souvenir du nom du café qu'elle a vu dans la rue voisine du bar d'Alma mais n'y arrive pas, « je t'envoie un SMS pour te le dire, dix-neuf heures, c'est bon ?

— Cool, répète-t-il, toujours un peu étonné. Un rancard avec Mme Eilam, c'est géant ! », elle raccroche alors qu'il en rit encore, va rapidement doucher son corps moite et amer, Ethan est certainement en train de l'attendre et de vérifier son portable à intervalles réguliers, ils ne contempleront pas la ville des fenêtres de l'hôtel, si hautes qu'en bas les gens et leurs maux paraissent aussi petits que des criquets, elle, en revanche, se fondra dans la masse telle une réfugiée perdue qui a laissé le plus précieux derrière elle. N'y a-t-il vraiment pas d'autre moyen ? Pas ce soir en tout cas, et c'est ce soir qu'elle doit intervenir, elle ne peut plus attendre leur retour au petit matin, alors elle s'essuiera avec précipitation, se coiffera, enfilera la longue robe noire achetée au marché et sortira de l'appartement. Dans la lumière feutrée du crépuscule se révélera à elle le chagrin d'une ville où même la fin de journée ne dissipe pas la chaleur, une ville malade, infectée, qui contamine les jeunes filles. La nuit qui cache la saleté et la promiscuité n'est pas encore tombée, la fête n'a pas encore commencé. Elle ne cesse de frôler des cyclistes, des passants qui poussent des landaus ou tirent des caddys, étrangement, ils lui paraissent, à cette heure, tout aussi affolés qu'elle. Est-ce lié aux infos ? Si seulement elle pouvait leur parler, leur demander de la suivre pour former un immense cortège jusqu'au bar maudit, de se rassembler derrière la devanture et d'attendre que sa fille en sorte de son plein gré. Peut-être Alma s'était-elle sentie trop seule, trop angoissée, exactement comme elle la veille mais maintenant sa mère allait l'entourer de gens, sauf que ce n'est pas vers ce bar-là qu'elle se dirige à présent mais vers l'autre, celui de la rue voisine, deux établissements qui se ressemblent beaucoup.

Les endroits minables se ressemblent-ils tous ? La serveuse est squelettique et anxieuse, est-ce qu'elle aussi travaille sans être payée, est-ce qu'elle aussi lutte contre son ego ? Non, elle n'est en prise qu'avec la lassitude, semble-t-il, ce n'est pas facile de financer un appartement au centre de Tel-Aviv (ça, on le lui a déjà dit), elle écoute distraitement ce que Sacha lui raconte sur ses projets, il veut être psychiatre pour s'occuper d'enfants comme lui. Elle se contentera d'une vodka glacée, mais lui commandera le plat le plus cher du menu ainsi qu'une énorme bière, elle sera ravie de le regarder manger et parler, de suivre, sous sa peau mate, ses yeux clairs en amande et ses pommettes hautes, les mouvements de sa mâchoire parfaitement dessinée qui bougera à un rythme soutenu. C'était un enfant d'une beauté époustouflante, tous ceux qui le voyaient s'émerveillaient, mais sous les traits angéliques s'était lovée une volonté démoniaque, elle l'interrompt, « je suis certaine que tu y arriveras, Sachinka. Ta mère t'appelle toujours comme ça ? À dix ans déjà, tu étais la personne la plus déterminée que je connaisse.

— Déterminée à pourrir la vie de mon entourage, ironise-t-il.

— Eh bien tu vois, finalement, ce n'est pas le plus important, la preuve, tu as réussi à orienter cette volonté farouche dans la bonne direction. À chaque réunion, on disait de toi que tu serais soit le chef de la mafia, soit le chef du gouvernement.

— Ce qui revient plus ou moins au même, non ? Super, la bière, vous m'en offrez encore une, madame la directrice ?

— Garde de la place pour la suite, la soirée ne fait que commencer », l'arrête-t-elle, mais lorsqu'elle voit le regard embarrassé qu'il lui lance, elle éclate de rire, « ne t'inquiète pas, Sachinka, les jeunes garçons ne m'intéressent pas. J'ai besoin de ton aide pour Alma », et tandis qu'il continue à mastiquer, elle lui explique quelle sera sa mission : s'installer au bar, lui faire un compte-rendu par SMS de ce qui s'y passe et guetter le moment adéquat pour inspirer confiance à la demoiselle, « je veux qu'elle se sente en sécurité, qu'elle sache qu'on la protège et qu'elle n'est pas seule face à lui, tu comprends ? ».

Plus il l'écoute, plus il s'adoucit et elle voit pointer sous ses traits l'enfant sensible et émotif qu'il était, blessé au plus profond s'il se sentait victime d'une injustice, à présent Alma semble être victime d'une injustice, et bien que ce soit une injustice qu'elle s'inflige à elle-même, il paraît personnellement touché, « merci pour votre confiance, Iris, dit-il d'une voix altérée et les yeux humides, je ferai comme vous dites, je m'installerai là-bas tous les soirs si vous voulez, je vous dois tellement ! Plus qu'à n'importe qui sur terre. J'espère juste que ça servira à quelque chose.

— Merci, mon chou, dit-elle, constatant, à son grand dam, qu'au troisième jour dans cette ville elle aussi commence à utiliser toutes sortes de surnoms bon marché. Il faudra bien que ça serve à quelque chose, je n'ai aucune autre solution pour l'instant, conclut-elle avant de lui donner de l'argent, tu commandes ce que tu veux et tu restes là-bas autant que tu peux.

— Est-ce que j'essaie d'engager la conversation ?

— Peut-être, mais seulement si ça vient naturellement. Je te fais confiance, petit », il se lève lentement, on dirait qu'il hésite à la quitter, et tout à coup il se penche vers elle et lui donne une petite tape d'encouragement maladroite sur l'épaule, « ça va s'arranger, je crois aux miracles et aux mamans. La preuve, regardez-moi », déclare-t-il gaiement, les yeux toujours humides.

Oui, toi, tu es vraiment un miracle, sourit-elle à son dos qui s'éloigne, il porte un tee-shirt à rayures et un short militaire avec, aux pieds, d'immenses chaussures de sport blanches. La majorité de l'équipe enseignante avait prédit qu'il se retrouverait rapidement dans un centre éducatif fermé. Les enseignants entraient dans le bureau d'Iris en larmes, les parents lui téléphonaient sans cesse, menaçaient de retirer leurs enfants de l'école si elle ne renvoyait pas cette terreur (ce qu'avaient fait les autres établissements avant elle). Face à eux, il y avait la mère de Sacha, une ouvrière qui travaillait dur dans une usine de médicaments, une femme démunie qui avait, elle aussi, peur de son fils. Comment aurait-elle pu exclure le gamin et obliger cette mère à perdre des jours de travail précieux, comment aurait-elle pu demander son placement en éducation spécialisée alors qu'elle sentait que sous l'écorce de violence se cachait un être rare aux capacités exceptionnelles. Elle l'avait donc pris sous son aile, avec patience et détermination elle avait désamorcé ses nombreuses résistances. Il l'avait aussi parfois déçue, à plusieurs reprises elle avait failli craquer, mais quelque chose l'avait toujours empêchée de renoncer à lui, et même le jour où il s'en était pris au hamster de la petite animalerie qu'elle avait aménagée à l'école, elle l'avait cru sincère lorsqu'il lui avait expliqué qu'il voulait juste voir les organes internes de l'animal, « il finira chirurgien, avait-elle assuré à sa mère horrifiée, ne vous inquiétez pas, faites-lui confiance, faites-vous confiance, faites-nous confiance. On va lui montrer la bonne voie et il la suivra ».

Elle revoit cette année-là qui, même sans lui, avait été une des pires de sa carrière professionnelle à cause d'une inspectrice qui attendait de la voir échouer, d'une équipe enseignante usée et d'une population difficile, mais elle n'avait pas renoncé. Elle doit à présent faire ce triste constat : sa fille en a payé le prix, elle rentrait à la maison exténuée, après avoir épuisé ses ressources de patience et de curiosité au travail, alors peut-être fallait-il voir dans son plan une justice cosmique exceptionnelle : celui qui avait requis toutes les compétences de la mère se mobilisait à présent pour sauver la fille négligée à cause de lui et qui se retrouve fille du cosmos, mais voilà qu'il lui envoie son premier rapport, « *suis dans le bar, Alma a l'air crevée, l'autre serveuse s'intéresse davantage à moi, le patron porte des vêtements blancs, il est assis au comptoir à côté de moi, vous m'autorisez à lui casser la figure ?* ». Elle lit et relit le message jusqu'à ce qu'elle en reçoive un autre, « *Irissou, le congrès est terminé. Tu peux venir ? Laisse-moi t'aider* ». Beaucoup de petites lettres dansent autour d'elle et essaient de l'amadouer, ses doigts hésitent sur le clavier, elle écrit : « *Mon amour* », sent que si elle envoie ces mots Alma sera définitivement perdue, que si elle ne les envoie pas Alma sera sauvée. Et si elle se trompait ?

Peut-être doit-elle imiter la mère de Noa, « je vis ma vie, avait-elle déclaré, elle la sienne ! Ce que nous faisons nous regarde », sa fille ne gagnerait rien à ce qu'elle se détruise, pourtant elle efface les deux mots, puis les réécrit aussitôt et les envoie le cœur battant, elle reçoit sur-le-champ une réponse en forme de point d'interrogation et de smiley, découvre qu'elle a par erreur envoyé le texto à Sacha au lieu d'Ethan, erreur dans laquelle elle voit une preuve supplémentaire de la nécessité de l'ascèse qu'elle doit s'infliger au moins jusqu'à ce que la gamine soit sauvée, et même si l'épreuve dépasse de loin ce signe, elle glisse son portable dans son sac pour éviter toute tentation, commande une autre vodka glacée, ressort aussitôt l'appareil : elle attend la suite des comptes-rendus, Ethan attend sa réponse, que cette pensée est lourde sur ses épaules ! Est-elle en train de se venger de l'ancienne rupture ?

Quoi qu'il en soit, au lieu de répondre à Ethan, elle envoie un message à Alma, « *ma chérie, tu es certainement fatiguée. Tu rentres quand ? Je t'attends* », puis aussitôt prévient Sacha, « *j'ai envoyé un message à Alma* », lequel lui renvoie, « *elle n'a pas le temps de lire ses messages, elle n'arrête pas de courir, c'est bondé* », aussi est-elle très étonnée de recevoir une réponse rapide et sèche, « *ne m'attends pas, rentre chez toi* », lorsqu'elle en informe le jeune homme, il lui envoie une photo floue, mais sur laquelle elle arrive à reconnaître le portable d'Alma avec sa coque rouge posé sur le comptoir à côté d'un bras en manche blanche, elle comprend que ce n'est pas sa fille qui a répondu mais Boaz, sa colère monte d'un cran, d'autant qu'elle apprend par son informateur que son texto a, en plus, donné lieu à une explication agressive, Alma est en train de se faire remonter les bretelles dans un des coins du bar, Iris a du mal à ne pas bondir de son siège pour se précipiter là-bas, c'est si près, à eux deux ils la tireraient dehors, de force si besoin, personne ne pourrait arrêter Sacha qui serait ravi d'exhiber ses muscles et de donner au patron quelques bons coups de poing.

Oublie tout ce que je t'ai inculqué contre la violence et écrabouille-moi ce type, lui chuchoterait-elle à l'oreille, mais pas tout de suite, ce n'est pas encore le moment, alors elle téléphone à Micky dans l'intention de le mettre au courant, à sa grande surprise il répond d'une voix calme et éveillée, il est en train de réviser avec Omer pour son bac d'instruction civique, lui annonce-t-il, conscient que ça lui ferait plaisir, et il ajoute sur un ton un peu étonné, « il est intelligent, notre gamin », la belle harmonie entre père et fils est si rare qu'elle préfère ne pas l'interrompre par de mauvaises nouvelles tel-aviviennes, alors elle se contente de quelques mots, « super, dans ce cas, on parlera plus tard », ensuite, elle relit le texto, « *ne m'attends pas, rentre chez toi* », puis repasse sur leurs maigres échanges écrits, combien en a-t-il rédigé, lui ? « *pas le temps, désolée* », « *suis au travail* », « *suis occupée toute la journée ! J'assure deux services aujourd'hui plus la fermeture* », « *ne viendrai pas vendredi* », « *ne viendrai pas samedi* », « *ne viendrai pas dimanche* », comment accepte-t-elle de lui donner libre accès à son portable ? Envoie-t-il aussi en son nom des messages aux hommes avec lesquels il lui ordonne de coucher ? Elle en tremble de rage, comment est-ce arrivé à Alma, comment est-ce que ce genre de choses arrive encore à des gamines, à des jeunes femmes, au vingt et unième siècle, après tous les mouvements de libération de la femme ? Sa grand-mère, la mère de Micky, avait été mariée de force à un homme qui s'était révélé violent, après avoir été privée d'instruction, la malheureuse avait été privée d'autonomie, mais Alma, dont les parents n'attendent d'elle qu'une chose, qu'elle s'inscrive à l'université, qui a vu chez elle un modèle de relation égalitaire, comment se fait-il qu'elle soit prête à renoncer volontairement à sa liberté ?

« Vous avez froid ? Vous voulez que je baisse la clim ? » lui demande la serveuse et elle marmonne, « ça ne changera rien, j'ai froid de l'intérieur », mais la jeune femme continue, « vous voulez un verre de thé ? De la soupe peut-être ? Nous avons une excellente soupe de céleri », et Iris commande à la fois le thé et la soupe alors qu'elle n'a qu'une envie, quitter les lieux, même si elle ne sait pas où aller. Nulle part elle n'échappera à son insupportable malaise, car bizarrement, la mainmise de cet homme sur le portable de sa fille la bouleverse davantage que la mainmise de cet homme sur la conscience de sa fille. Sa gorge se convulse comme si elle avait inhalé des produits toxiques qui allaient la faire mourir dans d'horribles souffrances, elle a du mal à respirer, de nouveau elle tend la main vers son téléphone, peut-être tout de même appeler Ethan en espérant qu'il soit encore dans les parages, à quoi bon un exemple personnel dont personne n'a vent et qui la rend si triste, qui la torture parce qu'ils sont destinés l'un à l'autre comme la source et le mûrier peuvent en témoigner.

À l'instar d'Ulysse attaché par ses marins au mât de son navire, elle pourrait demander à la dévouée serveuse de lui ligoter les mains à la chaise pour l'empêcher de téléphoner. Qui sait comment celle-ci réagirait car, assurément, même si elle a déjà tout vu ici, cette requête est anormale, tout comme la situation dans laquelle elle se trouve, être soudain la mère d'une fille elle-même dans une situation anormale, d'ailleurs, n'est-ce pas ce qu'Alma a choisi, de s'abandonner, pieds et poings liés, à cet individu ?

Rien d'étonnant à ce que l'endroit soit quasi vide, la soupe est insipide et le thé tiède, mais peu importe, ce calme autour d'elle lui convient, personne ne l'embête à part la serveuse qui s'approche de nouveau, « tout va bien ? » demande-t-elle mécaniquement et Iris relève la tête, ne peut réprimer un sursaut de révolte, décidément, les gens n'écoutent plus ce qu'on leur dit, ne regardent plus autour d'eux et n'ont pas deux sous de jugeote. « Vous avez vraiment l'impression que tout va bien ? aboie-t-elle pour aussitôt s'excuser, pardon, ne le prenez pas personnellement, c'est juste que ces questions sont tellement inutiles.

— Désolée si je vous ai dérangée », lâche la serveuse, dont les longs cheveux auburn ondulent au rythme de ses pas qui s'éloignent. Alma avait exactement les mêmes, ils lui arrivaient presque jusqu'à la taille, et la veille de sa mobilisation, elle les avait coupés pour la première fois, pas vraiment courts, pourtant cette séparation s'était faite dans la douleur, comme toute la série de séparations qui avait duré jusqu'au lendemain matin, lorsque, fatigués et angoissés, ils l'avaient accompagnée au point de ramassage. Elle s'était blottie contre eux, avait éclaté en sanglots, et lorsque Iris avait refermé ses bras autour d'elle, elle avait été étonnée non seulement de la fragilité de ce jeune corps, mais surtout de la manière dont sa fille s'agrippait à elle, éperdue, incapable de la quitter. À l'appel de son nom, elle était montée dans le car, les épaules frémissantes sous ses cheveux raccourcis, et ils étaient restés là à agiter la main vers le véhicule militaire qui s'éloignait, ensuite ils avaient regagné leur voiture en silence, poursuivis par un funeste pressentiment.

« Arrête de stresser, l'avait-on rassurée ce jour-là en salle des profs, qu'est-ce qui peut bien arriver à une fille ? Attends d'envoyer un fils à l'armée, ça, c'est l'enfer, pour de vrai », mais elle ne s'était pas calmée, avait attendu toute la journée un coup de fil qui n'était venu que le soir, et une Alma décomposée avait bruyamment sangloté dans le combiné, « maman, sors-moi de là ! criait-elle, je ne peux pas rester ici un instant de plus ». Avec Micky, ils avaient essayé de la raisonner, « tous les débuts sont difficiles, tu verras que tu t'habitueras, il sera toujours temps de partir », et effectivement, elle avait fini par s'habituer, mais avec une telle difficulté que ça les avait étonnés et témoignait certainement d'une fragilité à laquelle ils n'avaient pas prêté attention.

Quelques mois après cette matinée, alors qu'Iris la ramenait à la gare routière, elle lui avait tout à coup dit, « tu sais, pas un jour ne se passe sans que je me souvienne de ce trajet en bus, le jour de ma mobilisation. Ça m'a traumatisée, je ne comprends pas comment je suis restée, comment je n'ai pas sauté par la fenêtre, ça a été le pire jour de ma vie ». Alma avait cette propension à lâcher les choses les plus importantes au moment le plus anodin et le moins adéquat, comme pour en minimiser la gravité et s'assurer qu'on ne pourrait pas approfondir le sujet.

Avaient-ils pris ses difficultés trop à la légère ? Dès l'instant où elle avait paru s'habituer à sa nouvelle vie, eux aussi s'étaient habitués à son absence, à leur peur du vide, à son lit déserté qui était devenu pour sa mère un refuge bien commode, d'ailleurs, dès le début, ils ne s'étaient pas privés de lui reprocher ses jérémiades exagérées. « Vous ne vous rendez simplement pas compte à quel point c'est horrible ici, on se croirait dans le ghetto de Varsovie ! » avait un soir pleurniché Alma qui appelait de la base où elle faisait ses classes, et Iris n'avait pu s'empêcher de la remettre à sa place, « comment oses-tu comparer ? Je refuse d'entendre de telles inepties. Soit tu es ignorante, soit pourrie gâtée, soit les deux ! » et Micky avait ajouté avec plus de douceur, de son ton didactique, « c'est justement pour qu'il n'y ait plus jamais de ghetto de Varsovie que tu es soldate.

— Franchement, ne comptez pas sur moi, j'arrive à peine à tenir mon fusil, il est plus grand que moi, avait rétorqué leur gamine avec un petit rire amer.

— Chacun donne ce qu'il peut, tiens le coup, ma chérie, ne laisse pas tomber ! », et effectivement, elle n'avait pas laissé tomber, alors que peut-être, au même moment et d'une manière insaisissable, eux l'avait laissée tomber. Ensuite, comme elle paraissait s'en être remise, ils ne s'étaient pas demandé pourquoi elle avait eu tant de mal à s'adapter, non pas aux conditions matérielles, mais sans doute au fait de quitter sa famille et son enfance, pourquoi s'émanciper avait été plus difficile pour elle que pour ses petites camarades, et apparemment ça continue, la preuve, elle a besoin à présent d'un garde-chiourme qui l'empêche de rentrer à la maison, qui lui impose une coupure nette avec ses parents, qui lui interdit de les voir et même de répondre à leurs messages.

Lui revient soudain en mémoire un soir où elle avait senti chez sa fille cette incapacité douloureusement pressante, aussi douloureusement pressante qu'Alma elle-même. Elle en avait été troublée et inquiète, mais avait balayé ses craintes au bout de quelques jours, on ne peut pas se préoccuper de tous les problèmes en même temps, on essaie d'abord toujours de parer au plus urgent et au plus tangible, vous vous baladez avec une énorme araignée sur la tête sans savoir qu'elle est sur votre tête.

Elle revoit ce drôle d'épisode : ils lui avaient rendu visite un week-end et, comme la base où elle effectuait sa formation de guetteuse était très éloignée de Jérusalem, ils avaient, sur ses conseils, loué pour la nuit une chambre dans le bâtiment réservé aux familles. Elle les avait accueillis avec son habituelle joie fragile, qui s'était rapidement dissipée : bien qu'elle leur ait demandé de venir, ils avaient senti d'emblée à quel point leur présence lui pesait. Iris avait essayé de remonter le moral des troupes en tirant de sa glacière, avec une gaieté factice, les plats sur lesquels elle avait trimé la veille au soir après une exténuante journée de travail, en les nommant comme si elle attendait des applaudissements, « tarte au maïs ! Salade de pâtes ! Feuilleté aux épinards ! Salade de lentilles ! Gâteau de halva, qui a faim ? » avait-elle demandé sur son ton didactique de maîtresse d'école, ensuite elle avait tout disposé sur une table en plastique dans la cour, avec les assiettes, les verres, les couverts et les serviettes en papier, fière de ne rien avoir oublié, mais peut-être justement manquait-il l'essentiel ?

Ce soir-là, ils ressemblaient à ces nomades qui transportent leurs recettes, leurs habitudes alimentaires et leurs complexes d'un endroit à un autre, une figuration de famille avec mère, père, fils et fille assis autour d'une table comme s'ils étaient chez eux alors qu'ils se trouvaient dans la base militaire de leur fille et n'étaient là qu'en tant que visiteurs temporaires, rien que des étrangers en ces lieux, un mur douloureux les séparait d'elle, pendant le repas, pendant la discussion qui avait suivi et surtout au moment d'aller enfin se coucher. Elle était fatiguée d'avoir cuisiné toute la nuit, Micky d'avoir conduit des heures durant, ils avaient donc commencé leurs préparatifs pour la nuit mais Alma ne bougeait pas, elle restait plantée là alors qu'elle devait regagner ses quartiers.

« Tu veux rester dormir avec nous ? » lui avait-elle proposé en voyant combien elle avait du mal à les quitter, et sa fille avait répondu, « je ne sais pas, vous avez de la place pour moi ? ». Iris avait aussitôt tiré le lit de camp qui se trouvait sous son propre lit, Omer dormait déjà profondément sur l'autre lit de camp tiré de sous celui de Micky, Alma avait hésité et finalement décidé que non, « je vais rentrer », mais elle n'avait toujours pas bougé, debout sur le seuil de leur chambre, à regarder sa mère se dévêtir et enfiler une chemise de nuit, elle avait répété, « bon, je vais rentrer », mais s'était rassise sur la pelouse à côté de la table en plastique, fidèle chien de garde, et Iris, incapable de fermer la porte tant qu'elle restait là, l'avait rejointe dehors en chemise de nuit.

« Si quelque chose te tracasse, tu peux m'en parler. Tu as quelque chose de spécial à me dire ?

— On peut parler si tu veux », avait répondu Alma, alors elle avait posé quelques questions et reçu des réponses laconiques, sur la formation, sur ses amies, sur les missions qu'on lui confierait, et lorsqu'elle avait compris que sa fille n'avait pas l'intention d'approfondir, elle s'était excusée avec un sourire contrit, « je suis très fatiguée, ma chérie, j'ai passé la moitié de la nuit à cuisiner.

— Va dormir, maman, s'était empressée de dire Alma.

— Et toi, tu n'es pas fatiguée ?

— Si, moi aussi je suis fatiguée, mais ces mots n'avaient pas été suivis du départ qui s'imposait.

— Eh bien, bonne nuit, avait-elle murmuré en se levant, on a encore toute la journée de demain pour parler.

— Bonne nuit, maman », et malgré cet au revoir, Alma était restée assise sur la pelouse, dans une attente sibylline, et avait accompagné la désertion de sa mère d'un regard perdu. Cette nuit-là n'avait pas été particulièrement bonne, elle avait eu du mal à s'endormir, s'était tournée et retournée dans son lit, inquiète, incapable de comprendre l'attitude de sa fille. Si elle ne s'était pas relevée, c'était qu'elle craignait de la découvrir encore assise à la même place, à côté de la table en plastique, profil triste et anguleux, petite en uniforme, et maintenant, elle est déjà prête à croire que si elle était restée avec Alma jusqu'au matin, sans céder à la fatigue, elle l'aurait peut-être empêchée de tomber dans ce piège effroyable, cet engrenage qui lui demandait à présent, à elle, des sacrifices bien plus pénibles qu'une simple nuit de sommeil.

C'est comme ça, soupire-t-elle bruyamment, sur ce parcours d'obstacles qu'est la vie, on regrettera toujours l'étape antérieure, mais pour l'instant, elle ne veut pas penser à son sacrifice, peut-être d'ailleurs ne sera-t-il que temporaire, un simple report, elle avait attendu des dizaines d'années qu'Ethan revienne, quelques mois de plus ne changeraient en rien la situation, il l'attendrait comme elle l'avait attendu…

mais apparemment le seul fait de penser à lui met Alma en danger, car Sacha lui écrit, « *ça ne sent pas bon* », elle se hâte de demander, « *quoi ?* », il répond, « *elle vient de se changer, robe courte, lourd maquillage et elle quitte le restaurant* », « *tu la suis !* » écrit-elle aussitôt mais il est plus intelligent, « *vaut mieux pas, ça éveillera trop les soupçons, je dois rester* », bien sûr il a raison, mais elle, elle ne risque pas d'éveiller les soupçons, de toute façon la serveuse la prend déjà pour une abrutie (dans le meilleur des cas), alors elle se lève à toute vitesse et lance, « je dois filer, je peux avoir l'addition ? », l'autre s'approche de la caisse dans une lenteur exaspérante, « s'il vous plaît, reprend-elle, je suis très pressée, ma fille vient d'être admise aux urgences », et aussitôt elle tire un gros billet, n'attend pas la monnaie, Micky serait fou devant un tel gâchis, Micky serait de toute façon devenu fou s'il avait été avec elle en ce moment, il se serait, comme elle, précipité dans les rues en hurlant, « Alma, où es-tu ? Alma, attends-moi ! ». Depuis sa blessure, elle n'a pas osé courir, à présent elle sautille avec son bassin en platine, elle a l'impression d'entendre se dévisser les structures que les meilleurs chirurgiens ont mis des heures à placer correctement, « Alma, reviens ! Alma, rentre à la maison ! ».

Elle ne sait absolument pas si la rue qu'elle dévale tant bien que mal la rapproche ou l'éloigne de sa fille, ni si ses cris couvrent le bruit des voitures, des conversations et de la musique des cafés encore ouverts, mais elle continue à s'époumoner sans prêter attention aux regards qu'on lui lance, elle continue à s'époumoner comme si elle était seule dans la nuit, ses yeux s'agitent dans tous les sens à la recherche d'une gamine maigrichonne en robe courte, c'est comme chercher une aiguille dans une botte de foin, elle continue à courir jusqu'à ce que ses pieds, peu préparés à ce sprint soudain, se heurtent à quelque chose de proéminent qui se transforme d'un coup en trottoir où elle s'écroule, raide comme une bûche, les bras tendus en avant dans une sorte d'ahurissement impuissant où se mêlent un éclair de compréhension et l'acceptation de la chute, quelques secondes avant que ses mains ne se cognent contre l'asphalte sur lequel elle ne peut éviter de s'écraser.

Ces secondes-là étaient exactement celles qui lui avaient manqué ce fameux matin où l'éclair de compréhension et le choc étaient arrivés en même temps. Pas un oiseau n'avait pépié, pas une vache n'avait mugi, pas un volatile n'avait volé, elle seule avait fait un vol plané après être passée à travers le toit éventré de sa voiture, et elle avait contemplé de haut l'arène où se révélait l'insoutenable douleur humaine. Elle se souvient de s'être intérieurement séparée de sa mère et de Micky, d'avoir pensé à son père qui allait tendre une main du ciel et la tirer jusqu'à lui, ils avaient tous les deux le même âge à l'époque, mais, fait aussi incontestable que surprenant, elle avait oublié de se séparer de ses enfants, elle avait même totalement oublié qu'elle avait des enfants, maintenant c'est le contraire, elle ne pense qu'à sa fille, où es-tu allée, que fais-tu, quand reviendras-tu ?

« Alma », s'étrangle-t-elle, étalée de tout son long, à plat ventre sur le trottoir, les mains de part et d'autre de son corps comme si elle se préparait à dormir là. On se précipite vers elle, « ça va ? » lui demande-t-on encore et encore, qu'ils sont bizarres dans cette ville, ils voient quelqu'un qui à l'évidence ne va pas bien et n'arrêtent pas de lui poser la même question idiote !

« Pouvez-vous vous relever ? Avez-vous reçu un coup sur la tête ? Voulez-vous qu'on appelle une ambulance ? », des voix et des questions qu'elle entend sans les comprendre, qu'elle comprend sans pouvoir y répondre, auxquelles elle peut répondre mais n'en a pas envie, elle est trop fatiguée, il est temps de dormir, elle a trop bu, elle doit dormir, peu importe où, ici sur le trottoir elle est davantage en sécurité que dans le lit d'Alma, elle se retourne péniblement sur le dos, passe la langue sur ses gencives pour vérifier qu'elle a toutes ses dents, elle a mal partout sous ce ciel piqué d'étoiles qu'elle découvre à chaque battement de paupières, étrange qu'elles soient si lumineuses en pleine ville, mais ça ne l'empêchera pas de sombrer dans le sommeil, rien ne l'en empêchera, ni les étoiles ni les paroles qui fusent au-dessus de sa tête comme si elle était un bébé ou une petite vieille sénile.

« Elle sort de chez nous ! Sa fille est aux urgences ! » entend-elle une femme crier, et elle s'affole, quoi, Alma est aux urgences ? Oui, bien sûr, puisque c'est pour la sauver d'une catastrophe qu'elle s'est élancée derrière elle dans la rue, Alma est aux urgences ! Mais aussitôt elle se rappelle la serveuse qui vient sans doute de terminer son service. « Dans quel hôpital est votre fille ? » lui demande cette dernière en se penchant en avant à tel point que le bout de ses mèches auburn lui caresse les joues. Elle qui a si souvent répété à ses élèves que les mensonges revenaient toujours faire des croche-pieds à ceux qui les avaient inventés, voilà qu'elle en est l'incarnation parfaite, mais il arrive, exagérait-elle parfois pour augmenter sa force de dissuasion, que certains mensonges se transforment en vérité à notre insu. Ses mots la bouleversent à présent, comment savoir qui Alma a croisé, où Boaz l'a envoyée si lourdement fardée, cette ville est pleine d'ivrognes et de drogués, non, elle ne peut pas dormir maintenant, elle doit la sauver, ignorer son corps noué de douleur et continuer à la chercher, si elle fouille systématiquement chaque rue et chaque ruelle elle finira bien par la retrouver, elle essaie de se soulever sur sa main gauche, celle qui lui fait moins mal, tant de paires de jambes se pressent autour d'elle, au moins dix personnes l'encerclent, suffisamment pour commencer un office religieux selon le dogme.

Si seulement elle pouvait se lever, légère, et s'envoler au-dessus des immeubles, lorsqu'ils baisseraient les yeux vers le trottoir, ils découvriraient qu'elle n'est plus là, qu'elle n'a rien laissé derrière elle, qu'ils vont devoir recommencer à s'occuper de leurs propres affaires et non des siennes. Peut-être que la mère de Noa a raison, les gens d'ici veulent fourrer leur nez partout, mais voilà qu'une nouvelle paire de jambes vient s'ajouter au groupe de badauds, des pieds gigantesques à l'intérieur de chaussures de sport blanches, encore un enquiquineur qui se penche vers elle, comment a-t-il réussi à découvrir son nom, « Iris ! Que se passe-t-il ? Vous êtes tombée ? Je vous cherchais », et elle gémit, « Sacha, je l'ai perdue, je n'ai pas réussi à la rattraper !

— Elle va revenir, ne vous inquiétez pas, je vous ramène », et en un instant les gens se dispersent, ruminant leur déception, ils se sont mobilisés pour rien, ont perdu du temps pour rien, quel gâchis, tout se termine en queue de poisson.

« C'est un homme dangereux, déclare son ancien élève qui s'assied à côté d'elle sur le trottoir et allume une cigarette, je l'étranglerais volontiers de mes propres mains, ensuite je le piétinerais, je lui donnerais des coups de pied et je le jetterais à la poubelle », et elle rit malgré la douleur, « voilà que je te retrouve ! C'est exactement comme ça que tu parlais quand tu étais petit ».

Il lui répond par un sourire à la fois gêné, satisfait et contrit. Il a gardé une certaine fierté de l'enfant qu'il a été, pas seulement la honte, remarque-t-elle. À juste titre d'ailleurs, il était courageux et entêté, se croyait cerné d'ennemis et refusait de courber l'échine, maintenant, sa présence à côté d'elle la galvanise, elle se sent dotée de quelque pouvoir magique, comment ce miracle ambulant a-t-il soudain surgi sur son chemin, comment a-t-elle pu imaginer mener ce combat sans lui ?

« Bon, voyons voir les dégâts, déclare-t-il en l'examinant attentivement après avoir écrasé son mégot avec ses énormes pieds. Où avez-vous mal et est-ce très douloureux ? J'étais infirmier à l'armée », précise-t-il et elle énumère, « j'ai mal à la main droite, au genou droit et aux côtes ». Il examine d'abord sa main, « vous pouvez bouger les doigts ?

— Oui, mais difficilement, hoquette-t-elle.

— C'est vraiment enflé, on va appeler une ambulance et aller aux urgences.

— Hors de question. Je suis incapable de voir le moindre hôpital maintenant, attendons demain matin, s'il te plaît, Sacha », implore-t-elle comme si elle était une gamine et lui son père, « bon, on peut aussi aller demain matin dans un centre de santé, convient-il après lui avoir palpé les doigts, la question c'est de savoir si la douleur est supportable », et elle répond aussitôt, dégoulinante de gratitude, « je préfère attendre, tu m'aides ? ».

D'un geste lent, avec d'infinies précautions, il la relève, la remet sur ses pieds, « vous pouvez marcher ? », et elle répète, « oui, mais difficilement », par chance un taxi malin stoppe à leur hauteur, Sacha l'aide à se glisser sur la banquette arrière pour un bref trajet, au bout de quelques minutes, ils s'arrêtent devant les colonnes de l'immeuble grisâtre, il règle la course et se penche vers elle, un instant plus tard elle se retrouve dans ses bras, portée telle une fraîche épousée que son jeune mari mène à leur nouvelle demeure pour la nuit de noces, elle pose la tête contre son large torse en tee-shirt rayé, il a la peau lisse et le cœur puissant, *oïe*, Ethan, soupire-t-elle, nous nous sommes pris pour des demi-dieux, nous croyant capables de revenir en arrière et de réparer toutes nos erreurs !

Mais à l'entrée de l'immeuble, il se fige, elle sent ses muscles se durcir, tourne la tête et voit sa fille assise sur les marches du perron, vêtue d'une robe jaune très très courte, les jambes serrées, Alma qui écarquille des yeux maquillés à outrance, abasourdie par la vision qui se révèle à elle, « je t'ai dit que j'avais pas la clé ! » bondit-elle soudain en crachant le reproche qui attendait au bord de ses lèvres, mais aussitôt elle se ressaisit, « qu'est-ce qu'il s'est passé ? C'est qui ? Je n'y comprends plus rien !

— Alma, tu trouveras la clé dans son sac, dit Sacha. Ta mère est tombée, elle est partie à ta recherche et elle est tombée.

— À ma recherche ? Pourquoi ? » marmonne la jeune fille qui, furieuse, fouille dans le sac de sa mère. Elle attend d'ouvrir la porte et d'allumer la lumière pour le regarder, mais alors elle pointe vers lui un doigt accusateur, « c'est à cause de toi ! s'écrie-t-elle, tu étais chez nous dans le bar ! Je n'y comprends plus rien !

— Où est ton lit ? demande-t-il avec impatience comme s'il était l'adulte responsable et elle la gamine insupportable, ta mère a besoin de s'allonger et d'être soignée avant de pouvoir répondre à toutes tes questions ». Une fois de plus, Alma lui obéit, indique la porte de sa chambre, Iris écoute leur discussion, eux aussi parlent au-dessus de sa tête, comme les gens dans la rue, mais cette fois ça lui plaît, ça lui plaît tellement qu'elle a de nouveau envie de sombrer dans le sommeil et de laisser à Sacha le soin d'expliquer les choses comme bon lui semblera. De toute façon, il est grillé, il ne pourra plus aller s'asseoir là-bas et se faire passer pour un client lambda, de toute façon, sa stratégie au long cours vient de s'écrouler, ne lui reste que le présent, cette nuit, ses membres fracassés. A-t-elle jamais eu autre chose que le présent, se demande-t-elle, même si elle a refusé de s'y abandonner, et elle a beau essayer de le dominer à grand renfort de communiqués hebdomadaires et de plans sur la comète, voilà ce qu'il lui dit, le présent : je ne suis pas l'écho de tes souvenirs passés, je ne suis pas un pont vers tes souvenirs futurs, je suis l'unique chose que tu possèdes, l'essence de ton existence, fais-moi confiance, de toute façon, tu n'as pas le choix.

Mais comment lui ferait-elle confiance ? Sa douleur augmente d'instant en instant et sa colère avec, tout est anéanti, rien n'a fonctionné comme prévu car après avoir nettoyé, cuisiné, acheté, rangé dans une espèce de toute-puissance euphorique, après s'être autoproclamée intendante de l'appartement de sa fille dans l'espoir que celle-ci accepterait sa présence, la voilà devenue subitement un être aussi inutile qu'inutilisable, rien qu'un fardeau dont on se serait bien passé.

Mais oui, pourquoi a-t-elle couru après Alma au lieu de l'attendre sagement ici, de l'accueillir à son retour, de lui donner à manger et de la coucher ? Jour après jour, elle l'aurait ainsi ramenée dans son giron, avec patience et persévérance, peu importe où tu vas et ce que tu fais, le principal, c'est que ta mère t'attende dans un logement propre avec un repas nourrissant. Tel était son plan, même s'il ne lui apparaît clairement que maintenant et alors qu'il s'est désintégré comme elle sur le trottoir, car voilà, à son grand regret elle va devoir rentrer chez elle rapidement et y rester tant qu'elle aura besoin d'assistance : même si elle n'a rien de cassé, elle est limitée dans ses mouvements, incapable de ranger, cuisiner, s'occuper de qui ou de quoi que ce soit, si bien que sa présence à Tel-Aviv, dans cet appartement, a perdu tout son sens, elle secoue la tête avec une irritation croissante au moment même où Sacha s'approche d'elle, il tient un bol et du coton, « je dois nettoyer vos plaies », et il se penche vers son genou dénudé, y passe délicatement le coton imbibé de savon, effleure la plaie au creux de sa paume, les dommages semblent superficiels, de nouveau il examine la mobilité de ses doigts, « ce n'est peut-être qu'un coup, dit-il, je vais vous bander la main en attendant, ça vous soulagera pendant la nuit, demain, on ira voir un médecin. Vous avez de quoi faire des bandages ici ? ».

Alma secoue négativement la tête, son beau visage fardé fixe les contusions avec effroi, « pas grave, à l'armée, on se débrouillait sans, tu as un tee-shirt dont tu ne te sers pas ? ». Après avoir cherché dans son armoire, elle lui tend à contrecœur un de ses fameux hauts noirs, son uniforme d'esclave, Iris suit, hypnotisée, les mouvements des mains énormes du jeune homme qui déchirent le tissu en fines bandes et lui rappellent la déchirure de deuil qu'on avait pratiquée sur la chemise d'Ethan, si profonde que la peau de son torse était apparue au moment où il s'écroulait devant le tas de terre et criait, « reviens ! ». Pourtant, dans le présent qu'elle est en train de vivre, c'est justement d'une déchirure d'espoir qu'il s'agit et elle se surprend à psalmodier, « faites que tu sois ainsi arrachée à lui, faites que tu sois ainsi arrachée à lui, *amen selah* ».

Je rêvais de te serrer contre moi aussi fort que ça, pour que tu aies moins mal, aimerait-elle dire à Alma tandis qu'il lui entoure d'une bandelette noire le poignet puis les doigts en les maintenant serrés, ce qui, effectivement, apaise un peu la douleur, ensuite il improvise une attelle avec plusieurs bandelettes nouées bout à bout qu'il lui passe autour du cou, « c'est drôle, tout ce noir ! On dirait une maîtresse sadomaso, ne lui manque que le fouet ! » remarque Alma en riant, Sacha examine son œuvre avec satisfaction et déclare, lui aussi amusé, « oui, c'est un peu limite », Iris apprécie la réserve qu'il affiche vis-à-vis de sa fille, au moment où s'installe un début d'intimité il se lève en hâte, « allez, je bouge, appelez-moi demain matin », et le voilà qui sort, il est si grand que la pièce paraît deux fois plus spacieuse après son départ, il a claqué la porte sans un regard pour son hôtesse qui ne peut pas se retenir et demande aussitôt, « c'est qui ? Tu le sors d'où ?

— C'est un ancien élève, je l'ai croisé par hasard dans la rue », déclare Iris qui espère, avec cette formulation un peu vague, brouiller la chronologie des événements et laisser sous-entendre qu'elle ne l'a croisé qu'après sa chute, mais sa fille tient justement à avoir des précisions, « alors c'est toi qui nous l'as envoyé ? » insiste-t-elle. Adossée au chambranle, toujours vêtue de sa robe moulante décolletée dans le dos, elle la dévisage avec méfiance de ses yeux soulignés d'un trait noir foncé et Iris essaie d'éluder, « aurais-tu un cachet contre la douleur ?

— Non, je n'ai rien contre la douleur, lui renvoie-t-elle méchamment, avant de continuer, un cran plus haut, pourquoi est-ce que j'aurais ici quelque chose contre la douleur ? Comment est-ce que je pouvais deviner que tu viendrais ? Comment est-ce que je pouvais deviner que tu tomberais ? Et pourquoi est-ce que tu es toujours aussi distraite ? » lance-t-elle à sa mère qui encaisse en silence avant de protester d'une petite voix, « pourquoi est-ce que tu m'agresses comme ça ?

— Moi, je t'agresse ? C'est toi qui m'agresses ! Quelqu'un t'a demandé de venir squatter chez moi tout à coup ? Et pourquoi es-tu incapable de faire attention à toi ? Je ne supporte pas de te voir avec tous ces bandages !

— Je suis d'accord avec toi, ne t'inquiète pas, tu n'auras pas à me supporter longtemps, je vais demander à ton père de venir me chercher demain et de me ramener à la maison », dit-elle, s'efforçant de masquer son chagrin et sa vexation, mais à sa grande surprise, sa fille tape du pied, éclate en sanglots, s'assied au bord du lit et enfouit son visage dans ses mains, son dos nu est secoué de tremblements, « évidemment, ça te donne un bon prétexte pour me fuir ! C'est pour ça que tu te blesses tout le temps, pour nous fuir ! ». Ces mots laissent Iris abasourdie, ça fait des années qu'elle ne l'a pas vue pleurer aussi violemment, on dirait un bébé en pleine crise de rage, « Alma, qu'est-ce que tu veux ? Aide-moi à t'aider !

— Je n'ai pas besoin de ton aide, continue à sangloter sa fille, j'ai d'autres personnes qui m'aident, j'ai un maître qui m'apprend à vivre ! Tu avais raison de me dire que je gâchais ma vie devant la télé, tu as toujours raison, mais tu n'avais rien à me proposer à la place, alors que lui, si !

— Calme-toi, ma chérie, dit-elle en cherchant désespérément les mots justes, tu as à peine dormi cette nuit, prends-toi quelque chose à manger et va dormir. On en reparle demain, d'accord ?

— Demain, je ne serai pas là ! hurle alors Alma qui bondit sur ses pieds et se dresse devant elle, son maquillage dégouline en serpentins noirs qui donnent l'impression que son visage se fendille, je quitte cet endroit, je refuse de te voir de nouveau allongée sans pouvoir bouger ! Pourquoi tu ne regardes pas où tu mets les pieds ? Je retourne travailler, je n'ai pas fini mon service », et c'est au tour d'Iris d'essayer de se redresser, elle lui attrape la main, « tu ne t'en vas pas ! »

dit-elle de sa voix la plus autoritaire, mais sa fille se dégage, comment la devancer pour la bloquer de son corps, elle qui ne peut pas se lever, qui sent des tonnes de douleur la plaquer au lit, « ne t'en va pas, la supplie-t-elle, les yeux remplis de larmes, j'ai besoin que tu sois auprès de moi, je ne peux pas rester seule.

— Tu as besoin de quoi ? demande la gamine qui évite son regard et revient vers elle d'un pas méfiant, un instant on n'entend que le souffle lourd de leur respiration.

— J'ai peut-être encore des antalgiques dans mon sac, tu peux aller voir s'il te plaît ? », Alma s'exécute avec des gestes brusques et lui tend quelques cachets qu'elle a trouvés, perdus tout au fond. Petite, elle aimait chercher des surprises dans le sac de maman, des chewing-gums, des bonbons, un nouveau rouge à lèvres. Elle se disputait avec Omer le droit de fouiller dedans (Iris le retrouvait souvent en désordre et poisseux), mais voilà qu'elle le lâche soudain au milieu de la pièce parce que dans son propre sac son portable se met à sonner et elle court s'enfermer dans la chambre de Noa, d'où monte rapidement sa voix tremblante et éperdue.

Lui ordonne-t-il de revenir travailler ? Dans ce cas, que faire ? Mère dépassée, elle n'a maintenant plus aucune arme contre lui, si Alma choisit de partir, elle n'a plus rien à mettre en branle, elle essaie d'écouter ce qui se dit en toute impuissance. Comment la garder ici jusqu'au matin ? « Apporte-moi un verre d'eau », demande-t-elle dès que la porte s'ouvre et que sa fille réapparaît, certes effrayée mais qui apparemment n'a plus l'intention de s'en aller, « et si tu as faim, il y a plein de choses à manger », ajoute-t-elle. Il semble même qu'Alma arrive enfin à prendre le temps de constater le changement qui s'est produit dans le petit appartement mais hésite encore sur la réaction à avoir : reprocher à sa mère cette incursion dans son intimité ou au contraire apprécier les améliorations, elle qui a toujours aimé l'ordre et la propreté, les draps soyeux et les serviettes parfumées. « Ça ne te va pas du tout, genre de la jouer mère nourricière », lâche-t-elle sèchement, mais elle revient de la cuisine avec le verre d'eau demandé et une assiette pleine, puis s'assied au bord du lit, « je n'ai pas eu le temps de manger aujourd'hui », grogne-t-elle tout en avalant avec appétit, « vous ne mangez pas au travail ? » s'enquiert prudemment Iris et Alma répond la bouche pleine, « en général si, mais aujourd'hui, je suis partie plus tôt.

— Pourquoi ? », et sa fille répond avec un naturel qui, vu les circonstances, est de très mauvais augure, « parce que j'ai vu ton message qui me disait que tu m'attendais ». Incroyable d'entendre ces mots si simples, ici et maintenant, alors qu'ils appartiennent à une tout autre réalité. Nous sommes tombées bien bas, ma chérie, puisqu'ils lui reviennent vidés de leur sens, ces mots si simples, mais elle n'ose rien dire, elle est à peine arrivée à l'empêcher de partir et a peur d'un nouvel embrasement, alors elle se contente de la regarder en silence, sa fille a l'air d'apprécier l'aspect de l'appartement mais bien sûr préférera le cacher tout comme Iris cachera le plaisir que lui procure sa présence, là, à côté d'elle, en train de mastiquer et d'avaler, de mastiquer et d'avaler.

« Il est fâché que tu sois partie plus tôt ? » ose-t-elle enfin demander, utilisant volontairement les mêmes mots, et sa fille lui lance un coup d'œil rapide comme si elle essayait de deviner si cette question était une pique ou non, et enfin elle répond avec une franchise déconcertante, « évidemment qu'il est fâché, il dit que j'ai une fois de plus cédé à mon ego, mais je ne me sentais pas de te laisser. Je n'ai pas cédé à mon ego, je ne voulais simplement pas que tu m'attendes, je sais que tu détestes te coucher tard », Iris l'écoute, ses lèvres frémissent d'émotion, alors elle ne lui dira pas que ce qu'elle a tant de mal à justifier dans sa réalité perverse est une réaction normale dans la réalité normale (qui n'est malheureusement pas la leur présentement), elle se contentera juste de chuchoter, « je suis contente que tu sois rentrée », pour ajouter aussitôt, « tu dois être très fatiguée, je suis désolée de monopoliser ton lit, mais il y a de la place pour deux.

— Non, non, je vais m'allonger dans le lit de Noa.

— Pourquoi ? Si tu dors ici, elle ne te réveillera pas quand elle rentrera, c'est mieux », insiste-t-elle en poussant ses membres douloureux contre le mur. Par chance, sa fille est trop fatiguée pour discuter, elle éteint la lumière et se couche aussitôt à côté d'elle, sans se changer, sans se laver le visage ni se brosser les dents. Avec quelle rapidité elle a adopté les conditions de vie des survivants, mais au lieu de lui en faire la remarque, Iris se ratatinera le plus possible, s'empêchera de bouger, cette nuit, elle sera une mouche sur son mur, une mère sur son mur, et c'est du mur qu'elle écoutera sa respiration rapide, les sonneries de son téléphone qu'elle n'a pas éteint, et malgré la douleur qui lui transperce le poignet, les doigts et le genou, elle osera sentir une satisfaction si forte qu'elle ne saura pas ce qui la lancine le plus, la douleur ou la joie du choix fait par Alma, serait-ce le signe d'un début de guérison, quoi qu'il en soit, cela transformera ses maux de douleur en maux de presque bonheur, comme ceux de l'enfantement. Y a-t-il un événement aussi heureux et aussi douloureux à la fois que la naissance ? On a beau souffrir terriblement, à aucun moment on n'oublie qu'on est en train de donner la vie.

Et souvent une seule fois ne suffit pas, nous devons donner et redonner la vie à nos enfants, veiller encore et encore sur la flamme de leur souffle, les aider encore et encore à choisir cette vie qu'on leur a offerte sans qu'ils aient rien demandé, et c'est ce qu'elle est en train de faire à présent, voilà pourquoi elle a si mal, comme pour son accouchement, par la nuit froide où son jeune corps plié de douleur se séparait de la créature qui s'était tranquillement installée en elle. Qu'elle avait été pénible, cette séparation, même si elle avait débouché sur une rencontre, qu'elles sont dures les séparations attendues que nous impose la nature, ce compte à rebours toujours enclenché, un temps pour la grossesse, un temps pour élever les enfants, un temps pour la vie elle-même et parfois, un temps pour l'amour. Cette nuit-là, la douleur de la déchirure avait supplanté la joie de la rencontre, son corps vide et effiloché pleurait cette première unicité à jamais perdue, la petite aussi pleurait sans cesse dans les bras de Micky qui la berçait tendrement avec les chants arabes mélancoliques que sa mère lui avait chantés dans son enfance.

Cela avait été, bien sûr, le début d'une longue série de départs et de retours qu'elles avaient vécus ensemble, toutes deux toujours condamnées à ce que le chagrin de la séparation remplace la joie des retrouvailles fuyantes et embarrassées pour la plupart, mais à présent qu'elles sont couchées dans le même lit pour la première fois depuis de nombreuses années, elle sent la puissance de leur imbrication, même si sa fille dort et qu'elle-même a sombré dans une sorte de somnolence.

Des contractions douloureuses s'enroulent autour d'elles, dessinent la géographie de leurs existences qui ne se recoupent que partiellement, ses maux qui ont assombri les heures et les jours d'Alma, les fragilités d'Alma qui assombriront ses heures et ses jours à elle, tant de déchirements les attendent encore et elle soupire, oh, Ethan, ne pas avoir le choix rend malheureux, comme à l'époque quand tu m'as imposé de passer une vie entière sans toi, mais choisir est tout aussi difficile, comme maintenant avec une vie déjà bien entamée et qui plus jamais ne sera entière, pas même avec toi, elle essaie de réagir, dans les situations de stress il ne faut surtout pas penser à long terme, alors elle ne pensera pas plus loin que le lendemain matin : elle allait devoir passer une radio qui préconiserait peut-être un plâtre ou, pire, une opération, elle préviendrait Micky et lui demanderait de venir la chercher, elle a besoin d'assistance et Alma n'est pas à la maison de la journée, non, cet avenir-là est déjà trop éloigné pour elle, seul existe l'instant présent, cet instant où elle va fermer les yeux malgré la douleur, s'endormir, et elle ne sait même pas si elle dort lorsque la porte de l'appartement s'ouvre dans un crissement, qu'une violente lumière jaune envahit la pièce et que monte une voix aiguë, « Alma, lève-toi vite, tu vas morfler, ma belle ! Appelle Boaz tout de suite, si tu savais comme il t'en veut », elle ouvre les yeux et voit Noa debout sur le seuil de la chambre, elle aussi en robe courte et le visage fardé, Noa qui remarque sa présence mais ne renonce pas, « je dois absolument réveiller Alma, tente-t-elle d'expliquer cette fois en baissant la voix, croyez-moi, c'est pour son bien.

— Tu devras me passer sur le corps, transmets à Boaz que je ne t'ai pas laissée la réveiller.

— Je vous en supplie ! Alma ne vous le pardonnera pas, elle n'a pas le droit de dormir s'il a besoin d'elle, c'est pour son bien ! répète-t-elle.

— Toi aussi, va dormir, ma petite Noa, tu as l'air épuisée. Fais-moi confiance, d'accord ? Je prends tout sur moi. »

La jeune femme recule d'un pas hésitant, « je ne sais pas.

— Eh bien moi, je sais, la coupe-t-elle. Tu n'as rien à craindre. Éteins la lumière et va dormir. À propos, j'ai parlé à ta mère et elle m'a dit que tu lui manquais beaucoup. Elle serait ravie que tu fasses bientôt un saut là-haut », et Noa se fige sur le seuil, « c'est ce qu'elle a dit ? Ce n'est pas son genre, lâche-t-elle, dubitative.

— Détrompe-toi. Il arrive que les gens changent. Surtout les mères. »

CHAPITRE 18

Le grand méchant loup aurait-il profité de son sommeil pour lui enlever sa brebis, sa petite brebis égarée et adorée, qui a passé la nuit collée à elle, calme et tiède, car maintenant le lit est vide, l'appartement est vide, s'il y a eu la moindre avancée, il n'en reste aucune trace. Elle s'est rapidement habituée au vacarme de la rue animée, il est presque midi quand elle émerge, avance d'un pas lourd en s'appuyant aux murs et aux meubles. Qu'elle est longue cette via Dolorosa qui la mène à la bouilloire, aux toilettes, à son sac, à son portable, à un cachet, chaque geste lui broie les os, elle n'a qu'une envie, retourner au lit, mais une fois recouchée, elle n'éprouve aucun soulagement, sous les bandelettes noires ses doigts bleuis ont enflé, son genou la tenaille et ses côtes frissonnent à chaque inspiration.

Inquiète, elle consulte ses messages, mais il n'y en a aucun d'Alma, sa victoire de la veille s'est-elle dissoute dans son sommeil ? Pendant un laps de temps béni, elle avait cru avoir réussi à la détourner, à s'être rapprochée d'elle, mais il ne s'agissait que d'une illusion. Sa petite est de nouveau là-bas, elle est allée retrouver ses démons et l'a laissée seule ici, trahie, à souffrir inutilement. Jamais elle ne s'est sentie aussi impuissante, pas même après sa blessure : à l'époque, sa mission principale était de guérir, alors que maintenant elle doit sauver Alma, ce qu'elle ne pourra pas faire en restant allongée sur un lit, poids mort, et c'est en broyant du noir qu'elle passe en revue ses autres messages, Micky, sa secrétaire, Sacha et une de ses profs. De Douleur, rien. A-t-il renoncé à elle ? Essaierait-elle d'aller le voir en consultation, maintenant que, de toute façon, son échec est évident ? Le laisserait-elle lui panser ses plaies ? Je ne m'y connais qu'en maladies incurables, avait-il dit et ils avaient piqué une crise de fou rire comme des gamins. Alma est-elle incurable ?

Le terrible interdit la paralyse de nouveau, ses doigts n'ont pas été blessés pour rien, elle se hâte d'appeler Micky, il répond de la voix chaude et dévouée qu'il lui réserve quand ils ne sont pas sous le même toit, « je me suis inquiété pour toi, Iris, Alma m'a dit que tu étais tombée », un instant elle s'étonne qu'il connaisse Alma, elle s'était sentie si seule pendant la nuit, presque une mère célibataire, et elle lui demande, « quand est-ce que tu lui as parlé ? Elle avait l'air comment ?

— Il y a environ une heure. Elle avait l'air bien. Un peu confuse mais moins hostile. Et toi, tu es dans quel état ?

— Pas génial, soupire-t-elle, il faudrait que tu viennes me chercher ce soir pour me ramener à la maison, ça ira ? Je ne peux pas rester ici toute seule, je suis presque redevenue handicapée, Micky, c'est apparemment mon karma !

— Je pense au contraire que tu devrais rester à Tel-Aviv, répond-il après un instant d'hésitation. J'ai l'impression qu'elle est contente d'avoir à s'occuper de toi. Laisse-la faire. Pourquoi pas, d'ailleurs ?

— Mais elle est tout le temps au travail, ou peu importe comment on appelle ça ! Tu ne veux pas de moi à la maison ?

— Elle est au travail ? Elle m'a dit qu'elle avait pris sa

journée pour s'occuper de toi, et j'ai trouvé que c'était une évolution très positive.

— Si elle te l'a dit, lâche Iris avec contrariété, c'est sans doute que les mensonges font partie de son évolution intérieure. Elle n'est pas là, mais si c'est compliqué pour toi de venir, je prendrai un taxi, et si tu ne veux pas de moi à la maison, j'irai à l'hôtel.

— Arrête un peu ! Tu ne crois pas qu'il est temps que tu te débarrasses enfin de ton syndrome d'abandon ?

— De quoi tu parles ? s'étonne-t-elle.

— Tu sais très bien de quoi je parle. Je n'ai aucun problème pour venir ce soir, je pensais juste que ça lui ferait du bien de s'occuper de toi, que ça vous ferait du bien à toutes les deux.

— Désolée de t'apprendre que tu t'es fourré le doigt dans l'œil ! » mais aussitôt elle se mord les lèvres et cherche à rattraper la conversation, parce que la porte s'ouvre sur sa fille qui apparaît les bras remplis de paquets, vêtue de la même robe mais sans son maquillage outrancier, et qui déclare, « j'ai été te chercher des antalgiques.

— Merci, murmure-t-elle, la voix éperdue de gratitude, quoi, tu n'es pas allée travailler ?

— Non, tu as dit que tu ne pouvais pas rester seule ici », et Iris chuchote rapidement dans le téléphone, « pardon Micky, tu avais raison », mais il a déjà raccroché et là aussi il a raison.

Elle paraît effectivement contente de s'occuper de sa mère, même si elle essaie de le cacher. Mais l'est-elle vraiment ? Malgré les efforts déployés, ce n'est pas tout à fait convaincant, elle parle d'une voix trop forte et trop tendue, elle s'agite exagérément, a acheté du raisin bien qu'il y en ait un bon kilo sur la table, ne cesse de lui proposer du café mais oublie de lui apporter le verre d'eau qu'elle a demandé, elle tourne sans but entre ses quatre murs, de temps en temps son portable sonne, elle va s'enfermer dans la chambre de Noa et en ressort le regard fuyant.

« Alma, viens, assieds-toi un instant, finit-elle par dire.

— J'arrive, je nous prépare un bon petit déjeuner ! » Suivent effectivement des bruits de réfrigérateur ouvert et fermé fiévreusement, de légumes coupés qui lui parviennent de la cuisine, le genre d'activité qui n'a jamais enthousiasmé Alma mais elle a sans doute acquis de l'expérience en tant que serveuse, et voilà qu'elle passe le seuil de la chambre avec un plateau très appétissant sur lequel sont posés des tranches de pain, du fromage et des crudités, du raisin bien sûr et du café, Iris la complimente comme si elle venait d'accomplir un miracle et leur ménage de la place sur le lit.

« Tu sais de quoi je me suis tout à coup souvenue ? » lui demande sa fille après s'être assise à côté d'elle et adossée au mur, la bouche pleine. Elle contemple, dans l'expectative, ses mastications rapides, « de quoi t'es-tu souvenue ?

— Peu importe, d'ailleurs peut-être que ça n'est pas arrivé en vrai.

— Si, allez, raconte. Raconte !

— Rien, lâche Alma à contrecœur, je me suis juste souvenue du premier matin de ton retour de l'hôpital. Je m'étais levée très tôt et je t'avais préparé un petit déjeuner, j'avais tout bien rangé sur le plateau mais tu n'en as pas voulu. Enfin, j'invente peut-être...

— *Oïe*, ma chérie, je suis tellement désolée, je ne m'en souviens pas du tout, mais à l'époque j'étais sous morphine, je n'avais pas les idées claires. Pourquoi est-ce que je n'ai pas voulu de ton petit déjeuner ?

— Parce que tu avais la nausée, tu ne voulais même pas

qu'on entre dans la chambre, j'avais tellement attendu ton retour, mais en fait, on ne te voyait presque pas. Arrête, pourquoi tu pleures, maintenant je regrette de t'en avoir parlé.

— Je ne pleure pas, je ne pleure jamais, lâche Iris pour aussitôt éclater de rire, consciente du total décalage entre son affirmation et la réalité, excuse-moi, ma chérie, ça a été une période horrible, je ne voulais pas que vous me voyiez souffrir. Quand vous étiez à côté de moi, je m'efforçais de vous prouver que tout allait bien et ça m'épuisait. Si tu savais comme c'est insupportable d'être une mère hors service, rien de plus contradictoire avec l'essence même de la maternité. Et le pire, c'est d'être une mère assistée.

— Mais moi, j'avais envie de m'occuper de toi, réplique Alma tout bas, j'avais enfin la possibilité de te surprendre agréablement parce que je savais que je te décevais tout le temps. Je voulais te prouver que j'étais capable de t'aider.

— Tu me décevais ? Pourquoi dis-tu une chose pareille ? se hâte-t-elle de protester. Pourquoi penses-tu m'avoir déçue ?

— Je ne sais pas, peut-être parce que je n'étais pas la première de la classe ? Parce que je n'ai persévéré dans aucune activité extrascolaire ? Parce que je regardais trop la télé ? Je voulais te montrer que prendre soin de quelqu'un, j'en étais capable, j'ai même acheté un livre de cuisine, j'ai appris à préparer plusieurs plats pour toi, mais tu n'en as jamais voulu.

— Ma chérie, c'est surtout que je ne m'en suis jamais doutée. Je me souviens qu'au début je préférais effectivement rester seule, mais après, quand mon état s'est amélioré et que j'ai essayé de retrouver ma place au sein de la famille, je t'ai trouvée très distante.

— Je renonce vite, tu le sais bien. Je n'arrive pas à m'accrocher. À propos, c'est qui, Ethan ? »

La question la prend de court, elle reste bouche bée, « Ethan ? bafouille-t-elle, pourquoi ?

— Tu as apparemment rêvé de lui, quand je me suis réveillée, je t'ai entendue marmonner quelque chose, genre tu l'appelais ?

— Vraiment ? s'étonne-t-elle en jouant les innocentes. C'est quelqu'un que j'ai aimé il y a trente ans, j'étais même plus jeune que toi à l'époque. Étrange que j'aie soudain rêvé de lui.

— Chez moi aussi, les rêves marchent à rebours. Cette année, je rêve beaucoup de la période qui a suivi l'attentat, genre tu es blessée, j'essaie de te sauver et je suis blessée à mon tour.

— Pourquoi ne pas me l'avoir raconté ? Comment se fait-il qu'on n'en ait jamais parlé ? déplore Iris qui secoue la tête, de plus en plus perplexe.

— Avant, j'avais du mal à m'exprimer, j'étais beaucoup trop fermée, mais Boaz m'aide à m'ouvrir et grâce à lui je peux maintenant dire les choses.

— C'est très important, en effet, marmonne-t-elle, essayant de masquer combien le retour de l'ennemi la dépite. Comment t'aide-t-il exactement ?

— Ça fait partie du travail intérieur, on change les choses qui me dérangent en moi. Je sentais depuis longtemps que ma vie ne pouvait pas continuer comme ça, et c'est Boaz qui m'a offert la possibilité d'un réel changement.

— Je comprends », dit Iris avec douceur alors que tout en elle voudrait hurler : mais pourquoi ce changement-là justement ? Comment ne vois-tu pas à quel point c'est malsain ? Tout en elle comprend aussi que pour l'instant mieux vaut éviter le moindre mot négatif, l'heure n'est pas aux leçons de morale, rien qu'à l'acceptation pacifiée. Elle s'occupera de sa fille et sa fille s'occupera d'elle, peut-être qu'ainsi elles arriveront, lentement, à désamorcer la charge explosive déposée devant leur porte.

« Je suis contente qu'on en discute enfin », reprend-elle et soudain, elle ne trouve plus rien à ajouter, partagée entre la joie qu'Alma soit là, à ses côtés, moins farouche, et la conscience qu'un élément extérieur continue à la manipuler. Elle se sent comme une mère condamnée à élever sa fille avec un étranger, un homme dangereux (pour reprendre les termes de Sacha), et au moment précis où elle pense à lui, Alma demande, « et ton ancien élève ? Il vient quand ? ». Iris songe tout à coup que la présence du garçon a peut-être réussi à éveiller sa curiosité, oui, peut-être vraiment – comme elle l'avait tant de fois expliqué aux parents inquiets –, le changement viendra de la combinaison de plusieurs facteurs concomitants qui, pris séparément, n'auraient pas eu d'influence.

« Sacha ? Ah oui, je dois le rappeler, se hâte-t-elle de dire, mon portable est sur le lit, non ? Peut-être sous le plateau ? » Alma glisse la main entre les draps, ses yeux s'arrêtent sur l'écran et elle dit, « Douleur te cherche. C'est qui, Douleur ? Pardon d'avoir regardé, ça m'a attiré l'œil, depuis quand la douleur a-t-elle un numéro de téléphone ? », et Iris laisse échapper un soupir. Elle peut sans problème improviser un mensonge, dernièrement, elle est devenue experte en la matière, sauf que les mensonges reviennent vous faire trébucher, alors elle avoue du bout des lèvres, « c'est lié à ce que je t'ai raconté tout à l'heure, à mon premier amour. Je l'ai retrouvé par hasard dans le service antidouleur de l'hôpital il y a quelques semaines.

— Tu l'as retrouvé comme ça, tout à coup, au bout de trente ans ? Je comprends que tu en aies rêvé cette nuit !

Une telle histoire, ça relève du fantasme, commente Alma qui semble curieuse.

— Tu as raison, ça n'appartient pas au monde réel, marmonne-t-elle, choisissant ses mots avec précaution puisqu'elle a été prise en flagrant délit. Ça revient à fuir la réalité.

— Qu'y a-t-il de mal à ça ? »

Iris hésite avant de répondre, « celui qui fuit n'est plus libre.

— Mais… et l'amour ? » s'entête sa fille, bizarre qu'elle s'y intéresse autant et surtout qu'elle ne prenne pas, comme d'habitude, le parti de Micky, « l'amour a de multiples facettes, explique-t-elle, parfois il doit rester déconnecté de la vie, comme un cerf-volant sans fil, tu sais qu'il plane au-dessus de toi mais tu n'essaies pas de l'attraper parce que tu ne veux pas lâcher d'autres ficelles, plus importantes pour toi.

— *Oïe*, maman, c'est triste.

— J'ai déjà vu des choses bien plus tristes dans la vie », répond-elle sèchement.

Est-ce vraiment ainsi que s'achèverait leur histoire d'amour, ou ces mots ne sont-ils destinés qu'aux oreilles de sa fille ? Ce n'est pas le moment de prendre des décisions mais plutôt de panser les plaies avec les bandages que Sacha vient d'apporter, bouger les doigts lui fait mal, elle y arrive quand même, si bien que de nouveau elle refuse tous les examens médicaux qu'il suggère, « je suis sûre de ne rien avoir de cassé, ce sont juste des contusions, je sais de quoi je parle, s'entête-t-elle, attendons encore une journée ». Elle est ravie de constater qu'il suit d'un regard intéressé les déambulations d'Alma dans l'appartement mais se tient sur la réserve. Quant à sa fille, elle s'adresse à lui avec une grâce tranquille et mesurée, elle lui propose même les restes de leur petit déjeuner, « bien que tu n'aies pas l'air de quelqu'un qui se contente de restes », lui dit-elle en riant, Sacha prend poliment une tranche de pain avec des crudités, « pour commencer, c'est cool », il sourit et tout en mastiquant, il lui parle des appartements qu'il a visités récemment, elle lui recommande différents sites, d'ailleurs peut-être qu'une chambre se libère chez des amis dans une coloc non loin d'ici, et Iris, qui les surveille du coin de l'œil, les voit rayonner, oui, malgré tout, ils irradient de cet éclat miraculeux des prémices de la vie, encore capable d'effacer le mal ou au moins de le cacher. Des membranes lisses recouvrent leurs jeunes organes, leurs os se ressoudent facilement, malgré tout Alma est encore candide, elle croit encore en l'amour, alors inutile d'écouter ce qu'ils se disent, il suffit de suivre le scintillement de la lumière sur leur peau et leurs bras nus, les taches de soleil sur leur front, l'auréole dorée qui se devine au-dessus de leur tête.

Serait-elle retournée là-bas si le temps marchait à rebours comme dans les rêves ? Aurait-elle revécu ce fameux jour, unique, le plus beau jour de sa vie, ni trop froid ni trop chaud ? Leur vallée fleurie s'est transformée en quartier résidentiel où habitent aujourd'hui des centaines de personnes qui aiment et qui souffrent, qui naissent et qui meurent. Ce n'est que dans son souvenir que les fleurs sauvages pourraient de nouveau éclore, mais si elle a eu la chance de connaître au moins une fois un tel bonheur, qui sait si elle ne le retrouvera pas un de ces jours, peut-être même aujourd'hui, non, elle secoue la tête, elle qui s'est tant accrochée à la place vacante à côté d'elle tandis que ses doigts se perdaient dans les profondeurs de la poche vide de sa vie glisse à présent la main dans l'autre poche et la découvre pleine à craquer. Aveuglée par le soleil, elle ne voit rien, ferme les yeux, la lumière pénètre sous ses paupières, une couverture d'or s'étale sur elle, des fils brillants dont la trame aspirera sa douleur, elle entend des pas dans la chambre, un robinet ouvert puis refermé, de la vaisselle qu'on lave, des mots chuchotés, des portes ouvertes puis refermées, des klaxons, des discussions vives, les bruits du dehors mêlés aux bruits du dedans.

Est-ce son portable qui sonne ou est-ce que, sur le trottoir, derrière la fenêtre, une autre femme va répondre à sa place ? Dans un demi-sommeil elle tend le bras, palpe en aveugle l'appareil lisse, mais quelqu'un a apparemment pris les devants, car elle entend des sanglots, est-ce sa fille, et une voix déchirante qui supplie, « ma chérie, ne me quitte pas, ne me quitte pas », et elle remue la tête sans comprendre, de quoi parle-t-il ? À qui parle-t-il ? Ta chérie est morte il y a presque trente ans, sous tes yeux, elle est morte lentement, celle qui s'est laissé abandonner sans broncher. « Irissou, rappelle-moi », continue-t-il et elle ouvre les yeux sous les derniers rayons du soleil, « je sais que tu n'as pas cessé de m'aimer », déclare-t-il d'un ton qui s'est un peu raffermi et elle se surprend à lui chuchoter, « jamais je ne cesserai de t'aimer », mais il ne l'entend pas et continue, « tu as promis de ne pas me quitter, de nous donner à tous les deux une seconde chance », alors elle dit, « peut-être que ça n'existe pas, les secondes chances, peut-être qu'il n'y a qu'une seule chance, à chaque fois, pour une nouvelle occasion », comme c'est étrange qu'il ne l'entende toujours pas alors qu'elle l'entend si clairement, « je dois raccrocher mais je t'attends », dit-il, elle lâche le téléphone et se met à crier, « Alma, où est Alma ? », la chambre s'est obscurcie d'un coup, le fait qu'elle ait répondu machinalement à Ethan provoquera-t-il une catastrophe ? Sacha apparaît sur le seuil, « Alma est allée travailler, dit-il.

— *Oïe*, non ! s'alarme-t-elle, pourquoi l'as-tu laissée partir ?

— Son patron est venu la chercher, vous n'avez pas entendu les cris ?

— Je n'ai pas compris ce que j'entendais, s'étrangle-t-elle, je croyais que ça venait du dehors, je devais dormir. Comment est-ce que ça va finir, tout ça, Sacha ?

— Faites-lui confiance, à elle, c'est exactement ce que vous disiez à ma mère, "On va lui montrer la bonne voie et il la suivra".

— Ça n'a rien à voir, toi, tu étais encore un enfant, objecte-t-elle.

— Elle aussi n'est encore qu'une enfant. Rendormez-vous, Iris, je reste ici. Elle m'a demandé de l'attendre. »

Tout le monde attend tout le monde, songe-t-elle, et personne ne vient. Est-ce la seule chance qui nous a été donnée, celle de se quitter ? Parce que le débarras a brûlé et plus rien ne masque la face de la lune. Elle s'entend marmonner toutes sortes de dictons, a l'impression qu'Ethan est allongé à ses côtés et elle lui fait réviser son bac, le passé est passé, lui répète-t-elle, tout a changé sans que rien n'ait été réparé, nous croyons que les causes précèdent les effets, mais ce sont toujours les effets qui créent des causes. Jour après jour, nuit après nuit, nous étions ensemble, oui, moi aussi j'ai été une femme sous influence, moi aussi je me suis laissé dominer par un tyran cruel et entêté, j'ai vécu sous le joug du passé, et d'ailleurs pourquoi est-ce que j'en parle au passé ?

« Vous m'avez appelé ? » demande Sacha en s'approchant, et quand il la voit secouer la tête, il reprend, « je reviens tout de suite, je fais un saut pour visiter un appartement dans le coin.

— Assure-toi juste qu'il n'y ait ni mûrier ni source à l'entrée.

— Madame la directrice, de quoi parlez-vous ? demande-t-il en riant.

— Je t'expliquerai quand tu reviendras. C'est une vieille histoire avec un commencement et de nombreuses fins », mais à sa grande surprise il revient aussitôt, est-il si curieux de l'entendre ? Son grand corps s'arrête sur le seuil de la chambre, « dis donc, Iris, tu as fait une sacrée chute !

— Ah, c'est toi, Micky ? lâche-t-elle avec un rire gêné. Je t'attendais ! Ne t'inquiète pas, ça aurait pu être bien pire.

— Je n'en doute pas, tu nous l'as déjà prouvé.

— Excuse-moi, j'ai mal interprété ce que tu disais tout à l'heure, tu as raison, mieux vaut que je reste pour l'instant.

— J'en suis moins sûr, ça a l'air plus grave que ce que je pensais, tu dois absolument passer une radio.

— Mais ça ne me fait déjà presque plus mal, et regarde comme le soleil est agréable ici, il me guérira, ni trop chaud, ni trop froid.

— Le soleil s'est couché depuis longtemps », réplique-t-il, et voilà que sa grande ombre se dédouble, expulse une autre ombre, miraculeux accouchement masculin, et une voix juvénile lance, « hé, Mamouch, tu es en train de raconter n'importe quoi ! ». Comme elle est émue, presque trop, de sentir sa présence ! On dirait qu'ils ne se sont pas vus depuis des années, elle lui tend la main, « Omer ! Je suis contente que tu sois venu, comment s'est passée ton épreuve d'éducation civique ?

— Super bien, papa a vraiment assuré, on nous a posé exactement les questions qu'on avait vues ensemble.

— Génial ! Sacré veinard !

— Ben… pas vraiment, ronchonne-t-il. Regarde la lettre que j'ai reçue aujourd'hui », il lui donne une feuille pliée, estampillée du plus désolant des logos, un fin rameau d'olivier enroulé autour d'un large glaive emprisonné dans une étoile de David, un logo qu'elle connaît depuis l'enfance puisqu'il apparaissait sur la plupart des courriers qui arrivaient chez eux. En dessous se cachaient le chagrin et le deuil sous forme de colonies de vacances pour pupilles de la nation, d'excursions réservées aux pupilles de la nation, de rencontres pour veuves et parents éplorés, pourtant elle ne comprend pas, « c'est quoi ?

— Tu ne vois pas ? C'est ma première convocation ! », affolée, elle se dresse sur son séant, « ta première convocation à l'armée ? Déjà ? Mais tu viens de naître ! ».

Elle déplie le document de ses doigts enflés qui frémissent, lit l'invitation, ou plutôt l'ordre donné à Omer Eilam, en vertu de la loi rendant le service militaire obligatoire, de se présenter au centre de mobilisation de Jérusalem, à telle date, qui arrivera très vite, on lui a même donné un ticket de bus et un nouveau titre : Soldat.

Omer Eilam, les lettres se rassemblent rien que pour elle sur la plaque commémorative, se courbent dans une douleur retenue, et elle secoue négativement la tête, comment savent-ils qu'il est venu au monde, ne s'agit-il pas d'une affaire totalement privée, qui ne regarde qu'elle, Micky et la sage-femme ? N'y a assisté aucun représentant de l'armée ni de la nation, alors que lui veulent-ils maintenant ? Comment connaissent-ils son adresse exacte, y compris le code postal qu'elle-même n'arrive jamais à mémoriser ?

« Ils lui laissent à peine le temps de digérer les premiers rudiments d'éducation civique que ça y est, ils le retirent de la vie civile ! » plaisante Micky et elle écrase les mots qui scintillent jusqu'à les réduire en une petite boule de papier, « je ne suis pas d'accord, stop, j'ai assez donné ! J'ai donné mon père, j'ai donné mon corps, je refuse de donner mon fils. On va se cacher ici, chez Alma », et son mari la regarde, étonné, « ça ne te ressemble pas de parler comme ça, Iris, toi qui ne cesses de nous abreuver de messages pédagogiques ! Et pourquoi d'ailleurs crois-tu qu'il s'agisse de toi ?

— Alors de qui s'agit-il ? soupire-t-elle. De la nation ?

— De lui en premier lieu, répond-il en pointant le doigt vers Omer qui s'assied au bout du lit et passe la main sur ses tempes rasées.

— Il ne s'agit pas de moi mais du soldat Eilam.

— Toi, en l'occurrence, dit Micky.

— Esclave Eilam serait plus juste », ironise le garçon d'un ton sinistre. Son père s'installe à côté de lui et pose une main sur son épaule, « calme-toi, ce n'est qu'une première convocation, tu auras le temps de t'habituer à l'idée, pas vrai, Irissou ?

— Comment viens-tu de m'appeler ? » Elle qui n'a jamais accepté qu'il utilise ce surnom s'étonne à présent de constater que ça ne la dérange pas. Le passé révolu s'est-il résolu ? Est-ce sa seconde chance ? Lui offre-t-on la possibilité d'ouvrir les portes de cette grotte étouffante, merveilleuse et maudite du passé, d'y laisser entrer le soleil, le vent et les voix du présent ? D'ailleurs, soudain, c'est celle d'Alma qui retentit, « c'est quoi ? La journée de la famille ? », comment ne l'a-t-elle pas entendue rentrer, voilà qu'elle apparaît dans sa robe jaune tel un rayon de soleil, Iris l'appelle avec prudence tant elle a peur que la vue de son père et de son frère ne la fasse fuir, « Alma, tu es là ? Depuis quand ? », mais justement sa fille s'approche, « je fais un saut, je suis venue te préparer à dîner.

— Regarde, dit-elle en lui tendant la boule de papier froissé comme si elle implorait sa pitié.

— C'est quoi ? demande Alma, inquiète, mais aussitôt elle reconnaît le document, respect, frangin, première convocation, quelle chance que j'en aie fini avec ça ! T'inquiète, si je m'en suis sortie, crois bien que toi aussi tu t'en sortiras », et elle lance vers lui la boulette menaçante, « on ne peut pas comparer, maugrée Omer qui l'attrape avec rapidité et la lui renvoie.

— Ça te rendra un peu moins chochotte, le taquine-t-elle tandis que le papier roule sous le lit et va rejoindre le cadavre de l'araignée, il est grand temps !

— Moi, chochotte ? proteste-t-il. Tu en as du culot ! C'est toi, la chochotte pourrie gâtée ! Maman, fais-moi une tresse chinoise, l'imite-t-il soudain, je ne sors pas sans tresse chinoise !

— Évite de me rappeler ça ! l'avertit Alma dont le visage se fige d'un coup. Pendant des années, j'ai cru que maman avait été blessée parce que je lui avais demandé de me faire cette satanée coiffure !

— Stop, moi, je croyais que c'était parce que je m'étais caché dans les toilettes ! Ça fait combien de temps, Mamouch ? Dix ans ?

— Dix ans et sept semaines », dit Iris qui les détaille, étonnée, quoi, chez eux aussi, la grotte du passé s'ouvre enfin et laisse sa mythologie se mélanger aux événements ultérieurs, se tisser dans la grande trame de leur vie. Comment est-ce possible qu'on n'en ait jamais parlé, songe-t-elle, qu'avons-nous fait tout ce temps ?

« Ça n'a rien à voir avec vous, soupire Micky, tout est ma faute parce que je suis parti très tôt ce matin-là.

— Effectivement, pourquoi es-tu parti si tôt ? » demande Alma et il baisse vers elle ses profonds yeux noirs, « c'est de l'histoire ancienne », commence-t-il mais Iris le coupe, « c'est surtout que ça n'a plus aucune importance, j'ai guéri, vous ne voyez pas que j'ai guéri ?

— Tu n'es pas vraiment convaincante avec tous ces bandages », remarque son fils tandis que sa fille s'assied sur le lit à côté d'eux et lâche tout bas, « cette fois, c'est vraiment à cause de moi », mais Iris réplique aussitôt, « non, ce n'est pas à cause de toi, c'est grâce à toi ». Est-ce sa seconde chance ? Pas celle d'aimer de nouveau Ethan mais d'aimer sa vie à elle pour la première fois, à travers les présents et non à travers les absences.

« Où est-ce que je l'ai mise ? marmonne soudain Micky tout en fouillant ses poches. Toi aussi, tu as reçu une lettre aujourd'hui, Iris, j'avais complètement oublié, je l'ai trouvée sur le pare-brise de ta voiture en allant la récupérer à l'échangeur », explique-t-il avant de lui tendre, le visage hermétique, une épaisse feuille de papier froissée, et elle pâlit en voyant les mots sans ambiguïté, écrits noir sur blanc, « *ne me quitte pas* ».

« "Ne me quitte pas", c'est quoi, ce truc ? », Omer la regarde avec méfiance tout en ricanant, puis il regarde son père, mais c'est Alma qui la surprend, Alma qui s'approche, lui arrache la feuille des mains et, sans la lire, l'écrase en une boule qui devient de plus en plus petite entre ses doigts, « certainement une erreur ». Iris les dévisage tous les trois, ses yeux passent de l'un à l'autre, ils sont là, ici et maintenant, ils sont présents, « ce n'est pas une erreur, dit-elle, c'est de l'histoire ancienne ».

REMERCIEMENTS

Merci à Shira Hadad, Yigal Schwartz, Helly Ella, Gilad Bloy, Hila Blum, Orit Kimmel, Rachella Zandbank, Erez Raveh.

Merci au docteur Dorit Shmueli, au docteur Eliad Davidson, au professeur Eilon Eizenberg, au professeur Avraham Rivkind et au docteur Sagit Arbel-Alon.

Merci à Edna Mazya, Eyal, Marva, Yaar et Yarden.

Composition : Nord Compo
Achevé d'imprimer en mars 2017
par Normandie Roto Impression s.a.s.
61250 Lonrai
Dépôt légal : mars 2017
1er dépôt légal : janvier 2017
Numéro d'imprimeur : 1701094
ISBN 978-2-07-017817-9 / Imprimé en France

321077